Ventanas de Manhattan

Biblioteca Antonio Muñoz Molina
Novela

Biografía

Antonio Muñoz Molina nació en Úbeda (Jaén) en 1956. Ha reunido sus artículos en volúmenes como *El Robinson urbano* (1984; Seix Barral, 1993 y 2003) o *La vida por delante* (2002). Su obra narrativa comprende *Beatus Ille* (Seix Barral, 1986, 1999 y 2016), *El invierno en Lisboa* (Seix Barral, 1987, 1999 y 2014), *Beltenebros* (Seix Barral, 1989 y 1999), *El jinete polaco* (1991; Seix Barral, 2002 y 2016), *Los misterios de Madrid* (Seix Barral, 1992 y 1999), *El dueño del secreto* (1994), *Ardor guerrero* (1995), *Plenilunio* (1997; Seix Barral, 2013), *Carlota Fainberg* (2000), *En ausencia de Blanca* (2001), *Ventanas de Manhattan* (Seix Barral, 2004), *El viento de la Luna* (Seix Barral, 2006), *Sefarad* (2001; Seix Barral, 2009), *La noche de los tiempos* (Seix Barral, 2009), *Como la sombra que se va* (Seix Barral, 2014), el volumen de relatos *Nada del otro mundo* (Seix Barral, 2011) y el ensayo *Todo lo que era sólido* (Seix Barral, 2013). Ha recibido, entre otros, el Premio Príncipe de Asturias de las Letras, el Premio Nacional de Literatura en dos ocasiones, el Premio de la Crítica, el Premio Planeta, el Premio Liber, el Premio Jean Monnet de Literatura Europea, el Prix Méditerranée Étranger, el Premio Jerusalén y el Premio Qué Leer, concedido por los lectores. Desde 1995 es miembro de la Real Academia Española. Vive en Madrid y Nueva York y está casado con la escritora Elvira Lindo.

www.antoniomuñozmolina.es

Antonio Muñoz Molina

Ventanas de Manhattan

Seix Barral

Obra editada en colaboración con Editorial Planeta – España

Diseño de la portada: Booket / Área Editorial Grupo Planeta
Fotografía de la portada: Flatiron in Summer, 1948, Rudolf Burckhardt

Bajo el sello editorial BOOKET M.R.
Avenida Presidente Masarik núm. 111,
Piso 2, Polanco V Sección, Miguel Hidalgo
C.P. 11560, Ciudad de México
www.planetadelibros.com.mx

Primera edición impresa en España en Booket: marzo de 2016
ISBN: 978-84-322-2593-2

Primera edición impresa en México en Booket: mayo de 2024
ISBN: 978-607-39-1303-4

Impreso en los talleres de Impresora Tauro, S.A. de C.V.
Av. Año de Juárez 343, Col. Granjas San Antonio,
Iztapalapa, C.P. 09070, Ciudad de México
Impreso en México - *Printed in Mexico*

Para Luis Suñén, editor y amigo

«Como el topo que sale a la luz y se ciega va ese español por las calles.»

José Moreno Villa,
Pruebas de Nueva York

«Yo oigo las sirenas y murmullos de Nueva York.»

Federico García Lorca,
en una carta a su familia.

1

La ventana daba a un patio interior grande, oscuro, con ventiladores y máquinas que rugían, con muros de ladrillo negros de hollín, con otras ventanas que pertenecían a habitaciones idénticas, con los cristales ligeramente opacos de mugre, algunas de ellas iluminadas cuando caía la noche, mostrando la presencia fugaz y lejana de alguien, el interior de una habitación exactamente igual a la mía. Había muchos pisos por encima, y no se vislumbraba el cielo. En el silencio se escuchaban a veces pasos y voces en los corredores del hotel, voces en inglés de las películas o los anuncios de la televisión en las habitaciones contiguas. Pero nunca había silencio en realidad, sino un rumor continuo y poderoso que no se amortiguaba, que resaltaba más de noche, cuando me despertaba con un sobresalto por culpa del cambio de hora y me decía incrédulamente a mí mismo que estaba en Nueva York, en un hotel del corazón de Manhattan. Es un rugido, una trepidación, un estrépito sordo hecho de la mezcla de muchos ruidos de motores, del temblor del tráfico sobre el asfalto ondulado, del rumor subterráneo de los trenes del metro. El aire pasando por los tubos de ventilación, el agua hirviendo a presión por las conducciones bajo tierra, el temblor de máquinas herrumbrosas que no se detienen nunca, el fragor insomne de los mecanismos que alimentan la isla de Manhattan, la vibración de los cables y las vigas de acero en las armazones de los puentes, el zumbido de las líneas de alta tensión, el tableteo de los helicópteros, y sobre ese gran rumor oceánico las sirenas de las ambulancias taladrando la lejanía, desde la intemperie de las calles oscuras, las sirenas de los coches de policía y las más graves, las más sonoras, las sirenas de los camiones gigantes de bomberos, rojos, cuadrados, masivos, estremeciendo el aire como sirenas de grandes buques en la niebla, como sonarían las de los transatlánticos que atracaban en los muelles del Hudson. Me despertaba, extraviado en el tiempo, y al principio no escuchaba nada, y poco a poco iban llegando a mí todos los ruidos que habían estado sonando en el interior de mi sueño, los cercanos de las maquinarias sin descanso del patio al que daba la ventana y los lejanos de las sirenas. En la oscuridad, irregularmente distribuidos a diversas alturas, brillaban los rectángulos iluminados de las ventanas de otros huéspedes que tampoco dormían. Yo no encendía la lámpara de la mesa de noche, pero había otra luz en mi habitación, roja, atenuada, intermitente, encendiéndose y apagándose en uno de los botones innumerables del teléfono, y yo no sabía lo que significaba esa luz ni encontraba el modo de apagarla, y menos aún de acostumbrarme a ella. Cerraba los ojos y en mi duermevela veía deslizarse las altas torres ciclópeas en el desfiladero de ladrillo oscuro de la avenida Lexington, la primera que había pisado al llegar a Manhattan, tan sólo unas horas antes. Veía por la ventanilla de un taxi espacios cóncavos de sombra, letreros rojos y azules, escaparates iluminados de tiendas vacías tras una niebla de llovizna. Sin saber en qué parte de la ciudad estaba me había abandonado a la velocidad del taxi, recostado en su asiento hondo y tan bajo, y de pronto había descubierto, a mi derecha, por encima de un descampado entre dos edificios, la silueta familiar del Empire State, su pináculo perdido entre las nubes, iluminándolas desde dentro de rosa y de azul. Ahíto de sueño, de cansancio, de excitación y felicidad, le había pedido al taxista que me dejara unas esquinas antes de llegar a mi hotel, y me encontré solo, aterido, al pie de los rascacielos monótonos de acero y cristal de la Sexta Avenida, frente al letrero encendido del Radio City Music Hall, sus neones rosas, azules y rojos brillando para nadie más que para mí, tiñendo de manchas de color el lomo negro y húmedo del asfalto. La soledad me exaltaba y me daba miedo. Me habían dicho que caminar solo y de noche por Nueva York podía ser muy peligroso. Alzaba la mirada y me estremecía el vértigo de la distancia vertical de las torres del Rockefeller Center, adelgazándose hacia la altura y las nubes veloces como agujas de catedrales góticas. En el insomnio de mi habitación veía luego el resplandor de esos edificios y sobre el rumor de las máquinas del patio volvía a escuchar con un recuerdo sensorial y poderoso el seco estrépito de las banderas del mundo agitadas por el viento en torno a la plaza central del Rockefeller Center, su resonancia contra los muros verticales, grandes velas de lona restallando en el temporal, el tintineo metálico de las anillas en los mástiles. Demasiado cansancio, demasiadas imágenes para poder dormir, para que se apaciguara la conciencia ya de antemano trastornada por el cambio de hora. Y además la luz en el botón del teléfono repetía su punzada rojiza en el insomnio, teñía de un rojo amarillento la penumbra de la habitación antes de apagarse y de encenderse de nuevo, como una luz de alarma en un coche policial. Me armé de valor y marqué el número de la recepción, queriendo vencer la timidez para encontrar laboriosamente las palabras inglesas que explicaran lo que estaba sucediendo, pero si me hice entender, cosa que dudo, en cualquier caso no comprendí lo que me decían, la explicación que me daban para la luz intermitente y roja. Me pareció aturdidamente que distinguía la palabra *message*, pero cómo estar seguro con mi inglés precario y libresco que casi nunca había practicado de verdad, y que me parecía más inadecuado aún cuando escuchaba el habla tan rápida de la gente en la calle, tan rápida y desenvuelta, tan agresiva como su manera de caminar, como la premura con que los camareros de los restaurantes servían vasos de agua helada e interrogaban al comensal acobardado, o le recitaban el torrente de los platos no incluidos en la carta, la lista incomprensible de los *Today's Specials*. Así que dije *yes* y *thanks* con el abatimiento del recién llegado a un país y a un idioma, colgué el teléfono y por un momento pareció que la luz se había apagado, pero un instante después ya estaba de nuevo encendida, brillando y apagándose, en mi primera noche de insomnio, en mi primera habitación de hotel en Nueva York. Seguía brillando y apagándose cuando me despertó el ruido de las maquinarias y los ventiladores del patio y había una luz sucia de amanecer nublado en la ventana. Y cuando al final de ese día, la segunda noche, volví agotado y feliz a la habitación allí estaba esperándome el botón intermitente y luminoso en la oscuridad, como una cucaracha que advierte nuestra llegada y mueve con inquietud las antenas en el suelo del cuarto de baño, una de esas cucarachas grandes y rubias de Nueva York sobre las que uno ha leído cosas en los libros. Volví a llamar a la recepción, a marcar el número con mi apocamiento español, agobiado por la distancia desoladora entre lo que uno piensa que sabe de un idioma y lo que su lengua torpe acierta a articular. Hay una luz roja en mi teléfono, dije, una luz roja que se enciende y se apaga y no se detiene nunca, y esta vez sí entendí lo que la voz fatigada y quizás desdeñosa me decía, esa luz roja se enciende y se apaga para avisarle de que tiene usted un mensaje.

2

Me perdía entonces por la ciudad tan completamente como no he vuelto después a perderme, ni en ella ni en ninguna otra, sin distinguir los puntos cardinales y sin la menor idea de lo que podía encontrarme al doblar una esquina, con esa ebriedad hecha a medias de asombro desmedido y cansancio, del impacto causado por la escala de las distancias, las alturas, los puentes, las multitudes, los ríos. Echaba a andar con las manos en los bolsillos y me dejaba llevar en una línea quebrada de itinerarios azarosos, rápidamente extraviado en la cuadrícula abstracta de la ciudad, mareado por la monotonía de las distancias entre una calle y otra, por la gradación ascendente o descendente de números que no sabía hacia dónde me estaban conduciendo. Avanzaba o me detenía obedeciendo las órdenes secas y alternas de los semáforos, hipnotizado por su repetición, WALK, DON'T WALK, WALK, DON'T WALK, tanto como por el ritmo de metrónomo que acababan adoptando los pasos para adaptarse a ellas. Me perdía bajo las bóvedas altísimas y por los vestíbulos de mármoles resonantes de Grand Central Station, arrastrado como una hoja en un río por las corrientes y torbellinos de multitudes que venían en la hora punta de todas direcciones, ocupando pasillos y derramándose escaleras abajo hacia los andenes con el tumultuoso poderío de una inundación. En Grand Central Station la impresión del espacio es tan poderosa, tan estimulante, como en las ruinas de la basílica de Majencio o en el interior del Panteón: un espacio desmedido y sin embargo armónico, que no aplasta con la escala de sus dimensiones, sino que da más bien una cierta sensación de ingravidez que la mirada vuelta hacia arriba contagia al cuerpo entero, un impulso de elevación gozosa, como cuando se escucha una cantata de Bach. Salí empujado por la angustiosa multitud a través de unas puertas de anchos batientes metálicos y me encontré en la calle, a la sombra de un gran puente de hierro, y caminé hacia la claridad abierta del cielo del oeste por las aceras de la calle 42, dejando atrás los leones y los mármoles de la biblioteca pública, los árboles de Bryant Park, las encrucijadas comerciales de la Sexta Avenida, de Broadway, de la Séptima. Andaba tan distraído, pasando de una acera a otra para observar las perspectivas cambiantes de los edificios, que no me di mucha cuenta del cambio inquietante que estaba sucediendo a mi alrededor hasta que no estuve en el cruce de la Octava o de la Novena Avenida, en una extensión abierta y desolada de deterioro urbano poblada por prostitutas de piernas flacas, labios muy rojos y ojeras moradas, por clientes viejos tan desahuciados como ellas y chulos con gafas de cristales de espejo que montaban guardia apoyados en los coches y en las barandillas de las estaciones del metro. El horizonte era más ancho ahora, las aceras más sucias, el olor de las alcantarillas más intenso, y aún en pleno día parpadeaban los letreros de los cines pornográficos, de los sex shops y de los locales de striptease, de los que salían olores groseros a cerrado y a desinfectante, ritmos de música funky y jadeos amplificados de mujeres. Pero todo tenía un aire menos de tentación que de ruina, y los objetos eróticos y las revistas en los escaparates, las fotos de las estrellas porno en las marquesinas, las cortinas rojas de acceso a los clubes de striptease, parecían contaminados por la misma roña y sometidos a la misma devastación que las caras de las mujeres en las esquinas y las fachadas y portales gangrenosos de los edificios, muchos de ellos con las ventanas tapiadas, con neones de hoteles a los que siempre les faltaba alguna letra, igual que faltaba algún diente en las muecas ruinosas de las prostitutas.

3

Estudiaba en un plano las líneas rojas y azules de los trayectos de los autobuses y del metro pero no entendía gran cosa en aquella maraña geométrica, y como me daba miedo preguntar y no estaba muy seguro de entender lo que me dijeran seguía caminando sin atreverme a subir a un autobús y menos aún a internarme en los túneles del metro, que en aquellos años conservaba aún su leyenda siniestra, su mitología de crímenes, de ratas enormes y de trenes asaltados por vándalos y cubiertos abigarradamente de pintadas. Alguien me había contado que las escalinatas de salida de algunas estaciones estaban cegadas por escombros y vertederos de basura, y que había lunáticos especializados en acercarse por detrás a los viajeros en los andenes y empujarlos hacia las vías justo en el momento en que llegaba un tren. Era entonces cuando se publicaban crónicas fantasiosas en los periódicos españoles sobre los caimanes ciegos que se multiplicaban en las alcantarillas de Manhattan y sobre mendigos espectrales y albinos que vivían en los túneles de las estaciones abandonadas. Cómo distinguir la verdad de la mentira en una ciudad donde las dos parecen igual de inverosímiles. El aire caliente del metro subía de los respiraderos como el aliento húmedo de un Minotauro que tuviera su laberinto en las concavidades subterráneas de la ciudad, cuya hondura a veces se entreveía al mirar hacia abajo cuando se pisaba una rejilla en la acera. Exhausto de tanto caminar, de ver tantas cosas y cruzarme con tantas caras de desconocidos, vi detenerse junto a mí a un autobús que bajaba por la Quinta Avenida y subí a él en cuanto se abrieron las puertas, aunque no estaba seguro de si me acercaría al puente de Brooklyn, a donde yo había planeado insensatamente llegar caminando. Mi cosmopolitismo novelero de transeúnte solo en Nueva York se trasmutó velozmente en aprieto de palurdo cuando intenté pagar el trayecto con un billete y el conductor, un negro grande con cara de fastidio, con gestos malhumorados de impaciencia, me dijo algo que yo no llegaba a entender, porque el sobresalto de vergüenza me cerraba todavía más los oídos ineptos. La puerta seguía abierta, el autobús temblaba con el motor en marcha, y yo permanecía alelado delante del conductor, con mi dinero inútil en la mano. Varias filas de pasajeros me miraban con curiosidad despectiva, imaginaba yo, con esa fatigada indiferencia que tiene la gente al final de la tarde en los transportes públicos. A pesar de mi aturdimiento alcanzaba a comprender, más por sus gestos que por sus palabras, que el conductor me urgía a bajar del autobús, que no podía perder más tiempo conmigo. Entonces un pasajero que iba en uno de los primeros asientos se puso en pie, con un ademán rápido y brusco sacó de su cartera una tarjeta de transporte y la introdujo en la ranura superior de la máquina que había junto al conductor malhumorado, el cual cerró de golpe las puertas del autobús y me indicó que pasara, arrancando tan fuerte que pude haber añadido al espectáculo de mi torpeza el colofón de caer de bruces entre las filas de asientos. Pero nadie me miraba, ni siquiera el alma generosa que me acababa de rescatar del ridículo. Yo no estaba familiarizado todavía con la manera que tiene la gente de Nueva York de fingir que no mira y de eludir la mirada ni con los sistemas de pago en el transporte público. Con mucha frecuencia el extranjero es alguien que se ve consumido por la tarea desconcertante y minuciosa de aprender casi cada uno de los mecanismos rutinarios de la vida, como en aquel cuento de Julio Cortázar en el que se detallan extenuadoramente las instrucciones para subir una simple escalera. Para los demás viajeros el trayecto del autobús era tan cotidiano que ni reparaban en él, y sólo salían de su ensimismamiento o de la lectura del periódico cuando un automatismo interior les avisaba de la proximidad de la parada en la que tenían que bajarse. Para mí era una aventura que no carecía de su parte gradual de zozobra.

Iba con la cara pegada a la ventanilla, Quinta Avenida abajo, consultaba el mapa de pliegues excesivos como para manejarlo sin un desconcierto suplementario y procuraba fijarme en los números descendentes de las calles, pero bastó que el autobús torciera un par de veces para que yo dejara de saber por dónde íbamos, o si me acercaba o me estaba alejando de mi destino final en el puente de Brooklyn. Rápidamente la ciudad se iba volviendo otra, más desordenada en su topografía, más sucia, más oscura, sin escaparates lujosos ni mucha gente en las aceras, con edificios abandonados y solares de escombros, con las tiendas de las esquinas alumbradas pobremente en el anochecer, con escaparates mugrientos y atestados de cosas baratas, muchas veces con largas rajas en los vidrios, remendadas de cualquier manera con cinta adhesiva. En Nueva York el tránsito de la belleza a la desolación sucede siempre expeditivamente, como si el principio universal de máxima eficiencia hubiera aconsejado la supresión de gradaciones intermedias. Grupos de hombres jóvenes rondaban por las esquinas, mirando de soslayo a los coches o a los pocos transeúntes que pasaban, los coches con ventanillas bajadas de las que salían músicas africanas o latinas violentamente amplificadas, los transeúntes pálidos y solos, con un andar cansino de yonquis, aunque en esa época y por aquellos barrios las ampollas de crack eran más abundantes en las aceras y en los portales que las jeringuillas. Qué haría yo si el autobús tenía su última parada en una de aquellas esquinas de grupos sombríos y neones enfermos, si no me quedaba más remedio que echarme a caminar sin la menor idea de hacia dónde tenía que dirigirme y sin ningún taxi en las inmediaciones, con todo mi aire de turista extraviado e incauto, dócil al atraco, con mi mapa mal doblado en la mano y mi cartera en el bolsillo, y en ella la tarjeta de crédito y unos cuantos billetes de cien dólares, no muchos, pero sí flamantes, que por supuesto yo no había tenido la precaución de dejar en la caja fuerte del hotel. El autobús se paraba y yo contenía la respiración, pero se ponía otra vez en marcha, cada vez más vacío, ya de noche, una noche lóbrega y desapacible, con el viento soplando desde el East River, que debía de estar muy cerca, arrastrando jirones de periódicos y recipientes vacíos de comida barata por las aceras sucias, esa hojarasca de basura que no parece que se barra nunca del todo en los barrios pobres de Nueva York. Por fin desembocamos en una calle transversal mucho más ancha y mejor iluminada, y ahora sí que el autobús había llegado al final del trayecto. Al bajarme no me atreví a preguntarle al conductor si estábamos muy lejos del puente de Brooklyn. Exhausto de días de caminatas y noches de insomnio en la habitación donde no cesaba el ruido ni se apagaba la luz roja del teléfono, hambriento y alucinado como un eremita de tanta soledad, seguí andando en línea recta hacia donde yo calculaba que estaría el sur, y me encontré de pronto sorteando cuerpos caídos o despatarrados de borrachos, borrachos sentados en los escalones o durmiendo la borrachera sobre colchones viejos o bolsas de basura, borrachos de pelo aplastado y ojos enrojecidos que miraban hacia la calle tras las cristaleras de las hamburgueserías, que rebuscaban por las papeleras o entre el desorden de muebles desahuciados y frigoríficos y hornos y marmitas y sartenes enormes y letreros de restaurantes que debieron de quebrar hacía muchos años, y cuyos despojos se venden en las chamarilerías ingentes de la calle Bowery, puerta con puerta con los hoteles inmundos que en aquella época todavía abundaban, y que eran el último refugio y la sepultura en vida, el sumidero donde acababan los borrachos más tirados de la ciudad. Pero en Manhattan una caminata en línea recta siempre es un corte geológico que atraviesa mundos sucesivos, provocándole al transeúnte no habituado al asombro de tan caprichosa variedad como un mareo de rotaciones planetarias, un vértigo de niño en el tiovivo que ve moverse con demasiada rapidez las caras y luces de la feria: y apenas había atravesado la región turbia de la Bowery donde, con palabras de Lorca precisamente escritas en Nueva York, *meriendan muerte los borrachos*, la acera por la que bajaba se fue poblando de menudas caras orientales y letreros en chino, primero signos aislados, garabatos de neón o de pintura negra sobre el ladrillo sucio de las paredes medianeras, y luego altas banderolas agitadas por el viento, carteles grandes de cines que anunciaban películas chinas con actores retratados en posturas batalladoras o románticas, quioscos diminutos donde se vendían periódicos con apretadas columnas y titulares en caracteres de un tamaño alarmante, como si anunciaran mortandades y naufragios en los mares de China, tiendas de discos con pósters en los escaparates de ídolos chinos de la canción ligera, joyerías chinas, bazares chinos de juguetes en los que se vendían serpientes articuladas, dragones voladores, tiburones y tortugas de plástico que se agitaban como peces dentro de cubos llenos de agua. Atravesando el mundo en la distancia de unos pasos yo había llegado por primera vez y sin previo aviso, como un desnortado Marco Polo, al gran hervidero chino de Canal Street.

4

Me gustaría acordarme de cada una de mis caminatas y de todas las ventanas a las que me he ido asomando en Manhattan, enumerarlas en mi memoria algunas noches que no puedo dormir y la imaginación vagabunda me devuelve a esa ciudad, me lleva a ella como el animal dócil que sabe su camino y no precisa que su dueño lo guíe. Me acuerdo de la ventana del primer hotel, cuando yo era trece años más joven, que no daba a una calle sino a un patio interior grande y lóbrego, que tenía algo de vertedero industrial ganado por la herrumbre, con tuberías oxidadas, armazones metálicas, muros sucios de hollín y retorcidos tubos de ventilación en los que giraban aspas enormes como hélices de barcos. Me acuerdo de asomarme paralizado por el vértigo a uno de los ventanales como anchas paredes de cristal en el último piso de una de las Torres Gemelas, que ya no existen, viendo desplegarse a mis pies el bosque ilimitado de las arquitecturas de Manhattan, difuminado hacia el norte más allá del rectángulo exacto de Central Park. Me acuerdo de la ventanilla ovalada del avión en la que había un cielo inmóvil de mediodía a lo largo de todo el primer viaje, un cielo de invariable azul que no se amortiguaba con el paso de las horas y que tenía toda la limpia novedad de una aventura, la extrañeza de un tiempo recién comenzado que no se correspondía con el tiempo que marcaba el reloj, el de la vida antigua y rutinaria que se quedaba atrás. Vi una costa boscosa y luego una larga isla de arena cuando el avión comenzaba el descenso. En el horizonte azulado que partía en dos el óvalo de la ventanilla busqué ávidamente algún signo de que había llegado a Nueva York, quizás la línea lejana de los rascacielos. Pero sólo se veían islas entre meandros de canales o de ríos, algún muelle, algún velero, casas de madera pintada de blanco con embarcaderos, cuadrículas de casas pequeñas con jardines, y nada de aquello podía ser Nueva York ni se parecía a la ciudad que las películas y las postales me habían enseñado a esperar, o a la que verían los viajeros que llegaban desde Europa en los transatlánticos, turistas con camarotes privados en las cubiertas de primera clase o inmigrantes arracimados contra las barandillas de las cubiertas de tercera, viendo surgir en el amanecer, sobre la bruma violeta del mar, el perfil como de acantilados de basalto de los rascacielos de la parte baja de Manhattan. Yo no veía nada memorable, tan sólo extensiones de casas bajas, de hangares o fábricas, oscilando según el avión se inclinaba en dirección a la pista de aterrizaje, casas repetidas y pequeñas, con jardines idénticos y tejados a dos aguas, como maquetas diminutas en el juego del Monopoly.

5

Al salir del avión por uno de esos tubos que se acoplan a las puertas no se llega nunca a una ciudad ni a un país, sino al espacio neutro y opresivo de un aeropuerto, sobre todo al llegar a la terminal de la compañía TWA en el aeropuerto Kennedy, que tiene pasillos semejantes a las tuberías interiores de un organismo humano y salas cerradas y cóncavas como las cámaras secretas de un cuerpo. No se ve nada, todavía, no se ve a nadie, ni siquiera hay flechas o indicadores, tan sólo hay que dejarse llevar entre la multitud de los recién llegados por los conductos tubulares, por las escaleras mecánicas, por las puertas automáticas que se abren de golpe con un silbido hidráulico, todos los pasajeros unificados en nuestros pasos por un rígido destino común, aunque provisional, por el cansancio del viaje, apretados en los corredores estrechos, que tienen un aire penitenciario, una anticipación del modo en que seremos tratados cuando lleguemos a la gran sala del control de pasaportes, donde confluyen viajeros llegados de cualquier esquina del mundo, como una vasta representación de la Humanidad. En el control de pasaportes es donde uno se encuentra de golpe y sin aviso con el autoritarismo administrativo de los Estados Unidos, con la aspereza y los malos modos de esos funcionarios de Inmigración que tienen para el europeo una envergadura amenazante, una escala tan desacostumbrada como la que le sorprenderá más tarde en el tamaño de los coches o en el de los puentes. Un europeo ya no está habituado a que le griten o le empujen si se equivoca en una cola, si se queda rezagado un instante en un corredor donde varios carteles prohíben detenerse y donde no hay gesto que no esté sometido a una enérgica reglamentación. En Europa no hay funcionarios así, tan grandes, hombres y mujeres, agigantados no sólo por la alimentación y el uniforme sino también por la actitud, violentos en seguida, cuando alguien no cumple una norma mínima, cuando se acerca demasiado a la cabina acristalada donde se revisan los pasaportes, cuando no guarda la distancia o cuando se queda rezagado un instante, no sabiendo a cuál de las cabinas dirigirse. En el control de Inmigración el viajero novicio tiene su primera experiencia en la complejidad organizativa de las colas norteamericanas, en las que hay algo de cuerda de presos y de distribución del flujo del ganado, como un desafío a la torpeza del que llega y no sabe nada, al miedo del inmigrante que no conoce el idioma y no está seguro de traer en regla todos los papeles o de haber rellenado correctamente los formularios de color blanco o de color verde que se distribuyeron en el avión, tan llenos de casillas y de líneas de puntos en las que es muy fácil poner una letra o una palabra equivocada. Ése es el momento en el que por primera vez en la vida uno se encuentra en la situación de explicar si pertenece o no a una organización terrorista, si ha participado en algún genocidio, si lleva en su equipaje explosivos, armas de fuego o caracoles. A mí siempre me da miedo ese momento del viaje, empieza a dármelo cuando las azafatas reparten los formularios y cuando guardo el mío ya cumplimentado entre las páginas del pasaporte, en el bolsillo de la chaqueta o en la bolsa de costado, temiendo que se me pierda, temiendo llegar a la cola y acercarme a la ventanilla y que me falte algo, o que el funcionario o la funcionaria de cara hosca y cuerpo enorme que indica con una orden terminante a cuál de las cabinas tengo que dirigirme vea en mí algo sospechoso y me aparte a un lado, apretándome el brazo con su mano enorme de guarda de prisión. En esos momentos la imaginación aprensiva trae el recuerdo de historias de malentendidos contadas por otros viajeros, de aquel amigo al que mantuvieron durante unas horas encerrado en una celda de aire pegajoso y paredes metálicas, junto a detenidos de aspecto árabe que guardaban un hosco silencio, o la del bailaor o cantaor flamenco al que llegaron a esposar y trataron como a un delincuente porque la omnisciencia del ordenador reveló que una vez lo habían detenido con una china de hachís. Nada más llegar al aeropuerto uno descubre esa frontera amenazante de la vida americana, la de las burocracias, los policías, la médula disciplinaria de las leyes, la sombra de dureza y de crueldad que hay un paso más allá de la norma que no se ha cumplido, de esa cola en la que uno no se alineó a tiempo, ese túnel en el que se pierden los arrestados por sospecha de terrorismo o de tráfico de drogas. En la cabina del control de pasaportes el funcionario de Inmigración examina el mío, pero no a la manera desganada o distraída con que se hace en España, sino con plena convicción, combándolo para comprobar quizás que su grado de flexibilidad es el correcto, como el jugador que dobla entre las manos un mazo de naipes, pasando página tras página, mirando con cuidado la foto y mirándome luego a mí, no una vez, sino varias veces, como si quisiera revisar por separado cada uno de mis rasgos, los ojos, la nariz, el pelo, la boca. Una vez a la mujer africana que iba delante de mí no la dejaron pasar porque el funcionario decía que su cara y la de la foto no coincidían. La mujer era alta, estatuaria, con un tocado añil, con un manto de pliegues de escultura clásica, con sandalias de plástico, y aceptaba con resignación y dignidad las preguntas malhumoradas y los modales groseros de los funcionarios. Pero estaba claro que no entendía nada, o sólo lo suficiente como para decir que sí con la cabeza, para afirmar su identidad en una lengua críptica. La hicieron apartarse a un lado, y a continuación pasé yo, europeo y dócil, idéntico en mi cara al de la foto de mi pasaporte, suponía, aunque tal vez también sospechoso, y esa vez el funcionario selló rápidamente mi pasaporte y me lo devolvió agitando una mano para que me marchara cuanto antes, y ni siquiera me atreví a mirar ni un instante a la mujer africana que permanecía digna y vertical y esperando algo, atrapada ella en la tierra de nadie de las identidades y los documentos mientras yo podía irme en libertad. En libertad al menos hasta el obstáculo siguiente, la sala donde recogería mi equipaje y donde era posible que me sometieran a un nuevo control, ordenándome que abriera la maleta, quizás en busca de las pruebas de mi complicidad en algún genocidio o de los caracoles ilícitos que habrían viajado adheridos al interior de mis jerseys. Junto a las cintas transportadoras por donde salen las maletas patrullan algunas veces funcionarios de Inmigración con perros adiestrados para olfatear quién sabe qué mercancías ilegales, jamón prohibido o bocadillos de chorizo envueltos en papel grasiento y disimulados entre un lío de ropa, drogas o explosivos que no hayan sido detectados en controles anteriores. Quizás los perros también han sido educados para percibir el olor del miedo en la transpiración de los posibles contrabandistas o de esa clase de gente, a la que yo pertenezco, que se siente acusada y casi culpable ante la simple proximidad de un policía, y que automáticamente pone cara de esconder un secreto o de haber cometido una infracción cuando alguien dotado de autoridad y de uniforme se le queda mirando.

6

No tenía miedo en el primer viaje, desde luego, no sabía lo que me esperaba, y es posible que aquella vez me dejaran pasar sin dilaciones ni demasiadas preguntas. Me movería cansado y aturdido entre la multitud, entre tantos hombres y mujeres con caras, vestimentas y hablas de cualquier parte del mundo, africanos con túnicas y gorros bordados, sijs con altos turbantes de color azafrán, judíos ultraortodoxos con gabardinas negras y medias de seda negra, pálidos como espectros bajo los sombreros negros de ala ancha, las caras delgadas como husos y enmarcadas por los tirabuzones rituales, mujeres indias con saris y círculos rojos en las frentes morenas, ruidosos grupos de españoles en vacaciones. Cada vez que llego y me encuentro en medio de esa vasta diputación de la Humanidad que está siempre queriendo entrar en Nueva York me imagino el Valle de Josafat y el fin del mundo, y los funcionarios uniformados que nos apacientan, nos maltratan, nos revisan los pasaportes, nos envían a gritos de una cola a otra, me parecen los ángeles guardianes de esa especie de paraíso entre monetario y teológico que son los Estados Unidos para tantos millones de inmigrantes posibles y reales, de tanta gente en cualquier lugar de la Tierra que tiene la imaginación intoxicada por el cine norteamericano y confunde sus propios sueños con los que les dictan las películas. También yo he viajado a Nueva York empapado de cine, como cualquiera, atraído por ese imán de la pantalla brillante en una sala a oscuras, y por eso me ha chocado tanto, cuando por los altavoces del avión se nos aseguraba que estábamos llegando, no reconocer ningún lugar, no encontrarme inmediatamente, desde muy alto y desde lejos, con las siluetas de los rascacielos y la estatua de la Libertad emergiendo poderosamente del mar. Es raro estar aquí pero no haber llegado todavía, recorrer pasillos, hacer cola en vastas salas resonantes, someterme al examen inquietante del funcionario que, cuando ya he recogido el equipaje y creo que puedo avanzar tranquilamente hacia la salida y la fila de los taxis, me ordena que abra la maleta y registra mi ropa y mis libros con ademanes bruscos y expertos, las manos enguantadas de plástico transparente palpando bolsillos interiores, abriendo la cremallera de la bolsa de aseo. Si me registran temo llevar algo prohibido en mi equipaje, si tengo miedo pongo una cara sospechosa, si el aduanero de los guantes de plástico se me queda mirando descubrirá que estoy inquieto por algo y llevará a cabo un registro más exhaustivo. Por fortuna ni siquiera me mira, me indica que cierre la maleta con un gesto que a mí me parece de puro desdén pero que quizás sólo es de fatiga y rutina, y ahora sí puedo ya salir, ningún obstáculo me separa del vestíbulo iluminado por la claridad del día y de la fila de taxis amarillos al otro lado de las puertas de cristal. El mediodía detenido tiene una claridad azul tan limpia como la del cielo de Madrid. Es como si el tiempo no avanzara para seguir ofreciéndome la luz de la llegada a pesar de todas las dilaciones por pasillos de tubos fluorescentes y del suplicio de los trámites. La primera vez me sorprendió reconocer tan íntimamente esa claridad dorada y azul: en cada regreso posterior he sentido que el reconocimiento no amortiguaba la punzada de emoción de estar llegando por primera vez. Ahora sé que todavía no he llegado del todo, que me hace falta aún mucha paciencia para sobrellevar el lento viaje en el taxi, en medio de un perpetuo atasco de tráfico, por anchas autopistas y puentes de hormigón que nadie repara hace mucho tiempo. Los ojos habituados por la experiencia siguen siendo los ojos ansiosos de la primera vez: las casas de madera blanca, sucias de abandono y del humo de los coches, el asombro repetido siempre ante el tamaño de los árboles, la desolación de los paisajes industriales, las banderas colgando encima de las puertas o plantadas sobre altos mástiles en los jardines, las alambradas herrumbrosas más allá de las cuales hay un gran río o una lengua de mar, la extensión de lápidas blancas de un cementerio en la orilla de la autopista, la cúpula azulada de una mezquita sobre lo que parecía un enorme almacén: Queens, inmenso, populoso, desastrado y mestizo como una capital asiática, con fábricas arcaicas de cristales rotos y rascacielos vulgares, con restaurantes mugrientos de comida barata y descampados donde se venden coches de segunda mano bajo guirnaldas de plástico con colores patrióticos. Entre murallones y pilares de hormigón hay extensiones de bosque desventradas por bulldozers. Grandes gaviotas de alas inmóviles sobrevuelan marismas rizadas por el viento salobre que viene del mar. Camiones gigantes con tubos de escape verticales como chimeneas de fábricas trepidan y rugen paralizados entre el tráfico. Negros de grandes espaldas y gafas oscuras golpean el volante marcando el ritmo de la música que retumba en el interior de sus coches con las ventanillas abiertas, con banderitas americanas tremolando en las antenas de la radio. La furgoneta de una lavandería lleva pintado en su parte posterior un letrero en español cimarrón: JESUS CHRIST ES MI SALVASION. Echado pasivamente en el asiento hondo del taxi, uno se siente más bien amedrentado, inadecuado y frágil en medio de ese río poderoso y caótico, de esa violenta vibración de motores y energías físicas. Aquí se ve en seguida que el trabajo de cada día requiere fuerzas que podrían aplastarlo a uno, resistencias y tenacidades muy superiores a las de un desmedrado organismo europeo o hispánico, cuerpos humanos fortalecidos a una escala necesaria para desenvolverse entre estas maquinarias brutales, entre este fragor de camiones, excavadoras, taladradoras y grúas, remolques más grandes que trenes de mercancías. Al volante de los camiones, en las zanjas y murallones en construcción a los lados de la autopista, se ven trabajadores hercúleos, con la piel quemada y torsos de lanzadores de martillo, con brazos anchos como cables de acero, con pañuelos de pirata atados bajo los grandes cascos que tienen un aire más bélico que laboral. Buscas a Roma en Roma, oh peregrino, dice Quevedo: recién llegado a Nueva York, camino de la ciudad en un taxi, buscas Nueva York y te sorprende no encontrarla, y en el primer viaje te muerde por dentro la impaciencia de seguir avanzando y no haber llegado todavía. Esperar es un aprendizaje, como el de permanecer atento, preparándose uno mismo para distinguir en la distancia la primera señal de la llegada verdadera, quizás para señalársela como un regalo adelantado al compañero novicio que viene con nosotros: a lo lejos, inesperadamente, se ve no tanto una ciudad como el perfil quebrado y translúcido de un espejismo, delgados volúmenes verticales como lápices alineados de diversas alturas, ingrávidos, acaso con algún relumbre de prismas de cristal o láminas de acero, como condensaciones del mismo azul sobre el que parecen suspendidos, dibujados con levedad y precisión sobre un filo de bruma. Con un sobresalto de la imaginación estás volviendo a descubrir lo que has visto muchas veces, estás viendo en la memoria y viviendo de nuevo en el presente la primera llegada, el arrebato y el asombro del primer viaje.

7

La ventana daba a la calle, a la altura del piso décimo o undécimo, frente a las ventanas iluminadas y a las cúpulas futuristas del hotel Waldorf Astoria, que brillaban de noche con una fantasmagoría de cine en blanco y negro, como si de un momento a otro pudiera verse a King Kong trepando por sus cresterías de bronce. Apoyando la cara en el cristal se veía muy abajo el tráfico de la avenida, que llegaba a la habitación con un rumor de oleaje lejano. Pululaban diminutas figuras humanas y taxis amarillos semejantes a los taxis de juguete que se venden en las tiendas de recuerdos. De vez en cuando el viento traía una espesura de copos de nieve que punteaban a la luz en declive de la tarde los paredones grises del Waldorf Astoria. Cuando se hizo de noche la nieve relumbraba en la negrura del aire, golpeaba silenciosamente contra los cristales fríos de la ventana, envolvía en sus remolinos las torres de enfrente, solitarias como torres de castillos sobre una escarpadura vertical. Viento y nieve llegados desde los bosques de Canadá, en las fronteras del círculo polar ártico. Mirando hacia abajo se distinguían las figurillas ateridas de los transeúntes avanzando contra el viento que bajaba por los cañones de la avenida y doblaba traidoramente los ángulos rectos de las esquinas de las calles, donde había montones sucios de nieve endurecida. El viento soplando de norte a sur avenidas abajo, de oeste a este desde el río Hudson al East River a través de la anchura de la isla, sin encontrar nunca obstáculos, su velocidad heladora favorecida por el trazo en cuadrícula de la ciudad. Dónde encontrarían refugio esa noche los mendigos y los vagabundos de las calles de Manhattan, las *bag ladies* que se arrastraban por las aceras cargando grandes bolsas de basura llenas de harapos y desperdicios o empujándolas en carritos de la compra, envueltas ellas mismas en harapos o en jirones de plástico, con bolsas de plástico encasquetadas como gorros polares en sus cabezas greñudas. Entonces, a principios de los años noventa, Manhattan tenía una población de pobres errantes que luego fueron desapareciendo, dicen que encerrados por orden del terminante alcalde Giuliani en hoteles decrépitos de las afueras, en albergues y manicomios, para que no perturbaran la imagen próspera de la ciudad. Estaban en todas las esquinas, tirados en los huecos de los escaparates o entre las bolsas de basura, y se acercaban a los transeúntes agitando vasos de plástico en los que tintineaban monedas de cobre. Dormían amontonados en los bancos de Madison Square, forrados de bolsas, de gorros, de abrigos desgarrados, de capas montañosas de harapos contra el frío. Pedían limosna agresivamente con sus vasos de plástico o permanecían inmóviles contra una pared, mostrando un cartón en el que habían escrito los pormenores de su infortunio, el motivo de la desgracia que los había arrojado a las calles. Caminaban a lentas zancadas como sonámbulos, sin mirar a nadie, atentos sólo a escarbar en los desperdicios que rebosaban de las papeleras, y entre los que abundaban restos de comida basura, y algunas veces permanecían encerrados en un silencio tan hermético como la expresión de sus ojos y otras gritaban cosas, repetían versículos apocalípticos de la Biblia, salmodias de condenación y apelaciones al arrepentimiento como las de los predicadores en las iglesias de Harlem. Los envolvía un hedor tan denso, tan apelmazado como sus pelambres y ropajes, una pestilencia de orines, de mierda, de putrefacción y alcantarilla que revolvía el estómago, trazando en torno a cada uno de ellos como el espacio maldito de su perdición. Tenían las caras rojas de alcohol y de frío, con pupas y llagas bajo los manchurrones de mugre, y entre los pelos erizados, bajo los capuchones de los gorros, por encima de los trapos que les envolvían las caras tapándoles la boca, miraban con ojos diminutos y fieros, muchas veces muy claros, húmedos por el frío, la enfermedad y la bebida, febriles de locura. Eran como náufragos animalizados por muchos años de soledad ajena a todo trato humano, como exploradores o tramperos perdidos en los bosques invernales del Norte. Eran de todas las edades, viejos decrépitos o adolescentes con las caras infectadas de granos, hombres o mujeres, atléticos o anchos como cetáceos o encogidos y flacos, blancos o negros, blancos de piel muy blanca y ojos clarísimos, gigantes de barbas pelirrojas, morados de alcohol y chorreando orines mientras caminaban, mujeres viejas con los labios pintados de rojo y los párpados de azul y tacones torcidos, cardándose las greñas blancas delante de un espejo roto. Se volvían fugitivos y retráctiles a la luz del día, lentos nómadas o santones absortos en medio de la agitación comercial de la ciudad, pero según caía la noche iban tomando posesión de las avenidas despobladas, alojándose en las concavidades lóbregas de las calles a oscuras, al abrigo de las cajas de cartón y de las pilas de cartones y periódicos prensados, entre las montañas de bolsas negras y enormes de basura, compartiendo con las ratas —y con las cucarachas cuando el calor empezaba— sus ricos yacimientos de materia orgánica en descomposición. Desaparecieron casi del todo en el curso de unos años, como una especie de la que van quedando muy pocos ejemplares, igual que dejaron de verse las prostitutas, los camellos y los yonquis en la calle 42 y en Times Square y casi se extinguieron las luces turbias de los sex shops y de los cines pornográficos que alumbraban las aceras por las que camina como un fantasma lívido de soledad y de insomnio Robert de Niro en *Taxi Driver*. Pero ahora vuelven, poco a poco, según la policía relaja su vigilancia y la crisis económica golpea de nuevo la ciudad, después del vértigo insensato de los años noventa, que ya había empezado a apagarse antes del cataclismo del 11 de septiembre. Regresan los *homeless*, los vagabundos de las calles, vestidos con los mismos harapos y envueltos en un hedor idéntico al de hace diez o doce años, rebuscando como entonces entre los restos de comida y los envoltorios de plástico de las papeleras, escribiendo de nuevo peticiones de ayuda y relatos de desgracia en trozos de cartón, poseídos muchos de ellos por una pasión acumulativa que no debe de ser mucho menos delirante que la de los megamillonarios que habitan apartamentos de cincuenta habitaciones en las torres más ostentosas de Park Avenue o de la Quinta Avenida, frente al lado este de Central Park. Acumulan latas de refrescos vacías por cada una de las cuales les darán un centavo, y al cargarlas en grandes bolsas a la espalda o en los carritos de supermercado que empujan por las aceras van difundiendo un tintineo ligero de metal que es como el sonido de las campanillas con el que anunciaban su presencia los leprosos medievales. Atesoran tantas cosas, tantos papeles, botellas, montones de trapos viejos, pilas de revistas descuadernadas, bolsas negras, racimos de zapatos descabalados, que se les ve agobiados bajo el peso de sus posesiones excesivas, vigilantes, aletargados e insomnes para evitar que se las roben, agotados por el esfuerzo de transportarlas de un lado a otro sobre las espaldas dobladas o en los carritos tan llenos que apenas tienen fuerzas para empujarlos en las cuestas arriba. Parece que viven consumidos por la codicia insaciable de seguir acumulando, empujados por la simple inercia de la multiplicación de sus posesiones, como los reyes avaros de las fábulas, como esos tiburones financieros de Wall Street que no tienen escrúpulos ni conocen el sosiego y son capaces de jugarse la vergüenza y la cárcel con tal de añadir a sus riquezas ya inconcebibles algunos miles de millones de dólares. En la parte alta de la Quinta Avenida, a lo largo de la valla de Central Park, los mendigos sentados en los bancos, rodeados de sus bolsas de latas y desperdicios, abrigados en el invierno contra el frío, miran frente a ellos las ventanas iluminadas en los apartamentos de los millonarios, por encima de las marquesinas regias como palios en las que está escrito en caracteres dorados el nombre y el número de cada edificio, y junto a las cuales montan guardia los porteros de uniforme con galones y gorra de plato y se detienen con suavidad de góndolas largos automóviles negros con los cristales ahumados de los que emergen a veces ancianas diminutas y decrépitas, con osamentas de pájaro, con el pelo cardado y teñido de azul y collares de diamantes. Quizás no quepa en ninguna otra parte del mundo tanta distancia en un espacio tan breve, entre el resplandor dorado y misterioso que fluye de las ventanas de los infinitamente ricos y la sucia penumbra, al otro lado de la avenida, donde se arrebujan tirados en sus bancos los más miserables. En la noche silenciosa y oscura de ese tramo residencial de la Quinta Avenida, frente a la densa orilla de sombra de Central Park, la mirada del que vive y duerme en la calle se alza hacia las ventanas de los apartamentos de los ricos, fanales dorados en los que se distingue quizás la pantalla de pergamino de una lámpara, el fragmento de un techo con artesonados o frescos mitológicos del que cuelga una araña de cristales venecianos, la esquina de una biblioteca con estantes labrados en la que deben guardarse ediciones antiguas y valiosas encuadernadas en piel de becerro. La luz de esas ventanas se recorta en los muros con un brillo amortiguado y lujoso de ámbar, y cuanto más altas están más inaccesible resulta la sugestión de dinero y privilegio máximo que procede de ellas, de intimidad protegida y hermética y al mismo tiempo cautelosamente exhibida a la curiosidad del transeúnte o del mendigo nómada que mira embobado hacia arriba, desvelada a medias por los cristales sin visillos.

8

Me acuerdo de esa ventana frente a las torres art déco del Waldorf Astoria, iluminadas desde abajo por poderosos reflectores, envueltas en los torbellinos de la tormenta de nieve. Vivir bien cobijados y seguros, al amparo del temporal que azota el asfalto y las aceras diez pisos más abajo, las esquinas afiladas en las que salta el viento polar como un animal de presa, helando la cara y atravesando la ropa con una furia de agujas y cuchillas de hielo, traspasando los huesos del cráneo hasta el filo del desvanecimiento si uno no ha tenido la precaución de abrigarse la cabeza. La vida entera resumida en el espacio cúbico de una habitación de hotel, en la elementalidad narrativa de las leyendas sobre el origen del mundo: una mujer y un hombre temporalmente despojados de mañana y de ayer, de parentescos, de responsabilidades, de oficios, absueltos incluso por el temporal de nieve de las obligaciones del turismo, una mujer y un hombre solos en una habitación impersonal y confortable, como en esas habitaciones austeras que se ven tantas veces en los cuadros de Edward Hopper, con frecuencia desde un punto de vista situado en el exterior, al nivel de la calle o al de los trenes elevados que en otros tiempos cruzaban algunas avenidas a una altura de tres o cuatro pisos, mostrando a los viajeros reclinados junto a las ventanillas imágenes aisladas y veloces de la vida de la gente en el interior de los apartamentos. Alguien podría ver desde fuera, usando unos prismáticos en alguna de las ventanas del Waldorf Astoria, a esa mujer joven y desnuda que está conmigo en la habitación, seria y de pie frente a la ventana, como una mujer de Hopper, pelirroja, con una desnudez al mismo tiempo ensimismada y muy carnal, como olvidada de sí misma mientras contempla los copos de nieve que emergen de la oscuridad exterior traídos por el viento y se deshacen contra los cristales. Dos semanas antes, al despedirnos en el aeropuerto de Madrid, cada uno emprendiendo un viaje diverso, nos dimos cita en Nueva York, en una habitación de este hotel donde yo había pasado un año antes mi primera noche de exaltación y de insomnio en la ciudad. Como un talismán bien custodiado en el doble fondo de una maleta, indetectable para los escáneres, para las manos enguantadas de los aduaneros, yo había llevado conmigo la fecha y el lugar de esa cita mientras viajaba por otros lugares horizontales y borrosos de los Estados Unidos, mientras aguardaba con docilidad y paciencia la salida de un vuelo en un pequeño aeropuerto del Medio Oeste o sonreía y asentía educadamente en los corrillos de un party universitario. Los funcionarios de Inmigración que habían examinado la foto de mi pasaporte comparándola con los rasgos de mi cara no habían distinguido en ella ningún indicio del secreto, ni se habían interesado, al preguntarme por los itinerarios y los motivos de mi visita al país, por esa escala de unos pocos días en Nueva York que postergaba mi vuelo de regreso a Europa. Yo conversaba con alguien en el aula de un congreso sobre literaturas hispánicas, intentando no perderme en la maraña de su jerga teórica, y la cita futura que ninguno de mis interlocutores conocía era en mi conciencia como un rescoldo secreto que me calentaba el corazón. Miraba de soslayo la fecha en el calendario que había sobre la mesa de un profesor y él no podía saber que yo estaba calculando los días que faltaban para el encuentro. Volaba hacia Nueva York no desde el este y sobre el océano, como en los primeros viajes, sino desde el oeste y por encima de extensiones horizontales, de llanuras de praderas y campos de maíz que se dilataban monótonamente hacia la lejanía, subdivididas en cuadrados y rectángulos, atravesadas por carreteras tan rectas como las líneas de longitud o latitud en los mapamundis. Más allá del final de ese continente y del océano ya habría despegado el avión que la llevaba a ella, la rotación de la Tierra y los vastos sistemas transoceánicos de navegación aérea actuando al servicio de la culminación de nuestra cita. La ciudad a la que viajas de regreso no es la misma si cuando llegues habrá alguien esperándote en ella. Lo que fue un escenario admirable y un paisaje exterior desde ahora es una parte de tu alma, un atributo del deseo que te lleva en suspenso como los vuelos de los sueños, que te acelera los latidos del corazón y el ritmo de los pasos con los que cruzas sin pisar del todo el suelo los vestíbulos de los aeropuertos. Esta vez el viaje en taxi era el preludio no de una llegada abstracta y desinteresada a la ciudad sino de un encuentro que al mismo tiempo lo hacía todo más real y lo volvía más extraño, porque era raro pensar que en alguna parte, al otro lado de los puentes y del laberinto del tráfico, alguien estaba ya esperándome. Y esa expectativa aliviaba mi anonimato de viajero recién llegado a la ciudad, de pasajero silencioso al que el taxista miraba de vez en cuando en el espejo retrovisor, una cara idéntica a la de cualquiera, soluble en las de millones de desconocidos, y sin embargo individual y precisa en cada uno de sus rasgos porque una mujer estaba esperando verla aparecer en el vestíbulo de un hotel, y en cuanto apareciese sería capaz de distinguirla entre todas las demás, igual que yo la distinguiría a ella en cuanto paseara la mirada entre los huéspedes que conversarían en voz baja entre sí o permanecerían callados e inmóviles, sentados frente a las puertas de cristales, esperando también la llegada de alguien. Pasar entre las resonantes armazones metálicas del puente de Queensboro, viendo muy abajo las aguas lentas y grumosas del East River, era una forma de ir acercándose no a la ciudad, sino a la mujer deseada que aguardaba en ella. La aparición a lo lejos del perfil azulado de los rascacielos ya había sido un aviso de su proximidad, un augurio de la seguridad del encuentro, en la que sin embargo ahora se insinuaba un matiz de incertidumbre que aceleraba el pulso y el desasosiego del corazón. Quizás en el último momento ella había decidido no emprender el viaje, que al fin y al cabo tenía mucho de aventura con un casi desconocido, o quizás le habían dado miedo el país y la ciudad donde no había estado nunca, el ancho océano que debería atravesar por primera vez. Las posibilidades de errores, de malentendidos, de percances ínfimos que lo trastocaran todo, surgían con inquietante fertilidad en la imaginación según el viaje en el taxi se acercaba al final y rebrotaba el deseo y los latidos del corazón parecía que golpearan directamente la boca del estómago: habría perdido el avión, o se había retrasado mucho el vuelo y aún estaba esperando a embarcar en Barajas, un problema insoluble y a la vez trivial en el trabajo o una enfermedad la forzaban a quedarse en Madrid, y había llamado al hotel de la ciudad del Medio Oeste donde yo pasé la última noche pero yo ya había salido hacia el aeropuerto cuando el teléfono sonaba en mi habitación. Tantos días esperando en secreto el encuentro, calculando el tiempo, las horas y noches que faltaban, tachando números en los calendarios, y ahora que sólo quedaban unos minutos, la distancia de unas pocas calles y avenidas del centro de Manhattan, ahora la separación parecía más temible y la incertidumbre que no había sentido en dos semanas me angustiaba. El taxi grande y con mala suspensión navegaba ya sobre el pavimento ondulado, sobre costurones de zanjas mal tapadas y planchas metálicas, ese asfalto abrupto de la ciudad que despierta la memoria del recién llegado igual que el enlosado irregular del patio de un palacio de París le traía a Marcel Proust la sensación instantánea de caminar de nuevo por la catedral de San Marcos en Venecia. Hay algo veneciano en las calles umbrías de Nueva York por las que yo iba aquella tarde hacia mi cita en el hotel, quizás los muros de ladrillo oscuro maltratado por la intemperie y terminados tantas veces en ojivas o filigranas góticas, en raros simulacros de templos o monasterios bizantinos que tienen gárgolas bajo los aleros y en realidad ocultan los depósitos de agua en las terrazas más altas de los edificios. Antes de bajarme del taxi ya había mirado ansiosamente la fachada del hotel imaginándome que la vería a ella, y que su aparición inmediata cancelaba de golpe con un sobresalto de felicidad mi angustiada incertidumbre. También había urdido, como un músico obsesivo, variaciones posibles sobre el tema primordial del encuentro: llegaba al vestíbulo y la veía antes de que ella me viera a mí, y me acercaba sin que la congoja me permitiera decir en voz alta su nombre; no la veía, preguntaba por ella al recepcionista, que me decía que nadie había llegado todavía a la habitación, o que había un mensaje para mí; subía en el ascensor, recorría uno de esos largos pasillos de los hoteles rancios de Manhattan, llamaba a la puerta de la habitación, ella me abría con su gran sonrisa, con su cara rescatada de golpe de las inexactitudes del recuerdo, se apretaba contra mí, me arrastraba de la mano hacia el interior de la habitación, según solía hacer tan perentoriamente en otras habitaciones, en otros hoteles donde nos habíamos encontrado. Pero no me dio tiempo a prever nada, a descartar o añadir posibilidades. Estaba simplemente sentada en un diván del vestíbulo, con una sonrisa de reconocimiento y bienvenida, de ironía hacia mi aturdimiento, mi recobrada timidez. Se habría pasado el lápiz de carmín por los labios unos segundos antes y la sonrisa tenía una luminosa cualidad frutal, recién venida de Madrid y sin embargo idéntica en su color y su franca jovialidad a las sonrisas más deseables de Manhattan, las de las bailarinas en los carteles de los musicales de Broadway, la de Marilyn Monroe en las serigrafías de Andy Warhol, la de esa mujer de pelo negro y labios muy rojos —la que Alex Katz lleva pintando toda su vida. Al verla de pronto, tan singular y ella misma entre los desconocidos, nítidamente recortadas su cara y su figura contra un fondo que le era extraño, en otra ciudad, en otro continente, identificaba en ella, en el resplandor de su cara mirada, en las sensaciones tan frescas de los primeros minutos del encuentro, la dulce belleza pop de la vida moderna y la publicidad: la cara delgada, el pelo rizado y suelto, los ojos brillantes, la barbilla firme, la boca grande, los labios muy rojos y los dientes muy blancos, como en los anuncios de dentífrico y en los lienzos joviales de Roy Lichtenstein.

9

Hay lugares de la ciudad que uno descubre por sí mismo en sus caminatas solitarias y otros que le son revelados como un regalo generoso de la amistad o el amor. Se puede regalar lo que uno más ama, cierta perspectiva al fondo de una calle, un parque pequeño junto a un puente, un café, un club de música, hasta un instante de la luz. Ese regalo intangible enriquece a quien lo ha hecho y se vuelve un tesoro enaltecido por el agradecimiento para el que lo recibe, en un recuerdo y también en la posibilidad de otro regalo. En el lugar estará siempre quien nos lo descubrió y el momento de nuestra vida en el que gracias a su mediación lo conocimos.

En aquel viaje yo le regalaba mis lugares más queridos de Nueva York a la mujer que iba conmigo, los que había encontrado yo a solas, en caminatas que siempre tenían una emoción simultánea de aventuras de descubrimiento del mundo y descensos al interior de mí mismo, y los que otras personas me habían regalado a mí, y cada uno de ellos, y de los que íbamos encontrando juntos, se convertía en parte de un itinerario común, en un regalo mutuo que al mismo tiempo era el mapa de una ciudad y el de un tesoro. Cuando los días se volvieron despejados calculé la hora más propicia y fuimos al otro lado del puente de Brooklyn para cruzarlo a pie hacia Manhattan con la luz rubia y fría del sol iluminando desde el oeste las torres de cristal, mientras el viento del océano silbaba en los cables de acero, tensos y tupidos como cuerdas de arpa, y nosotros mirábamos el río y los puentes y el perfil de la ciudad desde una perspectiva elevada e ingrávida de equilibristas o de pájaros. En una mañana vítrea de frío y de pálido cielo azul sobre las ramas negras de los árboles de Central Park subí con ella por la Quinta Avenida para mostrarle los cuadros de Vermeer, de Rembrandt, de Goya, de Tiziano, de Whistler, en las salas deshabitadas de la Frick Collection, donde teníamos la sensación no de visitar un museo sino de habernos introducido furtivamente y con sigilo en las estancias de un palacio abandonado por sus dueños, preservado intacto y fuera del tiempo desde principios de siglo. Un día, en un viaje anterior, mientras saboreábamos vasos de whisky de malta con hielo muy picado en la penumbra acogedora y perfecta del bar de nuestro hotel, José María Guelbenzu me había dicho que ese museo de la calle 70 y la Quinta Avenida del que yo no había oído hablar nunca era el que más le gustaba en

Nueva York, y que en él se guardaba un cuadro misterioso atribuido a Rembrandt y llamado *El jinete polaco.* Ahora yo la guiaba a ella, igual que Guelbenzu me había guiado a mí, adelantaba la mano al entrar en una sala con chimenea de mármol, ventanas francesas y sillones de cuero de familia opulenta, para enseñarle el rojo resplandeciente de los ropajes del *Hombre joven* de Tiziano, para regalarle como si le ofreciera un ramo de flores sus ricos brillos de terciopelo veneciano en la penumbra, o el blanco de armiño y el amarillo de seda de la *Joven leyendo una carta* de Vermeer. Aunque era invierno se había puesto para complacerme y seducirme unos zapatos altos de tacón y un vestido corto amarillo y ceñido, de un amarillo que se parecía al del vestido de la joven de Vermeer. Se había quitado el abrigo en el calor excesivo del interior del museo y un vigilante inmóvil junto a una puerta salió del estupor de su aburrimiento para mirarle con aprobación las piernas y el culo, y volvió en seguida a su postura de estatua cuando se dio cuenta de que yo le había interceptado la mirada. Mi amiga Beverly Brown, nieta del trombonista Lawrence Brown, que tocó muchos años en la orquesta de Duke Ellington, me había guiado una noche por las calles recónditas del West Village —estrechas, sigilosas, adoquinadas, con acacias en las aceras y glicinias trepando por las fachadas, enredándose a las escaleras de incendios— llevándome a un pequeño club que está en la calle Grove y se llama Arthur's Tavern, donde tocaba entonces un pianista que murió hace unos años. Esta vez yo quería llevar sobre mis antiguos pasos a mi amante recién llegada de Madrid, inseguro de encontrar el camino y ansioso de regalarle a ella lo que en un viaje anterior yo había recibido, la taberna acogedora y algo decrépita, la barra de madera, el pequeño estrado del fondo donde tocaban los músicos, rodeado por un mostrador en el que los parroquianos apoyaban sus bebidas, sobre el que se acodaban para conversar y fumar cigarrillos o para pedirle alguna canción al pianista, que tocaba y cantaba a la manera gentil de Nat King Cole y llevaba un peluquín de un negro tan intenso y reluciente como el de la piel de su cara, un peluquín glorioso, arremolinado, sintético, tan llamativo como el turbante recamado de un califa. Tocaban con él un batería y un contrabajista blancos que debían de ser igual de viejos pero que no habían aprovechado en igual medida las ventajas de la cosmética y de la peluquería. El contrabajo tenía algo de esas cómodas corpulentas y viejas que han sido muy usadas y han sufrido el desgaste de muchas mudanzas, pero sonaba, escuchado tan cerca, con un ancho latido de corazón humano, de honda concavidad de madera, y las cuerdas, cuando las rozaba el arco en vez de pulsarlas los dedos fornidos y diestros del contrabajista, vibraban con un quejido largo y denso, con una gravedad solemne, sentimental, funeraria, como si en el fondo de cada una de las canciones livianas que tocaban los músicos, las baladas de amor o los rápidos números de Cole Porter o Gershwin, hubiera un lamento pesado de blues, una irreparable melancolía. Me he olvidado de la cara del contrabajista, pero no de la del batería: era un hombre calvo, mayor, de párpados carnosos y mejillas caídas, de orejas grandes, con el labio inferior grueso y mojado, con una gran barriga floja y el desaliño de un jubilado. El espacio en el que tocaban era muy estrecho, y este hombre grande de corpulencia decaída abarcaba entre las dos piernas su ascético instrumento, tan sólo un tambor, un bombo pequeño y unos platillos, ante los cuales permanecía como adormilado cuando esperaba la señal para el comienzo de una canción o cuando alguno de los otros músicos hacía un solo. Pero cómo tocaba cuando llegaba el momento, cómo parecía regresar a la vida, sin apenas moverse, sin abrir del todo los ojos, sin desprenderse de su somnolencia, del ensimismamiento en el que existía para él la música, con qué precisión marcaba el compás, amortiguando el choque de los platillos y el golpe del bombo para no atronar el aire en aquel espacio tan cerrado y no interferir con las sonoridades más débiles de los otros músicos. Casi abarcaba del todo entre sus largas piernas separadas el bombo y el tambor, sobre el que deslizaba giratoriamente las escobillas, y al posarlas sobre los platillos lograba un rumor metálico tan delicado como el de las gotas diminutas de lluvia sobre un alero de cinc. No daba golpes bruscos, modulaba la resonancia de los platillos cóncavos de metal y de la piel tensada de los tambores extrayendo de ellos los indicios no sólo de un ritmo sino casi de una melodía, casi de una voz arenosa que hablaba en voz baja. De pronto cambiaba el ritmo al final de una estrofa, se hacía más veloz pero no menos sigiloso, con la instantánea destreza con que saltan sobre un tapete verde los naipes desplegados por un jugador, y aunque ahora el baterista usaba los palillos y el compás era mucho más rápido, persiguiendo hacia arriba, junto al contrabajo, las filigranas del piano, como pájaros que ascendieran muy alto, su cara permanecía impasible, los pesados párpados entornados, quizás con un temblor ligero en las mejillas carnosas, con un gesto parecido a un reflejo de dolor contrayéndole el labio grueso y colgante, del que quizás no mucho tiempo atrás hubiera pendido un cigarrillo. Apenas abría los ojos y no necesitaba mirar al pianista para mantener con él una infalible sincronía, tal vez sostenida mediante signos que yo no sabía advertir, y sin duda mediante una complicidad de muchos años, no sólo dictada por el virtuosismo y la inspiración improvisadora, sino por la rutina y la duración de las jornadas laborales de los músicos, en las que el aficionado, sobre todo el aficionado europeo, no piensa mucho, porque tiene una idea exclusivamente poética del jazz, abstracta, alimentada por la belleza intemporal y también incorpórea de los discos, de modo que no repara en lo que hay de oficio y puro trabajo con largos horarios y sin demasiado fruto en las vidas de la mayoría de los *jazzmen*: eso se notaba cuando al final de una canción miraban sin disimulo el reloj, sin complacerse mucho en los aplausos, y empezaban a cubrir el piano, a desmontar la batería, a guardar en su funda de cuero el arco del contrabajo, gente cansada que ha terminado a deshora su turno laboral y echa el cierre del taller y deja en su sitio las herramientas con el automatismo de lo que se hace todos los días y el alivio de salir a la calle.

10

Pero hasta que llegara ese momento, el melancólico final de la noche —también para nosotros dos el tiempo se acababa, y no faltaba mucho para que tuviéramos que abandonar la habitación del hotel y la ciudad que nos había acogido como un santuario provisional para nuestra huida—, aún nos quedaban varias horas por delante cuando por fin encontré la calle Grove y el modesto letrero luminoso de la Arthur's Tavern, brillando como la luz de una casa invitadora y aislada en la noche de invierno. En Nueva York raramente hay correspondencia entre la temperatura de los lugares cerrados y la de los espacios abiertos, y las diferencias climáticas artificiales son todavía más extremas que las de la naturaleza: si hace un calor irrespirable y húmedo en la calle nos traspasará el frío polar del aire acondicionado al entrar en una tienda, en un autobús o en un restaurante, y si escapamos del viento helado empujando con urgencia la puerta de un edificio en menos de un segundo nos sofocará el calor de horno de la calefacción. Ingresamos del golpe, después de habernos extraviado en el frío de las calles a oscuras, casi desiertas en la noche laboral del invierno, en la pulsación del calor y de la música, en el olor a tabaco, a cerveza agria, a madera y a serrín mojado de las tabernas irlandesas, en la penumbra rumorosa de voces, tintineos de vasos y cubitos de hielo, risas de bebedores. En las avenidas sombrías batidas por el viento no había casi nadie, sólo algunos mendigos y lunáticos errantes, pero en el interior de la Arthur's Tavern, forrado de madera oscura, adornado con recortes de periódicos viejos, con reseñas enmarcadas de *New Yorker* y del *New York Times*, con adornos navideños y colgaduras de tréboles de San Patricio y de banderitas del Cuatro de Julio que llevan muchos años acumulando polvo y mugre, las camareras circulaban atareadamente entre las mesas y la barra llevando en alto bandejas con jarras de cerveza rubia, gin tonics y whiskies, y en el aire denso de humo de tabaco la música sonaba por encima de un bajo continuo de conversaciones murmuradas. Había pasado más de un año desde la última vez que estuve allí, pero podía haber ido a tomar una copa tan sólo la noche anterior: detrás del mostrador del fondo se atareaban los músicos, cada uno a lo suyo y los tres confabulados, idénticos a mi recuerdo, el baterista con su aire de letargo y su labio inferior tembloroso y mojado, el contrabajista sujetando su contrabajo como mueble de familia voluminoso, anticuado y barroco, el pianista con su camisa blanca abierta sobre el pecho, los anillos en las manos veloces, sorprendentemente delicadas para el volumen de su cuerpo, y sobre todo el peluquín, con sus brillos de ala de cuervo y de fibra sintética, el peluquín encasquetado sobre su frente sudorosa como un turbante de califa de Hollywood o de mago de circo (pero quizás Estados Unidos es el único país del mundo en el que un político, un artista e incluso un predicador evangélico pueden llevar peluquín sin que se hunda su carrera). Nos acodamos con nuestras bebidas en el mostrador y me pareció que el pianista me miraba como reconociéndome, pero a quien miraba era a la que iba conmigo, que se había puesto esa noche un vestido negro con un escote ancho que revelaba el dibujo de sus clavículas y el principio de los senos y de la curva de los hombros, porque aunque fuera invierno nos estábamos despidiendo y era preciso apurar cada hora memorable, ya casi perdida de tan rápido como se iba el tiempo. Terminaba una canción y el pianista preguntaba quién quería elegir la siguiente, nos lo preguntaba desde muy cerca, al otro lado del mostrador, como preguntaría un camarero la bebida que el parroquiano deseaba tomar. Alguien decía un título, y el pianista fingía con teatralidad guasona que no conocía esa canción, o se rascaba la frente apartando un poco el peluquín como si hiciera un esfuerzo inútil por recordarla, con esa comicidad de vodevil que cultivaron en otro tiempo músicos tan grandes como Louis Armstrong y Fats Waller, y en la que de vez en cuando se complacía Dizzy Gillespie, aunque ya estaba muy mal vista por los doctrinarios de la emancipación racial. Entre tanta gente como había en la Arthur's Tavern sólo otra pareja se abrazaba, un hombre y una mujer sentados frente a nosotros, al otro lado del ángulo recto que formaba el mostrador en torno al estrado de los músicos. Eran singulares por la formalidad y la elegancia con que iban vestidos en medio de un público en el que predominaba el desaliño, por lo estrechamente que se abrazaban, convirtiendo casi cada acto —el de encender un cigarrillo, el de llevarse la copa a los labios— en una caricia, y porque él era negro y ella blanca, y ni siquiera en Nueva York son habituales esas parejas. Tendrían cuarenta y tantos años: él muy alto, con un traje oscuro, con gemelos dorados en los puños de la camisa, uno de esos negros de estatura majestuosa y suprema elegancia que parecen ir siempre vestidos por el sastre de un rey; ella rubia, escotada, carnal, con vestido negro de tirantes muy finos, muy ceñido a sus caderas anchas, con la piel muy blanca, casi láctea, con una sonrisa ebria en los ojos y en los labios, con una lasitud sexual en los gestos, en la manera que le hablaba a él acercándole la boca al oído o en que alzaba la cara para mirarlo y escucharlo, recreándose en su hermosura masculina, en su elegancia, en el timbre grave de su voz. Alzaban siempre la mano antes que nadie para pedir canciones, y el hombre deslizaba en seguida un billete de dólar en el tarro de las propinas. Pedían las mismas canciones que nosotros deseábamos escuchar, algunas de las cuales nos habíamos regalado el uno al otro, porque también las canciones pueden ser regalos intangibles del amor, revelaciones decisivas como la de una palabra dicha a tiempo, una promesa o una confesión. El pianista las cantaba con su voz ligera, civilizada, sedosa, más de salón de baile que de club de jazz, o más bien las decía, tan cerca de nosotros, al otro lado del mostrador, paseando la mirada entre las caras del público, como sin hacer mucho caso del movimiento de sus dedos sobre el piano o del trabajo de los otros dos músicos, con esa maestría que borra todo signo de esfuerzo y de premeditación, como si las canciones no estuvieran escritas en pentagramas y fueran interpretadas con el trabajo combinado de los instrumentos y la voz, después de un aprendizaje tenaz de mucho tiempo, de una práctica continua. Parecía que las canciones simplemente brotaban en el aire, lo atravesaban como las volutas de humo de los cigarrillos o vibraban en él en conjunciones no menos azarosas que las de las voces, el sonido de las copas y las botellas, el de los cubitos de hielo chocando en el líquido dorado o blanco de los licores destilados, el rumor de las burbujas de la tónica al ser vertida en un vaso de ginebra. También las palabras que cantaba el pianista, que enunciaba apenas entonándolas con su boca de labios grandes muy cerca del micrófono, parecían no pertenecer a quienes las habían escrito muchos años atrás, a Ira Gershwin, a Cole Porter, a Irving Berlin, a Harold Arlen, sino a los sentimientos de cualquiera, porque sus versos breves y sus rimas exactas aludían con naturalidad a las cosas más elementales, a las más decisivas, a la felicidad sexual que el hombre y la mujer sentados frente a nosotros estaban compartiendo y al miedo que nosotros teníamos a empezar a perdernos cuando acabara esa noche y el despertar del día siguiente tuviera la luz enfriada y la tristeza gradual y angustiosa del final del viaje, de la despedida y la incertidumbre sobre el porvenir. Las canciones no hablan de quien las ha compuesto y ni siquiera del que está tocándolas sino de quien las escucha, de quien se reconoció en una de ellas nada más descubrirla y se vio comprendido y explicado por la forma pura de la melodía, por esas palabras que ya le pertenecen incluso cuando sólo las ha comprendido parcialmente. Identificábamos con las primeras notas del piano *The Man I Love*, *Just One of Those Things*, *It's All Right With Me, One More for the Road*: como el borracho melancólico de esta última no nos resignábamos a la retirada y nos concedíamos el tiempo breve y medido de otra canción, los minutos de tomar otra copa, en esos vasos cónicos de whisky que se abarcan enteros con la mano y llevan una pajita para remover con gustosa sonoridad el hielo picado; como el hombre o la mujer que acude a una cita y en vez de a la persona que esperaba encuentra a otra que le gusta más en *It's All Right With Me*, agradecíamos el azar que nos había llevado el uno hacia el otro tan sin habérnoslo propuesto. La cita en Nueva York que durante tantos días de espera había pertenecido a un porvenir siempre incierto ahora estaba a punto de convertirse en pasado y recuerdo, en agridulce memoria de lo que quizás no se repita. Cuando el cantante, a petición del hombre alto y negro y la mujer rubia, empezó a tocar, sonriendo con los ojos cerrados, *If We Never Meet Again,* estaba hablando del miedo de todos los amantes a perderse, pero esa noche, sobre todo, hablaba de nosotros, que no estábamos seguros de volver a encontrarnos, que esa noche, al cabo de unos minutos, cuando agotáramos la última copa y terminara la última canción, recorreríamos por última vez en taxi, en dirección al norte, la Sexta Avenida deshabitada y oscura en la noche de invierno, iluminada de trecho en trecho por los fluorescentes lívidos de las tiendas de las esquinas y de las cafeterías y restaurantes grasientos de pizzas o de hamburguesas que no cierran nunca. En ellos se ve muchas veces, al otro lado del cristal, a un indigente con la cabeza derribada por el agotamiento, el sueño o el alcohol sobre una mesa de plástico, sucia de restos de comida.

11

En mi tierra las ventanas mantienen con el exterior una relación difícil, de cautela y secreto: se abrían ventanas pequeñas en los muros muy gruesos, para resguardo contra el frío en casa sin calefacción, para protegerse en la penumbra de los calores del verano, y también porque el cristal sería caro. Había rejas en las ventanas, postigos, celosías heredadas de los harenes musulmanes, igual que la vocación de hermetismo de los muros encalados y muy altos, de la vivienda replegada sobre sí misma, abierta sólo al cielo desde el patio interior. Se entornaban las cortinas, se echaban las persianas, se aspiraba a ver sin ser vistos. Cuando a la caída de la tarde se iba a encender la luz, las mujeres decían: «Cierra antes los postigos, que no nos vea nadie.» Que un extraño nos pudiera ver desde la calle parecía una afrenta. La puerta de la calle no se cerraba en todo el día, pero era inimaginable que las ventanas no tuvieran rejas. Por eso me sorprenden y me gustan tanto las ventanas grandes de Manhattan, anchas, rectangulares, despejadas, admitiendo espaciosamente el mundo exterior en los apartamentos, revelando en cada edificio, como en capítulos o estampas diversas, las vidas y las tareas de quienes habitan al otro lado de cada una de ellas, los empleados en sus oficinas, los hombres solos o las mujeres solas que vuelven del trabajo y toman una cena rápida frente al televisor, la gente misteriosa que vive en los apartamentos más altos, de los que sólo se ve a veces un fragmento del techo con un ventilador, una luz que puede ser rosada o rojiza, verdosa, como calculada para alumbrar quién sabe qué actos arrebatados o abominables. Los corredores en los edificios de apartamentos de Manhattan tienen moquetas grises que amortiguan pasos y absorben sonidos, muros lisos, puertas macizas, luces que no se apagan nunca. En los ascensores no hay espejos, y como hay un panel de mandos a cada lado de la puerta no se pregunta a nadie a qué piso va ni se pide a otro que pulse el nuestro por nosotros, así que el viaje entero puede ser completado sin cruzar una palabra ni una mirada, sin hacer el menor signo de que hay alguien más en el ascensor. Puertas opacas, blindadas, con mirillas diminutas, con chasquidos múltiples de cerraduras de seguridad: ventanas siempre transparentes. Es una de las paradojas de Nueva York, una entre tantas de sus oposiciones extremas, como la del calor y el frío, el aire acondicionado y la calefacción, la belleza y la fealdad, la opulencia y la miseria, la antipatía y la afabilidad. Un vecino se te cruzará en el largo pasillo torciendo la cara, tensando el cuerpo entero en una hostilidad física dispuesta al rechazo de toda cercanía, y otro te preguntará tu nombre y te dirá el suyo estrechándote la mano, y querrá saber de dónde vienes y cuánto tiempo piensas quedarte en la ciudad. He pasado junto a puertas cerradas como sepulcros egipcios tras las que se oye muy lejano el sonido de la televisión o el llanto de un niño y me he quedado horas junto a una ventana, sin hacer nada, mirando sólo hacia la calle, o hacia las ventanas del otro lado, capítulos o recuadros de existencias a las que me he ido habituando, sin desvelar nunca su enigma, viñetas de historias o decorados de escenas que sólo muy parcialmente sucedían ante mí. Por una ventana de la Octava Avenida, junto a la calle 14, veía frente a mí, en el tercer piso del edificio gigante de un banco, la ventana de una oficina en la que la luz tardaba mucho en apagarse, y en la que un hombre en mangas de camisa seguía trabajando en una mesa llena de papeles, consultando la pantalla de un ordenador y hablando al mismo tiempo por teléfono cuando los demás empleados ya se habían ido, desvelándose a veces hasta después de medianoche. Ese hombre solo, quizás angustiado por obligaciones o plazos, poseído por la pasión norteamericana del trabajo, esa única luz en tantos pisos de hileras de ventanas a oscuras, en el edificio tan grande, con torreones, arquerías románicas y almenas en la cima, como un castillo en la cumbre de una montaña negra y vertical o un monumento bárbaro al feudalismo del dinero.

12

En España el peor insulto que puede recibir quien escribe libros o hace películas, quien se dedica casi a cualquier forma de arte, es que se le llame localista, o costumbrista. En Nueva York uno se da cuenta de que el arte americano, que en cualquier parte del mundo se percibe como universal, es de un localismo extremo, y sus cualidades universales o abstractas proceden de nuestra lejanía hacia los motivos, los escenarios y las experiencias que lo alimentan. Quizás la grandeza de sus mejores obras resida en parte en el vínculo estrecho y vivificador que mantienen con lo inmediatamente real, su capacidad de fabular con los materiales más cercanos de la vida: la poesía con la lengua hablada, la novela con la crónica, el cine con el documento sobre las cosas comunes y los trabajos de la gente, la danza con el ritmo y el sonido de los pasos, las artes visuales con la fotografía, con las imágenes de la publicidad y de la cultura de masas, con los escenarios cotidianos, la música, tantas veces, con las efusiones sentimentales y las melodías simples de la canción popular, con los sonidos y hasta los ruidos de las calles, el tachunda de las bandas de viento y los tambores, la cacofonía de los cláxones, la polifonía de las herramientas, la simple topografía de la ciudad, que se vuelve romántica con sólo ser enunciada, agregada al título de una obra: *Manhattan Transfer*, *West Side Story*, *Forty Second Street*, *Washington Square*... En una canción de Rodgers y Hart, titulada simplemente *Manhattan*, un catálogo de nombres de calles nada distinguidas se convierte en el itinerario sentimental e irónico de una pareja de amantes, que celebran los chorros de aire caliente de los respiraderos del metro en el mes de julio y el deslizarse de los carritos de refrescos y comida barata como si fueran las brisas marinas y los veleros de un litoral soñado al que su pobre economía les impide escapar. Uno de los más hermosos himnos del jazz, *Take the A train*, que compuso Billy Strayhorn para Duke Ellington, es ya desde su título una guía literal sobre la línea del metro que nos llevará a Harlem. Para una mirada europea, española, Edward Hopper es un pintor de figuras hieráticas y lugares neutros o abstractos, de extrañas habitaciones con muebles rudos y grandes y ventanas enormes que dan a edificios de ventanas idénticas o a paisajes despoblados, bosques oscuros o colinas peladas y bajas como dunas. En sus cuadros se ven escenas nítidamente recortadas y al mismo tiempo veladas de misterio, figuras detenidas en gestos, ensimismadas en tareas que parecen poseer una significación muy profunda, completa en sí misma, pero también inaccesible, como fotogramas aislados de películas cuyo argumento nos es desconocido. Pero ésa es la visión de quien se pasea de noche por un barrio tranquilo de Nueva York, por las calles residenciales de Chelsea o del Upper West Side, y mira desde la acera en sombras las ventanas de comedores o bibliotecas o de pequeñas oficinas escenas fragmentarias en las vidas de los desconocidos, gente que lee el periódico junto a una lámpara encendida, en un sillón tan rojo y ancho como ciertos sillones de Hopper, o que en mitad de una habitación se queda pensando, queriendo recordar algo que iban a hacer o a buscar y que han olvidado. Entonces el recuadro de la ventana es el marco exacto de una pintura, y ese hombre o esa mujer que están haciendo o pensando algo vulgar y que no son más ricos o más atractivos ni llevan vidas más memorables que la nuestra adquieren a la luz de la lámpara, en la distancia y la sombra que las separan de la calle, el enigma de algo que nos gustaría saber y no descubriremos nunca, el prestigio de una existencia armoniosa, protegida, serena, quizás demasiado reflexiva y un poco melancólica, más sustancial que la nuestra. Daríamos cualquier cosa por vivir en esa habitación que vemos desde la acera, por llevar esa vida que nos parece tan hecha de costumbres sólidas, rodeada de objetos valiosos y ennoblecidos por el uso, esos cuadros que apenas acertamos a distinguir, con sus marcos quizás dorados, esos libros de tapas oscuras que sin duda son obras maestras y en cuya lectura nos gustaría sumergirnos, a la luz de esa lámpara y en ese sillón junto a la ventana, en esa calma y ese silencio que apenas interrumpen los pasos de un desconocido que cruza por la calle. En Hopper también está esa figura, la que ve alguien desde su ventana, alguna vez en un contrapicado como de película policial en blanco y negro, el hombre con el rostro tapado por un sombrero que pasa muy abajo por la acera, alumbrado de espaldas por la farola de la calle que proyecta ante él su sombra larga y amenazadora. Los ventanales americanos de Edward Hopper están en algunas de las mejores películas de Alfred Hitchcock, que nunca dejó de mirar los Estados Unidos con una mirada de forastero que observa lugares y costumbres siempre ajenas a él, exóticas en su cotidianidad, como los moteles de carretera en la literatura americana de Nabokov. Toda *Psicosis* procede de una escena que podía haber estado en un cuadro de Hopper; empieza en una ventana elegida como al azar entre centenares de ventanas iguales, que están en Phoenix, Arizona, pero que podrían estar en uno de esos hoteles de la parte media de Manhattan, como los que frecuentaba yo en mis primeros viajes: una habitación, una cama, un aparador grande, una mujer sobre la cama y un hombre de pie junto a ella, o sentado a sus pies, unidos por algo que intuimos pero que no se nos muestra, cómplices y a la vez cada uno apartado del otro en el silencio de sus cavilaciones. Hopper se interrumpe aquí y no cuenta nada más: las vidas del hombre y de la mujer acaban en ese instante, en esa habitación, en lo que podría vislumbrar o suponer de ellas un testigo que mirara hacia la ventana abierta, advirtiendo el contraste entre la evidente luz diurna y la casi desnudez de los dos personajes. Hitchcock continúa y lo que va contando son como instantáneas fotográficas que fueran también cuadros de Hopper, una mujer que conduce un coche grande y abombado por una carretera en el desierto, que se desnuda en la habitación despojada de un motel, frente a una ventana: y también una casa en una colina que es uno de esos caserones dramáticos y solitarios de los cuadros de Hopper, con sus mansardas y sus balcones y volutas de arquitectura francesa tan extraviadas en medio de un paisaje americano, y una ventana que permanece iluminada en la noche, y hacia la que mira alguien, detrás de la que parece que hay alguien mirando hacia el exterior, dedicado a una vigilancia insomne. Los críticos, los entendidos que tanto veneran a Hitchcock quizás reprobarían como un ejercicio de costumbrismo intolerable una película que sucediera en Madrid y que tuviera una sustancia tan local, tan intransferiblemente anclada no ya en una ciudad, sino en un vecindario, como *Rear Window,* título del todo neutro, y por eso más sugestivo, que los distribuidores españoles se apresuraron a mejorar cambiándolo por *La ventana indiscreta*, para que no hubiera dudas sobre el carácter morboso de la historia. Puertas cerradas, vidas herméticas, hurañas, maniáticas, alojadas en cada habitación como en las celdillas de un panal: y en el reverso ventanas iluminadas, mostrando hacia el interior de un gran patio de vecindad de Greenwich Village la materia siempre tan extraña de la que están hechas las vidas de los otros, de los desconocidos, bocetos o fotogramas, episodios breves de película muda, todo ocurriendo simultáneamente en el panal cúbico de un edificio de apartamentos: la soledad laboriosa y neurótica, el amor, las manías inocuas de cada uno, los sueños sin porvenir, la enfermedad, el rencor conyugal segregado despacio a lo largo de los años, el crimen. El argumento de *Rear Window* procede de un cuento de Cornell Woolrich, que muchas veces firmó como William Irish, historias secas, precisas, transparentes, con el efecto inmediato de un dry martini, que nunca duraban más que unas pocas páginas y que suceden, las mejores, en Nueva York durante los años de la Depresión, en los mismos escenarios vulgares que retrató Edward Hopper, cines, apartamentos baratos, habitaciones de hotel para una sola noche, restaurantes automáticos, teatros de variedades. En esos cuentos de Irish los instantes cruciales en las vidas de los personajes estallan como fogonazos, transcurren tan rápidamente y sin sosiego como la prosa en la que están escritos, como los pasos de la gente en las escaleras del metro en una hora punta, como el vértigo de los letreros luminosos en las fachadas de Times Square y la velocidad y el estrépito con que circulaban sobre sus plataformas de pilares de hierro los trenes elevados sobre las avenidas. El instante de una percepción inmoviliza a las figuras en un cuadro de Hopper y señala el destino o deslumbra con la fatalidad de una revelación a los héroes de William Irish. Los personajes de Hopper viven en un ámbito de ensimismamiento y quietud que los sitúa fuera del tiempo, en un éxtasis detenido de soledad o de contemplación: los de Woolrich o Irish están siempre arrojados a una velocidad angustiosa de carrera contra reloj, arrastrados por una fatalidad que los lleva a la desgracia y a la muerte. En uno de sus cuentos, alguien que viaja de noche en el vagón casi vacío del tren elevado ve en una ventana, en una fracción de tiempo que no puede durar mucho más de un segundo, que un hombre está asesinando a una mujer.

13

El dramatismo, la densidad humana de las ventanas de Hopper, de Hitchcock y de William Irish se convierte en poesía de la ausencia, del puro misterio de la luz contra un fondo oscuro, en las acuarelas y los grabados recientes de Alex Katz. No hay figuras, sólo rectángulos vacíos, huecos exactos de claridad sobre la lisa superficie de los muros de un edificio, que se recorta a su vez contra un cielo un poco más claro o un poco más sombrío, y que tiene la misma sustancia plana que él, de forma sin volumen, de limpia extensión de negro, de azul marino, de verde oscuro, con una delgadez de cartulinas recortadas y pegadas, de papeles de seda de diversos matices. Las ventanas de Hopper están vistas de cerca, tanto que casi se pueden distinguir bien las caras, aunque siempre permanecen un poco borrosas, y se podría ver si alguien que parecía estar abrazando a una mujer en realidad intenta estrangularla. Las ventanas de Alex Katz son las de las casas que se ven a lo lejos desde la carretera, formas oscuras entre la sombra de los árboles, faros de claridad que indican una presencia humana invisible y ausente para quien mira desde lejos, de paso. Y son también las ventanas remotas en los decorados de rascacielos de los musicales de Broadway, y las que pueden verse de noche en los edificios que uno mira desde el otro lado de Central Park, sobre la extensa negrura de las copas de los árboles, a veces entre las ramas más altas que ha desnudado el invierno. Aquí la lejanía ya se vuelve cósmica, porque esas luces brillando en medio de la noche pertenecen a mundos que se nos antojan más distantes de nosotros que las estrellas parpadeando con una claridad muy débil que ha debido viajar miles de millones de años para alcanzar nuestras pupilas. Mucho antes de ver esas ventanas luminosas en las noches sobre Central Park y en las acuarelas de Alex Katz yo las había visto en una película que me sobresaltó la vida cuando tenía catorce años, y que se me quedó en la memoria con la viveza y la vaguedad gradual con que permanecen los recuerdos de las impresiones reales, que se vuelven borrosos al mismo tiempo que se van filtrando hacia la inconsciencia, de la que a veces los rescata fragmentariamente un sueño o una música. Sin que nos diéramos mucha cuenta el vídeo cambió el cine al cambiar la forma en que se recuerdan las películas. Veíamos una que nos gustaba mucho en el cine y quizás volvíamos a verla al día siguiente, o nos quedábamos para verla de nuevo nada más terminar, si era en uno de aquellos cines ya olvidados de sesión continua, pero era muy difícil que a partir de entonces nos fuera posible verla alguna vez, porque la mayor parte de las películas desaparecían. La rescatábamos si acaso, por casualidad, en la televisión, pero en mi tierra de los dos canales que había entonces en la única televisión oficial sólo uno podía verse, y en él no ponían más de dos o tres películas a la semana, en blanco y negro, en el blanco y negro que tenían todos los programas, que ha quedado en la memoria de muchos de nosotros como el color de aquella época, el blanco y negro charolado de las películas antiguas virando al gris ceniza de los noticiarios y de los discursos de Franco. Qué lejano se ha vuelto ese tiempo, el final de los años sesenta, los primeros setenta de lo que ya es el siglo pasado. Qué difícil recordar cómo era entonces la casa en la que vi una noche esa película en la televisión, *Jennie,* que ya no pude ver de nuevo en veinte años, hasta que la encontré en un videoclub, con la sensación de rescatar no tanto una película como un objeto valioso y perdido o como un fragmento intacto del pasado, de mi vida más íntima en el principio de una adolescencia aturdida, sentimental, pueblerina, ignorante, un par de horas de una noche casi con toda seguridad de 1970, en el comedor de una casa en la que aún había cuadras para los mulos y para los cerdos, jaulas de alambre para los conejos, lechos de paja para que las gallinas que picoteaban por el corral empollaran los huevos. En aquel comedor con paredes encaladas y vigas en el techo la televisión era todavía una novedad tan reciente como el frigorífico, exhibido junto a ella como un mueble valioso que no merecía estar relegado a la cocina, e igual de discordante en su modernidad con la cal de las paredes, las baldosas quebradizas del suelo, el brasero de candela bajo la mesa camilla y el aparato de radio, situado sobre una repisa de obra, ya anacrónico y en trance de perder su relevancia en la casa, después de haber sido no muchos años atrás el primer y el único aparato moderno que había entrado en ella. Veíamos la televisión como habíamos escuchado en otros tiempos la radio, congregados alrededor de la mesa camilla, subiéndonos bien sus faldas en las noches de invierno para que nos confortara el calor del brasero, que era el único alivio contra el frío en aquella casa tan grande. Sobre aquella mesa yo ponía mis libros y mis cuadernos de estudio abstrayéndome de la familia que conversaba a mi alrededor y del ruido de la televisión. En el buen tiempo podría subirme a mi cuarto, esconderme a leer en cualquiera de las cámaras y los graneros de la casa sin que nadie viniera a molestarme. Pero en los largos inviernos no me quedaba más remedio que estudiar y leer rodeado por los demás, al arrimo del brasero, y así adquirí una destreza que ya no me ha abandonado en la vida, la habilidad o la costumbre de aislarme en medio de los otros, de sumergirme tan hondo en un libro, en una cavilación o en una película que se me borra el lugar donde estoy y apenas me llegan las voces que conversan a mi alrededor. Así empecé a ver esa película, *Jennie*, sin saber de qué trataba, reconociendo quizás la cara franca y melancólica de su protagonista, Joseph Cotten, porque lo había visto muchas veces en el cine, pero sin acordarme de su nombre, igual que no sabía que la muchacha, Jennie, era Jennifer Jones, y menos aún que el director era un emigrado alemán llamado William Dieterle. Pero la historia me hipnotizó desde las primeras imágenes, me hizo olvidar la incomodidad y el frío de mi casa campesina y alejarme de las personas de mi familia que me rodeaban, tan sideralmente como cuando me perdía en las páginas de una novela. Veía un gran lago helado sobre el que se deslizaban los patinadores, la tarde de invierno en la que Joseph Cotten conoce a una casi niña vestida a la moda infantil de principios del siglo pasado, en un bosque encantado de grandes árboles desnudos que yo no sabía que se llamara Central Park: veía luego los senderos del bosque en la negrura de la noche, el hombre caminando con sombrero y abrigo bajo la claridad escasa de las farolas, y por encima de las siluetas de aquellos árboles que parecían mucho más altos que los de mi tierra de secano brillaban como en un firmamento geométrico las luces en las ventanas de los rascacielos. Todo parecía el escenario de un sueño, tan irreal como esa muchacha que llegaba sin aviso y se esfumaba sin decir adiós, como los fantasmas de dulzura sentimental y avergonzado y solitario erotismo que yo alimentaba en mi imaginación a base de películas, versos, fotografías de revistas e imágenes de anuncios, canciones de la radio que me embargaban sin motivo de felicidad y amargura. Yo quería ser o me imaginaba que era como ese hombre, ese pintor sin suerte que se ha enamorado de una muchacha que quizás está muerta o sólo es un desvarío o un espejismo: lo que yo tanto deseaba tampoco existía, estaba muy lejos y era muy difícil que yo pudiera lograrlo alguna vez. Imaginaba mi vocación literaria como un destino heroico de soledad y pobreza igual al que aceptaba con valentía melancólica Joseph Cotten para convertirse en pintor: esa historia —más que a las otras películas, se parecía a los cuentos de Allan Poe o las leyendas de Gustavo Adolfo Bécquer que me gustaban tanto—, y la ciudad fantasmagórica en la que sucedía tenían más que ver conmigo que mi vida real, que me disgustaba siempre, en la que me sentía forastero y perdido. En los días siguientes, en las aulas sombrías del colegio de curas, me acordaba de la película como si la hubiera soñado, la revivía en mi memoria como uno de esos sueños largos, complicados y felices cuyo rescoldo, más tenue que el polen que forma los colores en el ala de una mariposa, uno no quisiera nunca gastar, como un secreto alimento contra el infortunio que acaba perdiéndose por muy cuidadosamente que uno haya querido administrárselo.

14

Asomado de noche a una ventana de la Quinta Avenida, frente a Central Park, a la altura de la calle sesenta y tantas, me acuerdo de *Portrait of Jennie* y se amortigua a mi espalda la conversación de los demás, la música para teclado de Bach que el anfitrión ha rebajado hasta un volumen justo para que no distraiga la atención ni interfiera las voces, pero aun así pueda ser escuchada, nos acompañe en segundo plano, aunque no nos demos mucha cuenta, como los cuadros que hay en las paredes o los objetos austeros y valiosos que están repartidos sobre las mesas bajas, en los aparadores, sobre la repisa de la chimenea, recuerdos de la larga vida viajera del cónsul y su mujer, que planean concluirla dentro de no mucho tiempo, cuando a él le llegue el relevo en el consulado de Nueva York y vuelvan a Madrid. Se puede no prestar atención a la música, pero está sigilosamente en el aire, es aire sonoro, como dice Daniel Barenboim, las suites inglesas de Bach tocadas al piano por Andras Schiff, y nos rodean y las respiramos con él, en el salón decorado con muebles, cuadros y alfombras españolas, con cruces y cálices coptos que al cónsul le recuerdan su primer destino diplomático en Etiopía. Durante la cena, la mujer que estaba sentada junto a mí, de pelo gris y edad intermedia, de acento y aire norteamericanos, me ha contado que su padre, un abogado español que trabajaba para el consulado, la llevó algunas veces, cuando era niña, a visitar a la familia García Lorca en su apartamento de Riverside Drive, muy cerca de la Universidad de Columbia: se acuerda de que al llegar allí siempre le daba miedo una señora silenciosa, de cara severa, de pelo blanco recogido en un moño, como una aparición de otro mundo enlutado y hosco, ajeno a su mirada de niña criada en América. Era doña Vicenta Lorca, la madre de Federico. Ha terminado la cena y hemos vuelto al salón para tomar una copa. La residencia del cónsul está en un tercer piso: sólo al final del otoño, cuando los arces inmensos que hay frente a la ventana han perdido sus hojas, se pueden ver desde aquí los edificios del lado oeste de Central Park. Mientras los demás conversan yo me abstraigo paladeando a sorbos breves un whisky de malta, mirando en la ventana la gasa de llovizna y la niebla que envuelve la luz pobre de las farolas en la Quinta Avenida y en el interior del parque, entre los árboles, y que hace más lejanas todavía las ventanas del otro lado, amortiguando su brillo, diseminando su claridad como en el polvo cósmico de una galaxia. El parque, de noche, en medio de Manhattan, a unos pocos metros de donde yo estoy, tiene algo de los bosques impenetrables de los cuentos, de los grandes bosques del corazón de Europa en los que según cuenta Gibbon se internaban con pavor los soldados de las legiones de Roma, no habituados a sus espesuras, a la anchura de los troncos, a las formas fantásticas de las ramas, temiendo siempre la aparición súbita de animales salvajes o de bárbaros greñudos y envueltos en pieles que saltaran sobre ellos gritando como bestias y agitando hachas de piedra. Muy cerca del interior hermético, protegido por cámaras en circuito cerrado y guardias de seguridad, de los edificios de apartamentos como éste en el que tiene su residencia el cónsul de España, Central Park es todavía, cuando cae la noche, el bosque primitivo en el que nadie se atreve a internarse, la región de oscuridad y de pánico donde no es seguro que rijan las leyes humanas, protegida por una advertencia que siempre nos hacen, no entréis en el parque después del anochecer, aunque ya no sea tan peligroso como hasta hace unos años, cuando casi a diario se producían asaltos, asesinatos y violaciones, como en esos bosques medievales habitados por salteadores y asesinos. Hace unos días el periódico trajo el recuerdo de un crimen cometido en el parque en los tiempos más oscuros, a finales de los años ochenta, cuando una mujer incauta que corría por los senderos con su camiseta, su cinta en el pelo y sus zapatillas de deporte se dejó atrapar por el anochecer y ya no salió indemne. La golpearon, la violaron y luego la dieron por muerta, la dejaron tirada sobre el lecho espeso de hojas del otoño, en un paraje perdido del bosque donde nadie había escuchado sus gritos pero que estaba a unos pasos tan sólo de Central Park West, de los porteros de uniforme y los vestíbulos forrados de maderas nobles de algunos de los edificios donde se esconden las más prodigiosas acumulaciones de dinero y de mecanismos de seguridad del mundo. Cinco jóvenes puertorriqueños y negros fueron detenidos, encontrados culpables y condenados a largas penas, cinco de los bárbaros de piel oscura que traspasaban las fronteras de miseria del lado norte del parque, con indumentarias extrañas, con una lengua incomprensible, manejando armas rudimentarias y crueles, pistolas viejas, cuchillos, bates de béisbol con los que habían destrozado los huesos de la mujer después de violarla. Pero ahora, tantos años después, se ha descubierto que aquellos cinco jóvenes, siendo culpables de atracos y violaciones, eran inocentes de ésta, porque un hombre que ya está en la cárcel por otros delitos ha confesado que fue él quien violó y casi mató a la corredora de Central Park, y los análisis de sangre y de

ADN confirman sus palabras, su tardía reivindicación. La policía encontró a aquellos cinco jóvenes forajidos en el parque y sin mucho miramiento, porque ya eran delincuentes y además eran puertorriqueños y negros, y la mujer asaltada era blanca, los forzó a confesar, falsificó pruebas, los mostró esposados ante las cámaras de los fotógrafos y la indignación de la ciudadanía asustada, los entregó a jueces y jurados ansiosos por encontrar rápidamente culpables, chivos expiatorios para el miedo de una ciudad azotada por el crimen. Qué distinto este bosque de sombras de asesinos y gritos sofocados de terror del que yo vi por primera vez en *Portrait of Jennie,* en el que Joseph Cotten podía internarse sin peligro en busca de una niña vestida a la moda de hace cien años, con sus botines, sus tirabuzones y su sombrero adornado con cintas, con su aire en el fondo algo siniestro de niña paralizada en la infancia y extraviada en el tiempo, Jennifer Jones más bien pepona y fatalmente ridícula con sus ropas infantiles aunque ya era una mujer granada cuando hizo la película, según comprobé viéndola de nuevo, por segunda vez en mi vida. Ahora hay otras imágenes, otros sonidos que se superponen: el paseo nocturno por Central Park, en un coche de caballos, de Orson Welles y una Rita Hayworth con el pelo corto, impetuosamente teñida de rubio en *La dama de Shanghai*; la música de Charles Ives en *Central Park in the Dark,* oscuridad de arboledas vírgenes y discordancias de jazz y de ruidos de tráfico, lo más arcaico y lo más moderno yuxtaponiéndose sin gradaciones, sin espacios intermedios, como la quietud pastoral de los senderos arenosos del parque por los que pasea alguien pisando las hojas y observando a las ardillas tan civilizadas que no se inmutan por su presencia y la irrupción súbita del crimen. Veo la sombra errante de alguien, en un sendero cercano al muro que separa el parque de la Quinta Avenida, posiblemente un pordiosero que busca un abrigo para pasar la noche. Abajo, al pie del muro, en la acera del otro lado, se acurrucan sombras en el suelo, se cobijan bajo harapos y cartones en los bancos, bajo capuchones y abrigos hechos con bolsas negras de basura. Alguna de esas sombras mirará hacia la ventana iluminada en la que yo estoy, distinguirá en ella mi silueta recortada y solitaria.

15

El cónsul está contando sus viajes a las cárceles donde cumplen condena los jóvenes españoles atrapados por la policía nada más bajarse del avión en el aeropuerto Kennedy, trayendo insensatamente en sus equipajes bolsas de cocaína o pastillas de éxtasis. Conocen a alguien en una discoteca, un individuo que les ofrece viajar gratis a Nueva York, pasar allí un fin de semana con todos los gastos pagados y ganándose además sin ningún esfuerzo una cantidad de dinero. Tienen dieciocho, veinte años, no han salido al extranjero nunca, les tienta la posibilidad de aventura, de pastillas o coca gratuitas, y como no saben nada del mundo tampoco saben las penas durísimas con que se castiga el tráfico y la simple posesión de droga en Estados Unidos, país del que sólo conocen la imagen atractiva y jovial de las películas, los anuncios y las series de televisión. El cónsul va a visitarlos luego en el Centro de Detención de Brooklyn, en cárceles masificadas y hediondas en las que de pronto esos muchachos se encuentran uniformados de naranja, esposados, con grilletes y cadenas en los pies, muertos de miedo, sin entender inglés, aplastados por la expectativa monstruosa de una condena de muchos años. El cónsul posee el talento civilizado de contar. En su voz hay asombro y piedad hacia la inconsciencia de esos jóvenes que en pocos minutos se ven arrojados a un infierno que ni siquiera intuían que existiera y rabia hacia los traficantes que los engañan y los usan. Hace poco, nos dice, fue a visitar en prisión a un sujeto del que le habían dicho que era el responsable de engañar a varios incautos, atrapado al final él mismo por los aduaneros americanos. Lo esperaba en la sala de visitas alimentando su indignación, pensando en los reproches que le haría en cuanto apareciera, en el modo en que le haría enfrentarse a su responsabilidad por el horror que ahora estaban viviendo aquellos inconscientes a los que había manipulado. La puerta enrejada se abrió pero el cónsul no vio a nadie junto al guardia que la cerró de nuevo, aunque sí escuchó un ruido de cadenas. El traficante contra quien él había venido acumulando tanta ira, del que sólo sabía que era gallego y ex albañil en paro, se arrastraba encadenado y esposado por el suelo porque no tenía piernas, y sin ayuda del cónsul se encaramó laboriosamente a una silla, entre jadeos obstinados y estrépito de hierros, y al verlo ante sí, pequeño, desmedrado, con el pelo largo y sucio, como de macarra aldeano de los años setenta, con las perneras vacías del pantalón de presidiario colgando bajo la mesa, contorsionándose para sacar un pitillo y encenderlo con las manos esposadas, lo que el cónsul sintió fue una lástima que lo desarmaba, una desolada misericordia hacia los extremos impredecibles de la mala suerte y la insensatez y la trapacería humanas.

16

El cónsul deja de hablar y nos quedamos en silencio, congregados a su alrededor, como esperando todos que siga contando, con esa voz civilizada y persuasiva que vuelve tan vívidos los pormenores relevantes de una historia. Uno de los comensales ya se ha marchado, el cardiólogo que es una eminencia internacional en su especialidad, un hombre fornido, atractivo, maduro, con los ojos muy claros, con aire de galán sólido más que de científico, sin sombra de petulancia, muy atento a lo que se le cuenta, con una atención para escuchar que tiene algo de curiosidad instintiva y de actitud profesional: la atención del que escucha las palabras con que un paciente le describe su dolencia y las irregularidades delatoras en su manera de respirar o en los latidos de su corazón. En España casi cualquier literato que haya alcanzado un cierto grado de celebridad, o que alimente el rencor comparativo con otros que son un poco más célebres que él, o que tengan algo que él piensa que merece más, se exhibe con arrogancia y no considera digno de su jerarquía prestar atención a nada que no tenga que ver con él mismo, con su obra: y este hombre, el cardiólogo, que seguramente sabe de lo suyo más que nadie en el mundo, y que con su trabajo y su talento es capaz de salvar vidas, carece por completo de cualquier rasgo de altanería y mira atentamente con sus ojos claros y cordiales y escucha con la intensidad de quien no quiere perderse el menor matiz de una información muy valiosa, hasta ahora desconocida para él. Ha explicado que se levanta cada día a las cuatro de la mañana, con un fuerte y cordial acento catalán al que se le superponen ya entonaciones norteamericanas, porque lleva viviendo en Nueva York media vida, lo cual se nota mucho también en sus gestos, en su manera rápida de llegar y de marcharse, con una conciencia del valor del tiempo en la que no queda nada de poltronería española. Tantos años fuera del país le dan una visión de él que a los demás nos parece al mismo tiempo equilibrada e ingenua, sin el exceso de vehemencia con que hablamos los otros, sin nuestra tolerancia fatigada o cínica hacia las insensateces que se nos han vuelto habituales, pero que vistas desde la distancia de otro continente y examinadas sin el narcótico de la familiaridad cobran su verdadera dimensión de absurdo. Viajar sirve sobre todo para aprender sobre el país del que nos hemos marchado. En la cena el cardiólogo nos cuenta, todavía con estupor, la tormenta política en la que se vio envuelto el verano último, cuando lo llamaron a Nueva York de su pueblo o de su barrio natal para invitarlo a que diera el pregón de las fiestas. Dijo que no al principio, explicó que llevaba muchos años viviendo fuera, pero le insistieron tanto que por fin accedió. Acordándose de los emigrantes andaluces, murcianos y extremeños que habían llegado cuando era niño a su tierra, y pensando en las mezclas de gentes que conviven cada día en Nueva York y en las nuevas oleadas de extranjeros que venían ahora a Cataluña a ocupar los trabajos que habían hecho en los años cincuenta los recién llegados de otras partes de España, ideó un discurso que fuera una celebración de la pluralidad, del extraordinario clima humano que puede establecerse cuando se reúnen en el mismo lugar gentes de lenguas diversas llegados de partes lejanas del mundo, unidos por la voluntad de salir adelante y de entenderse entre sí. Todo les pareció perfecto a los organizadores, hasta que el cardiólogo, para poner en práctica lo mismo que ensalzaba, empezó a saltar del catalán al castellano, del castellano al catalán, con la magnífica flexibilidad intelectual de los bilingües. Aún no entendía, cuando nos lo contaba, varios meses después, por qué de pronto se habían indignado tanto con él, por qué aquellas personas que tan partidarias parecían del mestizaje y de la variedad lingüística le reprochaban escandalizados que hubiera usado dos lenguas. «No entiendo nada», dice el cardiólogo, con todo su acento anglosajón y catalán, alzando sus hombros ensanchados por el ejercicio físico y por las hechuras de su ropa norteamericana, «será que llevo demasiado tiempo viviendo fuera». Se levanta en seguida y se despide con espléndida cordialidad y sin perder un minuto, después de mirar su reloj sin ningún apuro, con esa falta de disimulo para medir el tiempo que a los españoles nos sorprende de los americanos tanto como su impudor para hablar de dinero.

17

Me atrae mucho y me intriga esa gente que se ha hecho la vida lejos de su país de origen, sobre todo los que no se quedan colgados fuera de la realidad, que también abundan, colgados y como aletargados en una tierra de nadie y en un tiempo anacrónico, doblemente extranjeros. Me gusta mucho este cardiólogo, con su deje catalán y su acento y sus maneras de Manhattan, y me gusta encontrarme en este salón de la residencia del cónsul donde casi todos los invitados tienen sus lealtades repartidas entre este lado y el otro, viven transitoria o permanentemente en Nueva York y también conservan su arraigo con España, la ven con una cierta distancia, entre saludable y melancólica, matizada por la lejanía física, como se ven desde esta ventana las luces de los edificios al otro lado de Central Park. Pero de todos nosotros, quizás el que más sabe de lejanías es el propio cónsul, que sin embargo ya está preparándose para volver pronto a Madrid. El cónsul salió de España por un camino de los Pirineos en enero o febrero de 1939, cuando tenía menos de un año, llevado en brazos por su padre, un notario republicano que huía con su familia en medio de la muchedumbre de fugitivos del final de la guerra, de noche, bajo el viento y la nieve, por caminos enlodados donde se atascaban los camiones y las bestias de carga del ejército vencido. Estaban llegando a la frontera y el padre del cónsul se dio cuenta de que tenía que retroceder: a su hijo pequeño se le había caído una de las botas, y si no la rescataba se le helaría el pie. El cónsul cuenta con pudor y ternura ese recuerdo que forma parte de su vida pero que él no podría tener si no se lo hubieran transmitido, tan valioso como la pequeña bota infantil que un hombre busca en un camino a oscuras, entre la nieve, entre los pasos de la gente y las ruedas de los camiones, entre las patas de los mulos, una cosa tan mínima en medio de la riada del desastre, del gran cataclismo de la República española. El cónsul sólo volvió a España, con pasaporte mexicano, veinte años después: andando el tiempo la espiral de su destino tan hecho de idas y venidas lo llevó a servir como embajador de España en México. Tiene una foto en la que se le ve, igual de delgado que ahora pero con el pelo más oscuro, junto a una anciana digna y de pelo blanco hacia la que se inclinan con solicitud el rey y la reina, muy jóvenes: fue él, cuando estaba en México, quien medió en la visita de los reyes a doña Dolores Rivas Cherif, la viuda de Manuel Azaña, que había sido muy amiga de su familia en el exilio. Ahora, muy cerca ya del retiro, apurando los últimos meses de su vida en Nueva York, el cónsul sale a patinar por los senderos de Central Park las mañanas de los sábados, con una gorra de cuadros, una chaqueta de tweed y una bufanda al cuello, como un *gentleman farmer* que se deslizara en vez de caminar, y cada domingo, después de desayunar, se sienta en este mismo salón y escucha frente a la ventana una cantata de Bach, que llena la casa tan luminosamente como el sol frío y el aire limpio del cielo de Manhattan: una por una, cada domingo, sucesivamente, con la misma regularidad fantástica con que Bach las componía, y dice que cuando se marche de la ciudad le habrá dado tiempo a escucharlas todas. «Y a nosotros también», añade con fatalismo irónico su mujer, que antes de irse de la ciudad ya cuenta que siente hacia ella la misma nostalgia que si la recordara.

18

Es un septiembre todavía caluroso y húmedo y por la ventana del apartamento donde llevamos viviendo sólo unos días se ve una acera neutra con pequeñas acacias, la esquina de un edificio moderno que da a Lincoln Square y el ancho ventanal de un aula de la Juilliard School of Music, donde suele haber atriles con partituras, y donde músicos jóvenes, vestidos con ropas deportivas, tocan instrumentos que yo no llego nunca a escuchar, o atienden a las explicaciones de algún profesor. A veces hay alguno que estudia solo, inclinándose ensimismado sobre un violoncello silencioso, acomodando puntillosamente un violín en el hueco entre el hombro y la clavícula. Otras veces forman grupos pequeños de cámara, cuartetos de cuerda, quintetos o sextetos de metal, y a mí me gustaría saber qué música están ensayando, poder imaginarme las obras que tocan mientras los veo soplar con la cara enrojecida una trompeta, deslizar a golpes desiguales la vara de un trombón, mirarse de soslayo con las cabezas inclinadas sobre las partituras y los arcos suspendidos sobre las cuerdas para acordar el momento justo en que van a atacar el principio de un cuarteto. En un perfecto silencio se despliegan frente a mí las variedades laboriosas del oficio de la música: un grupo en semicírculo, con cuadernos de partituras en las manos, mueve los labios o los mantiene cuidadosamente redondeados mientras la mano derecha de un profesor se alza o desciende, el pulgar y el índice juntos para indicar quizás una nota difícil, la palma abierta yendo de un lado a otro, con una ondulación apenas indicada que debe de parecerse al canto llano de las voces. Alguna mañana, cuando me despierto, ya hay alumnos jóvenes estudiando o ensayando en el aula de paredes blancas y suelo de moqueta gris. Nueva York es una ciudad muy madrugadora. El primer día que me desperté en este apartamento, con la luz del amanecer, por el trastorno de sueño que provoca el viaje, salí a la calle aturdido buscando un café y ya había por las aceras, en los cruces sin tráfico, mucha gente madrugadora y diligente, corredores camino de Central Park, andarines veloces con pantalón corto y zapatillas de deporte, gente que paseaba al perro o que volvía a casa llevando bajo el brazo el *New York Times* de los domingos. Haría falta sacudirse la pereza española para disfrutar mejor del tiempo, para salir cuanto antes a caminar por la ciudad y descubrir y aprender más cosas en ella, atesorar más imágenes, con la atención entregada y la curiosidad golosa del que siempre está recién llegado y quiere verlo todo, de quien le pide a cada día al menos la intensidad de una gran sensación verdadera. Una mañana, martes, a las nueve, todavía medio dormido, concediéndome con remordimiento unos minutos más de indolencia, oigo el teléfono, que está junto a la ventana desde la que veo a los músicos silenciosos de la Juilliard School, y cuando lo descuelgo una voz infantil y querida me dice desde España que un avión acaba de estrellarse contra las Torres Gemelas. En España son las tres de la tarde, están empezando los telediarios: cómo es posible que nosotros no nos hayamos enterado todavía de lo que está sucediendo tan cerca, lo que está viéndose ahora mismo en la televisión, en tantos comedores españoles, en el mundo entero. Mi hija, que acaba de cumplir doce años y no quiso venir en este viaje a Nueva York con sus hermanos porque le da mucho miedo volar, me dice con naturalidad desconcertante, su voz reconocida y tan próxima en el teléfono a pesar de la lejanía: «Y tú que me dices siempre que el avión es la forma más segura de viajar.» Me asomo a la ventana y no parece que suceda nada, sólo que la calle está más tranquila de lo normal a esta hora, como si fuera mucho más temprano. Habrá sido un accidente, como cuando en los años treinta una avioneta con el rumbo perdido se estrelló contra los pisos más altos del Empire State. Pero en la televisión se ve que una de las torres está ardiendo y que un nubarrón de humo negro sube hacia el limpio azul de la mañana de septiembre, y cuando la conciencia apenas va empezando a aceptar lo que le muestran los ojos se ve el segundo avión que avanza en horizontal, que parece por un momento pasar por detrás de la otra torre: pero increíblemente la está atravesando, y estalla en su interior en medio de una deflagración de fuego. Hace falta un esfuerzo de la memoria para recobrar el instante en que se vieron por primera vez esas imágenes, que a lo largo de las horas de ese día y en los meses y años futuros se van a repetir tanto que acabará embotándose su cualidad apocalíptica, su impacto sísmico sobre la imaginación. Las torres ardiendo, derrumbándose como torpes maquetas en una película japonesa de catástrofes, se convertirán velozmente en símbolos, en alegorías banales y retóricas, se multiplicarán en revistas, en primeras páginas de diarios con titulares enormes en caracteres de todas las escrituras posibles, en portadas de libros, en camisetas y souvenirs turísticos. Ahora, sin embargo, en esta mañana de martes, en la pantalla del televisor, el choque de los aviones, el fuego y la caída lenta de las torres, las voces de los locutores alteradas por el desconcierto y el pánico, son un hecho absoluto, un trastorno inconcebible del orden natural de las cosas, y quizás también el principio de algo más atroz que podrá sobrevenir de un momento a otro, acumulándose sobre lo ya increíble, rompiendo de nuevo los límites de lo que la conciencia puede aceptar, igual que un segundo avión llegó cuando apenas se había estrellado el otro, o como la segunda torre empezó a derrumbarse como si no hubiera bastado el hundimiento instantáneo de la primera. Pero al mismo tiempo lo que percibe uno, casi más fuerte que el estupor, es una sensación muy fuerte de irrealidad, como de distancia hacia lo que está viendo con los ojos, lo que se repite idéntico si cambia de canal en el televisor o conecta la radio, encontrando en ella el mismo fragor de desastre, las mismas voces que no aciertan a saber ni a contar que es de verdad lo que está pasando. Porque fuera del televisor y de las voces de la radio las cosas habituales no se han modificado, como enquistadas en una neutral normalidad: la calma del apartamento, las mismas cosas en el mismo orden que tenían antes del primer timbrazo del teléfono, el olor habitual del café recién hecho, las luces que se encienden al pulsar un conmutador y el agua que corre con sólo girar la llave del grifo. Quizás quien llama aterrado desde España tiene una sensación de desastre y peligro más definida que nosotros, porque carece del contrapeso de la intacta rutina diaria en la que nosotros nos movemos, al menos por ahora. Para ellos, tan lejos, alimentados al instante por las imágenes del televisor, Nueva York son las torres ardiendo, la expectativa de un nuevo episodio en la escalada inconcebible de devastación: la ciudad en la que estamos nosotros, la que vemos desde nuestra ventana, es extrañamente la misma de todos los días, y nuestros sentidos se empeñan en certificar la normalidad de lo inmediato mientras nuestra inteligencia aletargada intenta urdir hipótesis, artificios mentales que le permitan comprender lo que por su propia naturaleza es inverosímil, aunque esté ocurriendo. Al cabo de unos minutos el timbre del teléfono deja de sonar, y su silencio es el primer signo de verdad inquietante. Levanto el auricular y ya no hay línea. El cielo que se ve desde la ventana permanece tan limpio como todos los días, más allá de la fea esquina de cemento de la Juilliard School, por encima de las terrazas de los edificios desiguales de Lincoln Square, en una de las cuales hay una copia a un tamaño considerable de la estatua de la Libertad.

19

Salgo del apartamento y el largo espacio del corredor parece más ominosamente deshabitado que nunca, y en el silencio de la moqueta gris que apaga el sonido de mis pasos oigo como muy desde lejos las voces de los televisores al otro lado de las puertas cerradas. Es una mañana luminosa y cálida, y en la calle todo parece casi por completo normal: en la esquina un hombre recita su cantilena diaria pidiendo dinero para los sin hogar, junto a un tenderete sobre el cual hay una gran vasija de plástico en la que yo suelo dejar cada mañana unas monedas; el pakistaní del quiosco habla sin pausa por su teléfono móvil, como todos los días, sólo que hoy tiene además encendida una pequeña radio. Bajo por Broadway hacia el sur, y poco a poco hay más gente en la calle, caminando con el paso enérgico de los días laborales, y quizás la única diferencia es que se ven muchos más teléfonos móviles. Una mujer, parada en un semáforo, desconecta el suyo y rompe a llorar. El cielo, hacia el sur, sigue perfectamente limpio: estoy muy arriba, en el cruce de Broadway y la calle 66, de modo que no puedo ver las columnas de humo negro que ascienden de las ruinas del World Trade Center. Ayer mismo estuvimos caminando por esas calles: bajamos del metro en una de las estaciones que hay, o había, en el interior de una de las Torres Gemelas, y al salir a la calle miramos hacia arriba y nos dio vértigo la altura, exagerada por las líneas paralelas del exterior del edificio. Es raro pensar que esos dos prismas gigantes e iguales ya no existen, que las calles y los jardines cercanos al río Hudson por los que paseábamos al atardecer hace un par de días ahora son un paisaje de ciudad aniquilada, de ruinas ardientes y cordilleras de escombros como los de una guerra nuclear. En la radio que llevo pegada al oído el alcalde dice que ha habido una pérdida horrenda de vidas humanas. La calle, poco a poco, ha empezado a llenarse: se escuchan más sirenas, de coches de policía y de bomberos, pero no muchas más de lo que es habitual. Hay como una peregrinación multitudinaria por las aceras, que va adquiriendo una dirección precisa, hacia el norte, una ondulación exterior del gran pánico que tiene su epicentro en la parte baja de Manhattan. Han cerrado el metro, los pocos taxis que pasan están ocupados, y la gente camina con decisión y en silencio, mucha más gente de lo que es normal a estas horas y en esta zona de la ciudad. En la radio dicen que una gran multitud se ha concentrado en Times Square. En una esquina un hombre ciego camina despacio agitando su bastón blanco. Autobuses amarillos se alinean junto a la puerta de una escuela de la que van saliendo los niños, sin prisa, ordenadamente, sin aire de miedo ni de urgencia. En la radio un locutor dice que acaba de saberse que ocho aviones han sido secuestrados, y sólo tres se han estrellado hasta ahora. Todo el espacio aéreo de Estados Unidos ha sido cerrado. Se oye muy cerca, sobre los edificios, el fragor de motores de un avión todavía invisible. Entonces es cuando siento por primera vez el pánico y se me sobrecoge el corazón. Una escuadrilla de aviones militares pasa volando muy bajo y durante unos segundos sus sombras exactas se proyectan sobre la calle y sobre las fachadas. A un locutor de la radio se le quiebra la voz, le pide casi a gritos a la reportera que está transmitiendo desde el lugar del desastre que salga huyendo cuanto antes y se ponga a cubierto: alguien ha calculado que las explosiones suceden cada quince minutos, de modo que es posible que algo más, algo peor, esté a punto de ocurrir. La gente camina, Broadway arriba, hombres y mujeres con sus trajes y carteras de trabajo, como a la hora de salida de las oficinas, sólo que ahora con una determinación mayor, aunque con un ensimismamiento muy parecido al de todos los días. Una mujer sale de una tienda cargada con bolsas de comida. Dos chicas muy morenas y gordas van calle abajo, en dirección contraria a la gran corriente, y charlan entre sí riendo a grandes carcajadas africanas, compartiendo una bolsa de patatas fritas. Hay quien pasa patinando, con una cinta sobre la frente y unos auriculares de walkman en las orejas, con una calma como de estar escuchando música y no haberse enterado todavía de nada, y quien se limpia el sudor de la cara y se detiene al filo de la acera con el pulgar extendido hacia los coches que pasan, porque no parece que circulen autobuses y no viene ningún taxi libre. Pero el tráfico es fluido, a pesar de todo, los coches van tal vez más rápido de lo normal pero se paran en los semáforos en rojo. La radio desgrana en mi oído escenas de desgracia y terror, y nadie sabe calcular el número de muertos, pero en la terraza de un café hay quien desayuna apaciblemente, y el cielo hacia el sur sigue estando limpio. En la emisora se escuchan voces de testigos: una multitud llena el puente de Brooklyn abandonando Manhattan, y en la voz del que la cuenta esa huida tiene algo de gran peregrinación bíblica. De pronto me doy cuenta de lo lejos que estamos de nuestro país y nuestra casa, atrapados en una isla de la que no se sabe cuándo volverán a despegar aviones de pasajeros, una isla tan densamente habitada como un hormiguero o una colmena y no menos vulnerable, unida al mundo exterior por unos pocos puentes y túneles que en cualquier momento otro ataque podría destruir, que se volverán trampas mortales si multitudes despavoridas quieren escapar por ellos. Lo que damos más por supuesto, el agua corriente, el suministro eléctrico, es tan frágil como la estructura de esas torres de acero que parecían indestructibles, y si el agua y la electricidad faltan por un nuevo sabotaje la vida entera de cada uno de nosotros se desmoronará en penuria, terror y confusión. Acaban de decir que uno de los aviones fue secuestrado en el aeropuerto de Newark, al otro lado del río Hudson. Pero las tiendas siguen abiertas, y cuando se extingue el sonido de la última sirena que acaba de pasar resalta con más claridad el silencio de la gente en la calle. En la esquina, el hombre negro y enorme que pide una ayuda para los *homeless* y recita bendiciones cada vez que alguien le deja una moneda se ha quedado callado y mira con extrañeza al gentío que pasa ante él, hombres que se han aflojado las corbatas y llevan ahora las chaquetas al hombro, mujeres con tacones y carteras de mano que hablan por teléfonos móviles. Las sirenas se escuchan muy lejos ahora. Camino aturdido y extranjero entre la gente y no sé cuál es la realidad, si lo que escucho en la radio que llevo pegada al oído o lo que estoy viendo con mis ojos en la mañana soleada y caliente de Nueva York.

20

A la caída de la tarde las luces van encendiéndose en las avenidas desiertas, que parecen más anchas, más hondas hacia el sur, donde el cielo tiene todavía una claridad rojiza de crepúsculo o de incendio. Contra lo que pueda pensarse, Nueva York no es una ciudad demasiado iluminada de noche: está la luz de los escaparates y el neón frigorífico de las tiendas de las esquinas que permanecen siempre abiertas, una luz de palidez y de insomnio, y también las luces altas y lejanas de los rascacielos, pero la claridad de las farolas públicas es más bien débil, teñida de amarillo o del rojo de los letreros de las tiendas de licores. Hay ese momento en que la luz de la tarde permanece intacta, aunque se haya ido el sol, y en el que ya se han encendido las luces artificiales, y entonces las caligrafías luminosas de los anuncios flotan en un aire terso y limpio: rojos y azules muy puros, sobre todo, rosas desleídos en el rosa pálido del cielo. Las luces se han ido encendiendo según progresaba el atardecer, pero la diferencia, hoy, es que no hay casi nadie en la calle, y que una parte considerable de las tiendas, los *delis* y los restaurantes están cerrados, en una ciudad afanosa en la que el comercio no descansa nunca, salvo en la tarde del día de Acción de Gracias. Desde la acera se ven los interiores de los apartamentos, siluetas inmóviles y como hechizadas por la fosforescencia de los televisores que no se han apagado en todo el día. El DON'T WALK siempre terminante del semáforo es ahora una orden sin efecto, porque no viene ningún coche, y es muy raro cruzar la Séptima y luego la Sexta Avenida sin tener que detenerse, incluso con lentitud, con ese poco de mareo que dan siempre al anochecer las alturas de los rascacielos, la anchura del espacio y su prolongación en línea recta hacia el norte y el sur, en perspectivas demasiado distantes para los hábitos de la mirada humana. Se escucha la sirena de un camión de bomberos, y el camión aparece y desaparece en segundos, en dirección al sur. Pasan algunos coches de policía con todas las luces encendidas, y también dos o tres ambulancias, pero el efecto general es de quietud. En las aceras, cuando ya ha caído la noche, se distingue más la luz pobre de los quioscos de periódicos, que permanecen abiertos porque el *New York Post* ha lanzado una edición especial, con una sola palabra en gran tamaño debajo de una foto de las torres ardiendo y del segundo avión aproximándose: TERROR. Es inevitable pensar en tantas películas de paranoia apocalíptica, en la de veces que el cine ha usado toda la sofisticación de los efectos especiales para representar la destrucción de esta ciudad: ataques nucleares, meteoritos, el dinosaurio Godzilla aniquilando de un zarpazo los mismos edificios junto a los que pasamos ahora, no menos frágiles, por cierto, en la realidad que en el cine, según se vio cuando se desplomaban las Torres Gemelas, «igual que casas de cristal», dijo un testigo en la radio. Igual que todas las noches, la gran deflagración de luces de Times Square parpadea a lo lejos, en silencio, como un castillo de fuegos de artificio visto en la distancia de una noche de verano. Algunas de las tiendas de objetos electrónicos y souvenirs baratos permanecen abiertas, pero no hay nadie en ellas, salvo empleados inmóviles que miran aburridamente a la calle o a las pantallas de los televisores en las que dentro de unos minutos aparecerá el presidente. A estas horas, Times Square suele ser una gran ciénaga de tráfico y de gente, de coches atascados y multitudes que cruzan entre ellos, camino de los teatros o de los cines, de las tiendas enormes de música, de ordenadores, de muñecos de la Disney o la Warner. A estas horas apenas se puede caminar por las aceras, llenas de turistas, de vendedores ambulantes de cosas, de puestos callejeros donde se hacen caricaturas o se dan masajes orientales, de grupos de chicos negros que bailan saltando y contorsionándose junto a un radiocasete a todo volumen; a estas horas hay predicadores que gritan agitando la Biblia y subidos en púlpitos de cajas de cartón y músicas convulsas que siguen como un rastro sonoro a los descapotables, y sobre las marquesinas se agitan imágenes de televisores inmensos y discurren letreros iluminados de noticias y de cotizaciones en bolsa: Times Square es como un cruce entre Bangkok y *Blade Runner*, pero esta noche, aunque todas las luces están encendidas y en movimiento, aunque sobre las fachadas de los teatros brillan los rótulos de las comedias musicales de más éxito, no hay nadie en las aceras, y sólo pasan algunos taxis ocupados o fuera de servicio, algún coche de policía, una ambulancia, un coche de bomberos. En los paneles electrónicos donde suelen desplegarse los titulares de las noticias ahora sólo se repite el aviso de un número de teléfono al que se puede llamar pidiendo información sobre los pasajeros de los aviones secuestrados. De pronto, en la otra acera, en la esquina de Broadway y la calle 52, vemos un tumulto de gente arremolinada en torno a un cartel que no distinguimos a esa distancia: imaginamos una pancarta, quizás un acto de protesta o plegaria. Es un puesto en el que se venden camisetas a dos dólares.

21

Extraña la agitación sin vocerío, el silencio en que suceden las cosas. Ocurrió lo mismo a mediodía, en el supermercado: volaban sobre la ciudad aviones militares, se cerraban las tiendas, había una urgencia unánime por comprar comida. Se quedaban vacíos a toda velocidad los estantes en el supermercado que seguía abierto, faltaban carritos y cestos de la compra y la gente llevaba las cosas en cajas de cartón, o amontonadas con dificultad entre las manos. Qué hay que comprar cuando no se sabe si habrá una emergencia, si se van a interrumpir las comunicaciones con el exterior de la isla y es posible que no lleguen víveres a las tiendas cerradas y vacías, qué va a pasar dentro de un rato, el próximo minuto. Pero nadie hablaba alto, salvo las cajeras deslenguadas que exigían rapidez en la cola, y casi nadie hablaba, salvo para murmurar un *excuse me* en un pasillo demasiado estrecho entre las estanterías. Ni un conato de aglomeración, ni de desorden, ni una palabra más alta que otra: en la acera soleada la gente cargada con bolsas de comida se cruzaba con los que continuaban subiendo a pie desde la zona del desastre. Ahora, a las nueve de la noche, en la Quinta Avenida, el silencio parece ya la condición natural de la ciudad. Relumbran como gemas las tiendas cerradas, los escaparates del máximo lujo, Versace y Bulgari y Bergdorf Goodman y Tiffany, los pequeños escaparates de cristal blindado y angostura de caja fuerte en los que se exhibe un solo zapato, una joya, un pañuelo, un objeto que está más allá de cualquier noción de valor y hasta de lujo, la pura forma de una marca, de un nombre, la inmaterialidad de la máxima riqueza, del antojo absoluto. Pasa algún corredor, un ciclista que se recrea en la anchura y la calma de la Quinta Avenida, un mendigo que empuja un carro lleno de bolsas de basura y va examinando los rincones en busca del lugar más adecuado para pasar la noche. La espléndida verticalidad de las torres del Rockefeller Center resalta contra el cielo oscuro bajo las luces de los focos: las ventanas están iluminadas, igual que todas las noches, pero ahora sabemos que en todo el edificio no hay nadie, porque lo evacuaron esta mañana, igual que el Empire State, por miedo a nuevos ataques. Un viento suave hace tintinear las anillas de las banderas alineadas, y el rumor metálico resuena en el ancho espacio vacío, igual que nuestros pasos, y me devuelve el recuerdo fiel de mi primera caminata nocturna por este mismo lugar, hace muchos años, entre la llovizna y la niebla. La noche, a pesar del miedo, se nos puebla de invocaciones, se nos vuelve tan rara, tan íntima, como la de la primera vez que salimos a pasear juntos por la ciudad, después del largo encuentro fervoroso en la habitación del hotel.

22

En la primera claridad del día siguiente está el malestar agrio de la noche de desvelo e insomnio agitada por sirenas de alarma y el turbio desorden con que se recuerdan los jirones de una pesadilla. Hay que encender en seguida el televisor y que permanecer atentos a la radio, hay que salir cuanto antes para llegar lo más lejos que se pueda hacia el sur. El taxi baja por la Quinta Avenida, desconocida y ancha a mediodía, y se detiene ante una barrera policial en la calle 34, justo delante del Empire State Building, que está acordonado. Tenemos que dar un rodeo para seguir avanzando, y cuando el taxi dobla en Park Avenue de pronto cambia el color del día: era una mañana soleada hasta hace un momento, con la claridad indiferente de un día de septiembre en el que nada inusual hubiera sucedido, pero ahora la luz del sol está oscurecida, como tamizada por un filtro ocre. Cuesta respirar y se nota en seguida un picor en la garganta. La gente, en la acera, camina tapándose la boca con mascarillas o pañuelos. Hay una luz rara de eclipse que disuelve las sombras, y el olor a humo es ahora más intenso, y la respiración más difícil, y por fin se ve al fondo la gran nube blanca y grisácea que sigue subiendo. En Union Square, a la altura de la calle 14, el atasco de tráfico señala el límite más allá del cual sólo se puede seguir avanzando a pie. El olor a humo se ha convertido en un tamiz de niebla. Mascarillas y pañuelos cubren las caras entre la barbilla y la nariz. Detrás de las barreras policiales la gente se agrupa mirando hacia el sur, y la sensación de excepcionalidad y desastre se va haciendo más intensa: ya no es algo que sucede en la televisión o en la radio, sino que está delante de nosotros, en el caos del tráfico y en el errar desconcertado de la gente, en el olor a ceniza y en el humo que nos sofoca la respiración. Pero cuando el desastre se vuelve físicamente visible es al llegar a Washington Square, donde desemboca la Quinta Avenida, que hoy es una rara calle peatonal. Mirando hacia el sur, hacia el fondo de Thomson y McDougall, en el corazón de Greenwich Village, uno esperaba encontrar el vacío de las Torres Gemelas. Pero no sólo faltan las torres: se ha borrado el horizonte entero detrás de los tejados de los edificios próximos, al final de las perspectivas de las calles arboladas y los edificios de ladrillo rojo con escaleras de incendios en las fachadas. Cambia el viento, y ya se puede respirar mejor. La frontera definitiva está un poco más abajo, en Houston: más allá no se puede bajar. En medio de la gente corre un hombre joven agitando una bandera y gritando rítmicamente: *U-S-A*. Hay quien aplaude, quien se une a su consigna, pero el tono general es más de estupor que de ira patriótica. Esas calles del Village, siempre tan hospitalarias, tan gustosas para caminar, ahora parecen regresadas a una edad anterior a la de los atascos de tráfico. Derivando por ellas llegamos hacia la Sexta Avenida, donde se alinean camiones y bulldozers colosales que aguardan su turno para sumarse a la recogida de escombros. El desfile de las máquinas tiene una parte de brutalismo militar: el conductor de una de ellas agita una bandera y la gente aplaude cuando arranca el motor y tiembla el pavimento. Nos hipnotiza el espacio humeante y vacío donde hasta hace tres días estaban las torres, que resultaban más atractivas en la distancia, con un punto de inmaterialidad que mejoraba el poco interés de su arquitectura. En una esquina de la Séptima

Avenida nuevos cordones policiales y luces de ambulancias y de coches de bomberos rodean la entrada al hospital St. Vincent. Hay cámaras, antenas parabólicas, reporteros que ya se nos han vuelto familiares de tanto verlos en la televisión. Un hombre muy pálido, con barba de varios días, con el pelo espeluznado, como por una descarga eléctrica, con un camisón de hospital, habla como en trance, sin mirar a las cámaras que están fijas en él ni a las personas que le rodean estrechamente. Cuenta que salió de una de las torres un poco antes de que se desplomara, que bajó escaleras sin saber adónde iba, que vio un gran barranco de ceniza y ruinas frente a él. Dice que hasta hoy no sabía lo que era estar vivo. Está vivo pero parece que aún anduviera por el reino de los muertos, que la palidez de su cara y la expresión de sus ojos no son de este mundo, como las de un Lázaro resucitado. Entre la multitud deambulan personas mostrando fotografías de familiares desaparecidos: también ellos caminan como zombies, alzan las fotos delante de las cámaras, repiten nombres, se quedan inmóviles con la foto entre las manos y no se limpian las lágrimas que bajan por sus mejillas. Hay fotocopias de fotos clavadas en los árboles, pegadas en los muros del hospital. Caras sonrientes y nombres, fotos banales de familia que de pronto se han vuelto trágicas, que ahora son reliquias de vidas tragadas por el cataclismo. En Washington Square, a las siete de la tarde, hay convocada una vigilia de oración. Se encienden velas alrededor de la fuente central, y hay grupos que cantan desmayadamente *God Bless America* mientras se hace de noche y las llamas pequeñas y movedizas de las velas van llenando la plaza. Entre los árboles, un negro barbudo y desastrado maldice sarcásticamente a los que sostienen las velas y grita que el atentado ha sido culpa del gobierno federal, que los blancos han traicionado a su gente, que cómo es posible que nadie viera nada, que nadie se diera cuenta a tiempo de lo que estaba a punto de ocurrir. Declama en un tono entre de profecía bíblica y delirio psiquiátrico, y algunas personas al principio le llevan la contraria, y luego dejan de hacerle caso, y él sigue con su letanía diciendo *fuck* o *fucking* o *motherfucker* cada dos o tres palabras, llamando *bitch* y *fucking bitch* a una chica que se ha atrevido a llevarle temerosamente la contraria, acusando a los blancos, a los ricos, al gobierno federal, al Ayuntamiento, todos traidores y *motherfuckers*. Por el centro de la Quinta Avenida, ya a oscuras, bajan unos niños montados en triciclo, y las risas y las voces agudas con que se desafían resuenan en el vasto espacio desierto con la misma nitidez que si jugaran en una casa de campo, en un largo atardecer de verano. En una esquina, rodeado de bolsas de desperdicios, sentado como un monarca en una silla vieja de playa, un *homeless* sigue confortablemente las noticias en un televisor que probablemente ha recogido de la basura, conectándolo luego a los cables de una farola: sonríe, con las piernas cruzadas, en medio de sus posesiones, siguiendo con atención las últimas informaciones de la NBC en la pantalla ruidosa y granulada de interferencias, tan desahogadamente, con las manos enlazadas sobre la camiseta con agujeros y la hinchada barriga, como si ese tramo de la acera y del asfalto de la avenida formaran parte del jardín de su casa de campo. Cerca de él un policía mira y no le dice nada. Pero cuando vamos a pasar junto al Empire State el policía nos cierra el paso, educado y terminante: «Para un gran edificio que nos queda en Nueva York», nos dice, «no vamos a dejar que se acerque nadie a él». Tan alto, con sólo unas pocas ventanas iluminadas, el Empire State parece el espectro de sí mismo. Ya de madrugada, escuchando la radio para distraer otra noche el insomnio, es como si uno hubiera soñado lo que ha visto. Me quedo adormilado y un camión de bomberos que baja por Broadway haciendo sonar innecesariamente su sirena brutal en la calzada vacía me devuelve a la vigilia con el corazón sobresaltado. En la radio un locutor explica con seriedad, con documentación minuciosa, que el ataque a las Torres Gemelas ya fue profetizado por Nostradamus.

23

Cada día la frontera de la ciudad inaccesible se va desplazando un poco más al sur: las barreras policiales ya no cortan el paso en la calle Houston, sino en Canal, que fue la línea divisoria entre Chinatown y Little Italy y ahora es sobre todo un gran bazar asiático donde proliferan igual las pescaderías ingentes que los puestos callejeros donde se amontonan falsificaciones de relojes o de zapatos de marca. La mañana del sábado empieza siendo luminosa y fresca, con un cielo que recuerda el de Madrid en las mañanas dominicales y despejadas de otoño. El cielo está muy limpio, pero hacia el sur sigue viéndose la gran nube de humo blanco que señala el lugar del desastre, sobrevolada por helicópteros tan altos que no se oye el tableteo de sus palas. El aire ya casi no huele a humo ni a ceniza, pero sí a basura, un olor dulzón a podrido en el aire caliente, porque nadie ha retirado los montones de bolsas negras de las esquinas ni limpiado las papeleras. El comercio cimarrón y callejero de los fines de semana empieza a ocupar las aceras y los aparcamientos vacíos del Soho, donde también se han abierto ya los grandes almacenes de ropa que ocupan antiguas fábricas y talleres de costura, solemnes espacios interiores con columnas de hierro y suelos de planchas bruñidas de madera. De un día para otro han aparecido los libros con las profecías de Nostradamus en los escaparates de las librerías y han florecido prodigiosamente las banderas, con sus barras y estrellas que ya contienen un principio vigoroso de multiplicación. Hay banderas en todos los escaparates. Hay banderas de papel pegadas al cristal y banderas colgadas entre las columnas y sobre los mostradores. Hay banderas de todos los tamaños, en todas partes, en los soportes más inesperados, como una invasora proliferación vegetal. Hay pequeñas banderas electrónicas ondeando en los ángulos de las pantallas de la televisión, junto a los logotipos de las cadenas, banderas detrás de los políticos que hacen declaraciones y en las solapas de sus trajes y en las de los reporteros que los entrevistan. Un patinador que me adelanta deslizándose por la acera lleva una pequeña bandera americana clavada en cada uno de los patines. Una mujer empuja un cochecito de niño sobre el que se agita una bandera de papel sobre un mástil de alambre, y el niño también lleva una bandera en la mano, como si fuera un sonajero. Hay banderas en los escaparates de las tiendas de última moda y en los pobres tinglados donde se venden bolsos de plástico en imitación de cuero y gafas de cristales de espejo y marcas fantasiosas: seis Ray-Ban, diez dólares. Junto a las banderas, en los escaparates, también hay carteles con consignas patrióticas. *United We Stand*. Por lo demás, es una mañana de sábado tranquila, sobre todo en las calles menos transitadas, y hay gente solitaria que pasea al perro o lleva el periódico bajo el brazo o vuelve de hacer deporte con la camiseta empapada de sudor y la cara todavía roja por el esfuerzo. Ir hacia el sur es como dejarse llevar por un imán, por la corriente del gran río de humanidad ambulante y comercio que es la parte baja de Broadway. Pero es temprano todavía y la verdadera agitación sólo empieza de golpe al llegar a Canal Street: las aceras ya están llenas de gente, y en la del lado sur las barreras policiales cortan el paso hacia las bocacalles. A los uniformes azul oscuro de los policías de la ciudad se unen los uniformes grises de los policías del Estado, que llevan sombreros de ala ancha en vez de gorras de plato y tienen un cierto aire rural. Los comerciantes chinos que habitualmente muestran puñados de relojes Gucci o Rolex o U-blot como si fueran racimos enredados de percebes ahora han ampliado el negocio al ramo de la quincallería patriótica: mujeres diminutas ofrecen banderitas a uno o dos dólares, según los tamaños, chapas con la inscripción *God Bless America*, pañuelos de cabeza en los que sobre las barras y las estrellas puede leerse en letras doradas: *Yo sobreviví al ataque*, lazos amarillos y blancos, camisetas con una foto sobreimpresa de las Torres Gemelas envueltas en humo o con una bandera americana ondeante, gorras, viseras, monederos. Hay quien lleva su bandera en la mano y quien la clava bien enhiesta en la mochila, y hay obreros que las llevan sobre el casco y mujeres hispánicas que se las atraviesan como alfileres del pelo en las melenas cardadas. Las banderas ondean en las antenas de los coches o se despliegan como sábanas sobre las carrocerías. En un semáforo cuento las banderas que cuelgan, sobresalen, se agitan, se cruzan, en la furgoneta colosal de un taller de fontanería, que parece contener ella sola todo un desfile patriótico: exactamente veinticinco.

Una chica con el pelo naranja y la nariz y los labios taladrados por diversos tipos de clavos y tachuelas lleva dos banderas en las orejas a modo de pendientes. Hay banderas en los carritos de los bebés y en las sillas de los inválidos, en los collares de los perros, en los bastones de los ciegos, en los sombreros de *cowboy* y en las viseras de las gorras puestas del revés, sobre las jaulas de las pajarerías, en las bicicletas de los menudos repartidores centroamericanos de comida que sortean el tráfico y la gente de las aceras y en las limusinas funerarias de cristales ahumados. En una esquina hay tanta gente en la acera que es imposible pasar: curiosos, policías, turistas con cámaras de fotos o de vídeo, todos mirando hacia el sur, hacia la embocadura de la calle Church. Al fondo se ve el humo, más oscuro y más denso, detrás de los controles de la policía, y me cuesta acordarme de la perspectiva que hasta hace nada se tenía desde aquí de las dos torres, ya mucho más altas y próximas, con una verticalidad de prismas abstractos sobre los aleros de Tribeca. Un helicóptero da vueltas y se pierde a veces en el humo. Un hombre con pantalón corto y calcetines blancos me pide con acento alemán que si puedo hacerles una foto a él y a su mujer: se abrazan frente a mí, sonriendo, como si posaran delante de una catedral o de un paraje pintoresco, y antes de disparar la cámara me doy cuenta de que lo que veo, al fondo de la calle Church, a no más de mil metros, son las astillas metálicas desbaratadas que he visto tantas veces en la televisión, los restos retorcidos y quemados de una de las torres, que tienen casi una aérea verticalidad de ojivas góticas. Es una mañana clara y poco a poco calurosa de septiembre, pero sobre las ruinas, en el espacio entre los edificios, parece que hay un anochecer perpetuo de ceniza, y contra ese fondo discurre la vida de la gente y los turistas se hacen fotos y los familiares de los desaparecidos dan vueltas con sus fotografías fotocopiadas, pegándolas con celofán a las farolas, interpelando a veces al primero que pasa con un aire fatigado de sonambulismo. Pero no todo Canal Street es una frontera: a la entrada de Mulberry no hay controles policiales, de modo que puedo seguir avanzando hacia el sur, adentrándome en la parte más recóndita de Chinatown, donde todos los letreros están ya sólo en chino y no hay tiendas de relojes falsos ni turistas sino tan sólo supermercados chinos y quioscos que venden periódicos en chino, y carteles de películas chinas y tiendas con carteles de ídolos chinos de la canción, y fruterías donde se venden tubérculos y hortalizas de formas tan raras que uno no sabe imaginar sus nombres y pescaderías donde hay pulpos que se agitan en cubos de plástico y pescados con las bocas abiertas y los ojos desorbitados que parecen barrocas esculturas chinas de marfil. Como si viera al fantasma de un antiguo conocido que con el paso del tiempo se me ha vuelto un completo extraño me parece que me veo a mí mismo en mi primer paseo por estos lugares, hace más de diez años, extraviado, aturdido, atónito, no más perdido en el laberinto de Chinatown de lo que lo estaba en mi vida personal. En esa zona de calles estrechas hay más banderolas con letreros en chino que banderas americanas. En el cruce de Bowery y Division, donde hay una gran estatua de Confucio, una multitud de ancianas chinas, pequeñas y encorvadas, rodea a un hombre que grita algo por un altavoz, entre los puestos de un mercadillo, un hombre chino con gafas de mucho aumento que declama y gesticula como un vendedor callejero de corbatas. Una de las mujeres se me acerca ofreciéndome por un dólar una postal de las Torres Gemelas ardiendo. Pero ahora el hombre del megáfono está hablando en inglés, con un acento tan exagerado como su declaración de patriotismo, que le impulsa a llevarse de vez en cuando la mano abierta al lugar del corazón: las postales, asegura enfáticamente, se venden a beneficio de las víctimas del ataque, en un gesto de solidaridad de la comunidad chino-americana. Vuelvo sobre mis pasos, cruzo Canal hacia el norte y en vez de banderolas chinas hay sobre mi cabeza colgaduras con farolillos de papel con los colores de la bandera italiana: mañana, domingo, estaba prevista la procesión de San Gennaro, que ha sido suspendida. En las puertas de algunos restaurantes, los camareros que reclaman a los turistas con desenvoltura italiana sostienen en una mano el menú y en la otra una bandera. No sé cuántas horas llevo caminando, pero en esta ciudad la caminata siempre se apodera de uno con una embriaguez de sensaciones y de imágenes más poderosa que el cansancio. Subo de nuevo, dejando atrás la gran nube de humo, los puestos de baratijas y bolsos de las aceras mestizas de Broadway, con su espesura humana, sus olores de fritangas, sus músicas rotundas de bazar africano. En Union Square una mujer reparte biblias gratis, sacándolas de una gran caja de cartón, voceándolas con clara voz hispánica, biblias para todos, biblias en español y en inglés. Union Square es ya el espacio indudable del luto, la plaza en la que se remansa toda la melancolía y la fatiga del dolor. Me acuerdo de la plaza de Mayo, en Buenos Aires, de las fotos y los nombres repetidos en todos los carteles. Hay velas por todas partes, en torno a las farolas donde están pegadas las fotos de los muertos, en las cornisas, en medio de las aceras, alrededor de los árboles, delante del pedestal de la estatua ecuestre de George Washington. El pavimento está lleno de nombres escritos con tiza, y da pudor pisarlos. De una bandera americana hecha con crisantemos se desprende un denso olor a cementerio. Los carteles de orgullo belicista son menos numerosos aquí que los que incitan a no dejarse arrastrar por la espiral de la muerte. Alguien ha escrito, sobre una hoja de papel pegada al suelo con la cera de las velas: «No matarás.» Y alguien ha añadido, con un rotulador rojo: «Salvo a Sadam Hussein y a Osama Bin Laden.»

24

En cualquier rincón de la ciudad unas velas encendidas, unas flores debajo de la fotocopia de una cara borrosa, una serie de nombres escritos con tiza sobre el pavimento o sobre un lienzo de papel, erigen un precario memorial, delimitan un santuario en el que muchas veces no hay ningún signo religioso, y que otras veces es como un altar de una devoción improvisada y milagrera, con pequeños crucifijos de plástico, con estampas de la Virgen o del Sagrado Corazón. En cualquier acera hay velas encendidas, fotos de muertos, vasos de plástico con flores de cementerio pobre, y cualquier música tiene una inflexión de réquiem. En la iglesia de Riverside se congregan una tarde de funeral y homenaje a los muertos todas las confesiones religiosas de la ciudad y casi todas las músicas posibles, que resuenan en las concavidades de las naves góticas con un sobrecogimiento de primitivos rituales funerarios, y muestran, escuchadas sucesivamente, como un tronco común de humanidad que vuelve irrelevantes las distancias cronológicas, los idiomas del canto o los sistemas melódicos o armónicos. Un imán entona con los ojos cerrados la llamada a la oración; un rabino hace sonar un *sofar*, el cuerno retorcido del final del día de la penitencia, como si llamara a la resurrección de los muertos, y luego una cantora de sinagoga enuncia una melodía que estremece el corazón de tristeza y que se va apagando poco a poco como la luz de una vela; un monje budista tibetano mueve ligeramente una diminuta campanilla de bronce que tiene como cobijada entre las manos y emite un largo sonido con la boca cerrada, una honda vocal oscura que resuena en las cavidades interiores de su cuerpo y simultáneamente en las bóvedas de la iglesia; un pastor negro de cuello muy ancho y torso hercúleo canta un espiritual en el que está toda la poesía terrible de los salmos bíblicos y todo el dolor de la esclavitud; una muchacha asiática toca en el violoncello una de las suites de Bach y la música parece que viene del fondo del tiempo y de la majestad del árbol con cuya madera se hizo el instrumento; Thomas Hampson, vestido de negro, canta sin acompañamiento una canción de Stephen Sondheim que da un contrapunto de melancolía civilizada y laica a las otras músicas, pero que no es menos honda, ni siquiera menos sagrada que cualquiera de ellas. Thomas Hampson vuelve al final, alto y solo junto a la escalinata del altar, y ahora canta una canción de Richard Rodgers,

You'll Never Walk Alone, y la música es tan consoladora, tan melancólica, tan inmediata en su verdad como las palabras que la acompañan. Cada canción, estos días, puede ser un réquiem, pero no hay réquiem más sobrecogedor que el que se ve y se escucha un anochecer lluvioso en la explanada del Lincoln Center, en una gran pantalla situada frente al edificio de la Metropolitan Opera, delante de unas hileras de sillas metálicas en las que no hay casi nadie, sólo algunas personas aisladas con chubasqueros y paraguas. En el pabellón derecho del Lincoln Center, el Avery Fisher Hall, la Filarmónica de Nueva York dirigida por Kurt Masur está interpretando el *Réquiem alemán* de Brahms, en un concierto de homenaje a las víctimas de las Torres Gemelas. La pantalla gigante, las grandes torres negras de sonido, amplifican la majestad terrible de la música, y los altos edificios sombríos en los que empiezan a encenderse las luces actúan como muros de resonancia: las torres modernas de apartamentos del lado norte de Lincoln Square, en el cruce de Broadway y Columbus Avenue, el bloque masivo y escalonado de ladrillo del hotel Empire, con su gran letrero rojo sobre las terrazas más altas, iluminando con su resplandor las nubes densas, moradas y bajas de las que desciende quietamente la lluvia. En los primeros planos de la transmisión los ojos fieros y los rasgos ásperos de la cara de Kurt Masur resaltan poderosamente contra el paisaje de fondo del anochecer, y el granulado electrónico de las imágenes en la pantalla se parece al brillo de las gotas de lluvia iluminadas por los focos. En los pasajes más serenos la música se mezcla con los ruidos próximos de la ciudad, los motores y los cláxones de los coches, las sirenas omnipresentes de la policía y de los bomberos. Pero cuando asciende poco a poco el volumen del réquiem, cuando el coro se dispone a proclamar que toda carne es como hierba y que los días del hombre sobre la tierra no son nada, precedido por el crescendo de los timbales y las cuerdas, acompañado por los vientos que un poco después invocarán las trompetas de la resurrección de los muertos, la música retumba en la explanada y en los soportales del Lincoln Center, en los que muchos espectadores nos hemos refugiado de la lluvia, resuena en los muros escalonados de ladrillo y en las fachadas verticales de cristal, anegando los ruidos del tráfico, arrastrándolos como una inundación que se lleva consigo todo lo que encuentra a su paso y lo convierte en parte de su mismo caudal: los golpes de timbales, las voces del coro de los hombres y las del coro de mujeres estremecen con una fuerza simultánea de ascensión y derrumbe, de fin del mundo y llamamiento a la resurrección, y no importa que uno no crea en otra vida para que esa música lo arrebate con la emoción de lo sagrado, igual que no importa que suenen al mismo tiempo las sirenas, que esté lloviendo, que los coches se arremolinen haciendo sonar los cláxones en un atasco de tráfico. Incluso es preferible no creer que hay una vida después de la muerte, y también no encontrarse entre los privilegiados con esmoquin que están escuchando el réquiem en el auditorio del Avery Fisher Hall, envueltos en el aire cálido y en la perfección acústica, beneficiarios de un confort que sin duda amortiguará la sugestión de apocalipsis de esta música. Aquí, a la intemperie, frente a la enorme pantalla electrónica, recortada contra el fondo oscuro de los edificios y los fulgores morados y rojizos del cielo, el *Réquiem alemán* de Brahms cobra las dimensiones del espacio abierto en el que se difunde, se revela tan arrebatador y desolado como la ciudad misma, tan lleno de pánico y a la vez de consuelo como el alma de cualquiera que anda solo por estas calles y se encuentra perdido frente al tamaño del mundo, frágil como un insecto, tan vulnerable al desastre como los miles de muertos para los cuales el día del Juicio Final llegó anunciado no por las trompetas de los ángeles, sino por el ruido de los motores de los aviones que chocaron contra las Torres Gemelas. El réquiem asciende hacia una tensión de cataclismo, como una sirena o un motor que se acercan, y de golpe se amansa, sugiere la aceptación de la muerte, la dulzura no de esperar la resurrección sino de disolverse en el olvido. Vibra el pavimento porque un convoy del metro está pasando muy cerca y el temblor y el ruido hondo de las ruedas del tren sobre los raíles se confunde con la pesada palpitación de los timbales, y un alarido de sirenas que bajan hacia el sur raya como un furioso garabato la solemnidad unánime de las voces que cantan versículos del Apocalipsis o salmos de David en los que se invoca con fervor alarmante al Dios de los ejércitos.

25

En el primer día lluvioso y gris de ese octubre nos hemos quedado solos y a la congoja de la separación se contrapone el alivio de saber que los hijos volaron sin sobresalto durante toda la noche y ya están seguros al otro lado del océano, lejos de la incertidumbre que no se apacigua del todo en la ciudad aunque van pasando las semanas, que rebrota cada vez que se escucha demasiado bajo en el cielo el rugido de un avión, o una sirena en mitad de la noche, o un teléfono que suena a deshora. El color de la mañana de lunes, el silencio raro del apartamento, vaticinan un cambio en los ritmos del tiempo, que ahora se han de volver más laborales y pausados, más vueltos hacia adentro, porque ya no tenemos que organizar los días para que nuestros hijos vayan descubriendo la ciudad, con un asombro y un principio de embriaguez y casi aturdimiento en los que reconocemos el estado de espíritu de nuestros primeros viajes. Al ofrecer lo que uno ama uno vuelve a tenerlo renovado e intacto a través de la frescura de novedad absoluta con que lo recibe quien acepta el regalo. Hemos sido de nuevo, metódicamente, sin remordimiento, turistas en Manhattan, hemos vuelto a subir al Empire State y hemos esperado junto a las barandillas del South Seaport a que se encendieran las guirnaldas de luces del puente de Brooklyn. Hemos dado la vuelta a la isla en un barco de turistas, rodeados de japoneses que disparaban frenéticamente las cámaras de fotos cuando bajábamos por la desembocadura del Hudson a la altura de las ruinas humeantes de las Torres Gemelas. Hemos paseado por Times Square a la hora punta de una noche de sábado y hemos visitado en Central Park, en la mañana del domingo, la anchura verde y serena del Sheep Meadow, para que ellos vieran al fondo la línea complicada y magnífica de los rascacielos. Hemos ido a tomar desaforados sándwiches judíos en el Carnegie Deli y a ver un musical glorioso en un teatro de Broadway; hemos madrugado un domingo para escuchar las salmodias rítmicas y los coros arrebatadores de un servicio religioso baptista en una iglesia de Harlem y ni siquiera hemos tenido mucho escrúpulo en visitar con ellos el museo recién abierto de Madame Tussaud, que probablemente le habrá causado a alguno una impresión más profunda que el Metropolitan o el MoMA, y en el que no hemos sido indiferentes al hechizo un poco siniestro de las reproducciones en cera de presencias humanas. Los hemos llevado al edificio Dakota para que vieran el portal truculento junto al que fue asesinado John Lennon, y al acercarse por la acera de Central Park West han reconocido desde lejos las cresterías de torvo caserón gótico que sobrevuela la cámara en el preludio de *La semilla del diablo*, mientras una voz aniñada entona una canción cándida y siniestra, la nana del bebé que será mecido en una cuna con veladuras negras. Se han dejado llevar por la gran pleamar humana de las cinco de la tarde en las aceras de la Quinta Avenida y en un vagón cualquiera del metro han cobrado conciencia de la variedad posible de las facciones, las lenguas, los orígenes, los tonos de piel y hasta de los ropajes y las gesticulaciones de la gente que puede vivir sin graves aristas de discordia en un espacio muy estrecho, en esta ciudad que se nos ha vuelto más querida todavía cuando la hemos visto golpeada por la calamidad, amenazada por el pánico, sobreponiéndose a ellos con entereza moral y determinación práctica, sin los aspavientos de patriotería vengativa que exhiben a diario las cadenas de televisión. Han respirado el humo y el olor a muerte en las calles cercanas a la zona del desastre y han sostenido pequeñas velas encendidas entre la multitud callada y cabizbaja de Washington Square. Han visto las fotos de los muertos pegadas con cinta adhesiva al hierro de las farolas y de los semáforos y las caras desencajadas de la gente que rondaba junto a las puertas del hospital St. Vincent buscando noticias de sus familiares desaparecidos. Han mirado de cerca el *Juan de Pareja* de Velázquez en una sala del Metropolitan y las enormes osamentas fósiles de los tiranosaurios en el Museo de Historia Natural. Y ahora han volado de vuelta sobre la negrura del océano Atlántico, han regresado a la mitad de sus vidas en la que no estamos nosotros, a escenarios familiares que ahora mirarán de otro modo, porque los estarán viendo por primera vez con los ojos de quien ha ido muy lejos y vuelve modificado por la ausencia, conservando todavía muy vívidas en su memoria visual las impresiones del viaje, puntos de comparación a través de los que ahora observan con cierta distancia por primera vez los lugares usuales, la vida anterior que se quedó en suspenso el día de la marcha. Cuenta Nabokov que su mujer y él, la mañana en que iban a emprender viaje hacia América con su hijo pequeño, lo llevaron de la mano por una calle de Saint Nazaire que desembocaba en el puerto para que viera de golpe el buque en el que atravesarían el mar, para que esa imagen se impresionara perdurablemente en su memoria, como un regalo que ellos dos le dejaban para su vida futura. Qué regalo le habrá quedado a cada uno de ellos de este viaje, qué imágenes se llevarán impresas cada uno en su joven memoria, fértiles para el recuerdo consciente y también para los escenarios de los sueños futuros, para los relatos que ellos mismos transmitirán a otros a lo largo de los años, lo que han visto aquí y parecía irreal y también parece que pasó hace mucho tiempo, la sensación de ver por primera vez los perfiles azulados de los rascacielos sobre la bruma del East River, el humo negro que se había tragado el horizonte al final de la perspectiva de calles rectas sobre la que solía erguirse con verticalidad abrumadora, con una cierta delicadeza de espejismo, el doble prisma de las Torres Gemelas.

26

Solos de nuevo, como tantas veces en esta ciudad, más solos todavía porque no nos habituamos al silencio de intimidad adulta y al espacio agrandado del apartamento en el que ya no hay más pasos ni voces ni platos en la mesa que los nuestros. En suspenso el pasado y el porvenir, los vínculos de familia, las obligaciones sociales, la identidad añadida y fatigosa de la existencia pública, la ronda confusa de los conocidos, todo lo que está fuera y más allá de nosotros mismos, incluso el lastre de las cosas, las habitaciones densas de libros, referencias y recuerdos. Igual de solos que la primera vez, regresados a la misma elementalidad vigorizadora de entonces, confrontados con la duración del tiempo en el que los únicos puntos de referencia somos nosotros mismos, la historia de lo que nos ha venido sucediendo a lo largo de tantos años que podríamos subdividir según las fechas de nuestros viajes a la ciudad, las habitaciones de hoteles y los apartamentos en los que hemos vivido, los barrios que hemos frecuentado, las ventanas desde las que hemos mirado la calle. Quizás si volvemos tantas veces, si echamos tanto de menos la ciudad cuando la ausencia se hace demasiado larga, es porque aquí recobramos con más intensidad la parte de nosotros que es exclusivamente nuestra, el espacio en el que no hay nadie más, la zona inviolable de secreto que es la médula y la materia misma de la que está hecho el vínculo entre dos amantes, el Jordán en el que se sumergen para quedarse limpios de todo lo que la vida en común, las rutinas y las obligaciones les han ido agregando. Un hombre y una mujer, un hombre y otro hombre, una mujer y otra mujer, necesitan replegarse de vez en cuando al paraíso que está siempre en los orígenes, al despojamiento de los primeros encuentros, cuando no eran nada más que ellos mismos, el uno frente al otro, cuando el mundo exterior quedaba rigurosamente cancelado más allá de la habitación en la que se encerraban para amarse y cuando sólo tenían en común el deseo y el asombro del reconocimiento: ni hijos, ni padres, ni ninguna clase de parientes, ni propiedades, ni costumbres, ni sobreentendidos, ni recuerdos compartidos que fueran más allá del día cercano en el que se conocieron, ni propósitos que se alejaran demasiado hacia el porvenir. *We'll Turn Manhattan into an Isle of Joy*, dice una canción de Rodgers y Hart que le hemos escuchado a Tony Bennett en la apoteosis art déco del Radio City Music Hall: en Manhattan parece que nos está esperando siempre una isla de alegría, no la nostalgia revivida de nuestro primer viaje sino la conciencia soberana de esa parte de Edén que dos amantes habitan juntos y no comparten con nadie más, ni sustentan sobre otra cosa que no sea la atracción mutua, lo que son debajo de la ropa y cuando no los mira nadie, cuando no los distraen compromisos ni dilaciones y ni siquiera otras formas de amor ni otras lealtades. En esta ciudad que ya es un hábito de nuestra vida y en la que seguimos siendo extranjeros es donde más cuenta nos damos de que el tiempo ha sido clemente con nosotros, nos ha regalado un porvenir sobre el que no teníamos ninguna seguridad en nuestro primer viaje, sino más bien lo contrario, el miedo a que aquellos días se acabaran, y que al acabarse nos viéramos arrojados cada uno en una dirección distinta, tan ajenas entre sí como los lugares desde los que habíamos volado hacia el encuentro en el hotel.

27

En el andén del metro, nada más salir del vagón, ya se nota el olor, muy intenso, muy definido, un olor a ceniza fría y mojada que está en todas partes, que provoca en seguida un picor en la garganta, que no se amortigua al salir al aire libre, a la noche plácida de octubre. El olor a ceniza mojada, el humo invisible que aún dura en el aire, provoca un vago dolor de cabeza, un mareo que no lo abandona a uno ni cuando se ha marchado de la zona del desastre. El olor impregna luego la ropa, y uno lo percibe en ella a la mañana siguiente, como después de una noche en la que se estuvo en un lugar cerrado y lleno de humo. He salido del metro en la estación de Canal Street, justo dos paradas antes de lo que fue el World Trade Center: es muy raro recordar que hace tiempo, en otro tiempo, unos días tan sólo antes del ataque, subí de los andenes hasta los grandes vestíbulos que había en los sótanos de la torre sur, llenos de gente, de tiendas, de ráfagas de música y olores de comida rápida. Ahora ese mismo lugar, según las pocas fotos que se han publicado, es una Pompeya de cenizas, un subsuelo de sepulturas lóbregas por el que se mueven los focos de las linternas y en el que hombres con máscaras respiratorias cavan entre los escombros hallando restos de vidas que tan sólo en un mes se han vuelto tan remotas como las reliquias de las tumbas egipcias: una tienda de relojes en la que todos los relojes están cubiertos de polvo, un puesto de perritos calientes que ya pertenece a la arqueología de una época perdida. Incluso ha habido noticias sobre saqueadores de tumbas, aunque un velo de discreción o de pudor oculta los detalles más siniestros de lo que sin duda se estará encontrando. Un mes más tarde, la palabra *muertos* sigue sin decirse, y a los que no volverán aún se les llama desaparecidos. Tribeca es un barrio en penumbra la noche del once de octubre. Del lugar donde estuvieron las torres asciende un resplandor vertical que es como un monumento involuntario y quimérico a su ausencia, como un fantasma luminoso de las Torres Gemelas proyectado en la negrura del cielo, sobre los bloques abstractos de los edificios que ahora han recobrado su tamaño verdadero, al no medirse con ellas. A la salida del metro, junto a la acera, hay aparcados tres remolques inmensos de la policía, generadores que vibran y hacen temblar el suelo bajo las pisadas. En el centro de la calzada, una alta chimenea de plástico blanco y amarillo emite una columna densa de vapor. Todo tiene todavía un aire de provisionalidad, de emergencia y alarma. En el costado de los generadores han clavado anchos telones de papel, y sobre ellos la gente ha ido dejando mensajes en pequeñas tarjetas adhesivas, o pegando fotos de los muertos, de los desaparecidos, y la acera sigue estando llena de velas diminutas, de ramos de flores, de mensajes. Alguien ha copiado a mano un fragmento de los más sombríos de *La tierra baldía*, que leído aquí cobra una calidad de augurio. Hay dibujos infantiles, oraciones, peticiones de auxilio, banderas dibujadas con tizas de colores. El tono de los mensajes suele ser religioso y patriótico, pero casi nunca belicista: más de luto o de estupor sin alivio que de rabia. Hay una estampa de San Antonio de Padua, y junto a ella un tiesto de flores de plástico. Hay una lámina recortada de una revista con una foto en color de la Virgen de la Macarena. En la acera de West Broadway hay cafés a media luz y gente joven cenando en las terrazas. Todo es igual que siempre, pero un poco amortiguado: las voces menos altas, los restaurantes menos llenos, las luces más tenues. Pero en Odeon, que es una cafetería espléndida, de una modernidad intacta de los años cuarenta o cincuenta, con platos simples y sabrosos, con un público moderno de marcha nocturna, todas las mesas están ocupadas y hay gente que espera arremolinada en la puerta, y el volumen de la música es tan alto que cuando se vuelve a salir a la calle impresiona más la amplitud del silencio. Todo es como cualquier noche, con una agitación anticipada de fin de semana, pero un poco más abajo hay una barrera de la policía, y más allá la calle está desierta y muy oscura, y sólo circulan por ella las personas autorizadas, los residentes que han mostrado una identificación a los policías, una prueba de que viven al otro lado de esa frontera. En la calle Chambers, de pronto, las barreras policiales marcan esos límites que sólo hay en las ciudades en guerra, los corredores de tierra de nadie que separan dos mundos hasta ayer mismo idénticos. Hay remolques con cabinas de teléfono portátiles, hay grandes camiones que aguardan con los motores encendidos. A la vuelta de una esquina ya no se ve a nadie, y las pocas tiendas o restaurantes de comida rápida que siguen abiertos están vacíos, iluminados por una claridad fluorescente que exagera su desolación. En cada bocacalle, las barreras con luces rojas intermitentes y los policías que las guardan marcan el trazado arbitrario de la línea fronteriza. Por Broadway, sin embargo, es posible seguir acercándose al gran resplandor, al corazón del territorio prohibido. Esa zona, de noche, es habitualmente muy desolada: muy poca gente camina por las aceras, que están llenas de bolsas de basura, de montañas de cartones de las tiendas próximas. Sobre los árboles del City Hall Park se elevan los enfáticos torreones iluminados del Ayuntamiento. Ahora, además de las patrullas de la policía, se ven grupos de soldados, sin armas. Hay otra barrera, pero me acerco a ella y nadie se fija en mí, de modo que puedo seguir acercándome. El olor a ceniza mojada casi da náuseas. Como no hay tráfico, se oye con más claridad la trepidación de las excavadoras y las grúas, de los motores de los remolques en los que se depositan los escombros. Y ahora, al otro lado de la acera, a menos de doscientos metros, puedo ver de verdad las ruinas, el espacio deslumbrado por los reflectores, las grúas altísimas que se cruzan en el aire y los bulldozers gigantescos que avanzan sobre las laderas de desechos, el humo que sube de la tierra quemada, que sigue subiendo un mes después, infectando el aire, impregnando la ropa de olor a ceniza. En cada esquina hay pequeños altares, paredes llenas de fotos, de dibujos, de recuerdos, velas, flores mustias, flores de plástico. A este lado de la barrera que vigilan los soldados gente que habla en idiomas diversos toma fotografías, maneja cámaras de vídeo. Lo que fue la torre sur es una alta ruina calcinada, con una vaga forma gótica en los arcos, una parrilla metálica golpeada y torcida, clavada verticalmente en un cerro de escombros. Junto a ella, lo que queda de otro edificio es un bloque de siete u ocho pisos de chatarra prensada: afinando la vista, se ven las figuras diminutas de los trabajadores, moviéndose con premura de insectos en medio de la claridad candente de los focos. Sólo aquí puede intuirse de verdad la magnitud de lo que ha ocurrido, lo que parece que ocurrió ayer mismo y también hace mucho tiempo. El miedo, la incertidumbre, el dolor por los muertos, la rabia atónita ante tanta crueldad tienen aquí la consistencia física, la toxicidad insidiosa del olor a ceniza, del humo invisible que estamos respirando.

28

Camino casi siempre sin rumbo por la ciudad, con una mochila al hombro y un cuaderno de hojas blancas y tapas azules guardado en ella, y sólo me detengo cuando me obliga el cansancio o cuando lo que me apetece es sentarme a mirar hacia la calle por el ventanal de un café. Voy como un nómada, como un espía extranjero, ansioso por apurar el tiempo, los días de un otoño lento que tarda en derivar hacia el invierno, que parece detenido algunas veces en la perfección de una luz dorada, rica, con tonalidades de miel, con relumbres de amarillos y ocres en las hojas de los árboles y en las calabazas que desde muy pronto surgen en los escaparates, en los mostradores de las tiendas, sobre los manteles blancos de los restaurantes, anunciando la fiesta de Halloween. Hay mañanas en las que la temperatura, la suavidad del aire al salir a la calle, el azul sobre los edificios, parecen calculados para desmentir la zozobra de las noticias de la radio, para amortiguar el recuerdo todavía tan próximo de la caída de las torres. Es tan fácil, en mañanas así, olvidarse del miedo, abandonarse a la dulce rutina de los días, a la vagancia laboriosa de hacer exclusivamente aquello que a uno más le gusta, cumpliendo tan sólo algunas obligaciones veniales, tomar apuntes para una clase en la biblioteca de la universidad, o mejor todavía en la del Instituto Cervantes, que está en la octava planta del edificio Channing, en la esquina de la 42 y Lexington, muy cerca de los lugares por los que solía moverme en mis primeros viajes, del hotel donde pasé noches de insomnio y casi delirio escuchando el fragor de las maquinarias sin descanso y mirando desde mi cama ventanas iluminadas, procurando no ver el parpadeo de aquel alarmante botón rojo en el teléfono. En la biblioteca del Cervantes me gusta sentarme con mi cuaderno y mis libros junto a una ventana, desde la que puedo ver, mirando hacia abajo, el flujo del tráfico punteado de taxis amarillos, y también examinar una por una, planta por planta, las ventanas de los edificios próximos, las oficinas y las siluetas empequeñecidas de la gente, cada uno en su breve cubículo, en su viñeta de tebeo, agitados por la gran zozobra laboral de Manhattan, y también, algunas veces, sedentarios y haraganes como yo, los codos sobre una mesa llena de papeles y la cara entre las manos, la mirada errante por las fachadas y las terrazas de los edificios, detenida con una admiración que no se fatiga nunca en la verticalidad tan esbelta del Chrysler Building, en su aguja de aluminio con arcos como abanicos y ojivas fantásticas que brilla herida por el sol todavía húmedo de la mañana. Hace ya más de un mes que vinimos y todavía tengo el estado de espíritu entre jubiloso y asustado del que acaba de llegar. Vinimos en pleno verano, el primer día de septiembre, cuando los árboles de Central Park tenían aún un verdor de trópico y el aire era pegajoso y caliente, denso de vapores de humedad marítima y gasolina quemada. Ahora ya vamos viendo que hay hojas amarillas en el extremo de algunas ramas, como el primer síntoma de una enfermedad que no ha empezado plenamente a mostrarse. En los primeros días el aire de las calles tenía a veces la misma humedad espesa que el de los túneles del metro, en los que aún no nos daba miedo internarnos, porque no había conciencia de ninguna amenaza y nadie imaginaba que la ciudad y el mundo iban a ser trastornados de golpe tan sólo unos días más tarde. Presenciamos tormentas de rayos que atravesaban horizontalmente el cielo entre los edificios y diluvios que azotaban las calles con una violencia de desastres monzónicos. Pero luego hemos visto días fríos y grises que anticipan el invierno, y la lluvia hosca que envuelve a la ciudad entera en una gasa sucia del color del cemento, manchada por el rojo de los semáforos y de las luces traseras de los coches. Cada mañana, al despertarse, la primera tarea es mirar en la ventana la tonalidad cambiante de los días: cuando uno ya comenzaba a acostumbrarse melancólicamente a la grisura amanece inesperadamente una mañana luminosa, de aire transparente, con un azul limpio en el cielo, que se parece tanto al azul de los días claros en los otoños de Madrid.

29

El gusto de estar en Nueva York es inseparable del alivio de no estar en España, de no vivir agobiado por las noticias y las obsesiones de cada día. Un extranjero tiende a situarse por instinto a una distancia confortable de las cosas: las que suceden en su propio país le quedan lejos, o no se entera bien de ellas, y las que tiene muy cerca en el otro país donde vive transitoriamente le pueden interesar mucho, incluso apasionarle a veces, pero no le duelen en el estómago con el desconsuelo de una úlcera, no hieren sus terminaciones nerviosas. Busco en Internet los periódicos españoles, pero no suelo detenerme mucho rato en ninguna información, en parte porque no es agradable leer en la pantalla de un ordenador portátil, pero sobre todo porque no siento demasiada curiosidad. Compramos de vez en cuando el periódico de papel, oloroso y tangible, con un día o dos de retraso, si pasamos junto a una de esas tiendas en las que se venden millares de revistas de todos los asuntos y de cualquier parte del mundo, pero no nos esforzamos en ir a buscarlo, y cuando lo hojeamos, haciendo tiempo en un restaurante o en el curso de un paseo, la lectura se nos acaba en seguida, y las cosas que allí nos parecen cruciales aquí se nos vuelven fácilmente aburridas o irrisorias, muy lejanas. Una parte de mí mismo también se queda en esa lejanía: la presencia pública, el peso de una identidad añadida que es consecuencia de mi trabajo, pero que con mucha frecuencia se me vuelve opresiva, y seguramente también esterilizadora. Dice Joseph Brodsky que los espejos de los hoteles no nos revelan nuestra identidad, sino nuestro anonimato. El mismo efecto produce una inmersión de extranjero en Manhattan: si uno tenía la tentación, siquiera inconsciente, de creerse alguien, aquí comprueba, literalmente, sin rastro de literatura, que no es nadie, que es un Don Nadie, para ser exactos, con la exactitud de la lengua popular. Alguien te mira en Madrid con una punzada de reconocimiento en las pupilas y te otorga una identidad sobreañadida, mejorada o caricaturesca, que puede provocar lo mismo una aprensión paranoica que una descarga de vanidad. En Nueva York desaparece ese peligro: nadie te mira. Nadie te mira porque nadie va a reconocerte y también porque nadie mira abiertamente a nadie. Las personas se cruzan en el pasillo estrecho del supermercado y murmuran *excuse me* con la mirada baja, como si un sensor táctil y no el sentido de la vista avisara de la cercanía incómoda del otro. Cada cual va como envuelto en una película transparente e impenetrable de celofán, como los alimentos que brillan excesivamente bajo las luces árticas de los supermercados. Dice Don DeLillo que la vida en Manhattan se rige por un pacto de intocabilidad. En España, en Italia, uno vive casi a flor de piel, está entero en la mirada, como si se asomara a una ventana abierta. Aquí nadie se roza, y si tiene que encontrarse demasiado cerca de otro en la aglomeración de los vagones del metro, se aparta con una especie de pulsación retráctil. El alma no se ve en la cara ni en los ojos, porque cada cual está recluido muy en el fondo de sí mismo cuando se encuentra frente a desconocidos. Una ficción exagerada y profesional de cordialidad se corresponde con un absoluto hermetismo íntimo. La cajera de la tienda de postales te puede conmover deseándote con su mejor sonrisa que tengas *a nice day*, pero si buscas mirarla a los ojos para corresponder con una sonrisa equivalente, por culpa de la vulnerabilidad sentimental del extranjero, la mirada y la sonrisa habrán desaparecido sin rastro, y la cajera ha dejado de verte, agotada la fracción de segundo que en calidad de cliente te correspondía, y ya está preguntando imperiosamente *who's next*, y dedicándole al que te seguía en la cola una sonrisa idéntica y deseándole con la misma distraída dulzura que pase un bello día. Es así y no de otra manera, y la vida es muy dura para quien tiene que ganarse un salario en Manhattan, las jornadas laborales larguísimas, las distancias enormes desde los barrios extremos donde están las viviendas de la gente trabajadora. A veces, cuando se abre el ascensor, me quedo atrás para dejar pasar a alguien, o le sostengo la puerta a quien sale detrás de mí del supermercado, con las manos llenas de bolsas: siempre hay un gesto de sorpresa, una tentación instantánea de percibir mi existencia, el impulso contenido de dar las gracias. En el autobús y en el metro las líneas de las miradas se cruzan complicadamente en el vacío sin encontrarse nunca.

30

A mí es fácil que se me contagie ese ensimismamiento. Una parte muy solitaria y retraída de mí mismo se reconoce en esas actitudes de los desconocidos, sobre todo cuando me encuentro en una ciudad que no es la mía y en la que mi atención está siendo solicitada continuamente por tantas cosas que me gustan mucho, en la que la mirada y la inteligencia han de permanecer tan activas como las piernas de nómada que me llevan sin descanso de un sitio a otro. Pero también soy muy sensible a la mordedura de esa forma norteamericana de soledad que no se parece a ninguna otra, y cuya infección lenta me empuja fácilmente a una desdicha amedrentada en la que no falta un complejo de inferioridad español, el miedo pueblerino a la exhibición de la propia torpeza. Sentía ese desamparo en los primeros tiempos que pasé en Madrid, recién llegado de mi ciudad de provincias, exaltado por la amplitud de la capital con la que había soñado tanto y por la riqueza de sus incitaciones plurales, y también derribado por ella, desalentado por su hostilidad, por aquel fragor de tráfico y de gente irritada que en cualquier momento podría borrar sin rastro mi existencia ínfima. Lo sentí de nuevo, intacto, en Nueva York, muchos años más tarde, en mi primer viaje, alguna noche en la que de pronto me encontré sin fuerzas para salir de la habitación del hotel, abatido no sólo por el cansancio físico, por la resaca de una permanente sobreestimulación, sino también por la conciencia abrumadora del tamaño de la ciudad y de las fuerzas violentas que trepidan en ella, por el mareo de sus innumerables multitudes, de la multiplicación infinita de todo, las caras, las luces, las ventanas, los volúmenes de los edificios, el Himalaya iluminado y nocturno de los rascacielos. En la pequeña ciudad universitaria de Charlottesville, en el estado de Virginia, viví durante varios meses una soledad casi igual de profunda, con su parte de sereno retiro del mundo y también de melancolía pegajosa, de irrealidad y extrañeza al cabo de muchas horas de no escuchar más voces que las de la televisión o de leer en silencio junto a una ventana por la que se veía un bosque punteado de luces de casas. Pero en Virginia la soledad era más visible, porque era una soledad física, de casas aisladas, de carreteras y de bosques, sin lugares donde los desconocidos pudieran rozarse entre sí, salvo las burbujas relucientes y asépticas de los *shopping malls*. En Virginia, cuando me encerraba en casa el jueves por la tarde, después de mi última clase, era consciente de que podría no hablar con nadie hasta la mañana del lunes, pero esa soledad ya estaba anticipada por los paisajes en los que me movía, por el aislamiento de la hilera de edificios bajos y neutros, situada entre una autopista y un bosque, donde estaba mi casa alquilada. Para un europeo todo se aleja hacia distancias remotas en esos espacios demasiado abiertos de América, topografías fantasmales de soledad y ausencia. En Nueva York, en cambio, la soledad más extrema puede encontrarse en medio de una multitud, y hay lunáticos que viven como náufragos o como ermitaños abrasados por las alucinaciones del desierto en las aceras más transitadas, que yacen en el suelo igual que mendigos de Bombay y miran despavoridos a su alrededor o gritan como si acabaran de recibir una revelación en los riscos pelados del Sinaí. Se mueven con un desasosiego de animales misántropos que llevaran muchos años encerrados en jaulas y privados de la cercanía de sus semejantes, y a veces desarrollan hábitos de excentricidad o de guarrería propios de quienes se han desprendido de todas las limitaciones que impone el trato humano. Una mañana veo venir hacia mí, por una acera muy transitada de Broadway, a una mujer vieja y despeinada pero no del todo mal vestida, con un chándal gastado, aunque digno, con sandalias de tacón y calcetines sucios, con una mancha aproximada de carmín rojo en los labios agrietados, que mueve hablando sola, despegándolos apenas. Pero son sus manos lo que llama de pronto mi atención y despierta una inmediata repugnancia: la mujer camina con las dos manos ligeramente levantadas, y al principio parece que llevara algo enredado en ellas, entre los dedos muy separados, pero lo que lleva son unas uñas larguísimas, córneas y oscuras como garras, pero más largas que las garras de ningún animal, tan retorcidas que se enroscan como trozos de alambre, y a la vez curvadas y fuertes como conchas de navajas, agudas y afiladas como las pinzas de un gran crustáceo. Qué podrá hacer, con esas uñas en las manos, cómo será verla comer sentada cerca de uno en la mesa de una cafetería, cómo se le enredará el pelo sucio entre las uñas cuando intente peinárselo. Pero nadie mira, nadie más que yo parece reparar en la existencia de esa mujer, en el enjambre pinchudo y córneo que tiembla mientras camina en los extremos de sus dedos. Circundado por la indiferencia de los otros, invisible para ellos, el lunático se acostumbra a actuar en público con la misma ausencia de escrúpulo que si estuviera solo en una habitación cerrada, tan a salvo de la inquisición de los demás como tras las paredes de un retrete. En un vagón del metro, un hombre enorme que ocupa dos asientos y se tapa del todo la cabeza con el capuchón de su anorak arranca el plástico de una bandeja de comida preparada y se la va comiendo con los dedos: trozos de pollo, puñados de arroz, grumos de salsa que le chorrean de los gruesos dedos y que el hombre chupa con la misma ruidosa complacencia que si estuviera solo, con gorgoteos y gruñidos de cerdo hozando en un pesebre. Está sentado frente a mí, y advierto que la gente escucha igual que yo el ruido como de chapoteo que hace al masticar, pero nadie accede abiertamente a mirarlo, a mostrar su asco o su incomodidad. No veo sus ojos, tapados por la capucha, sólo la boca abierta que mastica y que tiene un cerco de grasa brillante y de salsas rojas y amarillas que poco a poco le va chorreando por el mentón carnoso.

31

No ver, no mirar, mirar velozmente y de soslayo y fingir que no se ha mirado, sortear un cuerpo caído en el suelo, una presencia molesta, una mano que agita un vaso de plástico solicitando una limosna, con la misma naturalidad sonámbula con que un pez elude a otro pez o a un submarinista, con la destreza de un murciélago al que su radar de ultrasonidos advierte con mucha antelación de la cercanía de un obstáculo. Estar viendo y no mirar es un arte supremo en esta ciudad que desafía tan incesantemente a la mirada. Me acuerdo de una mujer negra, en la explanada del Lincoln Center, un miércoles por la noche, a la salida de la City Opera, cuando todavía me duraba la felicidad física, el estado de gracia en que me deja siempre *La Flauta Mágica*. Había sido una *Flauta Mágica* de una ligereza como de vodevil, con decorados de papel y de gasas livianas, con truculencias de comedia antigua de prodigios, tan limpia de solemnidad y al mismo tiempo tan rica en simbolismos ilustrados como debieron de verla sus primeros espectadores, en un teatro popular de Viena. Los montajes de la City Opera no tienen la espectacularidad de los del Metropolitan, que está justo al lado, y en ellos no actúan las megacelebridades del canto o de la dirección de orquesta. Pero a mí me gusta mucho ese aire de sencillez y de audacia, casi de una engañosa precariedad que limpia a la ópera de sus ropajes más grandilocuentes, que le devuelve una parte de la liviandad de farsa y entretenimiento que tendría en los tiempos de Mozart, en la época en que Stendhal acudía cada noche a la Scala para ver a mujeres escotadas y arrebatadoras y oír las músicas joviales de Cimarrosa y del joven Rossini. El público de la City Opera no se parece nada al de Madrid. En aquella *Flauta Mágica*, traducida al inglés en pareados que acentuaban su comicidad, la gente se reía de los chistes y de las payasadas de Papageno como en una comedia de Broadway, y aplaudía a los cantantes con un calor y una desenvoltura que en el Teatro Real serían inimaginables. La música nos había envuelto en un dulce espejismo de aventuras prodigiosas, de valiente inocencia y fraternidad universal, nos había enseñado que los monstruos más terribles pueden ser muñecos de feria, y decorados de papel los bosques de las pesadillas. Y también nos había consolado del miedo y la aflicción sombría del 11 de septiembre, aún tan cercano, con esa eficacia que sólo la música posee para aliviar el alma y restaurarnos del dolor: justo esa música, tan celebradora de la vida, y compuesta sin embargo por Mozart cuando ya estaba cerca de la muerte, como una despedida o un réquiem más íntimo que el otro, porque no celebra el final tenebroso del mundo sino la alegría de haber vivido y la certeza melancólica, pero también confortadora, de que habrá otros que sigan viviendo cuando uno ya se haya extinguido. Pero terminó la ópera en una apoteosis festiva y cuando salimos a la calle aquella mujer gritaba pidiendo ayuda y retorcía y desgarraba una bolsa de plástico negro entre las manos. Iba descalza, con la ropa en jirones, con la cara deshecha por el pánico y por la gran oscuridad de la locura, por un dolor que parecía estar arañándola por dentro con la misma furia con que ella rasgaba el plástico entre las manos. Nadie la miraba, y el río de gente bien vestida que salía de la ópera se bifurcaba para sortearla, y nadie parecía tampoco escuchar sus gritos, el ruido siniestro de la bolsa que estaba estrujando con sus dedos febriles. Dónde estaba la emoción de la fraternidad, el entusiasmo compasivo de la música de Mozart. Tampoco nosotros miramos, desde luego, y ni siquiera caminamos más despacio para enterarnos de lo que gritaba y murmuraba la mujer, por qué pedía ayuda, a las tantas de la noche, en una acera junto a la que se detenían los taxis para ir recogiendo a la gente que se disponía a volver a casa o a tomar una copa o una cena tardía después de escuchar *La Flauta Mágica*.

32

Las sirenas me despiertan cuando acababa de entrar en el sueño y ya no me puedo dormir hasta mucho más tarde. Me levanto con sigilo y me asomo a la ventana, sin ver nada más que la acera de siempre y las pequeñas acacias pobremente alumbradas por una farola amarillenta, que también revela en parte el interior vacío de un aula de ensayos de la Juilliard School. Las sirenas silban en largos alaridos de catástrofe que se enredan y se responden entre sí como en el ascenso de una fuga. Suenan más cerca y más urgentes cuando parecía que empezaban a apagarse, o que se alejaban a toda velocidad y en línea recta por las avenidas vacías, por las calles laterales tan oscuras y deshabitadas como las de una ciudad bajo el toque de queda. Si no hay tráfico, ¿por qué las hacen sonar al máximo volumen? Las sirenas alcanzaron las profundidades más densas del sueño, y ahora me quedo desvelado en la penumbra imperfecta del dormitorio, notando de pronto todo el miedo que yo ignoraba que tenía guardado dentro de mí. Una lección que he aprendido en las últimas semanas es que uno tiende a acostumbrarse al miedo, quizás por falta de imaginación, o por incapacidad de mantenerse en guardia demasiado tiempo: quizás también porque uno necesita una apariencia mínima de normalidad y si es preciso se engaña a sí mismo para creer que no sucede nada, que en realidad no hay tanto peligro, porque si reconociéramos de verdad que puede sucedernos cualquier día algo tan increíble como lo que sobrevino el 11 de septiembre no podríamos acomodarnos en lo que más nos gusta, la rutina diaria, el orden habitual de las cosas, y tendríamos que aceptar la evidencia pavorosa de que esa normalidad de la que dependemos es tan frágil que cualquier atentado puede desbaratarla. Uno puede salir una mañana del metro, a la hora de siempre, subir en ascensor a su oficina, regular el aire acondicionado, conectar el ordenador, y cada acto le parece de una firmeza indestructible, una secuencia de gestos menores que no se interrumpen, de causas que provocan con toda previsibilidad efectos indudables: introducida en su ranura precisa, en el vestíbulo de la estación del metro, la tarjeta magnética del abono de transporte hará que el torniquete ceda ante el empuje del cuerpo; el tren llegará al cabo de no más de uno o dos minutos de espera, de la misma forma en que la luz del sol aparece a una cierta hora sobre los edificios del este; bastará con pulsar un botón para que se encienda la flecha intermitente que anuncia la llegada de un ascensor; la corriente eléctrica que lo mueve todo y los flujos magnéticos que regulan el funcionamiento de los climatizadores o las imágenes, las palabras, las columnas de cifras que se deslizan por la pantalla del ordenador, son tan dóciles, tan infalibles, que uno no piensa en ellos, los da tan por supuestos como los latidos del corazón o el ritmo respiratorio que hincha regularmente sus pulmones. Por eso irritan tanto los contratiempos menores, la tarjeta rayada que no franquea el paso, el tren que se retrasa unos minutos, y por eso nadie o casi nadie sabe imaginar de verdad lo que debería ser una lección común de la experiencia, que la enfermedad, el desastre, el simple error, la avería de una máquina, pueden trastocarlo todo de golpe y para siempre. El grado de tolerancia hacia la incertidumbre, la conciencia de la fragilidad de la propia vida y de la provisionalidad de todas las cosas son más bajos en Norteamérica que en ninguna otra parte: los europeos de una cierta edad recuerdan que la civilización fue destrozada en poco tiempo por el totalitarismo y la guerra y que las ciudades más hermosas pueden convertirse de la noche a la mañana en paisajes de ruinas; los españoles tenemos todavía muy cerca la memoria de la guerra civil y de la tiranía, y sabemos muy bien que una bomba terrorista puede sembrar la destrucción y el infierno en la calle más tranquila de una ciudad turística, en un centro comercial donde la gente llena los carritos de comida para el fin de semana. Los norteamericanos han visto el horror en las películas y en los noticiarios, y quienes lo han vivido lo vinculan a territorios lejanos, Vietnam o los campos de batalla de la Segunda Guerra

Mundial. También están mucho más acostumbrados que nosotros a las seguridades de la legalidad, a los privilegios cotidianos de la tecnología, a la solvencia del comercio. Cualquier azar los desconcierta, y difícilmente conciben que un error sea irreparable, o que no haya compensación para un abuso, o explicación para una irregularidad. Por eso hay tantos abogados y son tan gigantescas las sedes de las compañías de seguros, y es tan prolijo y tortuoso cualquier trámite administrativo. Por eso les cuesta más todavía aceptar el hecho monstruoso, la quiebra inaudita de la normalidad que fue el apocalipsis de las Torres Gemelas, el descubrimiento de la sustancia frágil y precaria de lo que parece más firme, de que *todo lo sólido se desvanece en el aire*, como escriben con extraña poesía Marx y Engels en el *Manifiesto Comunista*. Ahora mismo, de golpe, en el dormitorio en penumbra, por culpa de las sirenas que me han despertado, yo me sorprendo al encontrar dentro de mí más miedo del que imaginaba que sentía, y también puedo entender algo que me ha extrañado siempre cuando leía los libros de historia, o las memorias de supervivientes del Holocausto o del Gulag: por qué no escapaban, se pregunta uno siempre, cuando todavía estaban a tiempo, cuando no habían empezado a perseguirlos, cómo es posible que siguieran viviendo en una ignorancia ciega de lo que se avecinaba, que no prestaran demasiada atención a las amenazas explícitas, al enrarecimiento gradual de sus vidas. La respuesta la encuentro ahora, dentro de mí mismo, en mi incapacidad de aceptar plenamente, racionalmente, no ya el horror que he visto con mis propios ojos, sino la probabilidad de que algo semejante vuelva a ocurrir, más todavía ahora, cuando el gobierno norteamericano se dispone a bombardear Afganistán. Uno quiere, ante todo, creer que la normalidad no va a romperse, y se aferra a sus hábitos con más fuerza que nunca en medio de una crisis que en cualquier momento podría destruirlos, como si al repetir lo que ha estado haciendo cada día asegurara su propia perduración, segregara una sustancia que lo irá protegiendo, como el calcio de su concha al molusco o el hilo de saliva convertido en seda al gusano que teje su capullo al mismo tiempo que se cobija en él. Y uno, insensatamente, para sentirse más seguro, prefiere no escuchar demasiadas noticias, y se irrita contra quien le confía vaticinios o contra quien le anima a darse cuenta de su vulnerabilidad y a tomar medidas para ponerse a salvo. A Casandra, empeñada en anunciar los desastres inminentes que nadie deseaba oír, se le tendría más rencor en Troya que a los mismos enemigos que sitiaban la ciudad y se preparaban para destruirla. Acomodarse casi de cualquier manera a un principio mínimo de normalidad es seguramente un método instintivo de supervivencia: pero también puede ser una forma pasiva de autodestrucción, un resignarse anticipadamente a la inevitabilidad del fin, dejándose hechizar como un animal por los faros del coche que va a atropellarlo. Así me hechizan ahora las sirenas que me han despertado, y al principio me digo que no pasa nada, que se trata sólo de una de tantas alarmas, de la afición truculenta de los policías y los bomberos por cruzar las calles a toda velocidad y desplegando el poderío de las sirenas, los cláxones y las luces giratorias, sobre todo ahora, cuando la ciudad entera los aclama como héroes, cuando el público de las terrazas se pone en pie y aplaude y lanza gritos de entusiasmo si pasa un camión de bomberos. No sucede nada, seguro, pero entonces por qué dura y dura tanto el sonido de las sirenas, por qué parece que hay tantas esta noche, sonando al mismo tiempo, multiplicándose como si se congregaran viniendo desde muchos lugares lejanos, mezcladas con el bajo profundo de los cláxones y el chirrido de los neumáticos en las curvas. Así duran las sacudidas que nos han despertado en un avión donde volábamos de noche, y aunque al principio uno se dice, con desgana de experto, que se trata sólo de turbulencias pasajeras, poco a poco empieza a perder la sangre fría, porque las sacudidas son cada vez más pronunciadas y el suelo tiembla, igual que los brazos del asiento que uno ha empezado a apretar muy fuerte, y de golpe se oye que una bandeja se ha volcado o se abre uno de los compartimentos superiores. Entonces viene el miedo, el vacío en el estómago cuando el avión parece desplomarse durante unos segundos, el vértigo y la conciencia física de estar suspendido a diez mil metros de altura, en la negrura helada de la estratosfera, sobre la oscuridad de un océano que debe de estar rugiendo azotado por los vientos, con hondos abismos entre las olas y crines blancas de espuma. Pero la tensión se apacigua, y hay un momento en el que bajan los agudos de las sirenas y ya no vuelven a subir hasta el límite, y se va haciendo más ancho el espacio de la ciudad que las separa de este edificio y de la habitación en la que yo no duermo. El oído percibe el espacio con la misma agudeza que la mirada: ahora las sirenas que se alejan trazan en la noche las líneas rectas de las avenidas, modelan con su resonancia gradualmente apagada la verticalidad y la anchura de los edificios, y cuando por fin se extinguen del todo me doy cuenta de que no voy a dormirme y de que tampoco ahora se ha hecho el silencio. Entra luz desde la calle, la luz amarillenta y rojiza de las noches de Nueva York, y también van entrando los sonidos que no tenía conciencia de estar escuchando, el rumor de máquinas que nunca cesa en la ciudad, los acelerones y frenazos de los camiones de basura y el estrépito de los émbolos y los compresores hidráulicos, las chimeneas de ventilación en el tejado, la trepidación de un convoy nocturno del metro, los mecanismos escondidos e ingentes que mantienen perpetuamente en marcha la gran maquinaria de Manhattan, y que no me dejaban dormir en la habitación de mi primer viaje: como los motores del avión cuando se han apagado las luces en un vuelo transatlántico o el fragor del tráfico en una autopista cercana, como el ritmo de las ruedas y el entrechocar de los topes de los vagones en un expreso nocturno en el que uno no llega del todo a dormirse. *Yo oigo las sirenas y murmullos de Nueva York*, escribe Lorca en una carta a su familia. De nuevo se oyen sirenas, pero ahora mucho más lejos, traídas desde otro extremo de la ciudad por un cambio del viento. Con los ojos abiertos, con la clarividencia neurótica del insomnio, veo como en un sueño los morros anchos y las hileras de luces rojas y azules de las ambulancias, la pintura roja y los cromados relucientes de los camiones de bomberos y sus luces destellando en los escaparates de las tiendas cerradas y en el asfalto con brillos de grasa de las oscuras calles laterales, en el negro charolado de las bolsas de basura. La ventana de otro apartamento igual que éste se ilumina sobre el patio, sobre las máquinas y las tuberías del aire acondicionado, y un poco después se escuchan pasos y el ruido del ascensor. Quizás es más tarde de lo que yo imaginaba y la gente madrugadora ya empieza a levantarse para ir al trabajo. La ciudad entera parece que duerme un sueño agitado de alarmas, que permanece inmóvil en un duermevela de pesadillas posibles, ahora que se ha descubierto vulnerable. Puede que en alguna parte haya escondidas sucias bombas químicas, incluso se especula con la posibilidad de armas nucleares, no de tecnología puntera ni de gran capacidad destructiva, pero sí suficientes para sembrar de verdad el caos en esta isla superpoblada. Y bastaría la explosión en el metro de una bomba con carga biológica, con esas esporas de ántrax de las que ahora hablan cautelosamente los periódicos, para propagar en los vagones y en los túneles una hecatombe de peste medieval.

33

En la radio y luego en la televisión anuncian que hay la sospecha firme de un nuevo ataque terrorista, pero no añaden nada más, no dicen qué clase de ataque ni dónde ni por qué existe la sospecha, tan sólo que algo puede ocurrir los próximos días y que hay que estar preparados y vigilantes. Pero cómo se prepara uno contra una amenaza que no sabe de dónde ni de quién proviene ni en qué puede consistir. Hay que seguir llevando una vida normal, dice también, con cara tétrica, el director del FBI: pero la normalidad es una inercia que se rompe muy difícilmente y se restaura como las células de un tejido sano, y a pesar del cataclismo real de las Torres Gemelas y de las amenazas probables la vida sigue mostrando la misma superficie en apariencia no dañada, los comensales hablan en voz alta en los restaurantes y llenan en las horas punta los andenes y los vagones del metro, las madres pasean a sus bebés en cochecitos por los senderos de Central Park, y en las mesas de los cafés la gente solitaria, cada persona como una isla ceñida por un gran océano exterior, lee el periódico o un libro o consulta algo en el ordenador portátil, o escribe en un cuaderno, o se queda mirando perezosamente por el ventanal hacia la calle. La normalidad es una fuerza geológica, lenta como el curso de un glaciar, y cada persona se aferra infinitesimalmente a la suya, porque casi nunca puede hacerse otra cosa, y porque las amenazas siempre son abstractas, mientras que la vida inmediata es tan precisa, tan rica en pormenores que no puede someterse a categorías, a dictámenes generales sobre el estado de ánimo de una ciudad entera o de un país o sobre las expectativas de lo que puede o no puede ocurrir. Las ruinas de las Torres Gemelas siguen humeando, en las calles cercanas perdura un olor que ahora no es sólo a ceniza húmeda, sino también, opresivamente, a materia orgánica en descomposición. En las oficinas de Correos los empleados llevan guantes de goma blanca translúcida, por miedo a la infección letal e invisible del ántrax, que ya se ha cobrado varias víctimas. Algunas veces el metro se detiene en un túnel entre dos paradas y hay unos momentos de inmovilidad y silencio en los que todo el mundo permanece callado, impasible, sin dar muestras de inquietud: entonces una voz oficial anuncia por la megafonía que el tren no va a detenerse en la siguiente estación, porque se está desarrollando en ella una operación policial. Pero las caras de los viajeros no expresan ningún cambio, apenas la actitud de estar escuchando unas palabras poco inteligibles por culpa de los altavoces defectuosos, y si se apaga la luz y el tren todavía no se pone en marcha tampoco alza nadie la voz, cada uno callado, aislado, cavilando, cada uno con su dosis de miedo en la imaginación. Algo puede ocurrir, pero nadie lo sabe, y uno piensa y teme que si alguien sabe algo se lo calla para no desatar el pánico. Una sustancia venenosa puede ser esparcida en el aire, uno de esos aviones que cruzan a cada momento el alto y limpio azul de los días de octubre podría desviar su trayectoria y lanzarse contra el Empire State o el Rockefeller Center, o contra el edificio de las Naciones Unidas, que aún sigue cercado por camiones gigantes de arena que cortan el tráfico en la Primera Avenida, convirtiéndola así en un bulevar espacioso y lleno de silencio, de voces humanas y de pasos, tan ancho y sereno como el río que baja muy cerca. El 11 de septiembre los terroristas tenían programado que uno de los aviones que no llegaron a secuestrar se estrellara contra las Naciones Unidas. Es preferible controlar la imaginación para que no se extravíe hacia las posibilidades espantosas que no llegaron a cumplirse: la mañana del 11 de septiembre nosotros teníamos proyectado visitar con nuestros hijos las Naciones Unidas, porque unos amigos que trabajan allí nos habían invitado a almorzar con ellos y nos iban a dar un paseo por el edificio. Cualquier cosa puede pasar, podría haber pasado, pero nadie sabe o dice qué, nadie formula vaticinios ni hipótesis, de modo que el miedo no tiene nada concreto a lo que asirse y la normalidad se mantiene inalterada, el lento glaciar de los hábitos y los horarios, de las costumbres que mantiene viva la ciudad, el flujo de la energía eléctrica y del agua caliente por las tuberías subterráneas, el de los taxis amarillos, la gente atareada en las aceras y tras las ventanas de las oficinas, los vagabundos y los locos, los clientes de los restaurantes y las mujeres que se prueban zapatos de tacón o abrigos de invierno en las tiendas lujosas. Y cada uno lleva escondida en el alma su variedad del miedo, tan peculiar y secreta como sus pecados, la sensación afilada pero también difusa del peligro, la conciencia atónita de que una torre de acero y cristal, erigida sobre hondos cimientos de hormigón, incrustada en el pedernal del subsuelo de Manhattan, en realidad es tan frágil como un castillo de arena o de naipes. En alguna parte, ahora mismo, en un laboratorio, en un sótano cualquiera, en la habitación de un hotel, alguien está esparciendo esporas de ántrax en el interior de un sobre que dentro de un rato franqueará y echará tranquilamente en un buzón azul, idéntico al que veo ahora mismo al otro lado del ventanal del café donde estoy escribiendo, a unos pocos pasos de la oficina de la NBC en la que trabajaba ese hombre que agonizó en el hospital durante varios días antes de morir por culpa del veneno invisible. Mientras una mujer bebe un sorbo de té en una mesa próxima a la mía, mientras una camarera se ajusta unos guantes de látex antes de abrir una caja de paquetes de café, quizás se está poniendo en marcha el mecanismo de un nuevo atentado. El mundo es tan grande, tan inabarcable, está hirviendo tan aterradoramente de miseria, de injusticia, de fanatismo y de caos, que no se puede vivir sin mantener parcialmente cerrados los ojos, sin taparse de vez en cuando los oídos. En una cueva de Afganistán, en un callejón ruinoso y calcinado de Kabul, de Islamabad o de Gaza, en un apartamento suburbial de New Jersey, en un cuarto de motel junto a una autopista, puede estar decidiéndose el porvenir inmediato de nuestras vidas. Yo me siento en el café y me repliego en mi cuaderno, en el té caliente y amargo que bebo a sorbos cortos y en el gesto de alzar los ojos de vez en cuando para mirar la acera de Columbus Avenue tras el ventanal, para fijarme en los desconocidos de las mesas próximas que están tan lejos de mí y sin embargo tienen algo en común conmigo, aunque parezcan tan absortos, la punzada oculta del miedo. De pronto, entre las caras ausentes que nunca parecen mirar, encuentro el sobresalto de una mirada fija en mí, la de una mujer vieja y despeinada, con una diadema absurdamente juvenil en el pelo muy blanco: me mira por encima de un libraco en alemán sobre Heidegger, y junto a la mirada me llega el hedor abismal de la falta de higiene.

34

Y sin embargo, no sé si por insensatez, por ceguera, por esa clase de inconsciencia que nos extraña tanto en quienes fueron contemporáneos de un gran desastre sin enterarse de su verdadera dimensión, la certeza objetiva del peligro no me impide disfrutar de una perpetua celebración de todo, de una embriaguez de esta ciudad que no se amortigua nunca, y nunca cede a la rutina o al cansancio. Cada mañana abro los ojos en un estado de expectación y de alerta y me asomo a la ventana queriendo averiguar lo que me reserva la luz nueva del día. Preparo el desayuno, escucho la radio, el consultorio sentimental de la doctora Joy Brown o los programas de la excelente radio pública, la WNYC, ávido no tanto de noticias como de historias, músicas, canciones y palabras, de los sonidos de una lengua que estoy siempre aprendiendo y que nunca deja de despertarme una codicia poderosa de saber más, de atesorar más palabras y giros, palabras sólidas y rotundas como las monedas que acaparaban en sus cofres los avaros de los cuentos. Una serena felicidad puede estar contenida en los actos más comunes: vuelvo el sábado a mediodía de la compra en el mercado de los granjeros de Union Square y preparo un guiso de arroz con verduras escuchando en la radio pública el programa de Jonathan Schwartz, que tiene una voz grave y sabia y pone siempre canciones memorables, grabaciones singulares o raras: el olor andaluz del sofrito inunda el espacio del apartamento al mismo tiempo que el violín de Stéphane Grapelli y el chelo de Yo Yo Ma tocando a dúo *Love for Sale*, y yo me doy cuenta de que este momento sin relieve es una cima secreta de mi vida. Me abruman todas las cosas que podría hacer, los libros que están esperándome para que yo los lea, los conciertos innumerables que se anuncian en el periódico, las revistas de papel brillante y hermosa y densa caligrafía que compro sabiendo que no tendré tiempo de leerlas enteras, la enciclopedia diaria, inagotable, del *New York Times*, que los domingos adquiere un volumen montañoso, una fiesta de letra impresa y olor a papel para el aficionado a los periódicos. Hay que aprovechar cada día, cada hora, hay que buscar en el diccionario y fijar en la memoria cada palabra nueva, cada visión nueva de la ciudad, de los rojos y amarillos que van propagándose por Central Park. Hay que escuchar tantos discos, tantas maravillas compradas por unos pocos dólares en las tiendas de segunda mano, hay que rendirse a la voz de miel de Ella Fitzgerald, al delicado intimismo de Bill Evans, a la gracia aérea y triunfal de Mozart o de Monteverdi. En el Village Vanguard, donde parece que lo rozan a uno, en la vibración sonora del aire, los fantasmas de tantos músicos muertos, toca toda esta semana el pianista George Cables, que acompañó a Art Pepper en algunos de los discos del final de su vida, los mejores y más tristes, los más estremecidos de gratitud por los dones de la música y del amor y de melancolía por el recuerdo del sufrimiento y la certeza de la muerte próxima. En el Carnegie Hall Daniel Barenboim va a dirigir a la Sinfónica de Chicago en una versión de concierto de *Tristán e Isolda*, en la que cantará Waltraud Meier, y en el Metropolitan Plácido Domingo cantará *Idomeneo*. En la New-York Historical Society acaban de inaugurar una exposición sobre los Rosenberg, porque hace cincuenta años justos que fueron encarcelados, y en la galería Marlborough están ya anunciadas las últimas pinturas de Richard Estes. En el piso séptimo de un edificio de la Quinta Avenida hay una galería recóndita, iluminada por una luz cenital de patio, en la que cuelgan, alternándose, dibujos de Matisse y de David Hockney. Avanzo por un corredor oscuro, desierto, al salir del ascensor, y desde el fondo viene una claridad de paredes blancas y altas ventanas, de paréntesis de patio silencioso, una reverberación que tiene algo de la blancura del papel de los dibujos. Matisse emplea un trazo sustancial, un sombreado algo académico: las líneas de Hockney son tan finas, casi tan azarosas, como las de la punta de la pluma sobre el papel de mi cuaderno. Alguna cara de Matisse tiene la gracia de una foto de modas de los años veinte, de un anuncio de película o de cigarrillos. Otras veces se advierte con demasiada claridad que las mujeres de esos dibujos son modelos, que están posando con solvencia profesional y un fondo de tedio vestidas formulariamente de odaliscas. Sólo la cara que lleva el título de *Circe* es de verdad memorable: tiene unos ojos alargados de escultura etrusca. Los personajes de Hockney, sin embargo, parecen sorprendidos en la vida diaria, como en polaroids dibujadas instantáneamente no con colores apastelados y suaves, sino con líneas muy delgadas de tinta, casi desleídas en el blanco. Alguien conversa y mueve las manos recostado en un sofá: un muchacho desnudo, tendido boca abajo en una cama, lee con ensimismamiento y abandono un libro. Matisse, contrastado con Hockney, tiene un aire tradicional, premeditado, decorativo: un dibujo de Hockney es la caligrafía exacta y trémula de un instante, lo que uno quisiera atrapar cuando escribe y se le escapa siempre, aunque use instrumentos parecidos, un cuaderno de anchas hojas blancas y un rotulador de punta tan fina como el que debió de usar David Hockney. Pero por muy rápido que yo quiera escribir las cosas se me escapan, la vida cambiante que transcurre en torno a mí en el café, la mujer vieja y despeinada que acaba de marcharse cargando con su libro de Heidegger y con una bolsa roñosa de harapos y desperdicios y dejando el rastro sólido de su hedor, la pareja de perfil que conversa contra el rectángulo de una ventana, en la que una jarra con flores es el eje de simetría inadvertido de su encuentro, la voz joven de Ella Fitzgerald que viene de repente por los altavoces del café como desde el fondo del tiempo, desde el día de mil novecientos treinta y tantos en que grabó con la orquesta de Chick Webb uno de sus primeros éxitos, *A-tisket-a-tasket.* Hay dibujos y fotografías que pueden apresar un instante, pero no existe una literatura que pueda contar con plenitud toda la riqueza de un solo minuto.

35

Después de cada ausencia voy en busca de alguna querida librería en la que pasé horas de recogimiento y felicidad, de mareo y codicia por la abundancia de los libros, y no es infrecuente que la encuentre clausurada. Pasé varios años sin volver, y cuando busqué en la Quinta Avenida la librería Brentano's pensé que me había perdido, o que la memoria infiel me confundía, porque daba vueltas y no lograba encontrarla. Era una librería enorme, acogedora, con columnas de hierro de capiteles dorados, barandillas y escaleras de hierro, fuertes suelos de madera, una librería que tenía algo de espacio industrial, de sólido comercio ilustrado, y también una calma de biblioteca pública. Después de mucho buscar reconocí el edificio, las volutas de sus ventanales art nouveau: pero ahora no había libros en ellos, sino carteles publicitarios de Benetton. De un viaje a otro desapareció la librería Rizzoli de West Broadway, en la que había colecciones exquisitas de literatura y de libros de arte, y donde se conocen Robert de Niro y Meryl Streep en una película sentimental que a mí me gusta mucho, *Falling in Love*: volví y sólo quedaba el letrero medio descolgado sobre un local vacío, lleno de polvo, de cristales rotos y botes de pintura. Así encontré al cabo de menos de un año la librería Colisseum, que estaba en la esquina de Broadway y la 57, y unos días más tarde aquella de University Place, a unos pasos de Washington Square, donde siempre había en el escaparate, adormilado y solemne entre los libros, un gran gatazo rubio. El gato tenía algo de guardián severo y de símbolo de algo, de la lentitud necesaria para el disfrute de la literatura y de la vigilancia alerta de la inteligencia. El gato lo miraba a uno con sus ojos verdes y guiñados y sus pupilas tenían la cualidad adivinadora de las miradas de los grandes maestros de la literatura en las fotografías en blanco y negro del escaparate. Era un gato sedentario y letrado, hecho a la compañía de Walt Whitman, de Faulkner, de Saul Bellow, de Virginia Woolf, de Scott Fitzgerald, de John Cheever, encerrado con ellos en aquella cabina de cristal que era en el fondo una reliquia de otros tiempos, igual que la librería de cuyo nombre me he olvidado y que no pudo sobrevivir al progreso de la ignorancia, a la decadencia de la palabra escrita, al triunfo monstruoso de la cadena Barnes & Noble. No recuerdo el nombre de la librería, pero sí los dos últimos libros que compré en ella: una nueva edición de los cuentos completos de John Cheever y un volumen delgado y breve de E. B. White, *Here is New York*, que es el relato de un paseo por la ciudad tan intenso, tan comprimido, tan hecho de presente y traspasado de nostalgia futura como esas canciones de Nueva York que cantan Tony Bennett o Mel Tormé, y que a uno, cuando está lejos y hace mucho que no vuelve, le despiertan la añoranza y el instinto físico de salir a caminar por las calles. Paseando Broadway arriba una tarde de octubre he descubierto la librería Murder Ink, a la altura de la calle 90, en una zona donde ya se oye hablar mucho español y el color de las caras se vuelve más oscuro, y la pobreza más evidente: las aceras están más sucias, y los McDonald's y Burger King y las innominadas pizzerías sustituyen a los restaurantes modernos y a las cafeterías sustanciosas de unas calles más abajo, llenando el aire de olores de comida barata, el hedor casi táctil de la grasa frita. La librería Murder Ink, que tiene un escaparate y un ala entera dedicados exclusivamente a la literatura policial, se parece algo a una tienda antigua de ultramarinos, con el suelo de madera sin pulir y las estanterías iguales a las que había en las tiendas adonde mi madre me mandaba de niño, las tiendas donde el azúcar, las lentejas y los garbanzos, que se vendían a granel, estaban guardados en grandes cajones pintados de estos mismos grises y azules. Empujo la puerta y se escucha una campanilla, y en el interior hay un silencio enguatado, un poco polvoriento, ligeramente rancio. La librería es más bien anacrónica, artesanal, comparada con los establecimientos colosales que dominan aquí el comercio del libro, pero es que la literatura, el oficio, el gusto de leerla, también es, en el fondo, una cosa algo rancia y bastante artesanal, un trabajo lento y solitario que no interesa a demasiadas personas y en el que siempre tiene que haber un punto de entrega gratuita y azarosa, de devoción íntima. En Murder Ink se encuentran, desde luego, las mismas obesas novedades que en cualquier Barnes & Noble y que en la lista del *New York Times*, pero también hay libros de segunda mano muy cuidados, volúmenes en tapa dura que tienen el aspecto de haber sido ya leídos, de haber durado dignamente más allá del tiempo cada vez más fugaz que conceden las normas del mercado y los atolondramientos de la moda. En estantes cerrados con llave hay primeras ediciones austeras y valiosas de los grandes maestros norteamericanos del siglo, y en los anaqueles se ordena por orden alfabético la gran literatura universal, en sólidos volúmenes de bolsillo que a uno le dan ganas de ir leyendo igual de sistemáticamente, en las largas horas y en los días serenos de una vida de verdad sedentaria y provechosa, en una calma como la de este lugar, donde llega amortiguado el ruido del tráfico y se escucha a un volumen discreto un disco de Bill Evans. A mí esta librería que acabo de descubrir me hace instantáneamente feliz, me acoge como una casa conocida y querida, y nada más entrar en ella, vagabundeando entre los anaqueles, que es otra de las formas de nomadismo que suelo ejercer en la ciudad, ya encuentro libros que me gustaría leer, recordados o desconocidos, y que tomo entre las manos y hojeo con la misma respetuosa felicidad que cuando entraba de niño a las papelerías de mi ciudad natal, que olían tan delicadamente a goma, a madera de lápiz, a tinta, a papel impreso. En Broadway, en esta zona ya fronteriza en la que se adivina la proximidad de Harlem, la línea divisoria entre los ricos y los pobres, entre las pieles claras y las pieles oscuras, entre las tiendas exquisitas y opulentas de alimentación y las desoladas hamburgueserías y pizzerías con olor a sebo y lividez de neones sucios, al anochecer, en esta acera casi a oscuras, Murder Ink es como una papelería antigua que conserva tras la puerta de cristal y el sonido de la campanilla aquellos aromas tan sustanciosos como los que brotaban de las panaderías. Qué gusto, qué codicia de libros, rotundos como panes de corteza dorada, y yo paseando entre ellos, tentado por casi todos, feliz de su cercanía, no agobiado por su proliferación. Cada libro es una excitante invitación y también un principio anticipado de remordimiento, una promesa de sensaciones, palabras, saberes y mundos, y una advertencia de que no se pueden leer todos los libros que uno quisiera. Siempre faltará tiempo, y el que se dedique a uno se le estará negando a otro, y uno no podrá dar nunca por satisfecha esta apetencia de lectura, este vicio impune, según Valery Larbaud. Por azar encuentro un libro que venía buscando sin éxito hace tiempo, que me ilusiona como cuando encontraba una novela aún no leída de Julio Verne en la papelería de mi ciudad natal, tan lejos de aquí: *Mole People*, de Jennifer Toth, una crónica de la gente que vive en las alcantarillas y en los túneles y las estaciones abandonadas del metro de Nueva York. Si hubiera más luz en la calle empezaría a leerlo ahora mismo, sonámbulo por la ciudad con mi libro en las manos. Pero ya es de noche cuando salgo de la librería, dejando atrás el sonido de la campanilla. Es noche cerrada en la calle, pero en el cielo dura un azul limpio y marítimo, por encima de los volúmenes recortados y oscuros de los edificios, donde ya han empezado a encenderse las luces. Dejo Broadway y voy derivando por las calles laterales, calles quietas de casas de cuatro pisos con barandas y escalinatas de piedra a la entrada, con árboles en las aceras y pequeños jardines. En las caminatas del anochecer se me acentúa el sentimiento de la extranjería, y percibo más agudamente la quietud confortable que hay tras las ventanas iluminadas, sin cortinas, tan cerca de la calle que algunas veces puedo distinguir con claridad las caras de quienes viven en los primeros pisos, las líneas de libros en estanterías que se parecen a las de Murder Ink. Voy como un fantasma por estas calles tranquilas y desiertas, tan sosegadas a unos pasos de la agitación de Broadway y de la avenida Amsterdam. En una ventana aparece una silueta de pie, a contraluz, una mujer que mira hacia la calle, quizás para despejarse después de un tiempo largo leyendo o escuchando música en esa habitación tan propicia al recogimiento. Al mirarme pasar, una figura sombría en la acera sin nadie, tendrá la sensación de estar viendo una presencia humana impenetrable y lejanísima que sin embargo está tan sólo a unos metros de ella, tan cerca que puede oír mis pasos con la misma claridad con que yo oigo el pestillo que ha ajustado ella en la ventana, tal vez en un gesto instintivo de recelo, de alarma.

36

Entre la noche del sábado y la mañana del domingo ha llegado inesperadamente el frío, y parece que el tiempo ha dado un salto hacia el invierno. La mañana es luminosa y clara, con resplandores como de domingo en el Retiro de Madrid, pero el viento sacude las copas de las acacias jóvenes y la gente camina un poco inclinada, con las manos enguantadas en los bolsillos, con una actitud invernal. En la mañana del domingo las aceras de Columbus Avenue se llenan de puestos callejeros, y en el patio de una escuela pública, en la calle 76, hay un mercadillo grande, caótico, populoso, en el que se vende y se compra todo, las cosas más absurdas, porque en Nueva York parece que nadie tira nada, que todo lo muy usado y lo decrépito y lo más raro y lo más ruin que contiene una casa, en vez de ir al vertedero, emprende nuevas vidas cíclicas en los baratillos dominicales que surgen casi en cualquier esquina de la ciudad, en los solares de los edificios derribados y en los aparcamientos al aire libre. Las hojas diminutas y ovaladas de las acacias ya se han puesto amarillas, y caen de las ramas arrastradas por el viento, girando a veces entre la gente y los coches en remolinos de confeti. El sol brilla diáfano, pero el viento es frío como una hoja de cuchillo, atraviesa la ropa demasiado ligera y provoca espalda arriba escalofríos de catarro próximo. Grandes nubes avanzan como galeones desde el río Hudson, y cuando tapan el sol la calle queda sumida en una grisura de diciembre. Los vendedores se suben las solapas de los chaquetones, golpean el suelo para calentarse los pies, soplan el vaho del aliento sobre las puntas de los dedos. En cada esquina la perspectiva recta y despejada de las calles muestra al fondo, hacia el oeste, la corriente color de acero del río y las orillas arboladas de New Jersey; hacia el este, la misma amplitud recta termina en la espesura de Central Park, muy verde todavía, como si entre sus arboledas aún durase el verano. Dice John Cheever que en el Nueva York de su juventud había por todas partes una luz fluvial que luego se perdió. Vamos paseando como dos holgazanes, sin oficio ni beneficio, sin lazos, sin horarios ni compromisos que cumplir, acogidos al adanismo de amantes solos en el principio del mundo que descubrimos en esta ciudad hace tantos años, disfrutando perezosamente de la mañana, de la calzada sin tráfico y del comercio callejero, de la amplitud del domingo que todavía se ofrece anchurosamente delante de nosotros. Yo miro libros y discos de segunda mano, me dejo llevar por la pululación de zoco que ocupa la acera, y ella, mientras tanto, más alerta y más práctica, encuentra con instinto certero las cosas bellas y útiles que le gustan, carteles publicitarios de principios de siglo, una camisa de forma y textura exquisitas colgada en un tenderete, un sombrero que se cala sobre la frente y que le da en seguida a su cara una gracia como de los años del jazz. Se pone el sombrero y sonríe mirándose en un espejo, ajustando sutilmente el gesto de los labios, el escorzo de la nariz y la barbilla, y su cara de pómulos finos y facciones tan precisas es como la de un anuncio de cigarrillos o como una ilustración en la portada de una novela o de una revista de modas de 1930. Toda la acera, hacia el norte, está ocupada por puestos de ropa, de bisutería, de sombreros, de libros viejos y discos, por terrazas de restaurantes en las que sigue habiendo mesas ocupadas, porque aquí la gente es dura y está acostumbrada a resistir el invierno. Del interior de los restaurantes viene un rumor desahogado y placentero de domingo, de desayunos tardíos con el periódico y un bloody mary, de platos de langosta, salmón y huevos Benedict cubiertos de una salsa blanca y rodeados de ensaladas de colores muy vivos. Vuelve a salir el sol y da la impresión halagadora de que la vida puede ser un dejarse llevar por ocupaciones gustosas, una camaradería indolente y fortalecida de experiencia y ternura, de caminatas dominicales por calles soleadas y regresos a una casa cálida y compartida, quizás con la expectativa del amor lentamente gozado mientras va pasando la tarde, de la lectura demorada del periódico en un sillón junto a una ventana. En el mercadillo de la escuela, un hombre que vende espejos grandes, lunas de armarios de los años cincuenta —en una como ésas me miraba yo intrigado de niño, furtivo en la penumbra del dormitorio de mis padres— tiene encendida una radio, y en ella, de pronto, se escuchan voces alarmadas que hablan de bombardeos, de los primeros ataques aéreos contra Afganistán: el frío sube otra vez por la espina dorsal, la incertidumbre alimentada por las palabras que se escuchan a medias, que no llegan a formar secuencias inteligibles, por culpa del ruido del mercado y también de las explosiones que se oyen de fondo en la radio. Mientras escucha, el vendedor de espejos se queda serio y pálido y mueve abatidamente la cabeza. Acaba de empezar una guerra, hay aviones bombardeando, sirenas de alarma, tableteos de ametralladoras antiaéreas, y nosotros, aquí, nos paseamos tranquilamente por un mercadillo de cosas viejas, de residuos de vidas y hogares abolidos, nos sentamos en un restaurante y pedimos un par de bloody maries, unos huevos Benedict con beicon, salmón y langosta. En el bar, encima de la barra, hay un televisor encendido donde se ven imágenes de cazas despegando de un portaaviones, manchas de fosforescencia que estallan en la oscuridad verdosa de una ciudad que parece en ruinas. La CNN recupera sus días de gloria vampíricamente alimentada por una nueva guerra, pero el volumen del televisor no está muy alto y queda casi borrado por las voces de los comensales y el ruido de los vasos y los platos. Muy pocas personas alzan la mirada o interrumpen su conversación para atender a lo que se ve en la pantalla, las tinieblas de esa ciudad que parece vista con rayos infrarrojos, las bengalas o relámpagos del bombardeo que está sucediendo en otro mundo, en un lugar donde ahora mismo es noche cerrada, donde la gente se esconderá en sótanos o entre ruinas escuchando el silbido de las bombas, sintiendo temblar el suelo con el impacto de las explosiones.

37

En la ventana ha amanecido un lunes luminoso, vítreo, con un viento tan afilado como las esquinas de los edificios, un viento que baja en línea recta por Broadway y Amsterdam y Columbus Avenue. Hay que abrigarse, hay que ponerse jerseys de lana gruesa, chaquetones, bufandas, pantalones recios y bien ceñidos que no dejen subir el aire frío por las piernas, gorros que protejan bien la cabeza y lo libren a uno de la sensación de mareo y pérdida de la realidad que provoca la constancia del viento helado. Sale uno abrigado, como nunca en Madrid, con la cabeza baja, con las manos enguantadas en los bolsillos y la mochila a la espalda, la mochila de excursionista urbano, de explorador matinal de la isla de Manhattan, limpia y fría en la luz exacta de octubre, con el cielo azul claro y sin una sola nube, de ese azul en el que resaltan como puntas de acero y diamante las agujas de los edificios más altos, y en el que se distinguen con una nitidez impropia de su lejanía los depósitos de agua sobre sus armazones de hierro, las culminaciones góticas, griegas o babilónicas de muchos rascacielos, las torres románicas, las terrazas con árboles y los jardines colgantes, los templos circulares, las arquitecturas inexplicables que parecen elucubraciones fantásticas sobre el faro de Alejandría o hangares como los de los cuadros de De Chirico, o miradores con escalinatas quebradas y arcos imposibles como los de los grabados de Escher. Hay que levantarse pronto, para evitar en lo posible el desasosiego de las horas y los días que se van tan velozmente, hay que poner la cafetera y que encender la radio antes que todo, buscando las noticias sobre la guerra intermitente que ya está sucediendo al otro lado del mundo, en un país de roquedales tan ásperos como la otra cara de la Luna, la otra cara dramática y maltratada de la Tierra, donde aviones de formas afiladas y tecnología prodigiosa lanzan al mismo tiempo bombas y paquetes de ayuda humanitaria, donde misiles teledirigidos que cuestan cada uno cientos de millones de dólares fulminan espacios pelados de desierto, paisajes calcinados por guerras anteriores y ruinas de ciudades que ya estaban arrasadas. Pero la guerra está muy lejos, tan lejos como esas catástrofes naturales que salen con frecuencia en los telediarios, permitiéndole a uno ver un país anegado bajo el agua y el barro de las tormentas monzónicas o una ciudad entera destruida por un terremoto mientras se toma un plato de sopa, mientras se prepara el desayuno en su sólida y ancha cocina norteamericana —qué raro que en un país donde se cocina tan poco haya cocinas tan espléndidas, tan hospitalarias—: el café, el zumo de naranja, los muffins ingleses bien tostados, con su masa blanca y mullida, untados de mantequilla y mermelada. Hay aquí un arte del desayuno, como el de tantas otras cosas cotidianas, como el arte de ir el domingo por la mañana a un mercadillo o el de leer con placidez y método los cuadernillos innumerables del periódico, o el de pasear por Central Park disfrutando con inusitada simultaneidad de la naturaleza y del artificio humano, de las formas desaforadas de los árboles y las rocas de pedernal negro y de los edificios que se vislumbran más allá y por encima de las copas, recortados limpiamente contra el cielo, y que al mismo tiempo se reflejan como luminosos espejismos en el agua lisa de los lagos, que a la caída de la tarde se vuelve del mismo rojo que el cielo del oeste, y en la que también empiezan a encenderse las luces de las ventanas, como en una ciudad sumergida e inversa. Anchos, de formas caprichosas, a veces recónditos entre una espesura, los lagos de Central Park parecen creaciones azarosas de la naturaleza, pero son también lagos artificiales, tan diseñados por la inteligencia y el capricho humanos como los pináculos de los rascacielos. Al gusto tranquilo de prepararse el desayuno, calculando el día intacto que aún tiene uno por delante, se une a veces, aunque no siempre, el pensamiento egoísta de que ahora mismo, en España, en Madrid, ya es casi la hora de comer, y la gente de nuestro gremio ya se deja llevar por la agitación de salir a la calle en busca de un taxi, de ir hacia el restaurante donde tienen concertada la comida, que probablemente será una comida literaria, la presentación de un libro, un ejercicio desmayado de chismes y palabras muy usadas e hipócritas, de comentarios despectivos murmurados por lo bajo mientras se aplaude con desganada falsedad y se mira de soslayo y desde muy arriba al pobre iluso o inepto en cuyo honor se está dando de comer y de beber gratis a una serie de personas, vagamente enteradas o expertas, que no van a leer nunca el libro a expensas del cual comen y beben hoy gratis, igual que lo harán mañana en otro restaurante, con el pretexto de otro libro, en el curso de otro simulacro de embustes en voz alta y puñaladas susurradas detrás del cigarrillo o de la servilleta. Qué lejos está uno, en el espacio y en el tiempo, en este apartamento neutral de Nueva York, libre y desprendido de todo, devuelto al amor primitivo por las cosas, al puro asombro de descubrir el mundo y contarlo con palabras, de no ser nadie y caminar por una ciudad con la sensación de tener por delante toda la vida y toda la literatura, la que me entusiasma leer y la que quisiera escribir. Soledad y privacidad son los dones que Nueva York ofrece a quien esté dispuesto a recibirlos, dice E. B. White. Salgo ligero, nómada, bien desayunado, a una hora temprana, con mi chaquetón y mi gorra para protegerme del frío, con mis botas de caminar enérgicamente durante horas enteras, como unas botas de siete leguas para atravesar en minutos las distancias de Manhattan, con mi mochila al hombro, en la que llevo las pocas cosas que me hacen falta, sobre todo mi cuaderno y mi rotulador de tinta negra y punta muy fina que escribe tan velozmente sobre el papel en blanco como si avanzara por delante de mí, guiándome, igual que me guía en la mañana de octubre la impaciencia vigorizadora y nunca satisfecha de seguir recorriendo la ciudad, a veces con un destino preciso, otras dejándome llevar, encontrando lugares que no conocía, señales de presencias que son fantasmas de los libros o de vidas reales con las que hubiera podido cruzarme si mis caminatas derivaran hacia las calles casi idénticas pero ya invisibles del pasado. Muy cerca de donde yo vivo ahora, justo a tres calles de distancia, vivió muchos años Thelonious Monk: habría venido caminando muchas veces por esta misma acera, enorme, lento, raro, con ese principio de mareo y de oscilación que había siempre en sus gestos, con la expresión absorta y la mirada perdida, como si persiguiera una música difícil, de notas muy espaciadas, de armonía chocante, de melodía simple, angulosa, íntima, Thelonious Monk parado en la esquina de Broadway y la avenida Amsterdam, arrastrando los pies, retirado como un monje en el silencio hermético de sus últimos años, con un abrigo ancho y enorme, con uno de aquellos gorros estrambóticos que le gustaba ponerse. Del Lincoln Center salió una tarde de junio de 1986 un hombre mayor, menudo, con gafas doradas, con un estuche de clarinete bajo el brazo. Era Benny Goodman, que había pasado varias horas ensayando el concierto para clarinete y orquesta de Mozart, y que ya no volvió a pasear por estas calles, porque esa misma noche murió apaciblemente mientras dormía, con la dulzura de los hombres justos, quizás escuchando en sueños la música tan delicada que había estado tocando. No mucho más abajo, en la calle 57, cerca del Carnegie Hall, hay una placa en la casa donde vivió hasta su muerte Béla Bartók, donde fueron apagándolo poco a poco la pobreza y la enfermedad, un desconocido de pelo blanco y cara triste, con el acento extranjero de tantos exiliados de entonces. En abril de 1940, recién llegado a Nueva York, Bartók tocó con Benny Goodman y con el violinista húngaro, también exiliado, Joseph Szigeti: grabaron juntos los *Contrastes* que Bartók había compuesto casi dos años antes por encargo de Goodman, todavía en Europa, pero ya con vibración de jazz estremeciendo los dejes de melodías zíngaras y las síncopas cubistas de la partitura, como anticipando los ritmos de la música urbana y de la agitación de Nueva York. En el Carnegie Hall escuché una tarde su *Concierto para orquesta*, y fue al salir cuando descubrí por casualidad la placa que señalaba la vivienda en la que esa música probablemente se había compuesto, tan lejos de Europa, de la propia vida pública y la celebridad de Bartók, que se habían quedado atrás igual que su país, tragado por un fanatismo del que él quiso huir por asco y por dignidad, no por supervivencia: *Dar el salto hacia lo desconocido fuera de lo sobradamente conocido e insoportable*, escribió en una carta. Tenía casi sesenta años cuando llegó a Nueva York en 1940, enfermo de leucemia. La noticia de su muerte, en septiembre de 1945, ocupó cuatro líneas en el *New York Times*. En Lincoln Square hay un busto de Leonard Bernstein, a quien habría podido ver alguna vez por estas calles igual que en ocasiones me cruzo con James Levine, que calza unas zapatillas de deporte casi tan imponentes como su torso hinchado bajo la camisa sin corbata, como su cabeza enorme coronada por una pelambre de rizos tan densos que parecen africanos. En este mismo vecindario, en la calle 77 oeste, tuvo su apartamento Miles Davis, y diez calles más arriba vivió al final de su vida Billie Holiday, enferma, espectral, quizás caminando por estas aceras con aire sonámbulo y con los tacones torcidos, como una de tantas almas perdidas de la ciudad. En un pequeño jardín triangular, entre Broadway y Amsterdam, hay una estatua de Verdi, viejo y gallardo sobre su pedestal como en las alturas de la gloria, y algunos cruces más arriba está el letrero del Isaac Bashevis Singer Boulevard: sus judíos emigrados a Nueva York pululaban por estas calles en las que aún hay muchos carteles en hebreo y estrellas de David, donde los quioscos venden periódicos en hebreo y en yiddish y se ve a hombres barbudos, sentados en las grandes cafeterías kosher, leyendo el *Daily Forward*, que era el diario en el que Bashevis Singer se ganaba la vida. En un edificio de apartamentos, en Broadway, el Ansonia, colosal como los palacios de los Médicis, vivía el piadoso Boris Makaber, que es el héroe memorable y patético de la última novela de Singer, *Sombras sobre el Hudson*, tan caudalosa, tan profunda, tan arrebatadora, tan llena de dolor, como las grandes novelas rusas del siglo XIX. Por aquí iban y venían sus personajes caminantes, fugitivos de Europa, supervivientes de los campos de exterminio, angustiados de culpa y trastornados de tentaciones sexuales. Por aquí anduvieron también, caminan fantasmalmente todavía, algunas figuras supremas de las novelas de Saul Bellow: el fracasado Tommy Wilhelm, que vivía en una habitación de hotel justo enfrente del Ansonia; el profesor Artur Sammler, alto, flaco, peliblanco, también superviviente de una fosa común en Polonia, examinando con su único ojo, con furia y pavor, el desorden de una ciudad en la que sigue siendo un refugiado a pesar de los años, la irracionalidad de un mundo que no entiende ni acepta, dislocado para siempre después de que la civilización centroeuropea a la que pertenecía fuera aniquilada por la guerra.

38

Saliendo a la Quinta Avenida desde la calle 57 me topo con el desfile del Columbus Day, el día del descubrimiento de América, que aquí es una fiesta italiana. Una guerra ha empezado muy lejos, y en el bajo Manhattan sigue saliendo humo y olor a carne corrompida de las ruinas del World Trade Center, pero en este Día de Colón el patriotismo militar tiene más bien la flojera y los colorines churretosos de una parada de circo. Hay banderas, uniformes, himnos, pero todo se disuelve en un espectáculo desordenado y paródico, y detrás de una compañía de marciales marines viene la carroza de una tienda de vinos en la que bailan muñecones del ratón Mickey y su novia Minnie. Las chicas de la banda de una high school llevan botas y tocados blancos de *majorettes* y mueven al compás los culos prominentes, los culos anchos de comilonas calóricas y vida sedentaria. En una carroza, una señorita vestida con una toga y tocada con la diadema de rayos de la estatua de la Libertad canta, acercando mucho al micrófono la boca pintada, *God Bless America*, y el eco metalizado de su voz se aleja resonando por las alturas de los edificios. Hay una banda o un batallón de soldados italianos o de individuos de cierta edad y entrados en carnes disfrazados de soldados italianos, con las gorras de los uniformes coronadas de plumas. Pero en cualquier caso los uniformes italianos tienen de por sí una parte tan considerable de disfraces que no se pueden definir los límites entre la formalidad y la parodia, sobre todo cuando a un toque de corneta el batallón echa a correr, hombres gordos con botas altas y gorros de plumas saltando al unísono, con las manos a los costados y las caras muy rojas, por la Quinta Avenida, y entonces el espíritu familiar y sarcástico de Federico Fellini se apodera de la escena, y ya no se está viendo un desfile patriótico sino un episodio de *Amarcord.* El espectáculo desciende de Fellini a Disneylandia, y la erupción patriótica se miniaturiza hasta el puro cachondeo en las personas serias y adultas que desde lo alto de las carrozas saludan al público agitando banderas diminutas. Desfilan bomberos jubilados, con patillas blancas y rojos mofletes irlandeses, marcan el paso decrépitos veteranos filipinos de la Segunda Guerra Mundial, salta en medio de la calzada un individuo disfrazado de Rey León y tras él viene una cuadrilla de ancianos que conducen cochecillos de colores que se parecen a los autos de choque de las ferias pueblerinas españolas. Pasan soldados de verdad haciendo filigranas y aspavientos con fusiles de madera o de plástico, caminan enérgicamente, a cuerpo limpio, con trajes y corbatas, con sonrisas de gran despliegue dental, candidatos a la alcaldía que saludan levantando los brazos y apretándose las manos sobre la cabeza, como si los estuviera aclamando una multitud, aunque sólo reciben unos aplausos desmayados, como distraídos. Sube por la Quinta Avenida, vagamente organizada en filas paralelas, una numerosa delegación de jubilados del estado de Oregón, exhibiendo gorras con símbolos alusivos a su tierra de origen y camisetas con letreros de amor a Nueva York, y el público aplaude y grita, aunque tampoco mucho, porque el desfile siempre acaba interrumpiéndose cada vez que se abre al tráfico el cruce de alguna calle, y los que marcaban el paso lo pierden y se quedan desconcertados, y el efecto del avance rítmico y disciplinado se pierde, se disgrega cada pocos metros, y además hace un viento muy frío y se nota que las chicas vestidas de *majorettes* se están quedando heladas bajo sus mallas ligeras y sus chaquetas con botonaduras doradas, y que la cantante melódica vestida de estatua de la Libertad con diadema de purpurina va a quedarse sin voz de un momento a otro, en cuanto vuelva a intentar las notas más agudas de *God Bless America*. Por las aceras, entre la gente, hay vendedores de banderas y camisetas patrióticas, de gorras, chapas, pines y pañuelos con las barras y las estrellas, y casi todos ellos proclaman los precios de sus mercancías con acentos de emigrados recientes, y casi ninguno está haciendo mucho negocio. Pasa un individuo muy alto, muy pálido, barbudo, de mirada siniestra, que lleva en la mano derecha levantada una Biblia abierta, con el brazo rígido, como si hiciera el saludo fascista, y en la otra un cartel, plastificado y sujeto por un mango de madera, con versículos amenazantes del Apocalipsis copiados a mano, con una caligrafía laboriosa y medio gótica, pero tampoco le hace nadie mucho caso, y él no pone mucho empeño en su predicación. Desfila ahora una compañía de basureros empujando sus carritos de limpieza, llevando al hombro sus escobas y badiles como si fueran escopetas. Un tractor adornado con flores y guirnaldas de papel arrastra sobre una plataforma una réplica de una de las carabelas de Colón, que parece más bien una marmita enorme, y tiene en el mástil una bandera italiana. Dentro de ella fingen que pelean con espadas y jabalinas de plástico tipos de mediana edad vestidos sumariamente de conquistadores y de indios, y en la proa, alrededor de un Colón de peluca de estopa y gafas de mucho aumento, danzan los siete enanitos de Blancanieves. Un gran racimo de globos blancos, rojos y azules se escapa de las manos de una vendedora gorda que lleva un sombrero de copa con las barras y estrellas y sube atrapado por un remolino del viento y se dispersa contra las terrazas escalonadas de cristal negro de la torre Trump. Una banda de gaitas irlandesas mezcla su estridencia marcial con el tachunda desahogado de una banda italiana, que toca a un ritmo de marcha callejera la obertura de *Norma*. En la sombra húmeda de la bocacalle por donde intento escaparme del Columbus Day el viento del Hudson se abate sobre mí con la brusquedad de una emboscada. En el escaparate de una tienda baterías de televisores silenciosos muestran la imagen multiplicada e idéntica de un locutor de la CNN, que mueve los labios y mira muy rígido como si estuviera dando una noticia amenazante, mientras al pie de la pantalla se deslizan letreros con noticias sobre los últimos bombardeos en Kabul.

39

Gracias a los Starbucks, que están en todas partes, se puede hacer en Manhattan una vida de café tan haragana como en una capital de provincia española de hace cincuenta o sesenta años. En el café se está solo y se disfruta a la vez de la compañía rumorosa de la gente. El café, como sabían bien los españoles de hace dos o tres generaciones, es un buen sitio para ver pasar la vida, para observar de cerca y a la vez no comprometerse, no sentirse atrapado o encerrado. En las pequeñas mesas redondas de los Starbucks siempre hay gente solitaria que lee el periódico, estudia apuntes, se embebe en un libro, aparta los ojos de la lectura para mirar a la calle, trabaja en ordenadores portátiles. Los domingos suele haber más gente que conversa, y ese fondo de voces hace compañía y corrige en parte el ensimismamiento del extranjero. No hay camareros que importunen, que estén vigilando en espera del momento justo en que uno apura su bebida para preguntarle si quiere tomar algo más, indicándole con su impaciencia que si ha terminado lo mejor será que desaloje su mesa para que la ocupe otro cliente. En el Starbucks, o el Coffee World, que es una cadena muy parecida, aunque más modesta, uno puede pasarse el día entero con un solo café, o con un vaso de agua, o sin tomar nada, y eso le permite una placidez semejante a la que sin duda disfrutaban nuestros abuelos en los antiguos cafés españoles. En casa uno fácilmente puede sentirse encerrado, agobiado por la falta de horizonte, por la excesiva familiaridad de las cosas. En el café se es a la vez sedentario y transeúnte, y si uno tiene la suerte de ocupar una mesa junto al ventanal, la situación es admirable, perfecta: uno es la estampa involuntaria del desconocido que mira la calle tras los cristales del café, y esa figura, ese anonimato, le concede una visión alejada y un poco novelesca de sí mismo. Escribiendo en el café uno no se aparta del mundo exterior para recluirse en la claustrofobia de la literatura. Como decía González Ruano, lo que se escribe en el café queda empapado, transido por las cosas que están ocurriendo alrededor de uno, tiene una respiración más generosa, una cualidad de inmediatez, de azar, de la que carece la escritura hecha en el cuarto de trabajo, en el espacio algo oficinesco y mezquino de la tarea de todos los días. Yo he tenido que venir a Manhattan para recobrar mi propensión a la gandulería errabunda y darme cuenta de mis dotes hasta ahora ocultas para la vida de café, que quizás mi padre fue el primero en intuir hace muchos años, en mi primera adolescencia, cuando un serial de la televisión en blanco y negro que veíamos en nuestro modernizado comedor rural le confirmó sus sospechas sobre la insolvencia de mi carácter y sobre el futuro penoso que me aguardaba en la vida si persistía en mi afición por quedarme hasta las tantas leyendo libros o escribiendo a máquina. Aquel serial se llamaba *El último café*, y su escenario único era un café con veladores, columnas y espejos que estaba a punto de cerrar para siempre, y en el que había camareros sentenciosos con acento castizo de Madrid y bohemios de diversa catadura, entre ellos un escritor miope y hambriento que se llamaba García, y que andaba siempre lampando con sus manuscritos bajo el brazo, gorroneando cafés y meriendas a los otros parroquianos. Mi padre, como muestra de la consideración que le merecían mis aficiones literarias, adoptó la costumbre de llamarme García, y debió de suponer, viéndome tan poco voluntarioso para los trabajos del campo, que si yo quería irme a Madrid no era para estudiar, sino para pasarme la vida en los cafés, mano sobre mano, tan pálido de no tomar el sol y quizás tan miope y tan grillado de leer en exceso como el García zángano y gorrón de la serie. En un Starbucks de Manhattan sonrío acordándome de mi padre y de aquel apodo y comprendo que no iba tan descaminado, aunque a mí, con malhumor de adolescente, me sentara tan mal su ironía. Vivo, aunque sólo sea transitoriamente, como un literato antiguo de provincias, como un cesante o un funcionario absentista que se sienta a media mañana en el café, adonde traigo conmigo los instrumentos livianos de mi oficio, las pocas cosas elementales que necesito, un cuaderno y un rotulador, y nada más. El cuaderno va conmigo y no pesa nada, me acompaña a todas partes sin imponerme su presencia, *perro fiel de mi alma*, como decía del suyo Witold Gombrowicz, y cuando lo abro por una página en blanco junto a una ventana del café es como si en ese espacio limpio e intacto estuvieran ya palpitando las palabras que todavía no he escrito, se insinuaran como en la transparencia de una bola de adivino las imágenes, las sensaciones y los rostros de la ciudad que no he visto todavía. Como en Manhattan hay tantos niños pequeños, sobre las voces amortiguadas del Starbucks Coffee se levanta vigorosamente el llanto de un bebé.

40

Mañana soleada en Central Park, casi cálida, sin viento: parece que el tiempo ha retrocedido a septiembre. La llanura verde, anchurosa, ligeramente ondulada, del Sheep Meadow tiene una placidez espléndida de gran cuadro postimpresionista, como ese paisaje de las afueras de París pintado por Seurat en el que la gente pasea, se baña, mira a lo lejos sentada en la orilla y con los pies en el agua, descansa al sol junto a la corriente tranquila del Sena. En el césped muy verde, con ese verde fecundo de la tierra muy llovida, hay hombres y mujeres de piel muy blanca que toman el sol en bañador, como si estuvieran en una playa, o en la orilla de un río. Hay madres que juegan con sus hijos pequeños o que les dan de comer con demoradas y pacientes cucharadas, sentadas en la hierba, junto a los cochecitos. Manhattan está llena de cochecitos de bebés y en los toboganes y en los columpios de los parques siempre hay una agitación alocada de niños, como un revuelo permanente de pájaros. Sobre la hierba del Sheep Meadow cada persona, grupo, pareja, se ensimisma en una posición, en una actividad particular, que sin embargo se ajusta a la coreografía general de la indolencia del sábado, variaciones sobre uno o dos temas, sobre unos pocos modelos de actitud o de comportamiento: grupo de jóvenes, pareja, madre con niño, bañista solitario y pálido con gorro de playa, con gafas de sol. La mujer tendida boca abajo que apoya los codos en la hierba y lee un libro, las zapatillas caídas junto a los pies descalzos; la pareja de amantes, echados en paralelo, apoyándose en un codo, vueltos el uno hacia el otro, conversando como si estuvieran en la cama y acabaran de hacer gustosamente el amor; el grupo de adolescentes que se pasan una pelota gritándose los unos a los otros, con un principio de brutalidad masculina en los gestos, en la manera en que juegan a revolcarse peleando sobre la tierra porosa y el tapiz reluciente de la hierba, que es el fondo común, el hilo o la melodía visual que unifica todas las posturas. Más allá un fondo de árboles todavía verdes, y sobre ellos, resplandecientes en la luz cenital, los rascacielos del lado sur del parque, algunos con agujas y tejados puntiagudos como de catedrales góticas. Me acuerdo de la perfección estática del cuadro de Seurat, y del musical que le dedicó Stephen Sondheim, *Sunday in the Park with George*: la maravilla de un instante supremo que parece detenido en un éxtasis de culminación y de azar y el deseo imposible de atraparlo, de que no se pierda en el flujo del tiempo, la necesidad de fijarlo en un lienzo o en una fotografía precisamente porque se sabe que el tiempo se lo llevará, que va a empezar a volverse borroso en la memoria en cuanto apartemos de él los ojos. Junto al estanque donde navegan las maquetas teledirigidas de veleros un chico gordo, de cara seria y afable, de rasgos asiáticos, practica juegos malabares en un claro entre los arces y los robles, sacando pelotas, cubos, muñecos, de una gran maleta negra, más bien un baúl, uno de aquellos baúles que uno imagina que llevaban los viajeros en los transatlánticos. Mueve en el aire seis pelotas al mismo tiempo, lanzándolas muy alto, las recoge, se inclina para agradecer el aplauso, abre la maleta y le añade al juego una pelota más, y luego otra, y ya tiene ocho pelotas subiendo y bajando entre sus manos. Cada vez que concluye uno de sus malabarismos se inclina gravemente, guarda sus artefactos en la maleta, vuelve a buscar en ella alguna cosa más, cosas comunes y a la vez improbables que él hace volar y volver dócilmente a sus manos como pájaros amaestrados, que suben muy alto y se cruzan en el aire o se quedan en equilibrio sobre su cabeza, mientras en un radiocasete que tiene junto a la maleta suena una música de Django Reinhardt, que dibuja con la guitarra filigranas rítmicas tan improbables, tan vertiginosas, tan fluidas en su apariencia de facilidad, como las que hacen en el aire las bolas, las pelotas de colores, los bastones del prestidigitador. La maleta es un baúl de mago y un maletón de viajante de cosas vulgares y baratas que de pronto cobraran vida con el fulgor de un prodigio. Cada vez que el prestidigitador levanta la tapa y se asoma a su hondo interior con un gesto reflexivo hay un momento de intriga, de expectación en los niños agrupados en torno suyo, niños con patines de última generación, chichoneras, rodilleras, protectores en los codos, niños ortopédicos que van a jugar al parque protegidos contra cualquier peligro, y que en su casa tendrán los videojuegos más sofisticados: ahora, sentados en el suelo, con sus cascos, sus chichoneras, sus rodilleras, que les hacen las piernas flacas y pálidas como de niños paralíticos, miran embobados los actos prodigiosos que el joven asiático hace con sus manos, con sus hombros, hasta con su barriga, manejando pelotas, bolas, cuerdas y bastones que no cuestan nada, que puede haber ido recogiendo por la basura. A veces se mueve siguiendo el ritmo de la música, ajusta la rotación de las pelotas voladoras a los rasgueos tan veloces de la mano amputada de Django, de un *After you've Gone* que sonó hace más de setenta años, una noche precisa, en el Hot Club de París. Le brilla el sudor en la cara redonda, se le cae una pelota al suelo y exagera una mímica de contrariedad, pide disculpas juntando las palmas de las manos sobre la barriga con un gesto de Buda, de chino falso de circo, se rasca cómicamente la cabeza, levanta la tapa del baúl, del que saca ahora un yoyó muy grande de goma roja, y también una cuerda con la que un instante después lo está haciendo subir más alto que las copas de los árboles, dando un salto pesado de gordo para recogerlo en el lugar y el instante preciso, volviendo a lanzarlo más alto todavía. El yoyó de goma roja gira en el aire quieto y dorado de la tarde, rápido y seguro como la guitarra de Django que parece alentarlo en su ascenso, y los niños de los patines y las chichoneras miran hacia arriba con las bocas y los ojos muy abiertos, en un gesto cándido de asombro que pertenece a un tiempo más antiguo que éste, a una época en que los prodigios y los juegos eran más simples, y más fácil el asombro extasiado ante un juego de magia o ante las destrezas de un prestidigitador callejero. Central Park es también un bosque de aventuras, una feria de buhoneros, de magos y músicos ambulantes, de maquetas de veleros que navegan con liviana solemnidad sobre las aguas de un estanque en el que se reflejan las terrazas de los grandes edificios de apartamentos. Hay un busto tremendo de Beethoven, que tiene el volumen y el ceño de un ídolo olmeca, y estatuas de Shakespeare y de poetas y héroes románticos, pero también las hay de Hans Christian Andersen, del Patito Feo y de Alicia y su cohorte del País de las Maravillas. Un poco más allá de donde actúa el prestidigitador, bajo un puente, en la sombra, un hombre toca un saxo tenor, y el espacio cóncavo da al sonido una amplitud majestuosa, una densa resonancia, como si procediera de la respiración húmeda de la sombra y de la bóveda de piedra. Una violenta polifonía rítmica se superpone a los fraseos demorados del saxo: media docena de africanos tocan al unísono tambores, bongós, bombos, cubos de plástico, troncos huecos y tubos de metal, y el efecto es una convulsa concordancia como de pasos contra el suelo, latidos y palmadas, un trance colectivo que convierte las arboledas civilizadas y otoñales del parque en un bosque del corazón de África.

41

Me acuerdo de Holden Caulfield, que deambula sin sosiego por estas mismas veredas, desdichado, neurótico, fugitivo de todo y sin dirección en su huida, queriendo escapar y rondando sin embargo los lugares de la infancia, el Museo de Historia Natural al otro lado del parque, los lagos helados en los que patinan los niños y de los que misteriosamente han desaparecido los patos en cuanto llega el invierno, el Museo Metropolitano en el lado del este, su escalinata magnífica, que Holden sube una mañana creyendo que está a punto de vomitar, las banderolas colgando verticalmente sobre las columnas, anunciando la pluralidad de los tesoros que nos están aguardando al otro lado de las puertas, más allá de la penumbra fresca y resonante del vestíbulo, en el que siempre hay ramos enormes de flores, y donde muchas veces se sobrepone un concierto de música de cámara al rumor de pasos y voces tan amortiguado como el de una catedral. Escalinatas, arcos, corredores, me ofrecen siempre una perspectiva de felicidad, un infalible ábrete sésamo hacia casi todas las maravillas posibles que podría apetecer la mirada, hacia instantes iluminadores de la inteligencia y de la imaginación que tienen su parte de hallazgo inesperado y de reconocimiento, de serena plenitud personal, el instante de sensación verdadera que uno está siempre pidiéndole a la vida, a la literatura, a la música. Las tallas egipcias de madera polícroma, las cabezas de basalto de los dioses y los faraones, los gatos momificados, las estelas funerarias griegas, los ídolos abstractos de las islas Cícladas, los bronces romanos de caras atormentadas y ansiosas, los carros etruscos, los cristos medievales, las rejerías góticas, los patios de palacios renacentistas, las armaduras de morriones emplumados y filigranas de acero, los clavicémbalos que pudo tocar Johann Sebastian Bach, los violines de Cremona, los toros alados asirios, las máscaras ceremoniales del centro de África, los trajes de brocados y los antifaces del carnaval de Venecia, las piraguas con calaveras talladas de los antropófagos de Polinesia, los primeros daguerrotipos, los bocetos en cera de las bailarinas de Degas, los mármoles y los bronces de Rodin, las pinturas eróticas de un dormitorio de Pompeya, una columna rota del templo de Diana en Éfeso, tan grande como el tronco de una sequoia, una *Mujer de blanco* pintada por Picasso en 1923 que es un retrato idealizado y una declaración de amor a su amiga norteamericana Sarah Murphy, un autorretrato de Giorgio de Chirico, una escena de cafetería de Edward Hopper, la luz gris de una habitación de Vermeer, la dignidad sosegada y alerta del *Juan de Pareja* de Velázquez, los vidrios pintados de una lámpara Tiffany, la historia entera de las artes, de las vidas, de todas las religiones y las herejías, de las técnicas egipcias de momificación, de los imperios y de las ruinas, de los arqueólogos que iluminaban con lámparas de petróleo las cámaras de las tumbas y excavaban la arena de los desiertos, de la soberbia de los plutócratas americanos que a finales del XIX recorrían el mundo comprando tesoros, templos enteros, obeliscos egipcios, pórticos despedazados, amuletos prehistóricos, collares incas de oro macizo, ojos de vidrio de exvotos ofrecidos en santuarios griegos: el Metropolitan es el reverso de esas religiones puritanas que proscriben las imágenes como blasfemias contra Dios; es el archivo del culto primitivo y plural de todas las imágenes, el santuario ingente consagrado a su celebración, a honrar a quienes las tallaron, las esculpieron, las pintaron, atreviéndose a reflejar la riqueza del mundo visible y a competir con ella creando gozosos simulacros que la imitan o imaginando criaturas que no existen en la realidad. Los iconoclastas que destrozaron las estatuas de Bizancio en una intoxicación de oscurantismo religioso y que muchos siglos después han volado los Budas gigantes de Afganistán tendrían en el Metropolitan una tarea de dimensión incalculable. No hay límites en la enumeración: el catálogo del Metropolitan es un resumen comprimido de la historia del mundo, desde los primeros ídolos de barro o de hueso hasta las serigrafías de Andy Warhol y los diseños de telas estampadas y de sillas de plástico de los años setenta; desde las máscaras de brujos de Nueva Guinea hasta la cara dulce y desamparada de Marilyn Monroe en un retrato de Richard Avedon. Ahora, además, agravando el mareo de la multiplicación de las imágenes, hay en el Metropolitan una exposición temporal de grabados y dibujos de Brueghel el Viejo: una gusanera humana y animal de pormenores literales y fantasías alegóricas, un mundo agitado por el hambre, por la peste, por la angustia de la religión, por el terror de las enfermedades y los castigos divinos. Y al mismo tiempo en esos dibujos están los placeres comunes de la vida, las alegrías reposadas o groseras, la música de las gaitas y las danzas campesinas, la borrachera y la lujuria, el deleite de patinar en invierno sobre un río helado. En Brueghel los símbolos y las cosas tangibles tienen la misma realidad, están dibujados con la misma precisión agobiante. Los campesinos que se cubren con botas recias y capuchones de formas extrañas, cerrados con mallas, como si fueran máscaras de esgrima, para recoger la miel de los panales, tienen un aire de astronautas o de figuras extraterrestres, vestidos con ropajes que no parecen de este planeta, caminando con rígido sonambulismo por un paisaje agreste de árboles pelados. Proliferan los animales, los monstruos, las figuras de bestiarios, las cabezas con patas y brazos, las orejas con párpados, los baúles que tienen extremidades de cuadrúpedos, los monos que bailan en un corro, que asaltan a un buhonero dormido, desordenan su mercancía y se ponen sus ropas, saltando sobre él con una alegría ciega y frenética. Un mono se caga en el gorro del buhonero dormido. Otro le huele el culo con curiosidad y desagrado. La humanidad, los animales, las cosas, se agitan en una perpetua molturación, en una violencia de catástrofe, de triunfo de la muerte, de juicio final y enloquecimiento colectivo. Los siete pecados capitales rigen el mundo. Monstruos con panzas de batracio se abren de piernas y muestran vaginas como bocas lujuriosas y burlescas. La codicia, el egoísmo, la crueldad son los únicos impulsos de los actos humanos: viejos barbudos y fanáticos abren sacos y baúles de monedas, registran cajones, buscan el propio beneficio como traperos en medio de un muladar o animales hozando en el barro. El pez grande se come al chico: un pez enorme como un cachalote yace con la gran boca abierta y la barriga reventada y de ellas brotan como en un vómito otros peces que están engullendo a su vez a peces ya diminutos, o a animales o a seres humanos a medio devorar que todavía patalean, también ellos mordiendo, atrapando, destruyendo con sus últimas fuerzas a criaturas más débiles. Un cazador se dispone a tirar con su ballesta a una liebre parada en el monte, pero no se da cuenta de que muy cerca de él, detrás de un árbol, hay una sombra siniestra que le acecha, con una lanza o un hacha en la mano: cualquier cazador es la presa de otro, cualquier verdugo será la víctima de una crueldad idéntica a la suya, todo placer lleva aparejado un castigo terrible, y las líneas nítidas y nerviosas de tinta sobre el papel sólo trazan infatigablemente el espectáculo de la maldad y el desorden. Cofres llenos de monedas y dotados de patas, de extremidades articuladas, se arrastran como cucarachas gigantes sobre la tierra. La torre de un castillo tiene una puerta y dos ventanas que son la boca y los ojos de una cara desfigurada por el horror. En un dibujo los campesinos se doblan pesadamente para segar el trigo, para recoger y cargar los haces, y en el contiguo yacen tirados en el suelo bajo los efectos del agotamiento o de una borrachera tan brutal como el mismo trabajo. Pululan por todas partes los bichos cabezudos, los sapos con embudos como cascos de guerra, las criaturas acuciantes de los bestiarios medievales, de los cuadros del Bosco y del *delirium tremens*. Y al mismo tiempo hay una vitalidad salvaje, una pugna orgánica por la perduración y la multiplicación de la vida: el dibujo tiene esa misma urgencia, la intacta gestualidad de quien se inclinaba sobre el papel hace cinco siglos como si fuera ahora mismo, trazando líneas, rayas, formas, caricaturas de jovialidad carnavalesca, apoteosis de lo más terrenal y de lo más obsceno, empapado al mismo tiempo de teología y de avisos de condenación eterna. Hay que desprenderse cuanto antes de esta confusión, de esta telaraña de cosas acuciantes que forman los trazos finos del dibujo, amenazando con envolverlo y maniatarlo a uno como las multitudes de Liliput al atontado Gulliver. Salir del museo es un alivio, una escapada de los terrores de una pesadilla. Gusta entonces caminar hacia el sur por la ancha acera de la Quinta Avenida, donde el sol rubio al final de la tarde resplandece en las ventanas más altas de los edificios. Apartarse de Brueghel es como recuperar la claridad de la conciencia y de la luz del día después de una noche entera de fiebre.

42

Imágenes del mundo: instinto y vocación de crearlas, tan antiguos que quizás precedieron a la invención del lenguaje hablado, el cual, según especuló Rousseau, podría haber sido también posterior a la música. El dibujo es una tentativa de escritura visual e instantánea: la escritura, una forma decadente del dibujo, porque al fin y al cabo nació de él, y las letras del alfabeto todavía contienen rastros de ese origen, son formas estilizadas de cabezas de animales o de ojos. El niño Miguel se pasa la vida dibujando en las hojas de sus cuadernos escolares, y lo hace con una consumada rapidez y una destreza muy superior a la que tiene escribiendo. Aunque acaba de cumplir ocho años ha visto un dibujo suyo publicado en el *New York Times*. Miguel tiene una imaginación barroca y dibuja monstruos extraterrestres, robots gigantes de los dibujos animados, esqueletos humanos de una extraordinaria precisión anatómica. Se inclina sobre su cuaderno, la cabeza ladeada, la cara muy cerca del papel, y la mano que sostiene el lápiz se mueve velozmente y sin incertidumbres mientras el antebrazo rodea el cuaderno como para protegerlo de la curiosidad de los extraños. Miguel tiene una cara franca y redonda, española, con sus ojos grandes y su flequillo sobre la frente, pero habla en inglés con más soltura que en español, porque nació en Nueva York y ha vivido siempre aquí, salvo en los veranos en que va de vacaciones con sus padres a España. Es uno de esos niños retraídos y apacibles que llevan consigo un mundo que los demás no ven, y puede pasarse horas solo, dibujando o jugando con sus muñecos, poniéndoles voces, haciéndolos combatir con grandes ruidos guturales de explosiones y espadas galácticas que chocan entre sí. Es probable que en clase se distraiga y deje de oír muchas veces lo que está explicando la profesora, y que sin darse mucha cuenta haga dibujos de calaveras o de monstruos en los márgenes de sus ejercicios escolares, o que se quede mirando por la ventana, absorto en la lejanía, en los aviones que vuelan muy alto a todas horas en el cielo de Manhattan. Así estaba una mañana, todavía de las primeras del curso, cuando aún no se había acostumbrado a los madrugones y a la rutina de las clases: estaba sentado junto a la ventana, la cara redonda muy cerca del cristal, y vio algo que ahora se repite muchas noches en sus sueños y le hace despertarse gritando, empapado en sudor. Su escuela está en la parte baja de la isla, y por las ventanas se veían muy cerca las Torres Gemelas. Miguel oyó el rugido creciente y cercano de los motores de un avión y un momento después vio el avión que chocaba contra la torre sur, en el azul puro de la mañana de septiembre. Vio, hipnotizado, el fuego y el humo, la llegada del segundo avión, tan cerca, tan detalladamente, como en una pantalla enorme de cine. Pero se acuerda sobre todo de las figuras humanas que veía, asomadas a las ventanas de las torres, agitando pañuelos, mirando hacia abajo, cayendo como peleles o maniquíes, como muñecos descoyuntados, los brazos y las piernas moviéndose en el aire, las caras tan próximas que veía sus bocas abiertas, aunque los gritos que sin duda brotaban de ellas no eran audibles para nadie. Evacuaron la escuela unos minutos después, ordenadamente, a pesar del pánico y del humo que ennegrecía el aire y sofocaba la respiración. En el patio, aturdido, siempre más bien solo entre los otros niños, Miguel miraba hacia arriba y veía el humo negro y la ceniza, los papeles quemados que volaban. En los días siguientes, como no había escuela, Miguel se quedó en casa y empezó a llenar de dibujos las hojas anchas de sus cuadernos: con lápiz, con rotulador, con bolígrafo, con lápices de colores, Miguel dibujaba más inclinado que nunca, más rápido, las yemas de los dedos manchadas de tinta y de colores y el brazo alrededor del cuaderno. Pero ahora había dejado de dibujar esqueletos, monstruos y naves estelares. Dibujaba las dos torres, con una trama infantil de ventanas diminutas, las dos siluetas perfiladas contra un azul rayado y fuerte, el sol como un disco amarillo rodeado de rayos rectilíneos, los aviones que se acercan, con la raya azul y la doble A roja del logotipo de American Airlines, el fuego muy rojo saliendo por las ventanas de la zona intermedia de los edificios en lenguas coronadas de humo: y en cada una de las ventanas de los pisos más altos, las pequeñas figuras, como monigotes muy pequeños y muy detallados, como hormigas, las figuras asomándose y cayendo con bocas abiertas y brazos y piernas muy extendidos, algunas en parejas tomadas de la mano, una mujer con la falda y los tacones bien dibujados, un hombre con chaqueta y corbata. Los dibujos de Miguel y los de sus compañeros llenaban un gran panel en el vestíbulo de la escuela: en todos ellos se repetían visiones apocalípticas con trazos infantiles, las torres ardiendo, los aviones, el sol redondo y amarillo en el cielo, las nubes negras sobrevoladas por pájaros y helicópteros, las figuras humanas asomadas a las ventanas, cayendo verticalmente, hormigas o monigotes, peleles ardiendo como un insecto quemado por la incandescencia de una lámpara. Pero ningún dibujo era tan preciso, tan expresivo como el de Miguel: sólo el suyo, con su firma laboriosa en un ángulo, lo ha publicado el *New York Times*, reproduciendo sus trazos afanosos y rápidos, sus colores exactos.

43

La caminata es una forma de conocimiento y una manera de vivir, un ejercicio permanente de aproximación y lejanía. El cuerpo entero, el alma, la imaginación, la mirada, la atención, el recuerdo, se conjugan en una sola tarea. La caminata es el tiempo presente y todo el pasado de los caminos que uno ha recorrido hasta ahora mismo, se ondula concéntricamente en el tiempo, en todas las veces que he caminado por estas mismas calles. Hay una plenitud de la vida física, de los sentidos en acción, en estado de alerta, los músculos de las piernas moviéndose a un ritmo seguro, los pulmones aspirando y expulsando el aire y el corazón bombeando la sangre, marcando el pulso binario de los pasos y de la oxigenación de las células, como el bajo y la batería que llevan el compás en un grupo de músicos, las terminaciones nerviosas de los ojos recogiendo impresiones visuales, enviándolas desde la retina a la corteza cerebral. Las calles rectas, los horizontes despejados, acentúan la disposición casi fanática del caminante a no detenerse. En una gran parte de Manhattan, las calles transversales terminan, al este y al oeste, en un vacío luminoso, azulado en los días claros, con esa luz fluvial que ya no veía y que añoraba John Cheever en sus últimos años, sin darse cuenta quizás de que lo que echaba de menos no era la luz misma sino los ojos con que él la había mirado en su juventud. Da la impresión de que si uno siguiera caminando en línea recta, en cualquiera de las dos direcciones, llegaría al límite del mundo, al borde de la ciudad o de la Tierra plana, porque a un lado y a otro sólo se ve el vacío azul más allá de las últimas esquinas de los edificios, tamizado por la humedad de los dos ríos, el East River y el Hudson, que circundan Manhattan como la serpiente Océanos abrazaba la extensión de la tierra en la mitología griega. El impulso de la caminata está en el ADN de la especie como un legado de los lejanos primates que se irguieron por primera vez. No fue el tamaño del cerebro lo que distinguía de otros simios a nuestros primeros antepasados: fue el ponerse en pie para caminar, apartando los ojos del suelo y de las cosas más inmediatas, y vislumbrando así la anchura del horizonte, la lejanía que parece inaccesible pero que será posible alcanzar si se continúa caminando hacia ella. Las carreteras de África están siempre pobladas de gente que camina sin que se sepa muy bien hacia dónde. A Bruce Chatwin los aborígenes australianos le contaron que sus dioses crearon el mundo cantando los nombres de los lugares y las cosas mientras caminaban. Con mi mochila al hombro, con mis pasos enérgicos, voy por Manhattan como un heredero de tantos antepasados peregrinos. El olfato husmeando, como el cazador a la presa en el bosque, el oído atento a las voces que pasan y a los sonidos y las músicas de la ciudad, la sirena de una ambulancia y el estruendo de los vagones del metro bajo las pisadas, las ráfagas de una conversación en jugoso español de Cuba o de Santo Domingo, «Mira, chico, dónde tú vas a pasar el Thanksgiving», «A mí me da igual, lo que yo quiero es comel puelco y no pavo», una frase entera y transparente en inglés dicha con acento helado por una mujer rubia en un teléfono móvil, una mujer translúcida, casi albina, con las manos muy largas y las uñas escarlata gesticulando con ruido de pulseras, una de esas mujeres rubias que según García Lorca tenían clorofila en las venas. La embriaguez del olfato es tan excitante como la del oído o la de la mirada, y el olor de pan caliente de una tahona sucede al de una pizzería y al de una lavandería, que es uno de los olores decisivos de Manhattan, olor a tela húmeda y caliente y al vapor de las secadoras, tan omnipresente como el de la pizza, el de los pretzels tostados, los perritos calientes y las fritangas de los puestos callejeros, como el olor cálido y denso que sube de los respiraderos del metro. Los cinco sentidos, como en las alegorías de Brueghel, los siete pecados capitales, las potencias del alma, el ritmo de los pasos y el de la respiración, los latidos del corazón que no se escuchan y sin embargo lo van manteniendo a uno vivo y erguido en medio de la multitud, caminando, escuchando, mirando, oliendo, tocando apenas, eso sí, porque el tacto no se ejerce mucho en Manhattan, ni siquiera en la prisa y la aglomeración de las horas punta en el metro: uno parece que no mira, pero aprende a trazar la estrategia de sus movimientos para no rozarse con nadie, para detenerse en el límite establecido de toda cercanía, mirando de soslayo, moviéndose de costado, murmurando *excuse me*. Cada persona está rodeada como por un campo magnético, por un círculo de vacío que no puede ser atravesado, y un grado excesivo e involuntario de proximidad ya despierta una actitud de alarma, un ponerse rígido y en guardia y a la vez disimulando la tensión, un hacer como que no se ve a quien se tiene muy cerca, a quien se sitúa en el espacio sin haberlo mirado, mediante un sistema de alerta que no se relaja nunca, y que puede mantenerlo a uno completamente aislado entre los ocupantes de un ascensor o en el asiento del autobús o del metro, donde no se da la menor muestra de advertir que hay alguien a tu lado, tan cerca que oyes su respiración y chocará contra ti si hay un frenazo brusco. Cada mirada está fija en el periódico, en la ventanilla o en algún punto del aire, y aunque todas se cruzan ninguna se encuentra abiertamente con otra. El nómada en Manhattan es más nómada solitario que casi en ninguna otra parte, porque estará perfectamente solo en lo más espeso de una muchedumbre, y porque nadie reparará en él, igual que si estuviera en un desierto o se hubiera quedado solo en una ciudad abandonada. El nómada, si acaso, se reconoce en quienes circulan tan sin destino como él, en los chalados y los vagabundos, a los que podría identificar tan sólo por el modo en que arrastran los pies rodeados de gente que cabalga elásticamente sobre los talones: traperos de miseria, acaparadores de basura, desertores de los hospitales psiquiátricos y los albergues municipales, gente que dio un traspié en la vida, se quedó tirada y ya no ha sido capaz de levantarse de ese nivel inferior de existencia que es la acera en la que establecen su reino y desde donde miran hacia arriba a quienes pasan atareados y urgentes junto a ellos. En una ciudad donde todo el mundo va velozmente a algún sitio, en línea recta, con una determinación invariable, con la prisa del dinero o la angustia del trabajo ingrato, inseguro, con poca recompensa, con jornadas muy largas y poco descanso, ellos se mueven despacio, sin nada que hacer, ni siquiera pidiendo limosna muchas veces, sólo mirando a su alrededor, con aspecto de alucinación o de burla, dedicándose a leer un periódico viejo que tal vez tiene restos de comida o como máximo a curiosear en los cubos de basura y en las papeleras, entre las montañas de cartones. Desaparecieron, o casi, durante algunos años, a causa de la prosperidad o del celo inmisericorde de la policía, pero ahora han vuelto, se han hecho de nuevo visibles, y ya se atreven de nuevo a dormir la borrachera despatarrados en una esquina o a mendigar inmóviles, mostrando un trozo de cartón con un mensaje de socorro: «Estoy hambriento, no tengo donde dormir, tengo frío, estoy desesperado», «Quisiera seguir viajando hacia el oeste», «Me faltan cinco dólares para pagar una habitación», «Estoy enfermo por culpa de la lluvia». Alguno muy pálido y con la cara ya dominada por la osamenta resume su desgracia con atroz laconismo: *homeless with A.I.D.S.* Otro ha dibujado sobre el mensaje, en su trozo de cartón, una estrella de David, ofreciendo una inusual precisión religiosa o étnica: *Jewish homeless.* Durante un tiempo, en una de las aceras más agitadas de Times Square, hubo un indio navajo, digno e inmóvil, con los brazos cruzados, con una cinta ancha en el pelo, que aseguraba en un cartel colgado del cuello que necesitaba dinero para volver a su reserva. Se iba uno de Manhattan, tardaba meses, un año entero en volver, y el indio navajo seguía en la misma acera y en la misma actitud, en la orilla del gran tumulto de turistas, vendedores y mangantes de Times Square, con el mismo gesto de pedernal en la cara ancha y cobriza, en la boca de labios finos y muy apretados. Si se le daba una moneda la agradecía con una leve inclinación de la cabeza, y volvía a erguirse indiferente al ruido y a la agitación de aquella encrucijada populosa, al gentío que avanzaba tan atascado como los coches bajo el mareo de los carteles de los espectáculos y las marquesinas luminosas, de las pantallas gigantes de televisión. El indio navajo se mantenía tan inmóvil como los jefes engalanados para la guerra en las fotos sepia del siglo XIX y como los indios de madera tallada que había antes en las puertas de las tabaquerías. Luego ya no volví a verlo. Logró reunir el dinero para el billete de vuelta a la reserva o sucumbió un invierno a la intemperie ártica de Manhattan, o se perdió para siempre en ese gran sumidero de desconocidos, desamparados, solitarios y enfermos que es siempre una gran ciudad. Ahora, de noche, en algunas aceras de las calles laterales que se quedan más deshabitadas cuando cierran las tiendas, hay indigentes que se acurrucan al resguardo de cualquier zaguán, que se entierran bajo harapos o periódicos, en chozas de cartones, en el interior de grandes embalajes, y cuando se pasa cerca de ellos desprenden un olor fétido a orines, a excrementos y a vómitos, a regüeldos de alcohol, a alcantarilla. En la Novena Avenida, hacia la calle 54, una mujer gorda y no muy vieja se instala, en el filo de la acera, bajo una especie de tienda de campaña hecha con mantas o lonas, alzada sobre el palo de una escoba, sujeta al suelo con ladrillos, y está tan gorda que ocupa casi entero el interior de su refugio, donde se atarea cosiendo algo, fingiendo que se dedica a alguna especie de confusa artesanía, iluminada por una lámpara de carburo. El chamizo la cubre como un caparazón para su anchura fofa de galápago, y ella se asoma de vez en cuando y mira a los que pasan con ojos muy claros y muy idos, y habla sola, o reza, o canturrea tejiendo o modelando algo, y delante de ella, en una plancha de cartón alzada sobre dos ladrillos, hay un muestrario de desechos que resultan ser los géneros de su comercio, lo que podría ofrecer el más miserable de los desposeídos en un bazar de Haití o de Kabul: un peine roto, sucio, con pelos grises enredados a las púas, un zapato de niño del pie izquierdo, un espejillo, un naipe de póker, una revista de televisión tan vieja que los colores se han vuelto amarillentos. Más arriba, a la salida del metro de Columbus Circle, un mendigo negro mueve los hombros y los pies en algo que no se sabe si es una danza o los temblores de una enfermedad nerviosa y agita rítmicamente su vaso de plástico y las monedas que contiene como si fuera un instrumento de percusión africano o caribeño, una calabaza llena de semillas secas. Mueve con tanta destreza, con tanto ritmo sus monedas de cobre en el cuenco de plástico, que parece que no está pidiendo, o que ofrece su arte a cambio de una propina, como tantos músicos que andan por las calles, o como el dominicano o puertorriqueño que en los andenes del metro de la calle 42 canta boleros acompañándose con la guitarra, y se queda quieto y se calla con cara de pesadumbre cuando el fragor de un tren ocupa la estación. En la esquina de la 57 y la Séptima Avenida ronda un hombre gordo en una silla de ruedas, muy despeinado, muy sucio, con una camisa que fue blanca manchada de lamparones y restos de comida. En su silla de ruedas a motor avanza hacia los transeúntes como si no los viera o como queriendo embestirlos, y a veces salta a la calzada y se mueve furioso entre los coches parados en el semáforo, pidiendo limosna a los conductores, arriesgándose a ser atropellado mientras huye hacia el refugio de la acera en cuanto cambia la señal luminosa. Más arriba, en Broadway, en una esquina tan mal iluminada que se vuelve lóbrega en cuanto anochece, un negro viejo pide sentado en el suelo, tiritando siempre, con convulsiones de epilepsia o de fiebre, y de sus labios anchos y cárdenos se le desliza hacia la barbilla sin afeitar un hilo grueso de baba, y le cuelga un moco de cada uno de los orificios de la nariz. A esa misma hora, cuando ya hace mucho que se han quedado vacías las torres de oficinas de Park Avenue, bajo uno de los pilares de mármol negro del edificio Seagram, la obra maestra helada y hermética de Mies van der Rohe, un mendigo blanco, muy pálido, linfático, de una gordura blanda que se derrama en torno suyo como los harapos que lo cubren, ha escrito en un trozo de cartón, con lucidez seca y admirable: *Lo que yo necesito es un milagro.*

44

En la media mañana del jueves laboral Central Park es una gran isla de calma, de brisa fresca de otoño que mueve tenuemente las hojas y riza el agua quieta de los lagos. No hay corredores enérgicos que suden con caras contraídas y rojas y camisas empapadas en sudor y pegadas a la musculatura, bufando como máquinas. Apenas pasan ciclistas y patinadores, y los pocos que circulan por las avenidas sinuosas del parque no se mueven a la velocidad de competición de las multitudes deportistas en las mañanas de sábado y domingo. Si hay un ciclista, no monta la bicicleta como si fuera una de esas máquinas brutales de los gimnasios, sino que se pasea demoradamente en ella, inclinado sobre el manillar, mirando a su alrededor, acompasando su pedaleo al ritmo apaciguado de las cosas. Una mujer asiática viene patinando, pero sus movimientos tienen algo de pasos de danza, y alza los brazos y los mueve al tiempo que patina. Ningún sonido es más alto que el rumor de la brisa en los árboles, nada más veloz que una hoja amarilla o rojiza que se ha desprendido de la rama de un arce y planea despacio hacia el suelo. Las hojas caídas amortiguan las pisadas y hacen todavía más mullida y honda la tierra esponjosa del otoño. Una mujer joven empuja un cochecito doble en el que duermen acariciados por el aire sedoso dos bebés exactamente iguales. El otoño progresa en la vegetación de una manera desigual, como arbitraria, incendiando de amarillo violento la copa entera de un olmo, manchando de rojo tan sólo una entre las ramas de un roble. Un arce joven, en medio de un prado ancho y liso como un estanque, tiene una mitad de las hojas amarilla y otra mitad verde, y cuando sopla un poco de viento se altera ese equilibrio, prevalece a ratos el verde o el amarillo, y el árbol entero, de nuevo inmóvil, tiene casi una alternancia cromática de tablero de ajedrez, se parece a uno de esos dibujos de Escher en los que se despliegan al vuelo simultáneamente dos bandadas de gansos, una de gansos blancos y otra de gansos negros, y cuando la pupila se detiene en una de ellas la otra desaparece para convertirse en el fondo blanco o negro contra el que vuelan las figuras idénticas. Central

Park es un bosque y un jardín botánico, la vegetación desmedida de América y el orden de los jardines ilustrados y románticos de Europa, donde cada árbol tiene una etiqueta con su nombre común y su nombre en latín, y donde hasta los arbustos y los macizos de espinos que parecen más agrestes han sido ordenados de acuerdo con una sutil intención de paisajismo o de pedagogía. Los olmos americanos, con sus hojas más grandes y más ovaladas que las de los europeos; los olmos de Siberia, de troncos más ásperos, de hojas más pequeñas, con los filos más dentados, para defenderse mejor de la crueldad de los inviernos; los ginkgos, de hojas como delicados abanicos japoneses, como sombrillas chinas de seda amarillenta; los robles rojos, catedralicios, criaturas supremas del reino vegetal, de copa cóncava y ramas que se despliegan como las nervaduras de una bóveda gótica. En las terrazas con balaustradas que rodean el lago del que surge, en la fuente de Bethesda, la escultura de bronce del Ángel de las Aguas, las formas talladas en la piedra duplican con exactitud las de la naturaleza orgánica: junto a un palomo que no se espanta cuando uno pasa a su lado hay un altorrelieve con una pareja de palomos, labrados en piedra arenisca; las ardillas de piedra son del mismo tamaño que las ardillas verdaderas, las hojas esculpidas de roble o de olmo tienen el dibujo exacto de las hojas reales recién caídas a su lado. Junto a las estatuas de bronce emergen de la tierra las rocas de pedernal negro que son el cimiento geológico de la isla de Manhattan, el mineral durísimo donde se anclan los rascacielos; una bandada de gansos que emprende letárgicamente el vuelo se refleja en el agua inmóvil y queda detenida como en una instantánea en el interior de un medallón de piedra, que está tallado con la misma claridad que los dibujos en un libro antiguo de ciencias naturales, en las páginas de una enciclopedia. No hay esta mañana en el parque músicos ambulantes, no hay vendedores, ni charlatanes, ni cómicos, ni volatineros: cada cual pasa apaciblemente recluido en sí mismo, atento a las cosas con una aplicación de botánico, tal vez consciente del equilibrio delicado del mundo en esta mañana laboral, de la fugacidad que acecha este instante de quietud. El olmo ya del todo amarillo conserva todas sus hojas, pero en cuanto la brisa se hace un poco más fuerte se desprende un puñado de ellas, y bastará una tarde de viento y de lluvia para que ese esplendor quede convertido en una grisura de ramas desnudas. Uno percibe la fragilidad del tallo que aún sigue uniendo cada hoja a su rama, el hilo de savia que permanecerá latente hasta la primavera próxima, oculto bajo la corteza oscura a lo largo de todo el invierno. Uno sabe que la mañana no va a durar, que el tiempo no es esa agua serena de los estanques en la que se reflejan las ramas góticas de los sauces y las terrazas más altas y los pináculos de los rascacielos de Central Park West. Por encima de la brisa en las hojas, la brisa tenue que sin embargo basta para que se desprendan algunas de ellas, se escucha, prestando atención, el ruido del tráfico, el largo agudo de una sirena. Por un sendero pasa, distraído, pálido, con el pelo muy blanco, alguien que parece un tranquilo jubilado y que es Frank McCourt, con quien conversé largamente hace unos años en Madrid, pero ahora no me atrevo a importunarlo, y cuando se cruza conmigo me mira un instante con sus ojos muy claros y ve a un desconocido. En una glorieta una mujer negra, con uniforme de enfermera, atiende a una anciana que debe de tener más de cien años y que va no en silla de ruedas, sino en una cama portátil de hospital, con botes de suero colgando a un costado y tubos de alimentación intravenosa. La anciana está envuelta en mantas, recostada en almohadones, con el pelo blanco escaso y aplastado y la piel amarilla, con la boca descolgada sobre el embozo y los ojos entornados en un duermevela de agonía o de coma. La enfermera, corpulenta y fornida, sitúa la cama delante de la balaustrada de la fuente del ángel, retrocede, extrae una cámara fotográfica de un bolsillo de su bata blanca, mira por el visor, se acerca a la cama para corregir algún detalle del embozo, retrocede de nuevo y dispara una foto, y luego vuelve a empujar la cama como si fuera una silla de inválido o un cochecito de niño, y habla y gesticula contándole algo a la vieja moribunda que seguramente no puede escucharla.

45

En el aula sin ventanas, alrededor de una larga mesa, los estudiantes escuchan a uno de sus compañeros, al que le he pedido que lea el pasaje de la segunda parte del *Quijote* en el que Sancho Panza encuentra a su antiguo vecino, el morisco Ricote, que ha vuelto clandestinamente a España después de la expulsión. Traigo cada día a cada clase, en mi cartera de falso profesor, un poema o un fragmento de prosa que tenga que ver con los exilios españoles, y que he buscado en la biblioteca del Instituto Cervantes, donde hay tantos libros valiosos que ya son en sí mismos reliquias de una España perdida y de destierros tan largos o tan irreparables como los que vivieron sus autores, fragmentos de bibliotecas particulares que el tiempo dispersó. En el Cervantes procuro sentarme siempre junto a la misma ventana, frente al cruce de Lexington y la 42 y el prisma blanco y negro y lacado como una torre de fichas de dominó del edificio Chrysler. En ese lugar las páginas que leo y escojo para mostrar en la clase acentúan su cualidad de desarraigo y distancia, de patria nómada que uno lleva consigo. Leo la última carta de Manuel Azaña a Ossorio y Gallardo, en la que le cuenta, ya exiliado en Francia, enfermo y cerca de la muerte, despojado de todo, cómo fue su viaje nocturno a través de las veredas de los Pirineos, cuando el ejército de la República ya se había derrumbado. Leo ese poema amargo de Cernuda, *Un español habla de su tierra*, en el que anticipa que cuando su nombre empiece a ser reconocido en España él ya estará muerto. Leo las cartas que Federico García Lorca escribía a su familia desde Nueva York, desde su cuarto de estudiante en la Universidad de Columbia: qué raro bucle del destino que no muchos años después su familia fuera a vivir a unas pocas manzanas de ese mismo lugar, y que a él lo hubieran asesinado. Pero poco a poco, cada día que salgo del metro en la calle 34 y la Sexta Avenida y cruzo aprisa hasta la Quinta para llegar puntualmente a clase, en el seminario al que llevo mis fotocopias con pasajes de literatura o de cartas españolas, me doy cuenta de que cada alumno trae consigo también su propio exilio personal, su historia de huida y viaje a Nueva York, capital de tantos destierros, de tantos sueños cumplidos o fracasados de mundos nuevos y de vidas mejores. Estas aulas pertenecen a la universidad pública a la que fueron desde finales del siglo XIX los hijos de los emigrantes, los que estudiaban encarnizadamente para salir del gueto y escapar de la pobreza y de los trabajos brutales a los que vivieron uncidos sus padres. En otros tiempos los estudiantes eran sobre todo judíos e italianos: ahora hay muchos asiáticos, muchos hispanos. Miro las caras que escuchan la lectura alrededor de la mesa, y ya me he familiarizado con los orígenes y con los acentos, con la historia del destierro de cada uno, que a veces hacen que me olvide de las historias que yo traigo en mi cartera, de los poemas o fragmentos fotocopiados que les reparto. Luis, alto y muy flaco, cortés a la manera colombiana, vino huyendo de la crueldad de los guerrilleros y de la de los paramilitares, del viento de muerte del narcotráfico. Un día, Luis, que ha sido padre hace poco, me pidió permiso por teléfono para traerse a clase a su hija de nueve o diez meses, porque su mujer estaba trabajando y no tenían con quien dejarla. La niña dormía en su cochecito mientras nosotros leíamos poemas en voz alta y conversábamos sobre literatura, y cuando se despertó Luis la tomó en brazos y le dio el biberón que había traído preparado. Daniel vino de niño de Puerto Rico y ha vivido siempre en El Barrio, lo que antes era el Spanish Harlem, pero la vida en Nueva York le resulta muy áspera y muy cara. Está deseando encontrar trabajo en alguna universidad tranquila del interior del país, y siempre que puede viaja a España con su mujer sevillana. Lina vino de Venezuela huyendo de un letargo como de provincia española y porque estaba harta de vivir escondiendo su amor por las mujeres. Ramón nació en Cuba, pero ha vivido en varios países, así que tiene nostalgia de cada uno de ellos, y reparte entre su isla y Canadá y España el sentimiento del destierro. En Canadá añoraba Cuba, en España se acordaba de Cuba y de Canadá, en Nueva York echa de menos

Canadá y España, y el recuerdo de Cuba, de donde salió de niño, ya se le va esfumando. Halal habla un español magnífico, sabroso, entre colombiano y de Madrid, pero nació en Cachemira, y se marchó de su tierra para que no la casaran con un desconocido. Aprendió español en Madrid, en sólo dos años, y ahora quiere doctorarse en literatura y vivir y enseñar en Nueva York. Los domingos, dice, cuando se siente sola, hace lo que nunca habría imaginado, se viste con el sari tradicional que llevan las mujeres los días de fiesta en Cachemira, sin que la vea nadie. Ángela es española, tiene el pelo rubio y rizado y los ojos muy claros, y ya habla con los dejes y las incertidumbres del inglés, porque lleva mucho tiempo sin volver a España. Se casó con un norteamericano, tuvo un hijo con él, se separaron, y ahora los abogados del ex marido están usando una artimaña legal para impedirle que saque al niño del país. Se la ve siempre entre angustiada y perdida, insegura del lugar donde está; aparece en un corredor o en la biblioteca y da la impresión de que quería ir a otra parte y se ha extraviado; entra en la clase y mira a su alrededor con los ojos claros y asustados, como temiendo que ésta no sea el aula donde tenía que venir, que las caras que ve no sean las de sus compañeros. Johnny Cuevas, que vive en Washington Heights, en una zona de Harlem donde sólo se oye hablar español y a la que llaman Platanolandia, lee la prosa de Cervantes con acento de Santo Domingo, y así el habla popular de Sancho Panza y del morisco Ricote cobra un tirón caribeño. Johnny Cuevas trabaja de maestro y quiere ser novelista; pero dónde será posible publicar lo que uno escribe, dice, si en Nueva York no hay editores de libros en español, y aunque los hubiera, quién iba a leerlos; y lo que se publica en Santo Domingo no sale de allí, de modo que parece que lo que uno escribe no puede llegar a sus lectores. Son los autores mismos los que se pagan sus libros de cuentos o de versos, como literatos primerizos en una provincia española. Johnny Cuevas termina de leer el largo monólogo del morisco Ricote, se queda callado, traga saliva, cierra el libro, sonríe con un punto de humedad en los ojos. Nadie dice nada, cada uno abstraído y serio delante de su cuaderno. «Yo entiendo lo que le pasa a este hombre», dice por fin Johnny Cuevas. «Le pasa como a nosotros, que hemos dejado de ser de allá pero no somos de acá todavía, y a lo mejor no vamos a serlo nunca. Unas veces queremos ser de Santo Domingo, y otras creemos que somos de acá, y no sabemos de dónde.»

46

Las esculturas de Juan Muñoz tienen caras de bronce con facciones como desvaídas por la niebla, y da frío tocarlas en la intemperie de la mañana de noviembre, junto a una esquina a la entrada de Central Park, cerca de la acera donde se alinean los coches de caballos que aguardan a los turistas. Golpes de cascos contra el pavimento y olor fuerte de estiércol y orines, más persistente que el olor de las hojas empapadas y la tierra otoñal. En esa esquina, a un paso del tráfico y el lujo de la Quinta Avenida, frente a la mole opulenta con torreones, mansardas y tejados de pizarra del hotel Plaza, hay una obra de Juan Muñoz que se titula *Conversación*: cinco figuras, de una escala inferior a la humana, con cabezas muy parecidas, de rasgos vagos, con los cráneos desnudos, con una sugerencia monacal o budista acentuada por la especie de túnicas que visten, que se abren hacia abajo con un vuelo de faldones, y acaban no en piernas o pies, sino en formas esféricas, muy anchas, como las bases pesadas de los tentetiesos. Los matices del bronce en los rasgos de las caras, en las ropas, en las manos, tienen una delicadeza frágil, como de moldeado en cera. Dos figuras se inclinan la una hacia la otra, como si conversaran en voz baja, y una de ellas está sujeta por el cuello con un cable del acero del que otra figura más rezagada parece estar tirando, como si tirara de una rienda. Las manos están suspendidas en el aire con gestos estáticos de asombro, como los que tienen en los cuadros de Zurbarán los monjes cartujos que contemplan un milagro, una aparición divina. Una figura más apartada, casi del todo vertical, parece que observa a las otras desde una cierta distancia, reprobando confianzas en las que no es admitida o tal vez aislada en la dignidad de una posible primacía. El suelo está lleno de hojas amarillas, caídas después de la lluvia de anoche, y la gente pasa cerca de las figuras sin detenerse, sin reparar en ellas, o ejerciendo la facultad de no ver lo que no desean, gente ocupada que va de compras o negocios por la parte más rica de la Quinta Avenida, bien abrigados contra el frío, con gorros de lana o de piel, abrigos recios, orejeras, expresiones de solitaria y dura resistencia contra el invierno. Tan cerca de toda esa agitación, suspendidas en una tierra de nadie entre el tráfico y la quietud del parque, las figuras de Juan Muñoz se entrelazan no sólo según la disposición y los gestos inmóviles que el escultor decidió para ellas: cambian cuando uno se acerca o se aleja, cuando da la vuelta a su alrededor para descubrir nuevas perspectivas, y en ellas hay algo de danza paralizada y conciliábulo de seres de una especie emparentada con la humana pero muy distinta a ella, hechos de otra materia, a una escala que no es lo bastante pequeña para volverlos irreales como muñecos, pero que hace imposible toda identificación o familiaridad. Si fueran sólo un poco más grandes, serían como nosotros: más pequeñas, tendrían la cualidad inocua de las figuras que uno puede ordenar en una vitrina. Pero su condición es tan resbaladiza que por mucho que uno las mire esas presencias confabuladas de bronce se le escapan, huyen hacia sus danzas de tentetiesos o monjes o derviches giróvagos o ánimas del purgatorio en las que cada una de ellas establece un vínculo secreto y cambiante con las otras, con la luz del día, con las hojas que arrastra el viento, con el ruido de la ciudad en torno suyo. En medio de todo, tangibles y sin embargo remotas, heladas al tacto, las figuras de Juan Muñoz permanecen sumergidas en la campana de vidrio invisible de sus conversaciones y gestos misteriosos. Pero lo más raro de todo es pensar que ese hombre que las imaginó y les dio forma se haya muerto, su vida joven tan frágil como los gestos asustados de esos seres a la vez masculinos y femeninos, vivos y muertos, inertes y moviéndose según uno gira a su alrededor como un corro de fantasmas.

47

En el café la vida es descansada y lenta, barata, casi gratuita. Sobre un aparador hay una jarra de café flojo, de la que uno puede servirse tanto como quiera, y otra de leche caliente, y junto a ellas hay azucarillos, cucharas de plástico, servilletas de papel, termos de agua caliente y cestos con bolsitas de té. También hay periódicos del día, que uno puede comprar o leer gratis, o leer el periódico que alguien haya dejado en una mesa al marcharse, de modo que hasta esos setenta y cinco centavos del *New York Times* se los puede uno ahorrar, cosas todas inauditas en una ciudad en la que se paga por todo, que está prodigiosamente organizada para succionar dinero, con esa eficacia instantánea con que succiona automáticamente orines y excrementos el retrete de aluminio de un avión. La simpatía obsequiosa del comerciante se convertirá en menos de un segundo en gélido recelo si surge el más leve contratiempo con la tarjeta de crédito. A mí me dicen la frase ritual, seca, hasta agresiva, que me degrada de cliente a paria, de huésped bienvenido a posible estafador *—your card has been declined—* y me sube un escalofrío por la espina dorsal, y me siento de antemano arruinado y culpable. El café es uno de los pocos lugares en los que no existe ese peligro. El café es un sitio abrigado en el que se está tranquilo, en el que nadie me va a echar de la mesa que ocupo ni a reprocharme que lleve dos horas sin hacer ningún gasto, pero en el mundo exterior, al otro lado de los ventanales, la ciudad es agresiva y la vida es inmisericorde y áspera para el que tiene que ganársela con el trabajo de sus manos, y apenas se fue el sol ha empezado a soplar el viento helado que corta como una cuchilla en las esquinas, contra el que se defienden encogiéndose los centroamericanos diminutos que salen por las puertas traseras de los restaurantes después de fregar platos durante diez o doce horas, o los que circulan en bicicleta por las aceras y entre los coches, repartiendo bolsas de comida a domicilio. Habrá que salir dentro de un rato a la intemperie, y habrá también que permanecer atento a las noticias alarmantes de la televisión y a la porfía demente de las sirenas, pero por ahora el café es un refugio muy satisfactorio, y uno ni siquiera siente la parte de desconsuelo de estar solo entre tanta gente, y de no tener a nadie que le dé conversación y le ofrezca un vínculo tangible con la vida real de la ciudad, más allá de sus ensoñaciones personales y de esa campana de cristal en la que pasa tanto tiempo encerrado un extranjero. Tampoco hace mucha falta ahora la compañía, teniendo una mesa junto al ventanal, un cappuccino caliente y un *New York Times* que alguien ha tenido la deferencia de olvidar al marcharse. En el periódico se ve en seguida, nada más hojearlo, que el mundo, en general, es un sitio espantoso, atravesado por desgracias, ulcerado de hecatombes, de las variedades más inauditas de la explotación y la crueldad, anegado de miles de millones de vidas humanas que pululan arrasándolo como una plaga global de termitas, y la mayor parte de las cuales transcurren, del nacimiento a la muerte, de manera espantosa, entre la miseria, el dolor y la oscuridad, en un hacinamiento parecido al de los dibujos de Brueghel. Pero basta apartar los ojos de una foto atroz y pasar la página para que el infierno que viven otros deje de existir. Leer el periódico en el café es otro de los grandes placeres baratos y menores de la vida, y como casi todos ellos implica en el fondo una cierta mezquindad de corazón. Hasta el hecho de leerlo gratis le da a la lectura un aliciente de parasitismo confortable, muy propio de quien se pasa el día yendo de un lado para otro y sin hacer nada de sustancia, nada más que mirar, mirar los edificios, los árboles, las limusinas, las caras de la gente, mirar cualquier clase de escaparates, lo mismo los de las librerías de segunda mano que los de las tiendas de lencería femenina o de embrujos y conjuros caribeños, o los de esos establecimientos con aire de clandestinidad y discretos reclamos de neón en forma de mano o de ojo en los que se anuncia la consulta de una pitonisa. El periódico es de otro, igual que la mesa del café no es de nadie, o que ni la ciudad donde estoy ni el idioma que escucho son los míos, pero yo me quedo embebido leyéndolo y cuando levanto los ojos hacia el ventanal ya es noche cerrada, y siento un mareo como de haberme zampado una novela entera. En el periódico se ve que cualquier faceta de la vida real es de una complejidad inabordable para la literatura. He leído una historia larga y llena de detalles acerca de la relación necesaria que existe en China entre la pena de muerte y el trasplante de órganos. En China, cuenta el *New York Times*, junto al verdugo que ejecuta a un reo de un tiro en la nuca hay médicos de batas blancas que aguardan con maletines abiertos y bisturíes, ya preparados para extirpar los órganos al cadáver todavía caliente, lo más rápido que se pueda, para arrancarle los ojos y abrirle el tórax y el vientre y dejarlo cuanto antes vacío por dentro, porque la calidad de un corazón, de un hígado, de un par de riñones será mayor cuanto más reciente haya sido su extracción. Trajinando con bisturíes y guantes de goma en el cuerpo abierto, humeante de vapor, los médicos van sacando órganos y los sumergen en seguida en bolsas de plástico llenas de un líquido adecuado para la conservación, y en cuanto han recogido todo su botín se alejan a toda velocidad en una ambulancia. Otras veces, para ganar tiempo, cargan el cadáver todavía intacto en la ambulancia, que está equipada con un quirófano completo, y proceden a la disección y al saqueo de los órganos mientras el vehículo acelera con las luces y las sirenas desplegadas en dirección al hospital. Una ambulancia baja por Broadway justo cuando estoy leyendo esa historia: las luces rojas, azules, amarillas, manchan el asfalto oscuro, y la sirena hiende los oídos, pero casi nadie en el café levanta la cabeza de sus tareas o sus cavilaciones para mirar hacia la calle. Hay un problema añadido, descubro cuando reanudo la lectura, que afecta a todas las donaciones de órganos, pero que se vuelve más grave en el caso de los trasplantes chinos: aun cuando el corazón ha dejado de latir no se sabe en qué momento se produce la muerte cerebral. ¿No decían que los recién guillotinados miraban con expresión de inteligencia y movían los labios como queriendo hablar? Pero el comercio de órganos es un negocio excelente, y nadie quiere malograr el precio de un corazón o de un hígado o de un par de ojos por el escrúpulo de que su dueño ejecutado aún conserve un rastro de consciencia y pueda sentir cómo su cuerpo es abierto y saqueado. Salgo del café a la noche helada, a la calle sombría, con la imaginación tan sobresaltada como cuando había visto de niño una película de miedo y regresaba a mi casa por un callejón empedrado, volviendo la cabeza de vez en cuando para comprobar si alguien me seguía.

48

En el Lower East Side las vidas de personas que nunca conocí y que no tienen nada que ver conmigo se me vuelven tan próximas como si yo pudiera recordarlas, como si fueran las de los parientes gradualmente borrosos en el tiempo que forman mi genealogía. Al otro lado de la ciudad, más arriba del Upper East Side, en la frontera del Harlem hispano, hay un museo anticuado y bastante solitario en el que se pueden ver el dormitorio, el vestidor y el cuarto de baño que había hacia 1900 en la mansión de la familia Rockefeller en la Quinta Avenida. En Manhattan caben todos los mundos posibles, y todos los pasados y todos los presentes, igual que dice Don DeLillo que en sus calles se escuchan simultáneamente todos los ruidos que han trastornado la ciudad desde que fue fundada en el siglo XVII. En el Lower East Side, en la calle Orchard, hay un edificio que es el museo de las vidas de los emigrantes más pobres, y en él se conserva un retrete estrictamente contemporáneo del baño principesco de los Rockefeller, una tabla con un agujero en un cuartucho sin luz, y se puede ver una cocina estrecha y con un ventanuco que da a un pozo ciego más que a un patio interior, y que servía cada noche de dormitorio a cuatro personas, y cada mañana de cuarto de aseo, aunque, todavía en los años treinta, sólo contaba con un grifo de agua fría. Los otros museos de la ciudad están hechos con las reliquias de los triunfos, con los frutos del saqueo y de la opulencia de los ricos. La mirada estética favorece el engaño al detenerse sólo en la belleza de las cosas, al aislarlas en un reino autónomo por encima del espacio y del tiempo, de las circunstancias materiales que envolvieron en su origen a la obra de arte y de las peripecias de su transmisión. Los Velázquez, los Rembrandt, los Vermeer, los Tizianos de la colección Frick, atestiguan crudamente la riqueza de aquel magnate del acero y de los ferrocarriles, son los testimonios arrogantes de su poderío, como su palacio de la Quinta Avenida, y también de las tremendas fuerzas industriales que horadaron minas y túneles y arrasaron bosques y envenenaron los ríos y el aire, y de la dominación despótica de los empresarios sobre los trabajadores, sobre los mineros llegados de los lugares más pobres de Europa que trabajaron por salarios miserables, durante jornadas inhumanas, para que el señor Frick y el señor Carnegie amontonaran sus fortunas. Los tesoros que me conmueven tanto en la Biblioteca Morgan, una partitura autógrafa de Mozart o de Gustav Mahler, una carta de Oscar Wilde, un dibujo sobre papel rayado de Van Gogh, proceden igualmente de la especulación financiera, de la prodigiosa cualidad multiplicadora del dinero, que llueve en ríos de oro en las manos del que lo tiene todo y elude tortuosamente a quien no posee nada, a quien debe trabajar horas y días sin descanso y vidas enteras para ganar una parte infinitesimal de lo que él mismo ha producido para beneficio del poderoso. Para comprender la realidad abismal de la injusticia y de las desigualdades sociales no hay que leer *El Capital*, ni siquiera las páginas breves y vehementes del *Manifiesto Comunista*: basta comparar el agujero negro en el retrete de la calle Orchard con el cuarto de baño de los Rockefeller, o visitar primero la Biblioteca Morgan o la Frick Collection y tomar un taxi hasta el Lower East Side, y pagar nueve dólares por una visita guiada de menos de una hora al museo de los *tenements*, las casas de vecindad donde a principios del siglo XX había una densidad de población superior a la de Calcuta, y un índice de mortalidad infantil parecido al de las ciudades medievales. Aquí se indaga, se restaura, se cataloga, se conserva, con un máximo de solvencia técnica, con la curiosidad exigente de la arqueología, lo que desaparece más fácilmente y no deja ninguna huella, ninguna reliquia perdurable, las vidas cotidianas de los pobres, de los emigrantes judíos o italianos llegados a Nueva York en las grandes oleadas del cambio de siglo. En la biblioteca del señor Frick hay sillerías italianas del siglo XVI y cuadros de Gainsborough, entre ellos el retrato vaporoso y sensual de lady Hamilton, que tiene en las mejillas un color sonrosado de juventud o de fiebre: en el comedor diminuto de la familia italiana que vivió en el tercer piso de ese *tenement* de la calle Orchard hay un almanaque en colores desleídos de una Madonna, y junto a él un retrato del presidente Roosevelt, que parece más bien una estampa de santo, de patrón bondadoso de los pobres, como el San Antonio de Padua que está en la pared de la habitación contigua, la cocina lóbrega donde la mujer de la casa no paraba de atarearse todo el día, de fregar y limpiar, de cocinar platos de pasta, de llenar y vaciar la pequeña bañera que apenas cabía entre el fregadero y la pared y que servía únicamente para el aseo semanal de los niños, porque un adulto no cabía en ella. En la alacena de la cocina, que es de madera y tiene una rejilla de alambre como las alacenas en la casa todavía campesina donde tuvimos nuestro primer televisor, se conservan, alineados como los jarros de bronce o las estatuillas egipcias del Metropolitan, las cajas de lata o de cartón que contenían los alimentos de una familia italiana emigrada, latas de aceite de oliva con ilustraciones alegóricas en colores vivos y cajas de azúcar, de cacao, botes de conservas en los que se guardaban las monedas sueltas, los centavos ínfimos del ahorro y la estrechez diaria. En el suelo está la caja de herramientas del hombre de la casa, el joven siciliano que emigró clandestinamente hacia 1919 y se buscó la vida como carpintero ambulante por las calles superpobladas y ruidosas del barrio, sin conseguir nunca, en más de veinte años, un trabajo regular y un sueldo fijo, apenas logrando eludir el hambre en los peores tiempos de la Depresión. Pero el hombre no se desanimaba nunca, recordaba su hija, una señora que murió octogenaria el año pasado, en Brooklyn, y cuya voz se escucha, la voz cercana y abstracta, la voz de una mujer real y de un fantasma, en una grabación que forma parte del repertorio de la visita. Con trozos de madera y alambres recogidos por la calle el padre les hacía juguetes a ella y a sus hermanos. Les animaba a no estar ociosos nunca, dice la voz, la presencia invisible de la mujer en las habitaciones de su infancia, a aplicarse en la escuela y hacer cada noche los deberes en la mesa de la cocina, sobre el hule que yo toco con mis manos. Jugaba con sus hijos a las cartas y al dominó las tardes de domingo, en los inviernos tan duros en que toda la familia se congregaba en torno a la estufa de la cocina, el único lugar caldeado del apartamento. En la ventana de la habitación que da a la calle, a los edificios de ladrillo rojo con escaleras de incendios, el padre instaló unas cajas alargadas de madera, estrechas como cajas de dominó, en las que la madre sembraba geranios y plantas trepadoras, flores de colores limpios y fuertes que le recordaban el huerto familiar de Sicilia, de donde salió cuando era una niña para venir a Norteamérica, y adonde no volvió nunca. Añoraba siempre su vida y a su familia de Italia y en la radio que compraron con muchos apuros cuando el padre tuvo por fin un trabajo seguro —en un astillero militar, durante la guerra— escuchaba siempre música italiana que le hacía llorar sin consuelo mientras se atareaba en la cocina, fregando, sacando brillo a los pobres metales de su ajuar, no en vano los vecinos la llamaban, dice su hija con orgullo, «*Shining* Rosaria», Rosaria la resplandeciente, o la relimpia, que tenía su casa como los chorros del oro, según dirían las mujeres de mi familia, que también batallaban desde antes del amanecer hasta la noche limpiando, cocinando, deleitándose en una forma franca y popular de belleza doméstica a pesar de la penuria. La voz de la mujer que ahora también ha muerto, la hija de Rosaria, va nombrando cosas que yo descubro ante mis ojos, en el cuarto estrecho donde nos agrupamos en silencio los quince visitantes que se admiten como máximo en cada recorrido del Tenement Museum: algunos de ellos hijos o nietos, descendientes de mujeres como Rosaria, de carpinteros sicilianos que irían por estas calles con su caja de herramientas al hombro, pregonando su oficio con cantilenas en dialecto. Hay una foto de los abuelos que se quedaron en Italia, con una torva melancolía en sus caras de muertos antiguos, en sus facciones de pobreza e intemperie rural; hay una mecedora pequeña que el padre hizo para ella, su hija pequeña, torneando la madera con pericia exquisita, con un gusto austero y práctico, con volutas que sugieren la curvatura de un capitel clásico. Sobre la mecedora hay una toquilla de lana rosa, que perteneció a la madre, a Rosaria la Limpia, y que su hija legó al museo antes de morir, cuando los historiadores que trabajan en él consiguieron localizarla en un hogar de ancianos de Brooklyn. Todo tiene un aire de haber sido amado y vivido hasta ayer mismo, y también de pertenecer a una época remota, cuando este edificio hormigueaba de vecinos, de niños gritando por las escaleras, de peleas en dialecto siciliano, en yiddish, en ruso, en polaco, cuando la calle estaba llena de vendedores ambulantes, de carros tirados por caballos, de toda la espesura humana de gueto y de zoco que se ve en las fotos de principios de siglo y se encuentra en tantos libros que recuerdan esos tiempos, en una novela terrible, sobre todo, tan agria que yo nunca he logrado concluir su lectura, y que ahora cobra delante de mí una realidad material que la vuelve más opresiva, *Llámalo sueño*, de Henry Roth.

49

Arqueología minuciosa de la pobreza: en el corredor oscuro de la casa de vecindad que ahora es el Tenement Museum hay un retrete preservado tal como era hacia 1930, un cubículo con una taza marcada indeleblemente por las heces y los orines de generaciones de pobres que la compartieron, y junto a ella, en la pared, un gancho con hojas de periódico cortadas en rectángulos iguales, hojas amarillas de un diario de hace mucho tiempo, no se sabe si retirado ahora de una hemeroteca para satisfacer un escrúpulo de autenticidad o conservado desde la época en que el retrete dejó de usarse. Da la impresión, viendo la puerta del retrete entornada, en el corredor iluminado por una sola bombilla, de que uno también percibirá el olor que habría aquí hace ochenta o cien años, el hedor que se volvería sofocante en los días de verano. Pero el retrete no huele, incluso hay un cartel que advierte que está fuera de uso, y que los visitantes pueden aliviarse en un baño moderno instalado en la planta baja, disimulado oportunamente para que no rompa el ambiente de época. Hasta qué límite puede llegar la obsesión de reconstruir un mundo perdido, de rescatar todas las cosas que fueron habituales y sin embargo al cabo de un poco tiempo se han vuelto tan raras como monedas valiosas de la antigüedad. Las cosas que usaban los pobres, las cajas de cerillas, las hojas de periódico cortadas y clavadas en un gancho, el mismo gancho herrumbroso que hay en la pared y que no se sabe si es el que hubo aquí siempre, o si se lo ha traído de un derribo en otro lugar, o si es un gancho nuevo que ha sufrido un proceso artificial de oxidación. En uno de los apartamentos los arqueólogos han ido desprendiendo cada una de las capas de papel pintado que cubrieron sucesivamente las paredes, tapando grietas, desgarrones, las manchas de humedad o de humo de velas y luego de mecheros de gas, las huellas de las manos sucias, los monigotes de los niños. Una por una como si fueran delgados estratos geológicos, como los anillos de árbol que cuentan y estudian los expertos en la tabla de una pintura flamenca, los arqueólogos han ido levantando, en un rincón de una pared, exactamente veintisiete capas de papel pintado, y en cada una de ellas han estudiado los dibujos o las baratas filigranas que lo adornaban, y han analizado con procedimientos de extremada agudeza científica los residuos adheridos a la superficie del papel, la negrura del humo del gas y varias capas más hondas la del humo de las velas, y por fin la de los candiles de aceite que alumbraban de noche las vidas de varias generaciones de emigrantes que se hacinaron aquí. Pero muchas de esas sombras también han sido identificadas, y se han podido restablecer sus genealogías: nombres judíos, italianos, alemanes. Fechas de nacimientos y de muertes, de muertes tempranas y usuales de niños, de los cuales tres de cada diez morían en la semana posterior al parto: todo guardado en los archivos insondables de la ciudad, en cámaras de piedra maciza que están ocultas en los pilares del puente de Brooklyn. Esta casa de fachada vulgar de la calle Orchard, igual a tantas en el Lower East Side, se nos vuelve tan densa de presencias como un castillo gótico. En 1874 una mujer alemana cuyo marido desaparece de los registros sin explicación, entre un censo y otro, declara que no sabe nada de él desde hace ocho años y solicita que se le declare oficialmente muerto. La mujer ha mantenido a sus tres hijas y a su hijo trabajando como costurera: en una habitación oscura del apartamento, junto a una llama que parece de gas, movediza y amarilla, hay patrones y vestidos hechos por aquella mujer, y está la máquina Singer en la que probablemente trabajó, sobre una mesa en la que se ven agujas y alfileres clavados en acericos y pequeñas cajas de cartón con botones y broches, como los que había en el costurero de mi abuela cuando yo era pequeño, cuando me quedaba mirando con fascinación y miedo la forma negra y rara de la máquina Singer, parecida a una escultura de animal, negra y dorada, con dibujos de esfinges egipcias, con su cabeza de ciervo o becerro que acababa en una aguja tentadora y amenazante, y con la rueda que hacía subir y bajar la aguja, siempre a punto de clavarse en un dedo. Esta mujer tenía cuarenta y ocho años cuando solicitó su declaración de viudedad: los investigadores han encontrado una foto suya, justo de ese año, y cuando la guía de nuestra visita nos la muestra vemos la cara de una mujer vieja, con el pelo blanco recogido en un moño, la cara seca y la boca sumida, la nariz aguileña, un vestido negro que le llega hasta la barbilla y que tiene algo de mortaja anticipada. Según su certificado de defunción, que también se conserva, la mujer murió diez años después, a los cincuenta y ocho, pero en esa foto es como si tuviera ya ochenta, como si la vejez, la amargura y el trabajo, las horas sin fin en ese cuarto oscuro junto a la llama del gas, la hubieran devastado hasta convertir su cara en una cruda máscara de decrepitud. Siguieron buscando, rastrearon archivos, libros de registro, avanzaron una generación tras otra hasta llegar al presente, y dieron por fin con con el biznieto o tataranieto de aquella mujer muerta y olvidada entre la muchedumbre de existencias oscuras, en el hormigueo de vivos y muertos del Lower East Side: el único descendiente seguro de aquella mujer resulta ser, nos cuentan, un agente de bolsa de Wall Street, un hombre próspero, muy activo en los negocios, que tiene una casa en Long Island y nunca había imaginado que su origen estuviera en este apartamento de la calle Orchard. Qué habrá sentido cuando le enseñaran esa foto, en la que tal vez reconoce un rasgo de su cara o de la de alguno de sus hijos, cuando entrara por primera vez en el vestíbulo siniestro de la casa de vecinos y subiera por los peldaños angostos y empinados por los que tantas veces subiría a tientas, y cada vez con más dificultad, su bisabuela o tatarabuela, esa mujer desconocida y remota sin la cual él no estaría ahora en el mundo. Basta retroceder un poco en el tiempo y en las generaciones para encontrarse perdido en la oscuridad absoluta: sólo los genes recuerdan, las proteínas tenaces y exactas del ADN, la espiral doble repetida en cada una de mis células que me vincula con un linaje de campesinos renegridos y tenaces de hace siglos y también con algún hombre o mujer de dentro de cien años que no tendrá noticia de mi existencia y sin embargo mirará o ladeará la cabeza de una forma parecida a la mía, o repetirá en sus manos el dibujo de las mías. Fuera de la casa agobiante de la calle Orchard es un mediodía de sábado, en octubre, con una luz clara de presente, pero la oscuridad del pasado y de las caras de los muertos, la voz de la señora italiana que murió en Brooklyn hace sólo un año, son más reales que las presencias vivas que se cruzan conmigo, y las calles soleadas y desiertas se llenan de los fantasmas de las multitudes que se ven en las fotos de hace cien años. Por el Lower East Side, revividos por el conjuro fatal de los aniversarios, se pasean también este otoño los fantasmas de Julius y Ethel Rosenberg, que tuvieron su apartamento en una casa de vecindad y en una calle que ya no existen, que fueron detenidos y acusados de espionaje hace ahora cincuenta años justos.

50

El arte enseña a mirar: a mirar el arte y a mirar con ojos más atentos el mundo. En los cuadros, en las esculturas, igual que en los libros, uno busca lo que está en ellos y también lo que está más allá, una iluminación acerca de sí mismo, una forma verdadera y pura de conocimiento. A la gente que pasa por la calle la imaginación le superpone esta tarde el recuerdo de los caminantes de Alberto Giacometti, las figuras delgadas y altas, inclinadas en una austera sugestión de movimiento, exacto y sin énfasis, real y sin la menor sombra de ilusionismo. Lo que le pide uno al arte es la revelación de una máxima intensidad de la experiencia, reducida a sus elementos más puros, condensada en el espacio y en el tiempo, material y simbólica, tangible como una moneda, ilimitada como ella en sus posibilidades. Un hombre alto y flaco pasa por la calle, perfilado contra el cristal del café y el fondo de los taxis amarillos y la gente atareada, y esa figura no me sería tan poderosamente perceptible en su singularidad si no hubiera visto hace unos días en el Museo de Arte Moderno la gran exposición de Alberto Giacometti. Los brazos ligeramente balanceados, el eje vertical del cuerpo gravitando un poco hacia delante, mientras una pierna se flexiona para dar un paso y la otra, retrasada, impulsa el movimiento apoyando el talón, ejerciendo la fuerza muscular sobre el plano del pavimento, que puede ser una peana de bronce y también la acera sucia de la avenida o el asfalto desigual de la calzada. La figura de Giacometti parece haber reaccionado instintivamente a la señal de WALK que se ve en el semáforo al otro lado de la calle, y que actúa sobre el cuerpo como una descarga eléctrica, como la orden que el cerebro transmite a los músculos para que pongan en marcha el mecanismo de un paso: un solo paso, aislado de todos los demás, único e idéntico, el paso que se vuelve mineral y eterno en la escultura, cifrado como en un jeroglífico egipcio, como en el garabato de un ideograma chino. Los pies de los caminantes de Giacometti se apoyan en la base de bronce como anchos tocones de olivos, como si se prolongaran en raíces de consistencia mineral. Las figuras, tan ligeras, gravitan sobre el plano horizontal del suelo con sus pies enormes, y eso les da una firmeza paradójica, una majestad definitiva de estatuas egipcias, de troncos de árboles fosilizados, con algo de estalagmitas y de esos montículos de barro de las termiteras. La superficie abrupta de las esculturas parece lava o escoria cuando se acerca uno mucho a ellas, y también contiene las huellas literales de los dedos del escultor moldeando el modelo en arcilla. En el arte moderno la obra terminada muestra el proceso que ha llevado a ella, revela en su misma forma las vicisitudes y los episodios materiales de su ejecución. Como en las metamorfosis mitológicas, en las que una mujer que huye se convierte en laurel para escapar a la lujuria de un dios, o en un bloque de piedra, como Eurídice cuando Orfeo se vuelve para mirarla, cada escultura de Giacometti contiene metamorfosis sucesivas, estados graduales de la materia, que ha sido barro o cera y se convierte en bronce y cobra vida y se mueve pesadamente como un Golem y parece que se ve desde muy lejos, diminuta en la distancia, apenas más alta que una cerilla, y sin embargo también está inmóvil, fijada para siempre en una ficción de movimiento, o en un éxtasis de quietud absoluta, de esa forma de quietud que sólo tiene la escultura más antigua: un caminante o un escriba o un faraón egipcio, un Apolo griego arcaico, un auriga etrusco, una diosa mesopotámica o cretense, con pechos fértiles y caderas ensanchadas para la maternidad, con las rodillas juntas y el regazo dispuesto para sostener una criatura o recibir una ofrenda. Para alcanzar su maestría el arte de Giacometti atraviesa las edades, y él mismo se convierte en alfarero, en fundidor, en herrero neolítico, y su cabeza tiene el aire absorto y misántropo que corresponde a la posición entre de proscrito y de brujo que tenían los herreros en las culturas primitivas, pues profanaban la tierra y manipulaban el fuego y forjaban herramientas dotadas de poderes terribles. Y esas figuras parece que vienen desde lo más hondo del tiempo y de la experiencia humana, sus severas mujeres estáticas y sus hombres errantes, los más antiguos de todos, los australopitecos que empezaron a caminar erguidos hace tres millones de años, los nómadas que dejaron sus huellas fósiles en las cenizas de un volcán de África, los dignatarios egipcios tallados en madera que caminan apoyándose en un bastón, y luego el viajero que se perdió en los hielos de los Alpes y fue exhumado intacto en un glaciar al cabo de cinco mil años: alto, flaco, membrudo, como los caminantes egipcios y los de Giacometti, con un carcaj de flechas y unas sandalias de piel rellenas de paja para mantener los pies calientes sobre la nieve, viajando quién sabe desde dónde y camino de dónde, dicen que tal vez en busca de los yacimientos de pedernal del otro lado de los Alpes, la piedra negra y sagrada de la que brotaban las chispas del fuego. Pero los años en que Giacometti empezó a modelar esas figuras son también los de las grandes deportaciones y peregrinaciones de Europa, las migraciones de los desplazados por las guerras y por el fanatismo de las fronteras, de los fugitivos de Hitler, de Stalin, de Franco, de los que eran forzados a marchar por los caminos de Polonia o de Rusia, flacos y exhaustos como espectros, abatidos por los golpes y los disparos de sus guardianes o por la pura extenuación. Una escultura de Giacometti es un brazo que termina en una mano abierta, crispada como en una petición de auxilio, o en un gesto de adiós para siempre, una mano y un brazo amputados de un cuerpo que no está. En ese antebrazo de bronce no nos sorprendería descubrir la inscripción de un número. Otra figura es la de un hombre que cae, que se está empezando a desplomar, aunque todavía permanece de pie, pero ya se le dobla la espina dorsal, y la cabeza está empezando a hundirse entre el arco de los brazos que se levantan como buscando un asidero en el aire. Se está desmayando, o caminaba tan agotado, tan ido, que acaba de tropezar con esa lentitud que tiene el tiempo cuando pierde el equilibrio y ve con estupor que está cayéndose. O tal vez ha recibido un disparo, por azar, o delante de un pelotón de fusilamiento, y el último segundo de su vida —las rodillas flojas, la cabeza abatida, los brazos sacudidos por el impacto— tiene ya una duración de eternidad.

51

El viento loco llega un día y se apodera de todo. El viento viene del Hudson con su trayectoria quebrada por las esquinas y los murallones de los rascacielos y arranca las hojas amarillas, las alza en torbellinos de confeti sobre la calle y las hace chocar contra las ventanas y colarse por las puertas giratorias en los vestíbulos de los edificios, que tienen así, sobre las alfombras o los suelos muy pulidos de mármol, un muestrario de las hojas del otoño, sobre todo las de las acacias, que son las más pequeñas y las más numerosas y ya estaban plenamente amarillas y sin embargo permanecían en las ramas, detenidas en un punto de equilibrio frágil, casi imposible, desbaratado en unas horas por la irrupción del viento, que levanta también las faldas de las mujeres y les echa el pelo sobre la cara y se lleva consigo, en una espiral vertiginosa de ascenso, una doble hoja del *New York Times*, que asciende como un ala delta por encima del tráfico, de las farolas, a la altura de las ventanas más altas, y se ve por último diminuta y casi perdida chocando contra un templo de Vesta que hay sobre un edificio de terrazas escalonadas, y que oculta tras el círculo de sus columnas un depósito de agua. Es el viento que les arrebata los globos a los niños, el que lo asalta a uno como un lunático invisible a la vuelta de todas las esquinas, el que exaspera la prisa y el aturdimiento de las confusas muchedumbres bajo los carteles luminosos y las pantallas gigantes de televisión de Times Square. Remolinos de hojas de acacias vuelan sobre las aceras entre las piernas de la gente y chocan contra los parabrisas de los taxis, que están pintados de un amarillo idéntico. El viento le arranca a un *homeless* los harapos en que se envolvía y el trozo de cartón en el que contaba su desgracia y derriba el tenderete con pequeñas cartulinas llenas de dibujos de flores y pájaros que exhibía un calígrafo chino en la esquina de Broadway y la Séptima Avenida. Un vendedor callejero se apresura a recoger los libros de cuarta o quinta mano que el viento ha tirado al filo de la acera, entre hojas de acacias y restos de comida y vasos y recipientes de plástico y servilletas de papel manchadas de mostaza que el mismo remolino había esparcido al volcar un contenedor de basura demasiado lleno. El viento aturde la cabeza, llega de frente y uno se encorva para resistirlo pero de pronto lo ataca por la espalda. Parece que soplaba desde el Hudson y un instante después se ha dado la vuelta y viene desde el East River, retorciendo los arbolillos en las terrazas escalonadas de los edificios, doblándolos como olivos de Van Gogh azotados por la fuerza del mistral, que le arrancaría al pintor el sombrero de paja de la cabeza y volcaría el caballete con un lienzo a medio pintar, los trazos cremosos y vibrantes del óleo todavía fresco, manchado irreparablemente de tierra. Como la figura de un misántropo al fondo de un cuadro de Van Gogh huye uno del viento por las aceras de Manhattan, baja las escaleras del metro y las hojas amarillas se le enredan en los pies, sube en el ascensor hacia el abrigo hermético de su apartamento y en el pasillo también hay hojas que han logrado llegar hasta allí y se han quedado exánimes como por un esfuerzo excesivo, como criaturas invasoras que se adelantaron demasiado a la marea rezagada de sus semejantes. Tras la ventana, sedentario y tranquilo, veo a un cuarteto de cuerda que ensaya con perfecta indiferencia en el aula ya iluminada de la Juilliard School, mientras en la acera el viento retuerce las copas de las acacias jóvenes y les arranca una por una las guirnaldas amarillas de sus hojas.

52

Sola la vida humana corre a su fin ligera más que el viento. En la biblioteca de la universidad abro el *Quijote* y encuentro esas palabras. Me parece mentira que haya leído tantas veces el libro sin reparar en ellas. He entrado mostrando mi acreditación de profesor, de validez tan transitoria que casi es una impostura, y cuando el vigilante del mostrador me ha hecho una señal distraída para que pase he vuelto a sentir la misma emoción cálida y pueril que la primera vez que tuve un trabajo parecido y una tarjeta con mi foto en otra universidad, la de Virginia, hace ya muchos años, ligeros más que el viento. Me parece que el trabajo, la tarjeta, me dan una identidad más sólida, y a la vez me descansan con mayor eficacia de la otra, la que tengo en España y ahora se ha quedado atrás, o más bien en suspenso. Pero quizás entonces, cuando fui a Virginia, el tiempo no se iba tan rápido como ahora. Ahora, en cualquier parte donde estoy, siento siempre que estoy provisionalmente y de prestado, y este trabajo en Nueva York y estas costumbres a las que tan fácilmente me he acomodado no tienen más consistencia que la vida falsa de un espía, provisional y precaria. Aquel invierno, en Virginia, salía de mi apartamento alquilado con mi abrigo, mi bufanda, mi gorra con orejeras, mi cartera cargada de papeles y libros, mis guantes de lana, mis botas de pisar la nieve, y al caminar hacia la universidad por un sendero en un bosque y luego por calles de jardines sin verjas y casas de madera pintada de blanco, me percibía a mí mismo complacidamente y a la vez me veía desde fuera, como si viera una foto de alguien, o una película. Los cuervos graznaban entre los árboles sin hojas, y la nieve recién caída crujía bajo mis pisadas. El simple hecho de ir caminando por aquellos senderos era un acto completo de felicidad. Iba a la biblioteca, a tomar notas para alguna clase, o a vagabundear entre los libros, como por los pasillos de una casa, de una ciudad hospitalaria. Una vez me equivoqué de planta y al salir del ascensor me vi perdido en la sección de lenguas orientales de la biblioteca, dando vueltas por corredores de libros con títulos en chino tan angustiado como si buscara una salida por los callejones de Shanghai, o por esos laberintos de Chinatown en los que se extraviaban los fumadores de opio. Leía el periódico en un salón grande, junto a una chimenea en la que siempre estaba encendido el fuego. Me sentaba en uno de aquellos hondos sillones de cuero ya muy rozado, cerca de un ventanal, con el periódico del día sujeto por un largo bastidor de madera, como en algún club ilustrado y selecto o como en un café de Viena. No me costaba nada imaginar que llevaba mucho tiempo haciendo esas mismas cosas, y que mi presencia en ese lugar era tan sólida como la de los sillones y la de los árboles desnudos que daban un color entre gris y terroso al paisaje invernal. Pero había llegado hacía muy poco tiempo y me iría no mucho después de que el invierno se acabara: y sin embargo, entonces, creo que era capaz de una mayor sensación de permanencia, o quizás que poseía mejores dotes de autosugestión. Ahora, en Manhattan, en ningún momento me dejo llevar por mi propio simulacro: quizás porque soy más viejo y mis facultades imaginativas acerca de mí mismo —herencia duradera de una adolescencia que tardó tanto en terminar— ya están en declive. Y también porque la ciudad no favorece esa especie de suspensión del tiempo tan propia de los campus universitarios como el de Virginia, situados en medio de extensiones agrícolas, rodeados de bosques y de suburbios habitados por espectadores catatónicos de televisión que sólo se mueven en coche y deambulan como zombies por los centros comerciales. Esta vez no voy a dar mis clases caminando por un sendero rural, sino en un vagón del metro que baja desde el Bronx, y cuando salgo de los túneles me encuentro el tumulto cimarrón de la calle 34, y he de cruzar muy rápido los pasos de cebra para que no me empuje alguien o para que no me atropelle un taxista agresivo, narcotizado de cansancio. Quien camina por Manhattan no puede sumergirse demasiado en sí mismo, ni complacerse en la lentitud apacible de una excursión rural, a no ser que elija para su itinerario los senderos de Central Park o el largo paseo que se va prolongando por la orilla del Hudson, desde más arriba de la calle 42 hasta la punta sur de la isla, junto a los muelles donde en otros tiempos atracaban los transatlánticos. La agitación de lo que sucede a su alrededor se le contagia a uno, le impide perderse en sus fabulaciones, le fuerza a caminar más aprisa, casi a correr para cruzar una calle antes de que el semáforo se le ponga en rojo, y a prestar atención, si no quiere chocar con alguien o ser atropellado, o provocar la ira de quien camina tras él y se ve momentáneamente rezagado por su lentitud. Cruzo la Quinta Avenida, entre la multitud del viernes a las cuatro de la tarde, empujo la puerta giratoria del Graduate Center, pero aunque el ruido y la prisa de la calle se extinguen en seguida, aunque es tan grato el silencio rumoroso de la biblioteca, tampoco llego a apaciguarme del todo, a deslizarme hacia la calma soñolienta que encontraba a veces en los estudiantes de Virginia. La calle está demasiado cerca, el fragor de la ciudad es demasiado poderoso, y la gente camina con brusca rapidez por los pasillos y entra en los ascensores con la actitud tensa y algo belicosa con que se abren paso en los vagones del metro. El ritmo sincopado del bebop y del tap dance es el pulso natural de Manhattan. Mis estudiantes de ahora hablan con una vehemencia y atienden con una intensidad que yo casi nunca encontraba en los de Virginia, y a mí me halaga que me llamen profesor, con una mezcla de etiqueta académica y delicada cortesía latinoamericana, pero esta vez no tengo la sensación de encontrarme a salvo de la premura del tiempo ni de las urgencias de mi propia biografía. Estoy de paso, no se me olvida nunca, escucho siempre la pulsación del tiempo que se va.

Cada viernes, cuando salgo a la Quinta Avenida después de la clase, cansado y absuelto por el trabajo, hago el cálculo de las semanas que han pasado y de las que me quedan todavía, y observo con tristeza, con lejanía de mí mismo, que el cielo está un poco más oscuro que el viernes pasado a esta misma hora, que la gente lleva más ropa de abrigo y las hojas amarillas de los grandes plátanos de Bryant Park ya abundan más en el suelo que en las ramas. Durante las dos horas de la clase, con placer, con plena convicción, he fingido un oficio, el que me atribuye la credencial que guardo en la cartera, y ahora, al salir solo a la calle, después de conversar un rato con alguno de los estudiantes, me dejo llevar por el anonimato y la premura de Manhattan, me disuelvo entre los desconocidos que pueblan las aceras en la hora anfibia del anochecer, mientras al fondo de la calle, al oeste, todavía queda un resplandor azulado y rojizo de crepúsculo, más tenue que el letrero vertical que acaba de encenderse con parpadeos escarlata en la fachada de un hotel. Un dirigible iluminado cruza muy lentamente el cielo violeta del este, al fondo de la perspectiva recta de una calle, sobre la bruma del East River. Cuando el dirigible desaparece, detrás del edificio de las Naciones Unidas, queda en su lugar una inesperada luna redonda y amarilla.

53

Las calles por las que paseo cada día, por las que voy al cine o al supermercado o a la tienda de discos, son las mismas que pinta Richard Estes en sus últimos cuadros, y la luz también es idéntica, el sol en las esquinas y el cielo azul sobre las cornisas de los edificios de Broadway, como si estuviera pintando ahora mismo, en este otoño frío y despejado, y una de las figuras que aparecen en ellos pudiera ser la mía. De algún modo siempre encuentro en Richard Estes los lugares que más me gustan de la ciudad, los que impremeditadamente se han ido vinculando a mi vida, los lugares y los tonos exactos de la luz, el agua herrumbrosa del Hudson en un muelle al atardecer, el sol en la mañana de domingo, el rojo profundo de los letreros luminosos al fondo de una calle oscura. En Madrid, un día, en la pared de una galería de arte, me atrapó sin previo aviso la nostalgia de las mañanas soleadas y tranquilas de los días de fiesta en Manhattan porque vi un cuadro de Richard Estes que representaba Union Square desde la esquina de University Place y la calle 14. No era el reconocimiento objetivo que permite, hasta cierto punto, una fotografía, sino la sensación de estar de verdad allí, justo en esa esquina en la que me he parado muchas veces esperando el cambio del semáforo. Los árboles de Union Square en primavera, con el verde nuevo y claro de las hojas, las cornisas de color de bronce de los edificios, la desembocadura oblicua y algo sombría de Broadway hacia el norte, los altos tejados de pizarra con mansardas y el ladrillo rojo de este edificio en el que está la librería Barnes & Noble, y por encima el cielo azul, liso, vibrante, el cielo de las mañanas frías y de las tardes serenas de otoño, de un azul muy claro, con veladuras blancas, pintadas con un pincel finísimo, como celajes de nubes demasiado tenues como para tener una forma plenamente visible. Mirar ese cuadro no era recordar la plaza, era haber regresado a ella, disponerme un sábado por la mañana a merodear por los puestos del Farmer's Market, el mercado al aire libre de los granjeros, bajo la penumbra de los árboles y de los toldos, entre la gente lenta y perezosa, parejas abrazadas muy semejantes a nosotros y padres con niños pequeños sobre los hombros, entre los olores terrenales, vegetales, calientes, el del pan recién hecho y el de las manzanas pequeñas y sabrosas, la fragancia del tomillo, de la yerbabuena, de la tierra todavía húmeda que mancha las patatas recién arrancadas y queda en pequeños grumos entre las delgadas raíces de las zanahorias. Parado delante del cuadro la nostalgia de Union Square era una cosa tan material como la saliva que fluye en la boca a causa del olor de las manzanas, como la anticipación que tiene el paladar del jugo del primer mordisco. Vuelven los aromas y los colores de los frutos de la tierra, el verde fuerte de las espinacas, con sus breves tallos rosados, como patas de perdices, los amarillos y naranjas de las calabazas, el blanco tierno de las hojas de apio y de los tallos de acelga, el rojo agreste de los tomates, que parecen tomates de Matisse, el rosa fuerte de los rábanos, el violeta suntuoso de las berenjenas. Y envolviéndolo todo, vuelve también la presencia cálida y caminadora de la gente, los compradores solitarios y las familias jóvenes con niños, las mujeres maduras con gafas de sol y uñas pintadas de rojo, las vendedoras de mandil blanco y gesto afable que anuncian los huevos más frescos, las mermeladas más dulces, todo el mundo abandonándose a la sagrada holganza del sábado, cada cual atento a las preferencias de su paladar o de su mirada, probando una raja de manzana, un trozo de apio, una zanahoria, con la felicidad de una eucaristía terrena, la de la abundancia de los frutos que regala la tierra y que multiplica el esfuerzo y la atención cuidadosa de los seres humanos. Es justo aquí, tan lejos, donde cada vez que vuelvo recobro los olores del mercado de abastos en el que mi padre tenía un puesto de hortalizas cuando yo era niño. En Union Square un niño de dos o tres años subido sobre los hombros de su padre tiene una majestad de marajá oscilando en lo alto de un elefante, como de niño Jesús que viaja gozosamente a hombros del san Cristobalón de las catedrales españolas. Tan lejos de Manhattan, de Union Square, he visto ese cuadro de Richard Estes y he sentido que regresaba y a la vez he cobrado melancólicamente conciencia de la lejanía, del grado de mi añoranza y de mi exacta memoria. Pero ahora, en una galería de la calle 57, los lugares que pinta Richard Estes no están al otro lado del mundo, sino quince o veinte calles más al norte, en Broadway, en Amsterdam Avenue, en Columbus Avenue, en el barrio de donde yo mismo he venido esta mañana, y por donde él debe de pasearse con más constancia aún que yo, con una dedicación profesional y monástica a los oficios del caminante, a los placeres solitarios de la observación. Reconozco en los cuadros los escaparates resplandecientes de las tiendas de alimentación, Citarella, Zabar's, los juegos de espejos de las cafeterías, la belleza simple, súbita, casual, de un grupo de comensales en una terraza, a mediodía, la penumbra ligeramente húmeda de los toldos, sobre los grandes cajones de fruta, la luz que absorben las hojas de una acacia y la que resbala sobre el cristal curvado y la carrocería de un coche, el tiempo detenido en un minuto exacto. Richard Estes es un hombre que vive solo en este barrio, me han dicho, que cuando viaja al extranjero para alguna exposición prefiere que lo dejen solo, que no lo agasajen demasiado, y se va por ahí con una cámara de fotos siempre dispuesta, quizás con un cuaderno de dibujo. En un cóctel, hace unos días, me indicaron su presencia, y aunque alguien se ofreció a presentármelo me pareció más discreto decir que no. Pero me hubiera gustado mucho contarle cuánto me gustan sus cuadros, con qué fuerza me llevan a los lugares que retrata, me vuelven consciente de la tensión aguda y fugaz del tiempo, de la luz pasajera de cada segundo del día y los laberintos visuales que continuamente se tejen y destejen en las calles, entre la gente que pasa y los cristales que reflejan las cosas: me hacen mirar mejor, con más atención y más claridad. Sin acercarme a Richard Estes lo observo entre el público que conversa y sostiene vasos en el cóctel: tiene una presencia neutral, más bien soluble entre la gente, la de un hombre bien vestido, sin estridencia, no muy alto, de cierta edad, con el pelo blanco. Me gustaría ver de cerca el color y la expresión de sus ojos y fijarme en sus manos. Quizás nos hemos cruzado más de una vez por las calles del Upper West Side y yo no he sabido reparar en él.

54

De un lado a otro me parece que voy sin más destino que encontrar objetos íntimos de pasados lejanos, reliquias de vidas que se extinguieron hace cincuenta años o un siglo o cinco mil años, salvadas tenazmente del tiempo. Las cosas comunes que nos rodean durarán más que nosotros, dice Borges: *No sabrán nunca que nos hemos ido*. Manhattan es un itinerario de cosas dejadas atrás por los muertos y salvadas por una posteridad que para ellos sería inconcebible. En los mercadillos del domingo, que surgen en algunas encrucijadas de la ciudad como zocos de nómadas en los cruces de caminos del desierto, están las ropas y los muebles, los cuadros, los espejos, los percheros, las tazas melladas, los álbumes de estampas, las fotografías que atesoraron los muertos y que después han ido a dar a ese gran río o vertedero de las antigüedades de poco valor, las que no merecen el privilegio de un escaparate o de un catálogo y en muchos casos se disciernen con dificultad de la simple basura abandonada. En la New-York Historical Society, que es un museo tranquilo, anticuado, con buenas salas de lectura y público escaso, hay una exposición sobre las *flophouses* de la calle Bowery, los hoteles para mendigos y borrachos terminales. Junto a las fotos de algunos de los muertos en vida que aún rondan por el vecindario hay objetos reales que pertenecen a ese mundo, y que tienen una presencia hosca en las salas del museo: un letrero escrito a mano que señala el camino de las escaleras, una máquina grande de café cariada de herrumbre, cubierta por una grasa que se ha ido acumulando a lo largo de muchos años, a causa de las muchas manos mugrientas que la han tocado, de las ropas inmundas que se han rozado con ella. Pero lo más sórdido, lo que da más miedo, son unas cuantas maletas apiladas, viejas, con los cantos gastados, abolladas, con los remates metálicos oscurecidos de óxido, que fueron dejadas en las habitaciones de la Bowery por clientes que se marcharon sin pagar o que desaparecieron para siempre sin que se supiera nada más de ellos, muertos de frío en un portal en una noche de borrachera, atropellados por un camión y llevados agonizantes a un hospital donde nadie los identificó y nadie vino a recoger sus cadáveres, acuchillados en algún callejón. Ahí siguen, las maletas viejas, las maletas cerradas al cabo de tantos años, guardando quién sabe qué olores, qué harapos y residuos o indicios de vidas que se hundieron en el alcohol o la locura y se borraron del mundo tan inadvertidamente como una hoja arrastrada por el viento otoñal cae por la reja de una alcantarilla y es engullida por las aguas fecales. Las maletas de los muertos tienen un aspecto de ataúdes, cada una convertida en única tumba y la lápida sin nombre de quien fue su propietario, quien la arrastró de un hotel miserable a otro todavía peor, y la usó como almohada para dormir en alguna estación o en un banco del parque. Ahora, en la New-York Historical Society, en una esquina de la sala que es una larga galería de fotos de fracasados, de hundidos, de locos, de borrachos, de yonquis, miembros del mismo linaje que sigue viviendo y muriéndose en las oquedades más lóbregas de Manhattan, esas maletas se exhiben como cofres, como los sarcófagos del Metropolitan, guardando tras las cerraduras oxidadas el secreto de sus olores a sudor viejo y a mugre rancia, manchas de vómitos y quemaduras de cigarrillos, los mismos olores que dejarían sus dueños al caminar despacio por las aceras de la Bowery, ensombrecidas durante muchos años por los raíles del tren elevado, al entrar en una tienda de licores llevando en la mano sucia el puñado exacto de monedas necesarias para comprar una botella de licor barato.

55

Pero me basta subir una escalera amplia, en la que resuenan mis pasos de visitante solitario, para llegar a otro mundo, a otro de los pasados simultáneos que se yuxtaponen al presente, para encontrar las reliquias de otras vidas. En el piso de arriba de la Historical Society está la hucha de lata con que Julius Rosenberg pedía por las calles de Nueva York, en los últimos años treinta, donativos para los niños republicanos españoles. Es una hucha muy rudimentaria, con una franja de papel blanco en la que hay escrito con tinta roja ya un poco desvaída el mensaje que Julius Rosenberg repetiría en voz alta, en las concentraciones progresistas de Union Square, coronadas de banderas rojas, en las aceras anchas de las avenidas comerciales, entre la indiferencia de la gente bien vestida: SALVAD LA VIDA DE UN NIÑO REPUBLICANO ESPAÑOL. Haría sonar las monedas de cobre agitando la hucha, como hacen ahora los mendigos, y vencería su timidez de hombre retraído y miope para alzar la voz sobre el ruido del tráfico, muy joven entonces, en 1937 o 1938, aunque ya había empezado a labrar su ruina, ya estaba en marcha el mecanismo que lo llevaría a la silla eléctrica quince años después. Hace cincuenta años que los Rosenberg fueron detenidos, y por eso sus nombres, sus caras pálidas de víctimas, aparecen de nuevo en los periódicos, y hay un libro que vuelve a contar el trámite lento, tortuoso y desalmado de su doble ejecución. Todo se pierde, parece, y sin embargo hay cosas triviales que llegan a salvarse, que conjuran en su presencia material a las sombras que alguna vez las poseyeron, las manejaron. Ethel Rosenberg fue acusada por su propio hermano de copiar a máquina los informes sobre la bomba atómica que Julius facilitaba a su contacto soviético: Ethel Rosenberg, una mujer menuda, con la cara redonda, con un aire inocente y algo vulgar de ama de casa de los años cuarenta, fue ejecutada en la silla eléctrica, y lo más probable es que nunca mecanografiara los informes, pero la máquina de escribir que trajo su desgracia se mantiene intacta, maléfica como un alacrán negro. De joven, Ethel había tenido fantasías literarias y teatrales. Le gustaba mucho la música, y hubiera querido ser actriz o cantante de ópera, pero había que ayudar a la familia y abandonó los estudios para hacerse mecanógrafa y traer un sueldo escaso cada semana al apartamento del Lower East Side donde siguió viviendo cuando se casó con Julius, otro talento que prometía mucho y se quedó en casi nada, sin salir nunca del barrio pobre de emigrantes donde había nacido, tan distraído, tan apasionado por la política que no llegó a terminar sus estudios en el City College, a ser un ingeniero de verdad. Los veo a los dos de pie, al fondo de la pequeña sala donde están la hucha y la máquina de escribir, en las fotos a tamaño natural y de cuerpo entero de cada uno, junto a la escala métrica que confirma sus estaturas desmedradas. Las fotos se las tomaron los agentes del FBI cuando ingresaron en la cárcel, Julius con su traje usado y formal, sus gafas de montura fina, su pequeño bigote, Ethel con un vestido de falda acampanada y vaporosa de los primeros años cincuenta, con los brazos desnudos, sus brazos carnosos de mujer gordita con la cara redonda, que fue mecanógrafa y tuvo veleidades de artista y ahora sólo se dedica al cuidado de su marido y de sus dos hijos pequeños, que vieron cómo se la llevaban detenida, y que se despidieron de ella tres años después, unos días antes de que la electrocutaran por el solo delito de haber mecanografiado algo en una máquina portátil: ni siquiera por eso, tan sólo porque hacía falta que hubiera dos culpables, dos espías traidores a su país, vendidos a la Unión Soviética, más perfectos aún por su apariencia tan inocua, el hombre de traje usado y gafas de miope que nunca prosperó en nada y la mujer gordita, de ojos claros y expresión desamparada, de modales voluntariosamente distinguidos, que sólo salió de su vecindario pobre del Lower East Side para ir a la cárcel y luego a la infamia y a la muerte en la silla eléctrica. Al fondo de la sala, entre las dos fotografías de cuerpo entero en blanco y negro, en la misma posición de preeminencia que un altar en una capilla, hay un objeto grande y pesado que parece un trono brutal y es una silla eléctrica, no la que fue usada para ejecutar a los Rosenberg, pero sí un modelo contemporáneo idéntico, con una mezcla de artefacto antiguo de tortura y sillón rudimentario de dentista: pero resulta que fue un dentista el inventor de la silla eléctrica, y el primer propagandista de sus ventajas, alentado con fe de científico y astucia de hombre de negocios por Thomas Alva Edison. Uno creía que una silla eléctrica sería un aparato metálico, de acero liso, con cables y botones, con brillos y ángulos de eficiencia tecnológica, pero no: la silla eléctrica está hecha de grandes tarugos de madera, groseramente cortados, ensamblados con clavos, y tiene sobre todo un aire de pesadez y brutalidad tan primitivo como el garrote vil. Colgando de los dos brazos y de las dos patas delanteras hay unas correas de cuero, recias y gastadas, con las que se atarían las manos y los pies de los reos, y otra sobre el respaldo, para sujetar el cuello, y una máscara de cuero para taparle los ojos, no por piedad, sino para evitar que los globos oculares se salieran de las cuencas con la primera descarga. Julius Rosenberg, tan menudo y tan flaco, con blancura de muerto después de tres años en prisión, quedaría aún más encogido por el contraste entre su poca consistencia física y el tamaño y el grosor de los tablones de la silla. A Ethel quizás no le llegarían al suelo los pies. Me he quedado solo en la habitación, de pie ante las fotos verticales de esos dos muertos de hace medio siglo, rodeado por las reliquias que testificaron su desgracia, la hucha para los donativos a favor de los niños republicanos españoles y la máquina de escribir negra, las hojas con bocetos y diagramas que pudieron servir para transmitir a los soviéticos el secreto de la bomba atómica, las fotos familiares, y aunque todavía no me marcho quisiera haberme ido ya, no haber visto estas caras, que miran al vacío en las fotos policiales y parece que están mirándome a mí, que me reciben como dos fantasmas desolados y mustios al intruso que llega a la casa donde ellos vivieron. Vuelvo a acercarme a la máquina de escribir, y no me atrevo a pulsar las teclas que rozaron los dedos pequeños de Ethel Rosenberg por miedo a que suenen las alarmas del museo. Cuando ya me he decidido a marcharme me vuelvo un momento desde el umbral de la salida y miro de nuevo las dos caras, las dos figuras que destilan una exigencia de piedad agobiante, vestidas con sus ropas baratas de domingo, y entre las dos la silla eléctrica irradia una sugestión tangible de terror y desgracia, un magnetismo de agujero negro del que debo apartarme para salir cuanto antes a la calle.

56

Todo lo que era sólido se desvanece en el aire: se pierden sin dejar rastro fortunas babilónicas en el colapso de las empresas de Internet, y resulta que es más perdurable la maleta que olvidó un borracho en el cuarto de un hotel de mala muerte hace sesenta y setenta años; ejecutan a Julius y a Ethel Rosenberg, sus hijos son dados en adopción, su casa queda abandonada, pero de algún modo sobrevive una foto que se hicieron cuando eran novios y la hucha de lata con la que él recaudaba una pobre ayuda para la República española. Se hunden ciudades enteras y palacios como castillos en la arena y permanece intacto lo más frágil de todo, un lienzo de lino, un par de sandalias de paja trenzada, el espejo de bronce pulido en el que una mujer de ojos grandes y oscuros, perfilados con anchas líneas negras, se miraba hace cinco mil años. Veo mi cara, mi mano derecha, en ese mismo espejo, en una vitrina de las salas egipcias del Metropolitan: mi mano está envuelta en niebla, mis rasgos se vuelven tan borrosos como si los mirara a través de toda la distancia del tiempo, también yo contaminado por la cualidad remota de las vidas a las que perteneció ese espejo. Junto a un sarcófago están las sandalias de viaje del muerto, y también el bastón en el que debía apoyarse cuando peregrinara por la ultratumba, y el apoyacabezas sobre el que se reclinaría fatigado cuando llegara la noche. En el interior del sarcófago el cuerpo del muerto se ponía de costado, como el de quien se vuelve hacia la pared antes de dormir. En el extremo inferior de la cabecera del sarcófago de madera dorada están dibujados unos ojos abiertos, en el lugar justo donde estarían situados los del difunto. El bastón de viaje, que está en el suelo, paralelo al sarcófago, es largo y sólido, para apoyarse uno bien durante una larga caminata. Junto a él están las sandalias, intactas, diestramente trenzadas, con la misma sugerencia inmediata de humanidad que un par de zapatos ya un poco usados. En las cámaras interiores de la tumba había también estatuas de madera, retratos del muerto en actitud de caminar, siempre con un pie adelantado en el gesto de dar un paso, siempre apoyándose en un bastón. Veo tres esculturas de madera alineadas, muy parecidas entre sí, con un gesto idéntico de caminata. Un texto escrito me hace observar lo que yo no habría advertido: las tres esculturas no representan a tres hombres, sino a uno solo en tres edades de su vida, que son también los episodios de su ascenso en la jerarquía de la corte: como un funcionario joven y musculoso, muy erguido; como un hombre maduro, recio, más pesado, que se apoya en el bastón con mayor seguridad, con una posición más hecha en la vida; como un viejo que empieza a encorvarse y al que ya se le descuelga la carne en el torso y en el vientre, pero que aún mantiene el vigor necesario para seguir caminando, para ejercer su oficio con plena autoridad. Una forma cifrada y visual de biografía: la vida entera de un ser humano caminando, haciéndose adulto, envejeciéndose día tras día y un paso tras otro, latido a latido del corazón, cada movimiento repetido y sin embargo único, el bastón afirmándose en el suelo, los ojos al frente, los grandes ojos ovalados y fijos, pintados en la madera, abiertos durante miles de años en la oscuridad de una tumba, y ahora aquí, en el interior de una vitrina, en una sala en penumbra del Metropolitan, en un porvenir tan fantástico como la ultratumba de los mitos funerarios egipcios; el caminante inmóvil, contemporáneo mío y lejanísimo, cofrade de la misma sociedad intemporal de nómadas que los caminantes de bronce de Giacometti y los de carne y hueso de las calles de Manhattan: yo mismo entre ellos, con mis ojos siempre dilatados por el asombro, las sucesivas figuras de mí mismo que han caminado por esta ciudad desde la primera vez que llegué a ella.

57

Al salir del metro cerca de Times Square un escándalo de tambores africanos estremece el aire y retumba con ecos multiplicados en los muros de ladrillo oscuro del otro lado de la calle 42. La ciudad entera es la formidable caja de resonancia de las músicas y las cacofonías que suceden en ella: resonancias de metal, de madera, de piel tensada, de troncos huecos, de escobillas de acero, un ritmo poderoso y plural que tiene quiebros sostenidos de invención melódica: el «Senegal con máquinas» que vio García Lorca; los estruendos de mecanismos y sirenas que suenan en las partituras de Edgar Varèse. Oigo los tambores, cada vez más cerca, pero aún no veo a quienes están tocando, incluso me parece que podría ser un sonido grabado, retumbando en los altavoces enormes de un descapotable. Y entonces veo a un negro sentado sobre una caja vacía de cerveza, rodeado como por los objetos de un vertedero o de una caótica chamarilería. Es un hombre solo y toca una música en la que cabe el tumulto de toda una banda de percusiones tropicales, y la hace con esos objetos dispersos igual que Picasso hacía una cabeza de toro o una cabra preñada con los despojos más inservibles de un almacén de chatarras. Toca como en trance, sudando, con los ojos cerrados, pero los entreabre un segundo cuando me inclino para dejar un dólar en el cubo de plástico de las propinas. Sus largos brazos abarcan la multiplicación de los objetos resonantes que ha organizado a su alrededor: una cesta de alambre, de las que se ponen delante del manillar de las bicicletas, un carrito entero de supermercado, una bombona pequeña de butano, un cubo de latón, varios cubos de plástico puestos boca abajo, un trozo de persiana metálica, una tubería de plomo, el cubo de una rueda de carrito de niño, el de una rueda de coche, la tapa de madera de una máquina de escribir antigua, una papelera de plástico, un abanico de varillas de paraguas, una hilera de botellas de diversos tamaños, una lámina flexible de acero. A un lado, junto a la caja de cerveza en la que se sienta, ha dispuesto los diversos pares de palillos que alterna con la velocidad y la determinación de un baterista: palos de escoba partidos por la mitad, dos cañas secas y bruñidas de bambú, unos palillos cortos de tambor escolar, palos de brochas de pintura, un surtido de radios de bicicleta de grosor y longitud variables. Cada objeto, cada material que golpea, tiene una resonancia propia, como las franjas de color de cada elemento químico en el espectroscopio, un alma individual que se despierta al ser percutida. Y los sonidos se suceden o repican simultáneamente en una cascada de ritmos, de células sonoras, que es la reverberación de cada material golpeado y también el compás seguro, caprichoso y barroco que surge en la imaginación del hombre que toca, y los ecos que devuelven las fachadas altas de los edificios, la acústica peculiar de la calle anchurosa en esta hora tranquila de la mañana. Por encima del runrún del tráfico, la música de este hombre que se mueve con arrebatos convulsos sobre una caja de cerveza, sobre un orden estrambótico de objetos de desecho, tiene la herencia de los tambores y los troncos huecos que tocaron sus antepasados en África, y también la de los que se hicieron después aprovechando cualquier cosa, cualquier cubo de latón o trozo de madera, en los barracones penitenciarios de la esclavitud. Pero en la riqueza de las texturas rítmicas que logra parece que están las percusiones misteriosas de John Cage, sus ruidos y sus cadencias de instrumentos de trabajo, sus pormenores como de gotas de lluvia en un patio trasero o en el corralón de una chatarrería, el golpe solemne de un gong asiático. Hay una trepidación de tam-tam en la mañana insustancial y agitada de Times Square, y la fuerza y la sabiduría de los golpes que da este discípulo de John Cage, de Béla Bartók, de Edgar Varèse y de Gene Krupa sobre esos materiales resucitados gloriosamente de la basura muestra por comparación la trivialidad de los reclamos electrónicos que ocupan fachadas enteras y de todo el despliegue de los letreros luminosos y los carteles de los espectáculos y las películas, sin lustre a la luz del día. Me alejo hacia el este y el sobresalto de tambores sigue resonando, ahora más débil que sus ecos, y por fin dejo de escucharlo cuando me asomo al tráfico de la Sexta Avenida. Vuelvo a pasar unas horas más tarde, ahora entre la multitud del mediodía, pero el músico de la chatarra ya no está, y la esquina donde lo vi por la mañana, la del enfático edificio Condé-Nast, me parece despojada de algo, neutra como el escaparate de una tienda clausurada. Adónde habrá ido, cómo transportará y dónde guardará los instrumentos de su música: pero ahora pienso que tal vez le dará igual perderlos, que cuando vaya por la calle irá fijándose en cada cosa que ve, cubos de basura, muebles abandonados en la acera, farolas, cajas de cartón, como en una fuente posible de sonidos que sólo él es capaz de imaginar y reunir en un orden armónico, igual que Picasso, que se nombró a sí mismo rey de los traperos, andaba por ahí y recogía del suelo, en una chatarrería, un manillar oxidado y un sillín de bicicleta y hacía con ellos la cabeza primitiva y sagrada de un toro cretense. Pero el oído tiene tan poco reposo como la mirada: bajo las escaleras del metro, acordándome del baterista de chatarras al que seguramente no oiré nunca más, y me llega un sonido hondo como la sirena de un buque, hueco, denso, algo semejante al de un saxofón bajo, o al del clarinete bajo que tocaba algunas veces Eric Dolphy, haciendo sonar notas tan graves que parecían subir del centro de la tierra. Pero este sonido es todavía más grave, con una consistencia de respiración, con una aspereza de madera sin pulir. En el vestíbulo de la estación un hombre joven, sentado en el suelo sobre una manta, con las piernas cruzadas, sopla en una especie de tubo negro que debe de medir casi dos metros, y que se apoya sobre un soporte bajo de madera. Es un sonido que yo no he escuchado nunca, tan profundo como el de un tubo de órgano, tan carnal como el paso del aire por una vasta cavidad respiratoria, como la respiración misma de estos túneles en los que se internan los trenes. En un cartel escrito a mano, el músico explica que ese instrumento lo tocan o lo tocaban los nativos de Australia, y que está hecho con el tronco de cierto árbol ahuecado por las termitas. Para soplar ha de abrir tanto la boca que se le desfiguran los labios, y el esfuerzo pulmonar es tan grande que le alza el torso entero. Toca con los ojos cerrados, haciendo girar el instrumento muy despacio mientras va soplándolo. Es una música eterna, sin inflexiones, sin principio ni fin, que me recuerda lejanamente las extensiones sonoras de Ligeti, una música sin tiempo, como de noche oscura y pavorosa que no se sabe si terminará. Pero por el fondo del túnel ya viene el fragor metálico del tren, y antes de subir a él yo presto atención a los elementos sonoros que lo componen, los chirridos, los golpes, el silbido del aire al cerrarse las puertas, el chasquido de los filos de goma que se unen, la partitura de otra música a la que también sería necesario prestar atención.

58

Manhattan es el gran bazar del mundo entero, como lo serían Samarcanda o Bagdad en las rutas de las caravanas que discurrían entre Oriente y Occidente, o Venecia en los tiempos en que sus naves dominaban el comercio del mar y en sus almacenes se atesoraban las riquezas venidas de Bizancio, de la India y de China. Hay algo oriental y persa en Venecia, y hay fulguraciones de Oriente y de Venecia en Manhattan, en las ojivas góticas de ladrillo, en las chimeneas barrocas sobre las terrazas, en los pilones colosales que sobresalen del agua en los muelles abandonados del Hudson, verdes de algas e incrustados de conchas, como las estacas gigantes en los embarcaderos de Venecia. Las pinturas de

Sert en el vestíbulo del Rockefeller Center tienen una desmesura barroca y ascensional de frescos venecianos, aunque en la cima de sus puntos de fuga verticales no haya ángeles o alegorías de la Santísima Trinidad sino escuadrillas de aviones y nubes de humo de fábricas y locomotoras. Como en Venecia en sus tiempos de prosperidad, cuando aún no era un parque temático para el turismo ni un refugio exquisito para enfermos de estética, sino una potencia económica mundial, en Manhattan la alianza entre el exhibicionismo del dinero y el lujo maniático de la acumulación ha producido obras maestras de la arquitectura y alentado en grado máximo el esplendor de las artes y la proliferación de tesoros del coleccionismo, traídos desde cualquier parte gracias a la rapiña, al expolio y a la fuerza abrumadora del dólar. Igual que en Venecia, en Bagdad o en Samarcanda, es el comercio y no el amor por la belleza lo que vivifica los vastos mecanismos y el hormigueo de las multitudes de Manhattan. Se vende y se compra lo más pesado y lo más impalpable, la información instantánea en las pantallas de los ordenadores de Wall Street y el futuro adivinado en la palma de la mano o en una baraja de tarot, los diamantes de la calle 47 y las gárgolas de piedra de edificios derribados en las chamarilerías enormes de la Sexta Avenida, las cosechas de los cafetales africanos y las revistas viejas que algunos borrachos rescatan de las papeleras y exhiben ordenadas sobre un lienzo de plástico. En la calle 57, cerca de la esquina de la Novena Avenida, en una de esas tiendas caribeñas de brujerías y hechizos que se llaman botánicas, se vende la miel del amor, que revive el deseo apagado de los hombres, la sagrada piedra de Zamudio, capaz de curar la tristeza del alma y las enfermedades del hígado, la tierra mágica que restregada contra el cuerpo devuelve el vigor a los músculos y las ganas de vivir al espíritu. En el escaparate abigarrado de la botánica, donde todos los letreros están en español, hay santos y vírgenes de plástico que tienen caras oscuras y rizos africanos, y una santa cena en la que Jesucristo y los doce apóstoles son negros. La miel del amor hace que la mujer que se unte la vagina con ella recupere el amor de su hombre, pero también que éste se vuelva impotente si quiere acostarse con otra mujer que no sea la suya. Se cura el mal de ojo y espanto, dice un cartel, se limpian de maleficio casas y negocios, se curan niños, dislocaduras de huesos, alcoholismo, amarre, se evitan separaciones. De pronto un tramo de varias calles entre la Sexta y la Séptima avenidas cobra un aire de selva y de jardín botánico, porque allí se concentran las tiendas de jardinería, los almacenes de árboles, de tierra fértil, de enredaderas y espesuras de bambú. En las aceras reina una penumbra húmeda y el olor poderoso a tierra y a estiércol, y junto a un roble joven con las hojas de cobre hay una palmera tropical de copa fantástica, y un granado y una higuera de verde tan brillante como si acabaran de llegar de los huertos de Damasco. En un primer piso de la calle 28, sobre un taller polvoriento de máquinas de coser y de escribir, se anuncia la compraventa al por mayor de pelo humano. En la acera, según el sol de la mañana va entibiando el aire, se van instalando puestos de bolsos, de gafas, de discos piratas, de zapatos, de zapatos masculinos con hebilla dorada y mucha plataforma y de zapatos viejos ensanchados y cuarteados por el uso. Junto a un cubo rebosante de desperdicios un hombre cubierto con una capucha despliega una mercadería tan pobre que no hay manera segura de distinguirla de la basura que un golpe de viento lleva hacia él: vende libros descabalados, viejos semanarios con la programación televisiva de hace treinta años, botines de niño paralítico, zapatos de mujer con los tacones torcidos y las punteras gastadas, discos de vinilo sin funda a los que les falta algún pedazo, grandes despertadores sin agujas, un pato de goma con la cola arrancada por lo que podría ser un mordisco humano o los incisivos de una rata. El grado más ínfimo de comercio lo vi en una acera del East Village, bajo un mural extraordinario con la cara de Billie Holiday: un borracho había extendido un pañuelo sucio entre sus piernas, y en él había dispuesto, no sin cierta voluntad organizativa, una cuchilla de afeitar desechable, un mechero de plástico al que le faltaba la rueda, el envase de plástico y cartón amarillo de un lote de cuatro pilas alcalinas: con un raro escrúpulo comercial, el borracho había procurado disimular la desgarradura entre el plástico y el cartón por la que se habían extraído las pilas. En un tramo céntrico y degradado de Broadway, entre Madison Square y las proximidades del Empire State, se agranda y se hace más denso y más poblado cada día un mercado callejero que parece un campamento de contrabandistas en una ciudad fronteriza de África o del Asia Central. En el interior de los almacenes se vislumbran montañas de ropas y calzado, de cajas de cartón, de figuras doradas de Buda o elefantes, jirafas e hipopótamos de madera o de plástico. Las caras muy oscuras, las túnicas, las chilabas, los tocados barrocos de las mujeres, que se parecen a los de las pinturas del Quattrocento pero pueden estar hechos con una simple toalla enrollada, no son de Harlem, sino de África, de un zoco de Mali o de Zanzíbar. Los tenderetes de comida no despiden el olor a grasa frita y a levadura quemada de la comida barata americana: difunden entre la gente y los puestos del mercado un humo cálido con olores de especias picantes, de carne de cordero y de plátanos fritos, que se mezclan con los sonidos de tambores y de salmodias musulmanas que brotan de los altavoces. Los billetes muy usados cambian de manos a toda velocidad, pero las lenguas que se hablan no son el inglés ni el español, ni el chino, sino el árabe, o las vocales rotundas de los idiomas de África. Se venden falsificaciones, copias piratas y chapuceras de marcas, abrigos de cuero sintético y zapatos brillantes de plástico, gafas de cristales reflectantes, relojes que brillan en racimos entre las manos oscuras con un fulgor excesivo de oro falso, mecheros, bolsos, alfombras de ciervos o de tigres, aparatos gigantes de música, teléfonos móviles, anillos con piedras talladas, racimos de collares, calculadoras, alfombrillas de oración con pequeñas brújulas incrustadas entre los bordados para encontrar la orientación de la Meca. Junto a las pilas de bolsas de basura que en esa parte de Broadway no parece que se recojan nunca, hay una hojarasca de cajas aplastadas de cartón y de envoltorios de plástico, y la grasa de las comidas picantes se adhiere al sudor de las caras y a la mugre del pavimiento, volviéndolo brilloso y resbaladizo. Por las trampillas abiertas de las aceras y en el interior de los portales se ven bolsas, paquetes, cajas de cartón con letreros en chino, montañas de cazadoras, de pantalones, de zapatos, de gorras, de pelucas sintéticas, y todo el mundo habla al mismo tiempo y gesticula rápidamente mirando de soslayo con ojos vigilantes, los ojos grandes y alarmados de la gente que ha venido de los horrores de África, de la miseria y de las guerras en que muchachos de diez años armados con fusiles automáticos y machetes primitivos amputan las manos y las lenguas de sus enemigos. Un poco más arriba, unas calles al norte, termina África y se llega a Corea, pero no la Corea proletaria de las fruterías que no cierran en toda la noche sino la de los bancos, los grandes negocios, los restaurantes prósperos con letreros y menús en alfabeto coreano. Pero si en vez de hacia el norte se deriva hacia el este, hacia la Quinta Avenida, se llega al territorio de los almacenes de alfombras orientales regentados por comerciantes armenios, y a las tiendas enormes de electrónica, postales, camisetas y recuerdos baratos para los turistas, atendidas por dependientes que hablan entre sí en árabe o en ruso o en cualquiera sabe qué lenguas de mercaderes del Asia Central. Más arriba, según se sube hacia el norte, empieza el gran comercio de lujo, el de las tiendas solemnes como templos, custodiadas por guardianes sacerdotales de trajes de Armani y cabezas afeitadas, despejadas como interiores japoneses, con vitrinas blindadas en escaparates del tamaño de una caja fuerte en los que se exhibe un pañuelo de seda, una pulsera de brillantes, más como objetos de culto que como mercancías a la venta. Aquí fluye el dinero expoliado a los países más pobres y corruptos del mundo por latifundistas arrogantes, por señores de la guerra y tiranos parásitos, cuyas mujeres salen de Tiffany, de Takasimaya, de Bergdorf Goodman, cargadas de bolsas con logotipos, seguidas por guardaespaldas, atendidas por chóferes que les abren las puertas de los grandes coches negros. El comercio de las cosas es la savia, la energía incesante de la ciudad, el niágara de tesoros y desperdicios que la alimenta y que circula por ella, que mantiene abiertas veinticuatro horas al día las tiendas de las esquinas, las droguerías, los supermercados ingentes como catedrales donde bajo una luz muy fuerte para resaltar texturas y colores y a una temperatura polar se ofrecen en despliegues de bodegones flamencos toneladas de frutas de cualquier parte del mundo, atunes, peces espada, salmones enteros, acuarios hirvientes de langostas y cangrejos, panoplias de rajas de pescado y de cortes muy rojos de carne, cataratas de solomillos y chuletones enormes: uno se pregunta cómo es posible tanto despilfarro, qué necesidad hay de que un supermercado de ese tamaño esté abierto a las cuatro o a las cinco de la mañana, qué harán con toda esa carne que a las diez de la noche no ha comprado nadie; y también cuánto ganarán esas cajeras pálidas que pasan en vela la noche, esperando a que llegue un solitario a comprarse una chuleta o un bote de mermelada antes del amanecer, cuál será el salario de esos centroamericanos que permanecen la noche entera a la puerta de las fruterías, sentados sobre una caja de cartón, tan sólo para vigilar el género o para vender algo, muy abrigados, con una cara de fatiga y de falta de sueño que vuelven más demacrada las luces de neón. Cada día millones de personas pasan noches sin dormir o se levantan mucho antes del amanecer empujadas por la urgencia de vender algo, viajan durante horas en el metro desde los barrios más lejanos, adormiladas, abriendo los ojos en los frenazos, cruzan los puentes sobre los dos ríos o los túneles excavados bajo sus lechos tramando alguna venta, calculando comisiones o propinas posibles. Con la primera luz del día despliegan pendientes de oro en los escaparates más lujosos, bandejas de pequeños diamantes en las joyerías de la calle 47, montones de relojes apócrifos en cajas de cartón, vacas o cerdos de plástico dotados de alas vibrátiles que dan vueltas en el aire como diminutas figuras de tiovivo sobre los mostradores de baratijas de Chinatown. Sobre las terrazas y las fachadas de Times Square las mercancías se anuncian en paneles electrónicos de alta definición, y veinte metros más abajo, al nivel de la calle, la propaganda se reduce a sus recursos más primitivos, las cantilenas que pregonan los vendedores reclamando la atención del público igual que en un mercado de Babilonia o de Islamabad. Todo está en venta, todo puede comprarse, en cualquier lugar y a cualquier hora, lo mismo la basura que los diamantes, los harapos y los puñados de pelo humano que las pieles de pantera o de oso, una cabeza de terracota etrusca con los ojos pintados en una tienda de antigüedades en penumbra de Madison Avenue que una Barbie coja de una pierna y con la mitad del pelo arrancado que ofrece un borracho en un portal de la Bowery. En Sotheby's se subastan con discretos murmullos transidos de dinero paisajes de Van Gogh y bronces de Rodin y Picasso y en la calle 14 se pregonan a gritos desde la acera *—check it out, check it out!—* maletas de treinta dólares y tapices tejidos con fibras sintéticas representando imágenes de cacerías, de playas tropicales con palmeras y de ídolos de la canción melódica dominicana. En Madison y la 36, en la esquina imponente de la Morgan Library (donde se custodian, entre tantos tesoros, un ejemplar de la primera Biblia de Gutenberg y la última factura que Oscar Wilde dejó sin pagar en el hotel de París donde murió), hacia las tres de la tarde, un negro joven y bien vestido saca de la parte trasera de una furgoneta una caja de cartón y la planta en la acera, y sobre ella va poniendo helicópteros de juguete de diversos modelos y tamaños. Hay mucha gente a esa hora en la calle, coches atascados, sirenas de policía y ambulancias que tratan en vano de abrirse paso, pero este hombre no se inmuta, no se desanima, aunque nadie se ha parado todavía a mirar lo que vende. Toma uno de los helicópteros, de color rojo vivo, le da cuerda y lo alza entre las dos manos como si fuera una paloma, y el helicóptero zumba y empieza a subir, cada vez más alto, sobre las cabezas de la gente que no mira y sobre las luces convulsas del camión de bomberos. Asciende como una libélula y el hombre que le ha dado cuerda lo mira subir con una cara muy seria, examinando su comportamiento en vuelo como si fuera un ingeniero aeronáutico que estudia un prototipo, gira la cabeza para seguir su trayectoria, que lo ha llevado hasta la otra acera de Madison. Poco a poco el helicóptero da la vuelta, regresa, el vendedor lo atrapa al vuelo, lo acoge entre las manos como un pájaro al que temiera hacer daño y lo pone sobre la caja de cartón, satisfecho de su funcionamiento, resignado a que nadie mire, nadie más que yo se detenga a examinar siquiera un instante los bellos helicópteros en colores tan vivos que están alineados ante él como en un helipuerto. Si un comerciante sale a la calle a vender helicópteros de juguete que vuelan sobre el tráfico y luego vuelven dócilmente a sus manos será porque habrá alguien que quiera comprarlos, porque está visto que siempre hay compradores para cualquier cosa, pobres y ricos, fracasados de la Bowery o plutócratas sudamericanos, jeques del petróleo y genocidas impunes con cuentas numeradas y cajas de seguridad en los sótanos de los bancos más poderosos de Manhattan. En una galería del Soho se venden dibujos y grabados exquisitos de Alex Katz —mujeres de ojos oscuros y labios rojos, ventanas iluminadas en la noche, estanques en los que se reflejan tallos de bambú— y en Times Square un pintor chino de paisajes de colores eléctricos se sienta apaciblemente en un taburete plegable junto al panel de aglomerado en el que ofrece sus obras a la consideración de la gente que pasa camino de los teatros. En las cinco o seis plantas de la tienda ABC, en Broadway, cerca de Union Square, se vende una variedad inabarcable de objetos bellos y raros, lámparas de cuentas de cristal, esculturas de madera de monjes tibetanos, bancos de jardín que son grandes troncos nudosos sin desbastar, telas de ricos pliegues como cortinajes o vestidos venecianos, antiguas camas chinas que tienen celosías como de palanquines, panes inmensos recién hechos que huelen a horno y a trigo, grandes caballos de madera al galope que pertenecieron a tiovivos de otro siglo, cuadernos con las tapas flexibles de cuero y hojas de un color y un aroma como de paja muy tostada por el sol, escritorios de oficina y sillas giratorias de los años treinta, todo con un punto de elegancia excéntrica, de belleza austera y sólida, como la de las anchas columnas de hierro que sostienen los techos, las escaleras industriales que llevan de una planta a otra y las planchas de madera sin pulir de los suelos. El comercio es la trepidación y la corriente eléctrica de la ciudad, la fuerza que vibra en los camiones que cruzan los puentes y que anima a tantos hombres y mujeres que suben a la calle por las escaleras sucias y empinadas del metro. Por la Sexta Avenida, hacia la calle veintitantos, se ve una palmera más alta que los semáforos que parece avanzar sola entre la gente, y que está siendo transportada con esfuerzo inhumano por dos indios menudos del Yucatán o de las serranías andinas. En una antigua sinagoga abandonada del Lower East Side hay un raro almacén tibetano de embutidos y de animales disecados o momificados, monos, cabras, yaks. Muy cerca, en la calle Essex, al fondo de la cual se ven las magníficas ojivas de hierro pintado de azul del Manhattan Bridge, hay tiendas abigarradas y polvorientas de objetos litúrgicos judíos, candelabros de siete brazos, cuernos rituales que se tocan para señalar el final del Yom Kippur, la fiesta de la expiación, cofres cilíndricos para guardar pergaminos de oraciones, tarjetas de invitación de bodas con una estrella de David dorada en la cartulina, kipás bordadas, rótulos con letreros en hebreo, y todo parece haber llegado allí hace mucho tiempo y después de una peregrinación accidentada y a tumbos por bodegas de barcos y almacenes portuarios. En el Lower East Side, en la calle Ludlow, quedan tristísimas tiendas de tejidos atendidas por judíos ortodoxos, almacenes tan rancios y umbríos como los de esas ciudades españolas de provincia en las que sobrevive melancólicamente un comercio residual cuya clientela se ha ido muriendo con el tiempo sin que cambien apenas las modas anacrónicas de los escaparates o los mobiliarios de madera oscura detrás de los cuales aguardan en vano dependientes envejecidos y pálidos. En un puesto del Soho un hombre ofrece a gritos criaturas que crecen dentro del agua: en botellas de plástico de tamaños cada vez mayores hay bultos verdosos que se parecen a esas lagartijas o serpientes que se conservan en alcohol. Las criaturas que el hombre vende son pequeñas, viscosas, modeladas con un detallismo más bien repulsivo, y vienen en bolsas con etiquetas llamativas, con instrucciones en chino y en inglés. Uno sumerge en una botella de agua un ratón diminuto, una cucaracha, una lagartija, y al principio no ocurre nada, pero poco a poco la criatura va creciendo, según el agua empapa esa especie de goma porosa de la que está hecha, y poco a poco la criatura se expande, su cabeza asciende como buscando una salida hacia el cuello de la botella, sus ojos se hinchan, sus patas con ventosas se adhieren al interior del plástico transparente, y por fin el bicho llega a ser tan gordo, tan blando, tan rugoso, que ocupa el volumen de la botella entera, adquiriendo monstruosamente su forma. En una calle silenciosa de Chelsea, con glicinias en las fachadas y ginkgos de hojas amarillas en las aceras, hay una tienda tenebrosa de objetos sadomasoquistas que muestra en el escaparate una chaqueta con correas parecida a una camisa de fuerza, un carrito de inválido con correas y hebillas sospechosas en los brazos, una panoplia de látigos, esposas y grilletes, el maniquí de una enfermera con bata de cuero negro y botas negras de puntera metálica y clavos en las suelas. Tras el cristal hay, mirando hacia la calle, un hombre muy gordo con la cabeza afeitada, un chaleco de cuero, el torso hipertrofiado por la gimnasia y los anabolizantes, los brazos musculosos y desnudos llenos de tatuajes. Se me queda mirando, me saca la lengua y la tiene atravesada por un clavo.

59

El escultor Leiro va a buscar los tablones y los grandes bloques de madera con los que trabaja a almacenes de carpintería del Bronx o a depósitos de materiales de derribo en los que a veces encuentra vigas poderosas, troncos de pino como tocones recién arrancados de la tierra en los que parece que ya está contenida y anunciándose la obra futura, una de esas figuras al mismo tiempo brutales y delicadas, arcaicas y humorísticas, que luego expone en la galería Marlborough. En un rincón de su taller están las gruesas planchas de madera traídas del Bronx, los bloques cilíndricos o cúbicos de antiguas carnicerías y las vigas que fueron arrojadas a los vertederos, y que tienen ya una fuerza prometedora y desgarrada, de ruina y de punto de partida, algunas veces con rastro de pintura, o ceñidas por cuerdas ásperas, o atravesadas por puntas o clavos herrumbrosos, restos de derribos de los que va a salir el Ave Fénix poderosa de una escultura. La mano de Leiro, cuando uno la estrecha, tiene la solidez y la aspereza de un tronco recién desbastado. Él no sólo esculpc o talla la madera: la ensambla, la sierra, la palpa para comprobar sus texturas, sus dificultades y promesas. En las paredes del estudio hay dibujos a lápiz, exploraciones, tentativas. Por toda la casa hay esculturas ya terminadas, cabezas que parecen de ángeles barrocos que en vez de dos alas tuvieran en la espalda una joroba de madera sin pulir, máscaras como de carnaval veneciano coronadas por algo que puede ser un tricornio y también la protuberancia de un pez martillo, un hombre rana o una rana hombre con grandes pies membranosos y un pescado entre las manos, seres que empiezan siendo humanos y terminan desplegando élitros de insectos. El escultor Leiro da la impresión de vivir en Manhattan sin fijarse mucho en nada, muy metido en lo suyo, los grandes ojos emboscados bajo las cejas, la mirada algo ausente del que cavila mucho en un trabajo material y solitario, del que se pasa los días encerrado en su estudio con una sola ventana que da a un patio estrecho y a una pared de ladrillo, un estudio que tiene mucho de taller de carpintería, sobre todo cuando Leiro anda en medio de algún trabajo, encerrado con una gran escultura, o con dos al mismo tiempo, cabezas y torsos y miembros surgiendo de la madera, sólidos bloques de pino o de álamo que se comban ya con la hinchazón de una musculatura hercúlea, con la curva de una espalda apesadumbrada. Leiro parece que vive como un carpintero de pueblo, y se mueve por las quebradas calles de Tribeca, su barrio, con las grandes zancadas y la atención en guardia de quien anduviera por sierras boscosas, por laderas y roquedales salvajes. Pero a su manera oblicua Leiro se fija en todo, lo escucha y lo observa todo, y tiene una aguda percepción instantánea de los detalles materiales de las cosas, de los giros verbales que definen una forma de hablar o los rasgos singulares de una cara. Leiro almacena en su memoria plástica infalible la forma peculiarmente exagerada de las mandíbulas de un cómico español de televisión o el modo en que el pelo cubría a medias las orejas en los cortes a navaja de las peluquerías recién modernizadas de los años setenta, y se queja del horror fisiológico de los cuerpos medio desnudos y hacinados en las playas, de la presión de los elásticos de los bañadores sobre las barrigas de los hombres. Parece estar ausente y sin embargo lo observa todo, y el aire primitivo y rudo de sus esculturas encubre un humorismo que sólo se revela fijándose en ellas con la atención debida, y también una solvencia técnica que tiene un fondo de maestría artesanal. Durante catorce años Leiro ha visto en Nueva York todas las novedades y las modas del arte moderno y del mercado del arte, y sabe discernir con ecuanimidad y algo de sorna lo que le gusta y lo que le parece desdeñable. Pero también ha aprendido las lecciones inmemoriales de los escultores egipcios en el Metropolitan y las de los artistas pop en el MoMA y el Whitney, y conserva la herencia de todo lo que aprendió de su abuelo, que fue ebanista y quiso ser escultor, que le enseñó a manejar las herramientas y a reconocer las calidades de las maderas y también a familiarizarse con la historia del arte en las láminas de sus libros. Leiro comprende que la escultura es un oficio, pero que también tiene una parte de conjuro y de misticismo, de celebración de algo oscuro y sagrado, porque una estatua es siempre un ídolo, una repetición de los mitos antiguos sobre la creación del hombre a partir del barro, sobre la materia inerte que finge las formas de la vida y roza la blasfemia de querer dar vida a lo inanimado. Leiro talla, esculpe, ensambla un David hercúleo y desalentado, con cerviz de atleta y mirada perdida, un David perplejo que después de su victoria inesperada, casi de chiripa, se sienta en la sandalia inmensa del gigante al que acaba de matar. Un día, en el taller de Leiro, con el suelo sucio de hojas de periódico, virutas y polvo de serrín y esquirlas de madera, el David es una forma todavía tosca, como sólo emergida a medias de los bloques de pino en los que está siendo esculpido y ensamblado, y cuando uno toca la superficie de la madera percibe en los dedos las hendiduras de la gubia, el tacto áspero del pino sin desbastar, que se parece al tacto de las manos de Leiro. Pero unas semanas después el David ya está concluido, hasta tiene pintados el pelo y las pupilas, de manera precisa pero también sumaria, y la curva de su espalda y de los músculos de sus brazos ya es más suave, más pulida, pero no menos poderosa. El suelo del taller está limpio, y no hay bocetos clavados en las paredes, pero Leiro aún tiene el desasosiego de no haber terminado, y da vueltas meditabundo alrededor de la escultura, apaga la luz del techo y enciende un foco lateral, y entonces las sombras definen de una manera más exacta los volúmenes, resaltan detalles de musculatura o de expresión: las manos anchas y abiertas sobre las rodillas, los pies firmemente asentados sobre la lámina de aglomerado que es la suela de la sandalia de Goliat. David parece aún más abatido, más abrumado por su propia victoria, por el enigma de una fuerza física que no sabía que tuviera. Leiro da la impresión de vivir en un asombro semejante al de las figuras que surgen del trabajo de sus manos, gracias a su destreza con las herramientas, a las tentativas que la imaginación le lleva a dibujar en las paredes de su estudio y a su talento para reconocer las posibilidades expresivas que ya estaban en la madera, sus nudos, su consistencia, el modo en que la castigó la intemperie. Vive a muy poca distancia de donde estuvieron las Torres Gemelas, y recuerda el olor a quemado, a ceniza, el insidioso hedor a descomposición orgánica, pero él sigue yendo a lo suyo, sin que parezca que lo alarmen las sirenas ni los vaticinios de los telediarios, bajando cada mañana al taller, como un carpintero obsesivo, encerrándose en el agujero, como él mismo lo llama, para salir luego, a mediodía, a la calle soleada con olor a humo, y tomar algo en la cafetería Odeon, donde nos cuenta, mientras come, masticando con lentitud meticulosa, su opinión sobre las playas españolas en agosto o sobre las elecciones en su tierra o sobre las soeces fantasías de los nuevos ricos que pasean en sus yates a los enchufados de la política. Habla de Giacometti, del trabajo de los canteros italianos que vinieron a esculpir los adornos de piedra de las fachadas de Nueva York, los capiteles, las gárgolas, las cabezas de águilas o de leones, de un bar de búlgaros beodos que hay en un sótano de Canal Street, de una peregrinación que hizo a Queens en busca de una iglesia recién terminada por un arquitecto célebre, peregrinación que le llevó a extraviarse por polígonos industriales y descampados y acabó absurdamente en el salón comedor de una familia de testigos de Jehová. Ahora dice que le dan mucho que pensar los ropajes de los esquimales, el modo en que las capuchas forradas de piel, los grandes chaquetones, las botas gruesas, otorgan volumen sólido, casi granítico, a las figuras humanas. Leiro tiene un talento que deslumbra y una ausencia de pose que lo hace más raro todavía, más singular en su taller de carpintero ermitaño, de imaginero de visiones tremendas y quiméricas, sólidas como el material del que están hechas y fantásticas como criaturas anfibias del Bosco o de Brueghel, monstruos con jorobas, alas, escamas, cabezas branquiadas como los de las películas baratas de ciencia ficción de los años cincuenta. Sobre una repisa hay una escultura reciente, de no más de un metro de alta, una escultura en parte naturalista y en parte disparatada: es el doctor Jekyll, dice Leiro, el doctor Jekyll justo en trance de convertirse en el señor Hyde. Tiene ya la boca abierta como una desgarradura o como la boca de un pez y un brazo gigante que acaba en una zarpa, que es una excrecencia apenas desbastada de la madera. Pero en el otro brazo, de tamaño normal, en la muñeca, el doctor Jekyll tiene un reloj de pulsera, y al fijarse ve uno que lo está consultando de soslayo: es que quiere cronometrar el tiempo que tarda el bebedizo que ha tomado en completar su metamorfosis. Leiro sonríe con la cara un poco ladeada, y entonces uno comprende que en sus esculturas, como en su conversación, hay siempre un fondo saludable de sorna, una retranca campesina.

60

Manhattan está siendo permanentemente construida y destruida. El espacio de la isla es demasiado estrecho y las energías del dinero y del comercio que actúan sobre la ciudad son demasiado poderosas como para permitirle que se quede inmovilizada en un monumentalismo de capital europea. Socavones hondos como cráteres de meteoritos ocupan manzanas enteras, y los andamios de nuevos rascacielos ascienden en el aire con el poderío de las grúas gigantes que elevan vigas de hierro, calderos de hormigón y cargamentos de ladrillos hacia los pisos más altos. Las grúas, las excavadoras, los bulldozers, las taladradoras, los camiones con remolques giratorios que molturan el hormigón, agregan sus rugidos al gran fragor de la ciudad, y el suelo tiembla junto a los solares de las obras con una trepidación de fuerzas geológicas, de placas continentales chocando entre sí. Las rocas negras de Central Park emergen de la tierra como si todavía siguieran actuando las energías volcánicas que las hicieron levantarse. El paisaje de excavaciones, montañas de escombros, grúas, camiones, reflectores, en que se ha convertido el World Trade Center, resulta una versión extrema de ese perpetuo construirse y derribarse de la ciudad, como si en ella se repitieran parcialmente aquellos cataclismos que azotaban el planeta hace miles de millones de años, cuando se abrían fosas de magma entre los continentes y se levantaban los espinazos de las cordilleras. En el último siglo el paisaje de Manhattan se ha modificado radicalmente tantas veces que los monumentos que ahora parecen definitivos son usurpadores recientes, levantados sobre las ruinas y los cráteres donde estuvieron los cimientos de otras edificaciones colosales, ahora olvidadas, preservadas tan sólo en las fotografías: el edificio Singer, que fue el más alto de la ciudad y estaba coronado por una cúpula bulbosa, el primitivo Madison Square Garden, que tenía una torre idéntica a la Giralda de Sevilla, el depósito de agua de la calle 42, justo donde está ahora la biblioteca pública, con columnas de capiteles de hojas de loto y muros de templo egipcio. Grand Central Station parece ahora un monumento tan perenne, tan indiscutible, como el Panteón de Roma, pero no hace mucho estuvo a punto de ser derribada, igual que derribaron con barbarie inaudita las columnas y las escalinatas de mármol y las bóvedas heroicas de la estación de Pennsylvania, levantando en su lugar una torre despreciable de apartamentos y un estadio de exterior gris y forma circular que es como una proclama brutal de especulación urbana y oscurantismo arquitectónico. Lo más firme podrá ser derribado en unas semanas con una saña y una solvencia tecnológica que equivalen a siglos de abandono y de agresiones de tribus invasoras. El Carnegie Hall, que tiene una de las mejores salas de conciertos del mundo, por la elegancia de su diseño y la calidad de su acústica, se salvó de la inminente demolición gracias al empeño valeroso de Isaac Stern y de un grupo de activistas civiles y aficionados a la música. Lo que parece natural es el resultado de un empeño humano muy reciente: las arboledas y los lagos de Central Park, que nos parece que conservan la prodigiosa magnitud y el misterio de los bosques primitivos, no son mucho más antiguos que los primeros rascacielos; los jardines de Battery Park City, a la orilla del Hudson, los bloques de viviendas con grandes ventanales que miran al río, al mar abierto y al horizonte del oeste, se levantaron no sobre un sedimento de depósitos fluviales milenarios, sino sobre las toneladas de tierra y de roca que hubo que remover hace sólo un cuarto de siglo para excavar los cimientos de las Torres Gemelas. Sobre algunos de los muelles donde atracaban los transatlánticos ahora crecen yerbazales y espesuras de juncos, y los troncos gigantes de los amarraderos abandonados cobran ya un aire inmemorial de árboles fósiles. Almacenes portuarios con ventanas rotas donde hasta hace nada sólo habitaban las ratas se van convirtiendo en galerías de arte, y en el mismo barrio de galpones sombríos y calles empedradas donde hasta hace muy poco sólo había almacenes hediondos de despiece de reses y empaquetado y envasado de carnes —el *Meat Packing District*— ahora se abren tiendas de lujo, clubes de última moda y restaurantes de diseño futurista, y la música electrónica que sacude los muros de los bares recién abiertos se confunde con el estrépito de los camiones que siguen descargando reses descuartizadas. Ningún simulacro de permanencia amortigua por mucho tiempo la sobresaltada percepción del flujo constante de las cosas, como en esas filmaciones aceleradas en las que se ven nubes corriendo sobre los tejados de una ciudad y el sol levantándose y cruzando el cielo igual que una gran bola de fuego. Caminando por Manhattan se asiste no sólo a la sucesión de los barrios y los mundos, sino también a su modificación permanente, al tránsito de la ruina hacia la prosperidad o del lujo al deterioro, y del mismo modo que cruzando de una acera a otra se pasa de un zoco africano de contrabandistas a una calle moderna, agitada y limpia de financieros coreanos, con la misma claridad caótica se asiste a una demolición y al ascenso vertical de las vigas de un nuevo rascacielos. La tensión del proceso, el flujo de la temporalidad, de la obra en marcha, son rasgos del arte moderno; el cine nos ha acostumbrado a que las historias y los lugares se desplieguen en movimiento delante de nosotros; el cine y la música jazz son las artes que retratan más íntimamente la naturaleza de la ciudad porque en ellas la flecha del tiempo tiene la textura de deliberación e incertidumbre del movimiento de la vida en las calles, y porque nos parece que nos lleva siempre a toda velocidad a un inmediato porvenir sobre el que no sabemos casi nada, aunque nos abandonamos a la resuelta dirección de su impulso. Dos de los musicales más vigorosos que conozco, *Forty Second Street* y *The Band Wagon*, tratan justamente del proceso entusiasta y neurótico de creación de un musical. En el cruce de la avenida Amsterdam y la calle 116 la catedral gótica de Saint John the Divine está siendo todavía construida, y la fuerza ascensional de los nervios de piedra se corresponde con la de las grúas formidables que rodean la cúpula inacabada. En una sinagoga decrépita del Lower East Side descargadores chinos menudos y veloces van almacenando cajas de productos importados de Shanghai o de Hong Kong. En la calle Bowery, junto a los últimos hoteles para borrachos terminales que aún sobreviven, ya empiezan a abrirse restaurantes de lujo. Hace años los chinos desbordaron la frontera de Canal Street, y ahora se percibe físicamente su avance sobre las que fueron calles italianas y judías, y los letreros chinos y las pescaderías y ferreterías chinas van subiendo hacia el norte, inundando las fachadas sucias de la Bowery. Grandes carteles de liquidación por quiebra cruzan los escaparates de todas las tiendas de una cadena de perfumerías que hasta hace nada eran la última moda en la ciudad. Las estructuras metálicas de los puentes, sus haces y redes de cables de acero, muestran al desnudo los juegos de fuerzas de su construcción, las violentas concentraciones de energías necesarias para que se sostenga su firmeza. Todo está sucediendo simultáneamente y todo es visible, como las corrientes poderosas y los flujos contrarios de las mareas en las aguas oceánicas del Hudson y del East River, que algunas veces arrastran hacia el mar árboles desgajados de las orillas boscosas. En un teatro de Broadway, bajo el suelo inclinado del patio de butacas, se percibe la vibración de un convoy del metro. El asfalto de las calles tiene jorobas, hondonadas, zanjas cubiertas por planchas metálicas, estrías ásperas sobre las que rebotan los neumáticos de los taxis. Por una brecha entre la calzada y la acera se escapa una columna densa de vapor, como en esos parajes volcánicos donde sólo una corteza frágil impide la erupción de los fuegos centrales de la Tierra. En Central Park, hacia la esquina del sudeste, donde hasta hace una semana hubo un lago bucólicamente rodeado de árboles otoñales que se reflejaban en la lisura del agua, ahora hay un socavón de cieno negro en el que se afanan violentas palas de excavadoras y camiones con remolques. El patio de las esculturas del Museo de Arte Moderno es un solar en obras, y dentro de poco el edificio entero va a ser cerrado para una remodelación que durará años. En Times Square los edificios banales de vidrio y metal reluciente se levantan casi a la misma velocidad a la que cambian las imágenes en los monitores gigantes de televisión, y más o menos con la misma consistencia estética. Torres de cristal con ángulos caprichosos, supermercados de bagatelas electrónicas, letreros deslizantes, pantallas con anuncios o imágenes de noticiarios transfiguran Manhattan en un cruce entre Las Vegas y una babilonia asiática, en un laberinto sin sosiego ni centro, sin más huellas del pasado, salvo el edificio del *New York Times*, que algún recodo de penumbra y ruina sobre el cual aún no se han abatido las excavadoras. El edificio del *Times* es un gigante magnífico y sombrío, como una divinidad arcaica, aunque pertenezca a una modernidad todavía reciente, con sus terrazas escalonadas y su gran faro en la cima. Entre la gente que llena las aceras y cruza los semáforos con un desorden de manadas reconozco de pronto a un conocido: un individuo vestido de negro que levanta, con el brazo rígido y extendido, una gran Biblia abierta sobre su cabeza, y en la otra mano lleva un trozo de cartón con un letrero escrito a mano, con tinta roja y caligrafía gótica: *El viento del fin del mundo ya está soplando*. En la isleta donde se cruzan Broadway y la Séptima Avenida han levantado un escenario unos activistas negros que pregonan la maldad de Israel, vestidos a medias de egipcios de *Aida* o de *Los diez mandamientos* y de chulos de putas, con muchos oros en los torsos fornidos, gafas reflectantes y tocados faraónicos. Una mujer vieja, diminuta, despeinada, reparte octavillas con oraciones escritas en pareados y citas del Antiguo Testamento. Un calígrafo chino dibuja con pinceles de acuarelas mariposas y pájaros que se convierten en nombres de personas. En un quiosco donde belicosos titulares proclaman la victoria militar en Afganistán se vende el último número de la revista *Hola*. En medio de un círculo de gente unos chicos muy jóvenes se contorsionan, giran en el aire apoyándose en una sola mano, dan volteretas imposibles siguiendo el ritmo de una cinta de hip hop que retumba en un radiocasete grande y destartalado como una maleta. Un tipo vestido sólo con unos calzoncillos, sombrero tejano y botas repujadas de *cowboy* canta y toca una guitarra que nadie escucha entre el ruido del tráfico. En la espalda desnuda y musculosa lleva escrito o tatuado un letrero: *The naked cowboy*.

61

En casa de Alfonso y Corina se escucha un disco de Joan Manuel Serrat que me gustaba mucho cuando tenía dieciséis años, y se cena a hora más bien tardía, casi española, a las nueve de la noche. Hay una mesa baja con cervezas frías, copas de rioja y platillos de aceitunas y de almendras fritas, y la conversación alcanza en seguida una temperatura española, amortiguada por la melancolía y la distancia, por la desgana de volver. Dos de los invitados, Alberto, que es pintor, y Adela, su mujer, editora de fotografía, vinieron a Nueva York desde el País Vasco hace ya veinte años. Ahora no entienden nada de lo que ocurre en su tierra de origen, no ya el crimen y la barbarie impune, sino la resignación de los que no matan ni aprueban la muerte, la conformidad de los que ni siquiera comparten los fines de los criminales o de sus valedores. El apartamento está en un piso vigésimo, en una esquina de la parte baja de Park Avenue, hacia la calle veintitantos, y por el ventanal de la terraza se ven los pináculos de los rascacielos de Madison Square, una torre que termina en una especie de pebetero dorado, unos arcos que no podrían verse desde la calle y que se parecen a los de algunos ábsides de iglesias venecianas o túmulos persas. Desde la terraza del piso vigésimo uno mira como acodándose en el filo del vértigo, y Manhattan ya no es la ciudad de quien camina por las aceras, sino un diorama fantástico de torreones, cornisas, jardines colgantes, abadías románicas, depósitos de agua alzados sobre armazones metálicos, anchos, circulares, con remates cónicos, con el aire de esas tumbas de los tiranos nómadas del Asia Central. El cielo nocturno con estrellas muy brillantes, detrás de las siluetas orientales que coronan los edificios, es un cielo falso y plano de decorado de película, de una de esas ciudades orientales de las películas en technicolor sobre *Las mil y una noches*. En la terraza está el espejismo nocturno y vertical de Manhattan, en el que la extensión inmensa de las ventanas iluminadas contra la negrura parece una prolongación o un reflejo en el agua del polvo luminoso de la Vía Láctea: rectángulos de luz recortados contra un fondo como de cartulina negra, de negrura azulada o verdosa, teñida de claridad lunar, como en alguno de los últimos dibujos de Alex Katz. Pero en el interior del apartamento la voz de Serrat ya enuncia una intimidad acogedora y española, con un punto de melancolía de diáspora y también de alivio por la lejanía. Antes de venir a Nueva York, Alfonso fue corresponsal en África: entre los muchos libros, en español y en inglés, acumulados por las estanterías, hay bastantes de historia de África, y también se ven esculturas de madera africanas, un par de figuras altas, muy gráciles y rectas, figuras humanas que se apoyan en bastones y tienen una delgadez de lanzas. Desde las ventanas y la terraza del apartamento, Corina hace fotos en color de las ventanas de los edificios próximos, y guarda las copias en un álbum, mientras va pensando en una exposición. Hay fotos tomadas de noche, con las ventanas brillando contra el fondo oscuro de las fachadas, al otro lado de Park Avenue, y otras tomadas a la caída de la tarde, o con la primera luz del día, plateada y grisácea, con luces en unas pocas ventanas que sugieren madrugones laborales, y en ellas se ve confusamente a alguien que se asoma o que se inclina sobre algo, quizás la taza de café y el periódico del desayuno. Corina se gana la vida haciendo fotos de actualidad para el periódico, yendo agitadamente de un sitio a otro con el bolso de la cámara al hombro, pero en el tiempo que le queda libre, casi siempre a deshora, en los días de fiesta, se instala con la cámara en la terraza, o en la ventana de alguna de las habitaciones, y observa la luz sobre las terrazas y los pináculos de la ciudad esperando algo, como un cazador, manejando a veces unos gemelos, ayudándose con un teleobjetivo. Cada momento de la luz del día o de la noche, de la atmósfera diversa de las estaciones, tiene una foto en su álbum, casi cada instante posible: la niebla que borra los rascacielos en los días de lluvia, la hora dramática del anochecer en la que destellan los letreros rojos y en que la gente que pasa por las aceras en penumbra es alumbrada pálidamente por la claridad de los escaparates, el esplendor veneciano de la puesta de sol en las ventanas que dan al oeste, con su relumbre cegador de oro y de cobre en los pisos más altos, cuando muy abajo, a la altura de la calle, ya está cayendo la noche. Ana, la niña, es hija de Corina, pero observando la dulzura y la confianza con la que se relaciona con Alfonso nadie pensaría que no es su padre. Ana es una niña seria y guapa, en seguida afectuosa, con la piel muy morena y grandes ojos negros. Su habitación, llena de muñecos y libros, tiene una ventana desde la que se ve muy cerca, sobre los tejados, la parte más alta del Empire State, iluminado esta noche de rojo, de azul y de blanco, los colores patrióticos. La habitación de Ana, vista de noche, con el Empire State enmarcado en la ventana, con algo de maqueta al fondo de un decorado de película, es un espacio confortable y seguro y a la vez suspendido ingrávidamente a una altura muy distante del nivel de la calle, donde se ven los taxis amarillos como modelos a escala de taxis. Después de sólo dos cursos en su escuela de Nueva York Ana habla un inglés fluido y sin acento, como si hubiera nacido aquí. Por la noche, en la cama, lee libros infantiles españoles, o se los lee Alfonso, sentado a su cabecera, con paciencia y deleite de padre lector. Cuando apaga la luz para dormirse mira frente a ella la silueta luminosa y alta del Empire State, que amortigua con su claridad la penumbra de la habitación. Desde la cama, esta noche, Ana escuchará las voces de los adultos, el ruido de los cubiertos y los platos de la cena, de los vasos de vino tinto que se chocan en un brindis a la vez de celebración y de despedida, porque entre los comensales hay quien vuelve mañana mismo a España, quien ya ha dejado hechas las maletas y vacíos los armarios. El encuentro, la cena, la conversación, ya son una forma de regreso. La voz de Serrat cantando *Mediterráneo* despierta sensaciones indelebles de la adolescencia, los dieciséis o diecisiete años, las ganas de marcharse, las vísperas de una vida quimérica y sin embargo más real que la vida verdadera y forzosa. Corina, la madre de Ana, ha preparado una cena sólidamente española, que nada más entrar en el apartamento ya provocaba, con más precisión que la música, una emoción muy primitiva de reconocimiento. En los sabores y en los olores de la comida hay matices de lealtad que son más poderosos y calan más hondo que los recuerdos. Nada más salir del ascensor al pasillo largo, desierto, fantasmal como tantos pasillos americanos, en el aire había un anuncio de algo muy sutil que alertaba al olfato, un aroma familiar que se hizo más denso al abrirse la puerta, viniendo de la cocina, y también de muy lejos y de mucho tiempo atrás, como los sabores que embriagan el paladar cuando nos sentamos a la mesa y probamos la primera cucharada. En nuestro archivo de los olores y los sabores de Manhattan nos faltaban estos que ahora compartimos en una eucaristía laica, una rememoración de sensaciones de comidas infantiles: el guiso de garbanzos tiernos, que se deshacen en la boca con la textura justa, el calor sabroso, con los sabores del sofrito y de las almejas, un puro estremecimiento de memorias gustativas, de pucheros hirviendo al fuego y manteles de hule en los días invernales de la infancia, hace mucho tiempo, mucho antes incluso de que llegaran el televisor y el frigorífico al comedor familiar y de que albergáramos por primera vez el deseo de asomarnos al mundo. El potaje de garbanzos con almejas, el vino de Rioja y de la Ribera del Duero son una celebración sentimental del origen que compartimos, de la suma de azares y decisiones que nos han hecho encontrarnos aquí, viniendo todos de tan lejos, como casi todo el mundo en esta ciudad de refugiados e inmigrantes. Los sabores, los olores, la música, el color del vino, su efecto sobre los estados de ánimo, alumbran vínculos entre nosotros y nos llevan de regreso al pasado, descargas químicas de memoria provocadas por las terminaciones nerviosas de las papilas gustativas. Y del pasado lejano emerge en la conversación alguien a quien yo conocí en la escuela primaria, y de quien no me había acordado en muchos años, menos una cara que un nombre, Diego Medina, que era el que mejor dibujaba en mi clase, el que copiaba en la pizarra con tizas de colores los dibujos más difíciles y llamativos de la enciclopedia, Adán y Eva expulsados del Paraíso, el Cid sobre su caballo blanco, las montañas nevadas y los lagos de un paisaje alpino, una ballena resoplando en el mar. Uno puede ser varias personas distintas, según quien lo recuerde: igual que la vida del funcionario egipcio del Metropolitan se cuenta en varias estatuas de madera, todas simultáneas entre los objetos de la tumba, cada una encarnando una edad, un grado en el ascenso de la jerarquía. Para mí, Diego Medina es un niño de ocho o nueve años, con una bata escolar azul, con el pelo peinado hacia delante en un flequillo recto, con una mirada inteligente y despierta en sus ojos claros. Para otro de los comensales, el pintor que vino a Manhattan hace veinte años, Medina es un profesor de Dibujo ya ingresado en la madurez, amigo suyo desde que estudiaron juntos la carrera, acomodado en una vida de sólidas costumbres familiares y profesionales en una ciudad cercana a Madrid. El niño de pueblo con un talento innato para el dibujo se proyecta en nuestra conversación, en las dos memorias confrontadas, junto al profesor que podía haber llegado mucho más lejos si se hubiera atrevido a desearlo, a entregarse del todo a una vocación para la que poseía tantas facultades, si se molestara en mostrar a algún galerista los dibujos que sigue haciendo con la misma facilidad que cuando llenaba la pizarra de nuestra escuela, bajo el crucifijo y los retratos de Franco y José Antonio Primo de Rivera, con sus manchas y líneas de tizas de colores, muy concentrado sobre la tarima polvorienta, de espaldas a nosotros, la mano derecha moviéndose rápida y segura por la superficie negra y la izquierda sosteniendo un borrador. Lo recuerdo a él y me recuerdo a mí, nuestras caras de niños campesinos, las batas azules, el trabajo que nos esperaba en el campo cuando dejáramos la escuela. Lo que otros que eran muy parecidos a nosotros no hicieron nos da la medida de lo que nosotros sí llegamos a hacer, por cabezonería o por buena suerte, aunque en esa distancia tampoco falta nunca una parte de tristeza. El pintor cuenta que él podría haberse quedado en España, disfrutando de una plaza segura de profesor de instituto, como su amigo, mi paisano Diego Medina, mucho más sedentario que él. Pero se vino a Nueva York dejándolo todo, dice, sin saber inglés, preguntándose muchas veces, en horas de capitulación, qué hacía él en una ciudad inmensa donde todo puede ser tan abrumador y tan hostil para el que llega solo y con poco dinero, donde ya hay tantos artistas, de cualquier parte del mundo. Le costó mucho, pero ahora expone en una buena galería: suele obtener buenas críticas y coleccionistas americanos compran regularmente sus cuadros, que también circulan por el país en exposiciones colectivas. Pero tiene el escozor íntimo de no ser más conocido en España, como le sucedía a Juan Muñoz, recuerda, que murió hace unos meses, y que a pesar de que los mejores museos de Europa y América compraban sus obras y le encargaban proyectos espectaculares, alimentaba la antigua queja española, el descontento de no ser reconocido verdaderamente en su propio país. Quizás haya una melancolía propia de esta edad, los cuarenta y tantos años, cuando la vida de cada cual ya está hecha, cuando uno, si ha sido algo afortunado, si ha tenido paciencia y perseverancia, puede sentir que ha logrado algo sólido, estable, porque expone en una buena galería de Manhattan o tiene un puesto de corresponsal en Nueva York o ha logrado establecerse como fotógrafo, o como escritor: y entonces descubre que lo que ha logrado no es gran cosa, si lo mide con las posibilidades que intuía dentro de sí mismo, y que por cada vida posible que se cumple, cada deseo que se satisface, hay otras vidas que no se llegaron a vivir, otros lugares que no se han conocido, y también que el tiempo no es ilimitado, de modo que hacer algo es sobre todo dejar de hacer otra cosa. En el brindis de despedida los que vuelven mañana a España echan de menos anticipadamente Nueva York, y los que se quedan recuerdan despedidas anteriores de otros a los que vieron llegar y marcharse, porque ésta es una ciudad en la que mucha gente está de paso. Quizás se preguntan por el tiempo que les queda a ellos, o por la vida que tendrían si no hubieran venido aquí, si también se marcharan mañana. Quizás en su casa de las afueras de Madrid el profesor Diego Medina se acuerda con añoranza y algo de remordimiento del amigo y compañero de estudios que hace veinte años lo dejó todo para irse a Nueva York. Y mientras tanto Ana María, ya con la luz apagada, escuchando desde su cuarto las voces de los mayores, la música que para ella tiene el sonido raro de un tiempo muy anterior a su nacimiento, mira en la ventana la silueta del Empire State y piensa quizás que le gustaría estar en España, en la escuela de Madrid a la que van los amigos que sólo ve durante las vacaciones tan breves de cada verano.

62

Don Giovanni y *La Traviata* en la City Opera, *Idomeneo* en el Met, Blossom Dearie en el Café Carlyle, Tony Bennett con K. D. Lang en el Radio City Music Hall, la big band de Dave Holland en el club Birdland, Sabine Meyer en el Carnegie Hall, tocando el *Quinteto con clarinete* de Brahms, Lorin Maazel dirigiendo a la Filarmónica de Nueva York en la tercera sinfonía de Mahler: también la música es aquí una forma de lujo y de posible ansiedad, una sobreabundancia tan inabarcable como la de los alimentos que resplandecen bajo las luces de los supermercados o la de los libros en las sucursales repetidas e inmensas de Barnes & Noble, o en el laberinto desordenado y polvoriento de la librería Strand, en Broadway y la calle 12, que según su reclamo acumula ocho millas de libros de segunda mano. La música, en los anuncios de las páginas de espectáculos del *New York Times*, es cada día una tentación, una promesa, un tesoro variado y simultáneo de amplitud imposible. Pero quizás la más excitante de todas las músicas de la ciudad sea la que llega de pronto, en medio de la calle o en un sendero del parque, sin que al principio se la distinga del todo ni se sepa de dónde viene, como surgida del aire, como un olor o un golpe de brisa. Desprevenido, uno se deja guiar hacia la música, como si escuchara la flauta de Pan en un bosque, o como escuchaban hipnotizados los niños de Hamelín al flautista que los iba a llevar al interior de la tierra. En Central Park la música se anuncia entre el rumor de las hojas de los árboles y de las hojas secas ya caídas, amarillas, rojas, de color de cuero gastado, de vino viejo y de madera oscura. La música viene cuando uno se interna en el bosque y deja de escuchar poco a poco el ruido del tráfico, en el momento en que escucho mis propios pasos sobre la grava negra y hasta el ruido repentino de una ardilla que cruza sobre el lecho de hojas con una castaña recién cosechada entre las uñas de las patas delanteras. En Central Park hay quien toca música para ganarse un poco de dinero y también quien va a ensayar con su instrumento y busca un lugar retirado entre los árboles, muchas veces en lo alto de una roca, como un fauno en un bosque, y otras en alguno de los túneles o bajo los puentes del parque, porque los muros bajos y curvados de piedra poseen una acústica prodigiosa, una resonancia a la vez nítida y densa, como si ese espacio se convirtiera en un tubo de órgano, o en la prolongación del tubo mismo del saxo que está soplando el músico solitario. Colecciono sonidos en mis paseos musicales por el parque: una trompeta, un clarinete, una trompa, un saxo alto, un saxo tenor. Al acercarme, por un sendero abierto en la espesura, al arco de un puente o a la sombra de un túnel, la música agrandada por la resonancia viene de lejos, con una sugestión de oficio solitario, de recóndita disciplina de un saber que ha de adquirirse al margen de la sociedad humana. Se ve la boca del túnel y se escucha la música, pero aún no se distingue la figura de quien está tocándola, y entonces da la sensación de que el músico es una de esas presencias invisibles de los bosques antiguos, que hechizaban con su canto o con el sonido de sus flautas a los viajeros y les inducían a extraviarse. La música parece que vuelve a sus orígenes más primitivos: la que el viento hacía sonar entre los juncos, como un anticipo de la flauta de Pan. El fauno Marsias toca su instrumento en Central Park: ahora es un hombre que ensaya una melodía en un saxo tenor, quizás porque vive en un apartamento demasiado pequeño, con las paredes muy delgadas, donde no le es posible estudiar. Es temprano y todavía no hay mucha gente en el parque, así que cualquier sonido me llega muy claro, hasta el roce de unas hojas secas contra otras cuando las agita el viento. Recostado contra un olmo enorme otro músico toca *Mañana de carnaval* en un saxo alto, pero no está ensayando: no hay la menor incertidumbre en su línea melódica ni en los quiebros de sus improvisaciones, y delante de él, en el suelo, está abierta la funda. Lleva una gorra de cuero negro, como la de Phil Woods, que es sin duda el maestro al que imita. Calza grandes zapatillas de deporte, y se acompaña a sí mismo marcando el ritmo con el pie izquierdo. Está tocando para nadie, para la mañana fría de octubre y el parque desierto, pero lo hace con la misma concentración y delicadeza que si estuviera en un club, o ni siquiera eso, recreándose en la música sin necesidad de que nadie lo escuche, y la mañana de carnaval a la que alude la canción es la misma mañana con olor a otoño que él y yo estamos respirando. La música llega con la brisa entre los árboles y también puede subir como desde las honduras de la tierra. El vagón del metro se para en los andenes sórdidos de la calle 42 y aun antes de que haya cesado el ruido de los frenos ya viene de alguna parte un invisible ritmo de tambores: un hombre joven toca una batería hecha con cubos de plástico amontonados boca abajo, y obtiene un sonido más o menos grave según la pila de cubos que golpea es más o menos alta. La música no dura ni medio minuto, desaparece en el momento en que el tren se pone en marcha, pero subo las escaleras hacia la calle en la estación de Union Square y antes que la claridad de la tarde ya surge otra música: una voz familiar, que podía estar sonando en un disco muy antiguo. Me parece que escucho a Louis Armstrong, su voz lóbrega, melosa, potente como una corneta, pero según voy bajando por la plaza cambia el viento y la voz ya no se oye, o es que la ha ahogado el bramido de un camión. He perdido la música, justo cuando estaba a punto de identificar la canción que sonaba, pero ahora regresa, distinta aunque igualmente familiar, no una voz sino una trompeta, y ahora sí que reconozco la canción y me acuerdo de su título, y puedo seguir los compases del solo que hacía en ella Louis Armstrong en un disco de hacia 1930, en la época más fértil y más prodigiosa de su talento: es la melodía apesadumbrada de *Basin Street Blues*, pero no estoy escuchando un disco, sino una trompeta que suena ahora mismo, ya muy cerca de mí, quizás en el centro de ese grupo de gente al que me estoy acercando. El músico es un negro muy joven, pero con un aire muy formal y muy antiguo, tan antiguo al menos como la música que toca, casi como una foto juvenil de Louis Armstrong. Lleva una camisa blanca con pajarita impecable, una chaqueta a rayas blancas y negras, muy entallada, un pantalón negro, unos zapatos negros de charol, con chapas metálicas en las suelas. El músico termina el solo de trompeta, pero sigue sonando un acompañamiento de piano, bajo y batería, en un altavoz que hay en el suelo, detrás de la plancha de aglomerado en la que el joven ha empezado a bailar expertamente, con la trompeta en la mano, con pasos medidos y ágiles. De vez en cuando alguien se acerca a dejar un billete de un dólar en la bolsa de plástico que el artista no deja de mirar de soslayo mientras da sus pasos de tap dance y sus prudentes volatines: entonces él se dobla hasta la cintura, da las gracias con una gran sonrisa al que le ha dejado el dinero y sigue bailando, los ojos entornados y la cara brillante de sudor. A unos pasos, en otro mundo, en otra época, tres colgados bailan también siguiendo la música, pero lo hacen con movimientos de zombies, con una delicadeza sonámbula que contrasta con sus caras embotadas por la mala vida, las drogas duras y el alcohol y sus ropas de desecho: una mujer joven, pero muy estragada, un hombre menudo y flaco, con perilla de *bopper*, con gafas de mucho aumento, otro hombre más alto con un pañuelo en la cabeza, que lleva en una mano un cigarrillo y en la otra una botella dentro de una bolsa arrugada de papel. Los tres son negros, están borrachos, colgados de algo, sobre todo la mujer, que parece muy joven y sin embargo tiene el cuerpo y la cara devastados, el pelo en una maraña de rizos sucios con calvas de pupas y de trasquilones. Pero baila respondiendo con algún gesto de su cabeza o de sus manos a cada matiz de la música, moviéndose muy poco y sin embargo con una gracia suprema, como si interpretara una estudiada coreografía y estuviera sola en la plaza o sobre un escenario y la música sonara secretamente en su memoria. Baila con los ojos cerrados, con un resto de exquisita belleza africana en los párpados y en los labios, que dibujan una sonrisa de ebria beatitud y cuelgue sin regreso, alza una mano a ciegas siguiendo la melodía en el aire y uno de los dos hombres le desliza entre los dedos un cigarrillo encendido o la botella de licor. Bailan cada uno encerrado en sí mismo, pero a la vez se cruzan, se aproximan, se rozan en una danza común, y cuando el músico da por terminada una canción y la gente aplaude ellos se quedan inmóviles, defraudados, abriendo los ojos, con el estupor de haber despertado de un sueño. El trompetista se inclina, con una excesiva servicialidad de mayordomo, de mayordomo negro de película de los años treinta o cuarenta, cuando su maestro, Louis Armstrong, que era uno de los músicos mayores del siglo, sólo aparecía en el cine haciendo de criado o de cocinero. Dobla el cuerpo por la cintura, agradeciendo los aplausos, la mano derecha abierta sobre el corazón, toma el micrófono y explica que viene de Nueva Orleans, que tiene quince años, que se llama Rufus A. Powell, aunque no tiene relación familiar con el secretario de Estado Colin Powell, y se nota que esta broma la ha hecho muchas veces. Dice que si alguien quiere su tarjeta profesional lamentará mucho no poder dársela, porque en este momento sólo lleva consigo dos o tres, pero que dentro de unos minutos vendrá un amigo al que le ha encargado que le imprima un lote de tarjetas en una sucursal de la papelería Staples que está al otro lado de la calzada, justo a las espaldas de donde él se encuentra ahora mismo. Ésa es la razón, añade, por la que, como tal vez hayamos advertido, se vuelve con frecuencia hacia la papelería durante su actuación, a ver si por fin sale de ella su amigo. Claro que si su amigo tarda demasiado tendrá él que ir a buscarlo, para lo cual le haría falta que algún voluntario del público tuviera la amabilidad de quedarse vigilando sus cosas: la bolsa donde recoge las propinas, el panel de aglomerado sobre el que baila, el amplificador, el altavoz, el micrófono, el discman en el que pone la música grabada de sus acompañamientos, así como los cedés que él mismo ha grabado con su trompeta y con su voz, y que están a la venta, concluye sonriendo, al precio de doce dólares. Entonces la mujer beoda que bailaba tan cerca de él se apresura a ofrecerse para custodiar las cosas, y a Rufus A. Powell la sonrisa se le queda helada de pánico, y decide de pronto que mejor emprende otro número, y así le da tiempo a su amigo a que vuelva con las tarjetas que seguramente algunas personas del público estarán interesadas en solicitar. Busca en la cartera de cedés, pone uno en el discman, espera en pie sobre la tarima a que empiece a sonar la introducción del piano, y anuncia serio y servicial el título de la próxima canción: «Del gran maestro Duke Ellington», dice, y se inclina un poco al pronunciar el nombre venerado, «su gran éxito *Don't get around much anymore*». Hace un largo solo de trompeta con una capacidad pulmonar digna del Louis Armstrong más joven, tan fuerte que las notas atraviesan en línea recta la plaza entera. Termina el solo, agradece el aplauso, no sin volverse al mismo tiempo que se inclina a ver si su amigo llega por fin con las tarjetas, ese amigo alarmante que ya está tardando demasiado, y con la misma mirada de disimulo y vigilancia observa el importe de la moneda o el billete que alguien ha dejado en su bolsa abierta. Baila de nuevo, haciendo retumbar la madera bajo sus zapatones de charol, se detiene y toma aliento y aguarda el compás adecuado para empezar un nuevo solo, con agudos violentos, con graves cavernosos, sensuales, como los del joven Louis Armstrong. Mira de soslayo, con desagrado, con el recelo del buen chico hacia la proximidad de la gente muy golfa, a los tres mendigos que siguen bailando cerca de él, con una mezcla inaudita de acabamiento físico y de sabiduría, la mujer contoneándose sola, las rodillas juntas, moviendo despacio las caderas, o volviéndose hacia los dos hombres, sobre todo hacia el más alto, que es también el más atractivo, y que le pasa el cigarrillo con la misma lentitud aletargada con que le pasaría una pipa de opio.

Rufus A. Powell termina la canción de Duke Ellington, agradece los aplausos cada vez más nutridos del corro de gente que sigue espesándose a su alrededor, dice de nuevo su nombre completo, con gran cuidado en la inicial intermedia, Rufus A. Powell, quince años, recién llegado de Nueva Orleans. Alguien le pregunta si mañana estará otra vez aquí, y él contesta, educado, serio, servicial, que mañana sí, pero que pasado mañana, lamentándolo mucho, ya no le será posible, porque ha de continuar viaje hacia Londres, donde espera progresar en sus estudios. La bailarina borracha pone cara de decepción y protesta con un grito agudo, con un aspaviento sarcástico de contrariedad. Pero Rufus A. Powell no le hace caso, la mira pero con disimulo, con alarma, temiendo de ella y de sus amigos lo peor, y a continuación habla algo con un hombre de aspecto mucho menos inquietante, y se ve que le está pidiendo que cuide sus cosas. El otro asiente, se quedará vigilándolas mientras Rufus A. Powell va a buscar a su amigo a la papelería. Pero antes de ausentarse reúne con método y premura sus pertenencias, y del bolso negro saca unos zapatos todavía más espectaculares que los que lleva puestos ahora mismo y se los cambia a toda velocidad. Los nuevos zapatos tienen una ancha visera blanca sobre el empeine y son blancos y grises, con mucha punta, tan grandes que le bailan a Rufus A. Powell en los pies cuando sale corriendo hacia Staples en busca del amigo desaparecido y de las tarjetas profesionales. Vuelvo a pasar por esa esquina de Union Square unas horas más tarde, cuando ya es de noche y hace un viento frío y húmedo, y Rufus A. Powell está sentado en un banco, solo, a un lado el bolso negro y al otro la trompeta, con su pajarita negra y su chaqueta a rayas de mayordomo, con cara de buen chico, de hijo modelo, de estar perdido, receloso, desconcertado, quizás porque el individuo al que cándidamente le dio su dinero para que le hiciera las tarjetas le ha engañado, y ahora no sabe adónde ir, dónde pasar la noche.

63

La lluvia llega y permanece como si no fuera a terminar nunca. Dura horas, días, noches enteras, días con sus noches, pero no es siempre la misma lluvia, sino muchas lluvias sucesivas, tantas que al cabo de dos o tres días parece que uno ha vivido a través de un invierno sin fin. La lluvia es un presente eterno, como el de los mitos primitivos. Cuando llueve durante muchas horas, la imaginación mediterránea, que no está acostumbrada a esa persistencia, acaba suponiendo que la lluvia es un estado natural, permanente, definitivo, y que ya no vendrán días claros, ni se verán cielos azules. Acostumbrado desde niño a su escasez, a la reverencia con que recibían su llegada los mayores después de una sequía, cuando me despierto una mañana oyendo los golpes de la lluvia contra los ventanales del apartamento tengo un acceso de felicidad, y me gusta la luz agrisada que hay en el aire cuando me levanto, y ver las luces eléctricas encendidas en las ventanas del edificio de enfrente, en los cubículos de oficinas o viviendas que son como las viñetas de los tebeos que me entusiasmaban de niño. Este otoño ya no veo desde la ventana las salas de ensayos de la Juilliard School. Veo un despacho lleno de estanterías, archivadores y papeles en el que un hombre de una edad parecida a la mía, con barba, con pelo escaso, se sienta junto a su ventana con las piernas extendidas sobre la mesa y habla por teléfono. Veo un apartamento con las paredes forradas de madera de cerezo y grandes ventiladores en el techo, y cuadros modernos que quizás sean valiosos. Veo una hilera vertical de ventanas que se corresponde con los rellanos de un ascensor, y en cada una de ellas puedo distinguir la viñeta de alguien que espera, y que quizás un minuto más tarde entra en el despacho donde el hombre hablaba por teléfono, o se asoma al ventanal del apartamento lujoso y moderno, y se queda mirando hacia una ventana, al otro lado de la calle, donde alguien que soy yo está mirando la lluvia. Con la luz eléctrica encendida, a las nueve de la mañana, con una confortable sensación de cobijo invernal, enciendo la radio y empiezo a preparar el desayuno, y agradezco la llegada del primer olor del café, del pan recién tostado. Abajo, en la calle sucia y mojada, los coches atascados rugen bajo la lluvia, y hay gente que pasa empuñando paraguas relucientes contra el viento, sorteando charcos y paquetes de cartones y bolsas de basura, pero yo me permito una complacencia de mañana de holganza escolar y desayuno prolongado. En la radio dicen que seguirá lloviendo todo el día, y cuando salgo a la calle la lluvia es aún más fuerte y el viento se ha calmado, como aplacado por el peso inmenso de los hilos de agua que vuelven opaco el aire y disuelven en la distancia los edificios más altos. A pesar del paraguas y de la gabardina la humedad va envolviéndolo a uno, los zapatos empiezan a calarse, los pantalones están mojados hasta la mitad de las perneras, y también por la espalda la humedad va ganando poco a poco terreno. Entras empapado a un café o a una librería y cuando sales llueve todavía más fuerte, te refugias en un cine y al cabo de dos horas vuelves a la calle y lo primero que te recibe es la noche de negrura adelantada y la hostilidad y el ruido de la lluvia. Logras dormirte de noche y cuando te despierta una sirena o un camión de basura la lluvia te envuelve tan poderosamente como el insomnio, la lluvia próxima y la lluvia lejana, la que gotea sobre las planchas metálicas y las escaleras de incendios en el cercano patio interior y la que azota los ventanales con los golpes de viento, la lluvia que cae escandalosamente durante unas horas y la que se vuelve sigilosa y se disuelve como un rocío infinitesimal en el aire, sólo visible en el cerco de las farolas. Sigue lloviendo aunque se ha hecho el silencio, llueve en la oscuridad espesa de los callejones y en la luz gris claro con que se inicia el amanecer. Llueve sobre las carrocerías amarillas y los parabrisas de los taxis en las avenidas, sobre los letreros luminosos y las pantallas electrónicas de Times Square, sobre la anchura amazónica del East River, tan densamente que apenas se distinguen al otro lado las luces y los edificios industriales de Brooklyn. Llueve sobre las arboledas y las hojas caídas y los lagos de Central Park, sobre las calles íntimas y empedradas del Village, sobre los desfiladeros grises de casas quemadas y en ruinas del sur del Bronx, sobre las agujas góticas y los torreones de las cimas de los rascacielos. Llueve sin descanso, sin un minuto de tregua, y en algunos túneles del metro retumban cascadas subterráneas de agua despeñándose por los sumideros. Parece que la ciudad se va desdibujando en la lluvia y en la niebla, y los colores se van apagando en los muros, tan lívidos como la cara de alguien que sufre una hemorragia. Hasta el amarillo calabaza de los taxis se vuelve más apagado, y la ciudad entera se disuelve en manchas rojas, blancas y amarillas detrás de los cristales empañados, en fragmentos de paredes de ladrillo mordidas por la humedad reflejándose en los charcos sucios del pavimento. La gente huye, hosca bajo los paraguas, choca entre sí, agrediéndose involuntariamente con las puntas agudas de las varillas. Los paquetes de cartones amontonados en las aceras se deshacen en una pulpa marrón como la de la nieve muy pisada. Hay días en los que resulta grato ser un forastero en estas calles, tan liviano de identidad como de equipaje, y otros días de lluvia contumaz y vengativa en los que uno siente sobre sí, igual que la humedad que le sube por la espalda, todo el peso de la extrañeza, el tamaño de esta ciudad ahora en blanco y negro en la que no es nadie y el del país ajeno al que no pertenecerá nunca. Con mi paraguas zarandeado por la lluvia y el viento subo por Park Avenue aturdido por el tráfico del mediodía y cruzándome con desconocidos de expresiones agrias y hostiles, que se apresuran hacia domicilios o tareas reales, no como los míos, como mi apartamento alquilado con la ropa, los muebles y hasta las fotografías de otra persona y mis ocupaciones en gran medida ilusorias, incluso algo fraudulentas, como parece pensar el vigilante de la biblioteca universitaria cada vez que voy a mostrarle mi identificación y tardo un poco en encontrarla. Hoy me disuelvo en la lluvia y entre la gente como un azucarillo en un vaso de agua, y sólo advierto a mi alrededor síntomas de la misma desolación que me gana por dentro y ejemplos de la aspereza sin romanticismo ni alivio con la que transcurren en la ciudad tantas vidas reales. Una mendiga vieja pide limosna extendiendo en la acera mojada una pierna mal vendada y con llagas purulentas. Un indio diminuto y sin duda centroamericano pasa cargando un cubo enorme de goma con la basura de un restaurante. Una mujer gorda, sucia, despeinada, lunática, con greñas grasientas bajo una gorra de béisbol, pasa arrastrando los pies y murmurando algo con los ojos entornados y sin quitarse de la boca una colilla apagada por la lluvia. Un viejo de bigote blanco y piel cobriza, afgano o pakistaní, que ya debería estar jubilado, ofrece en la esquina hojas de propaganda de un club de striptease, y nadie recoge ninguna ni da señal de advertir su presencia humillada. Éste es el día en que uno se verá confrontado sin defensa posible por la grosería de un vecino, por los malos modos de una funcionaria en una oficina pública o de una cajera en el supermercado; el día en que al salir de un restaurante nos seguirá hasta la calle el camarero que nos estuvo sirviendo con gentileza excesiva, que ahora se habrá convertido en una mueca impúdica de grosería cuando esgrima bajo la lluvia, delante de nosotros, el plato donde le hemos dejado una propina insuficiente, preguntándonos con aire acusador si no nos ha gustado la comida, si tenemos alguna queja del servicio. Hoy retumbarán en el suelo los martillos neumáticos, y en cuanto anochezca y siga lloviendo se verán grandes ratas mojadas moviéndose entre los charcos, los desperdicios de comida tirados en la acera, las bolsas de basura que no se recogen todos los días. Cuando uno entre hoy en el cuarto de baño a secarse la cabeza y dejar el paraguas habrá en el piso de la ducha, junto al sumidero, una cucaracha grande, con antenas muy largas y caparazón reluciente, de un color entre rubio y tostado, que no se parece al negro de las cucarachas europeas. Hoy andaré bajo la lluvia sin descanso como un alma en pena por la ciudad ruidosa e inhóspita en la que sigo siendo tan extranjero y tan asustadizo como la primera vez que vine, y serán más fuertes y más desagradables los olores de las fritangas tóxicas en los puestos callejeros y ese olor simple, poderoso, inconfundible, hedor a mierda humana, que a veces llega de no se sabe dónde. En la grisura del cielo bajo, en el ladrillo gangrenoso de las medianerías, en los ángulos cortantes de las esquinas, en la velocidad con que camina la gente bajo los paraguas, en la obscena glotonería con que alguien se come un perrito chorreante de mostaza o se mete de un golpe un trozo de pizza en la boca muy abierta, en todos esos pormenores en los que habitualmente no reparo, hoy descubre uno, hostigado por la lluvia, que ésta es una ciudad en la que no hay tregua ni misericordia en el trabajo y en la búsqueda del dinero y del éxito, o de la más cruda supervivencia, y que fue la codicia, el empuje de la industria, la riqueza del comercio, y no el romanticismo, lo que levantó esas torres cuyos pisos más altos quedan hoy borrados por las nubes, la fuerza propulsora que mantiene en movimiento una vasta maquinaria que tantas veces parece a punto de colapsar en el desastre, en la duración del diluvio terrenal. Llueve en grandes oleadas tropicales, en ráfagas furiosas quebradas por las esquinas, en silenciosas lloviznas que siguen empapándolo todo aunque su rumor no se escuche. La lluvia borra los matices de la luz del día, establece túneles que acaban después de una desolada caminata en pozos húmedos de sombra nocturna. Llueve tanto, tan sin descanso, que uno no sabe recordar cuántos días hace que comenzó la lluvia, no sabe imaginar una hora o un día futuro en los que ya no llueva, en los que sea posible ver de nuevo el azul claro de un cielo de otoño. Cruzamos la ciudad en un taxi y la lluvia golpea con furia los cristales de la ventanilla y las chapas del techo, y después de una travesía casi submarina saltamos entre los charcos hasta el vestíbulo de la New York City Opera. Pero en el último cuadro de *La Traviata* parece que la moribunda Violeta no sólo estará escuchando bajo su balcón las canciones de borrachos del carnaval de París, sino también la lluvia acuciante de Manhattan.

64

No hay mejor sitio para ver las fotos de Richard Avedon que el Museo Metropolitano, donde están los retratos de los viejos maestros y las cabezas egipcias, griegas y romanas, y también esas efigies funerarias de El Fayum, las caras serias y francas, de piel morena y ojos muy grandes, que miran desde el otro lado de la muerte, pintadas ya en tiempos de Roma en los sarcófagos, con un detallismo de fotos familiares, fotografías tristes de difuntos recientes. En las fotos de Richard Avedon la presencia humana tiene una intensidad de busto romano en bronce, de retrato funerario de El Fayun: la presencia humana despojada de cualquier adorno o accidente, representada o más bien invocada contra un fondo neutro, blanco, el fondo vacío del paso del tiempo y el limbo de la muerte. Esas caras de Avedon nos miran con una fijeza fanática, o miran hacia ninguna parte, hacia el espacio blanco y vacío que las circunda o hacia la hondura del tiempo. Nos miran como un desconocido que está frente a nosotros, con una cercanía angustiosa, imposible, porque nos permite ver lo que habitualmente no distinguimos en quienes tenemos muy cerca. El fondo siempre blanco es la nada candente contra la que se recortan esas presencias ya heladas en una asepsia de morgue, en la misma intemporalidad que los muertos etruscos o los escribas tallados en madera y con cuentas de lapislázuli en las cuencas de los ojos. En una foto de 1957, Marilyn Monroe está sola y ausente, replegada en sí misma, como si no advirtiera el acecho de la cámara, hacia la que tantas veces, en otras fotografías, mira como hacia los ojos de un amante. En 1957, en la cima de su éxito, Marilyn Monroe está igual de perdida que uno cualquiera de esos vagabundos a los que Avedon retrató por las carreteras interiores de América. Como en una danza medieval de la muerte, las fotografías colgadas en las paredes blancas del Metropolitan unen en el mismo destino a los poderosos y a los miserables, a los ricos y a los pobres, a las celebridades y a los desconocidos. «Los vagabundos parecen escritores, y los escritores parecen vagabundos», me dice en voz baja la que va siempre conmigo. Jean Genet lleva una gastada cazadora de macarra y un jersey de muerto de hambre, un jersey con lamparones y quemaduras de cigarrillos. Carson McCullers tiene la boca carnosa, húmeda, descolgada y torcida, como algunas borrachas que se ven en los bancos de los parques. Los ojos claros de Carson McCullers son enormes y líquidos en el tamaño agrandado de la fotografía, y las pupilas tienen una fijeza y una vulnerabilidad imposibles de sostener, y en ellas se ve, duplicada y diminuta, una silueta oscura que sin duda es la del fotógrafo. Los ojos en las fotos de Avedon son a veces tan grandes como los espejos convexos que hay al fondo de algunos cuadros de los maestros primitivos flamencos. Los ojos miran devoradoramente, chupan el espacio de nuestra presencia amedrentada de testigos. Los ojos húmedos del padre de Richard Avedon tienen una urgente expresión de miedo o de súplica en una foto en la que ya es un hombre viejo y enfermo que viste una bata de hospital. En los ojos de Truman Capote hay, como en su cara entera, una lenta somnolencia de saurio, una pesadez abotargada y alcohólica de cabezón olmeca. En tres fotos sucesivas, Igor Stravinsky, ya muy viejo, tiene primero los párpados caídos, y luego medio abiertos, y en la tercera foto mira con una interrogación irritada, como si sólo los hubiera abierto del todo al advertir que un intruso lo estaba mirando. Los ojos del físico Oppenheimer son clarísimos y están llenos de espanto y de piedad, y parece que reflejan, como su cara entera vuelta hacia un lado, el resplandor apocalíptico de la bomba atómica que él ayudó a crear, el fuego desatado de mil soles que es el mismo que le ha puesto tan cobriza la cara. Casi igual de claros son los ojos del ex presidente Eisenhower, quien de todos los políticos retratados en la exposición es el único que mira con llaneza, un anciano que hace mucho tiempo que no manda ejércitos ni gobierna el mundo y se da cuenta de que el poder que tuvo ya no es nada, y que él mismo no es más que un jubilado en espera de la muerte. El torso descubierto y nervudo de Andy Warhol —a quien no se le ve la cara— es el de un San Sebastián recosido y quirúrgico, cruzado de cicatrices, de incisiones de puntos, la carne maltratada, anónima y mortal que ha sobrevivido a una carnicería sucesiva de disparos y de bisturíes. Joseph Brodsky tiene un hermoso perfil de poeta romántico y una camiseta de mendigo, tan agujereada de quemaduras de cigarrillo como el jersey de Jean Genet, aunque no inmunda, una camiseta de pobreza honrada, de escritor y disidente político, como una declaración de principios. John Cheever sonríe, civilizado y triste, como la prosa misma de sus cuentos, con los brazos cruzados, con camisa de franela y corbata de punto, un hombre de mundo que en realidad está fuera del mundo, que tiene las manos oscuras de manchas de vejez y la piel cruzada de arrugas como cicatrices, la piel que se le quedó floja a quien dejó de beber y ha perdido la hinchazón insana del alcohol. W. H. Auden, en una foto de los años sesenta, rodeado de una blancura de niebla y de nieve que acentúa la del papel fotográfico, es un clochard con un abrigo viejo y demasiado grande, de solapas enfáticas, con unas zapatillas de paño que seguramente estarán empapadas. Pero no hay presencias más imperiosas que los desconocidos, los acabados, los miserables sin remedio y sin nombre, y sin embargo dotados de una dignidad heroica, de una furia no domada, más allá de cualquier extravagancia estética o abandono bohemio. Los vagabundos con americanas muy estrechas, con las solapas subidas y los bolsillos descolgados, con el pelo grasiento y muy peinado, todavía con las marcas de una mala noche en el jergón de un albergue o en el banco de un parque: los vagabundos con melenas de profetas dementes y ojos de iluminados, de esquizofrénicos que escuchan voces de seres invisibles, como San Antonio o San Simón Estilita. Perdidos quién sabe dónde, expulsados de hospitales psiquiátricos, alumbrados un instante por la mirada del fotógrafo y el objetivo de su cámara, renacidos en la cubeta del revelado como en un trance de alucinación espiritista. Pero entre todos ellos, los vivos y los muertos, los célebres y los sin nombre, los retrasados mentales y los talentos mayores de la ciencia, no hay figura más verdadera ni terrible que la de Stanley Casey, un hombre que nació esclavo y a quien Avedon retrató cuando ya tendría más de un siglo, en 1963, a una edad legendaria de patriarca del Génesis. Contra el fondo blanco se difumina su pelo blanco y escaso como algodón muy rizado y resalta su cara muy negra, de huesos grandes, de quijadas muy fuertes, casi tan negra y brillante como sus ojos de antracita, los ojos que están viendo lo que nadie más recuerda ya en este mundo, la infamia y el dolor insondable de la esclavitud, la vergüenza que dura a través de las generaciones y proyecta sobre el presente su sombra de injusticia y crueldad. Stanley Casey tiene ya algo de momia en vida, tan viejísima es su piel apergaminada y negra, algo de momia y de estatua de basalto negro, impenetrable al tiempo. Uno puede dejar de mirarlo, pasear la mirada por otras fotografías, pero esa cara y sus ojos nos siguen persiguiendo, y nos parece que volvemos a verlos en alguien que puede ser un descendiente suyo, en cualquiera de esos negros viejos y envueltos en harapos que extienden hacia nosotros una mano que agita un vaso de plástico. En otros tiempos, en Egipto o en Roma, en la España en que pintaba Velázquez, en la Holanda de Rembrandt o de Vermeer, la pintura y la escultura se ocupaban de invocar la existencia humana, el misterio de la identidad, lo que queda revelado o permanece indescifrable en unos ojos abiertos. De esa tarea, que por algún motivo el arte moderno parece haber abandonado, sólo sigue ocupándose la fotografía. La fotografía, inventada tan tarde, resulta ser así el arte más primitivo, el que ahonda más en lo sagrado: el estudio del fotógrafo está tan lleno de sortilegios como una cámara funeraria egipcia, y sus herramientas se parecen, en la pericia y el secreto con que son manejadas en la oscuridad para preservar de la muerte una presencia humana, a las que usarían en Egipto los embalsamadores o los escultores de las tumbas.

65

Mark se levanta cada día muy temprano, todavía de noche, en su pequeño apartamento de la avenida Arthur y la calle 179, en esa zona que llaman la Pequeña Italia del Bronx. Le gusta madrugar mucho para saborear las horas de más silencio y calma del día, para prepararse un complicado desayuno y leer tranquilamente el periódico. Hacia las ocho sale hacia su trabajo, en una high school muy grande, sólida, con columnas en la entrada, construida en los tiempos del New Deal, en los años treinta, cuando se procuraba que los edificios públicos transmitieran una noción de firmeza, de orgullo civil. Entonces una escuela era una cosa muy seria, una declaración de principios de ciudadanía y de afirmación del saber, de la capacidad de la enseñanza para romper barreras sociales. Mark va cada día caminando a su trabajo, por las aceras conocidas del barrio que ya empieza a despertarse, saludando por sus nombres a muchos de los vecinos, los tenderos que abren sus panaderías, sus fruterías, sus tiendas de pasta fresca, sus espléndidas mantequerías italianas, sus barberías con imágenes de la Madonna y de San Gennaro, y también de Frank Sinatra y de Tony Bennett, héroes de barrio italiano, y algunas veces de Robert de Niro, que rodó en estas calles su única película, *A Bronx's Tale*, una historia de gente trabajadora que se parece mucho a la que Mark saluda cada día, y con la que entabla breves conversaciones en italiano o en inglés, a veces en una tentativa de dialecto siciliano. A esta zona del Bronx no venían a vivir emigrantes sin cualificar, campesinos del Sur fugitivos del hambre, sino artesanos capaces, carpinteros, canteros expertos en labrar la piedra, en esculpir mascarones mitológicos, cabezas de leones o águilas, plintos y capiteles de columnas. Aquí vinieron muchos artesanos de Italia a trabajar en las obras del Zoo del Bronx, que está unas calles más abajo, y trajeron consigo no sólo los acentos y los aromas culinarios de Italia, sino también la vida callejera, el calor de las diatribas en las esquinas con grandes gesticulaciones de manos, un sentido del orden laborioso y festivo y de la belleza popular que se muestra lo mismo en el aseo de las aceras que en el resplandor de los mercados, en las macetas en las ventanas y en las escaleras de incendios, en las guirnaldas con los colores de la bandera italiana que cuelgan entre las farolas. El apartamento de Mark tiene mucho de casa italiana, de vivienda española: ha preservado algunos de los muebles que compraron sus padres al casarse, y que se parecen mucho a los que compraron los míos, la cama, el armario, el aparador sobre el que hay un juego de café, y también fotos antiguas de familia, la foto de boda de sus padres y algunas de sus abuelos, campesinos de cejas grandes, pómulos poderosos y miradas entre asustadas y desafiantes, amedrentadas por la lente y la cortinilla negra del fotógrafo. Ahora sus padres, retirados, viven en Arizona, en una urbanización con campos de golf y piscinas en la que disfrutan del verano casi todo el año: en una de las fotos en color se ve a una pareja de jubilados saludables y bastante prósperos, ya con sonrisas norteamericanas, con una viveza franca e italiana en los ojos. Frente al balcón del comedor se ve la fachada y la torre de una de las parroquias del barrio. Mark, que fue seminarista y fraile franciscano, reconoce cada uno de los toques de las campanas, que le ayudan a calcular la hora y a medir las tareas del día. Cuando sale por la mañana, las mujeres, algunas todavía con velos, ya van camino de la primera misa. Cerca de la iglesia hay dos tiendas de artículos religiosos, la una enfrente de la otra, compitiendo entre sí en la variedad y el esplendor de sus escaparates: vírgenes, cristos, santos de las innumerables devociones italianas, San Nicolás de Bari, San Gennaro, San Antonio de Padua, San Francisco de Asís, cálices, patenas, sagrarios, cirios. Las tiendas religiosas dan una impresión de abundancia terrenal parecida a la de las queserías o la de las grandes tiendas de vinos, y las caras rosadas de las vírgenes y de los santos tienen una lozanía de frutas relucientes. A las cinco de la mañana Mark ha bajado a la panadería a comprarse los bollos suculentos para el desayuno y a dejarse embriagar por los aromas de los obradores. Ahora, antes de ir a la escuela, quizás toma un expreso breve y negro en un café de una esquina, conversando con el camarero o con algún parroquiano que lo conoce desde siempre y le llama *professore* con una mezcla italiana de reverencia y de guasa. En la puerta de una mantequería hay sacos grandes y blancos de legumbres y orzas de aceitunas con olor a tomillo y a vinagre. En la escuela, Mark intenta cada día enseñar algo a los alumnos, que no saben prácticamente nada aunque tienen quince o dieciséis años, y que vienen de otros vecindarios más pobres y violentos del Bronx: negros e hispanos sobre todo, con pantalones abolsados y medias negras en las cabezas rapadas, atadas como pañuelos de pirata, con zapatillas de deporte gigantes. Nadie les ha enseñado nunca nada, le parece a Mark, ni a comer, ni a cerrar sin portazos, ni a controlar el volumen de sus voces, ni a permanecer sentados, ni a prestar atención. Cómo será posible enseñarles literatura, si apenas saben leer y escribir, si se han pasado la vida casi desde que nacieron delante de televisores encendidos, en viviendas medio en ruinas, sin nadie que les inculque una norma, ya que sus madres se quedaron embarazadas cuando eran casi niñas, y además muchas de ellas eran adictas al crack, y no conocieron a sus padres. Desayunan coca cola, trozos de pizza, chocolatinas, chucherías, dice Mark: los azúcares les provocan una especie de subida, de euforia orgánica que no dura nada, y que da paso a un pesado letargo que agrava la falta de atención. Nacieron hacia la mitad de los ochenta: son la generación de los hijos del crack, de la época más negra de las drogas y la devastación urbana. Al principio se extrañaban, y alguno de ellos montaba peligrosamente en cólera, cuando Mark les imponía algunas normas inauditas: no fumar en clase, no estar echados hacia atrás en el asiento, con las piernas abiertas, no comer o beber. Casi todos son más grandes y más fornidos que él: Mark tiene una estatura y una delgadez de campesino siciliano. Pero poco a poco lo han ido respetando, y prestan atención cuando les lee en voz alta historias que se parecen a las suyas, y que selecciona en libros de memorias escritos por hijos de emigrantes: chicos judíos del Lower East Side, italianos o irlandeses de Hell's Kitchen, que tuvieron que buscarse la vida en las calles, que se empeñaron en salir del gueto. Alguno de ellos se le acerca un día al final de la clase y le trae en un cuaderno maltratado un relato de su propia vida, escrito con muchas faltas, con una ortografía tortuosa. Mark se lleva los trabajos a casa y los corrige con extremo cuidado, en la mesa camilla cubierta con un hule que seguramente fue la misma en la que comían sus padres cuando eran jóvenes. Le gusta mucho cocinar: nos invita un sábado y ha preparado sopa de calabaza, pasta fresca recién comprada en su tienda del barrio, con salsa de tomate, mozzarella y albahaca, con un aceite de oliva luminoso y dorado en el que es una delicia untar el pan de miga gruesa y de recia corteza, que Mark compró cuando veníamos de la estación. Hemos tomado el tren en Grand Central Station y en menos de media hora hemos llegado a otro mundo, a esta Italia hospitalaria y populosa en el Bronx. El tren cruza por túneles interminables, sale a la luz y asciende por raíles elevados, dejando atrás Harlem, pasando junto a los descampados y a los desfiladeros de edificios en ruinas del South Bronx, murallones de ladrillo quemados, casas de apartamentos con todas las ventanas tachadas con tablones, malezas y vallas de alambre espinoso, torres de alta tensión volcadas sobre muladares, puentes y túneles de hormigón cubiertos de garabatos de graffiti, esquinas en las que se ve una tienda muy pobre y tal vez una madre negra o hispana gorda y muy joven que lleva de la mano a varios niños muy pequeños. Y ahora, después de ese viaje, hemos llegado a otra ciudad, a otro país, al campus extenso y arbolado de la Universidad Fordham, que pertenece a los jesuitas, y donde Mark estudió, y que tiene edificios góticos de piedra, campanarios y claustros como los de una universidad situada muy lejos de la aspereza urbana. Mark estudió, siempre con becas, Teología, Literatura e Historia del Arte, y durante unos años vivió en un convento de franciscanos. Podría tener un trabajo mucho mejor, pero considera, y lo explica con naturalidad, con una convicción entre ilustrada y religiosa, que es justo que pase unos años restituyendo a la comunidad una parte de los beneficios que él recibió, intentando prestar a algunos de sus estudiantes una ayuda parecida a la que le dieron a él sus mejores maestros. Disfruta paseándonos por las calles de su barrio, presentándonos a sus tenderos y a sus conocidos, y cuando llegamos a una esquina de pronto más desolada nos indica que un poco más allá está la frontera invisible, el límite de esta isla italiana y civilizada. Nueva York es una ciudad atravesada de fronteras. Después de la comida, del vino tinto, del café, de una larga sobremesa que dura casi hasta el atardecer, Mark nos acompaña de nuevo a la estación y se despide de nosotros, sin apartarse de la plataforma hasta que el tren se pone en marcha, como si hubiera venido a despedirnos a una estación de pueblo. Vuelve a su casa por las calles usuales y queridas, en las que ya están encendidas las luces de las tiendas, compra una barra de pan recién hecho para cenar, sube los peldaños de madera de su casa sin ascensor y se instala confortablemente en la pequeña sala de estar con los retratos y los muebles de sus padres, dispuesto a apurar la tarde leyendo el periódico o corrigiendo ejercicios de sus estudiantes. Al anochecer suenan las campanas en las iglesias de la Pequeña Italia del Bronx, como en mi barrio de campesinos cuando yo me sentaba en la mesa camilla para hacer los deberes.

66

Papel de cartas, hojas cuadriculadas de cuadernos, anchas láminas de bloc de dibujo sobre las que una mano diestra y veloz ha trazado al óleo el boceto de un paisaje: la Morgan Library, tan imponente por fuera, es el depósito de las huellas más frágiles de la expresión humana, las más humildes, lo que se escribe o se dibuja o se pinta sobre una hoja de papel, lo mismo una carta de amor que una melodía recién surgida en la imaginación y garabateada a toda velocidad sobre el papel pautado, antes de que la borre el olvido, un libro escolar con anotaciones en los márgenes, una factura de 1905 con el membrete de un hotel y con una lista detallada, pulcramente caligráfica, de los conceptos y las cantidades que un cliente en la ruina dejó impagadas al morir. En las estanterías labradas de la Morgan Library están algunos de los libros más colosales y valiosos que existen en el mundo, como una Biblia impresa por Gutenberg en 1465, pero también he visto allí la última factura que le cargaron en su hotel de París a Oscar Wilde, que no estaba a su nombre, sino al de un M. S. Melmoth, S por San Sebastián, Melmoth por el muerto en vida y desterrado sin reposo de una novela gótica de Charles Maturin tras cuyo apellido se escondía en sus últimos tiempos Oscar Wilde no tanto para huir de la vergüenza que había caído sobre su nombre verdadero como para declarar su condición póstuma de regresado de un lugar más sombrío que la muerte. El edificio de la Morgan Library es como un gran cofre o mausoleo erigido a la memoria del plutócrata J. P. Morgan en la esquina de Madison Avenue y la calle 36, pero las cosas más estremecedoras que se encuentran en ella son las huellas banales o apresuradamente escritas de las vidas humanas, lo que se escribió o se dibujó sobre un papel cualquiera y quizás se perdió en bolsillos o cajones y sin embargo sigue teniendo al cabo de mucho tiempo una instantaneidad de cosa perentoria y recién sucedida, de carta recién escrita, recién leída después de desgarrar el sobre, de melodía terminada de componer hace unos minutos, todavía nueva y vibrando en la imaginación de un músico. En la Morgan Library he visto un ejemplar de Tácito en latín, subrayado y anotado con letra escolar por el adolescente Oscar Wilde, y también alguna de las cartas que escribió desde la cárcel de Reading, a lápiz, con trazos gruesos, sobre un papel azul y basto, rayado, que tenía la aspereza y el color de un uniforme carcelario. He visto en vitrinas cerradas bajo llave, en un salón de techos altos, mármoles y penumbras —el papel debe ser conservado a salvo de una luz demasiado intensa— cartas que escribían los soldados en la guerra civil americana, algunas de ellas apresuradamente, en un papel cualquiera, un poco antes de entrar en combate, con letra torpe de casi analfabetos, y que fueron encontradas en el interior de las guerreras de los cadáveres, a veces con manchas desvaídas de sangre, sin nada más que un nombre y la dirección de una familia, el nombre que salvaría al cadáver futuro del anonimato y la dirección adonde enviar la noticia de su muerte. Cartas de campesinos, de reclutas pobres que no habían tenido trescientos dólares para escaparse de la guerra, escritas sobre papel rayado, con mucha dificultad, con faltas de ortografía, parecidas a las que yo encontraba de niño en el fondo de los cajones de mi casa. En la Morgan Library está la caligrafía insegura de los pobres, y la exquisita de los literatos y los príncipes, las notas que casi pintarrajeaba Beethoven al final de su vida sobre el papel pautado y las regulares y serenas de Brahms, la escritura de Mahler y la de Mozart, sus líneas sobre el papel con la delicadeza y casi el temblor del trazo de una brizna de hierba fosilizada en una roca lisa. En una hoja cuadriculada de cuaderno hay una anotación escrita por un soldado la noche del 5 de junio de 1944: el desembarco en Normandía no pertenece al pasado ni a la Historia, sino al porvenir inmediato y al miedo de ese hombre joven que tal vez no sobrevivió. En la Biblioteca Morgan hay manuscritos iluminados de los evangelios copiados en monasterios medievales de Armenia y cilindros y sellos de marfil hendidos con figuras de animales alados, con jeroglíficos, con signos primitivos de escritura cuneiforme. En una vitrina hay un volumen abierto del diario de Stuart Davis, vibrante de acuarelas con bocetos de escaleras y anuncios, de trenes elevados, de rascacielos de Nueva York, y en otra una carta que Manet le escribió un día de junio de 1860 a una mujer que se llamaba Margarita, adornándola con dibujos delicados de margaritas en el encabezamiento y en los márgenes. Viendo esa carta, esa caligrafía, la calidad del papel, uno se imagina a un hombre de mundo, que se vestiría con la misma elegancia con que trazaba unas palabras en francés o dibujaba una acuarela, que elegiría una flor para su ojal tan cuidadosamente como la margarita postal que le envió a su amiga. Muy cerca, llegada desde otra región del pasado, a través de quién sabe qué azares, hay una hoja ordinaria de cuaderno escolar, cuadriculada, con signos de arrugas y dobleces, como si hubiera permanecido mucho tiempo en el bolsillo de alguien. Está protegida también por un cristal, montada en un marco de madera oscura, pero a pesar de eso conserva una cualidad de cosa estragada, de testimonio de un arrebato angustioso: es una carta que Van Gogh le escribió a Paul Gauguin insistiéndole para que se viniera a vivir y a trabajar junto a él en Provenza. A un lado, Van Gogh ha dibujado para su amigo el boceto del cuadro que está pintando esos días: una habitación estrecha, con una ventana al fondo, con una cama de madera y una silla de anea. El cuadro terminado, el libro concluido e impreso, se cierran sobre sí mismos, ya definitivos, herméticos como las valvas de un molusco, como el caparazón de un crustáceo, dispuestos para la vitrina o la estantería: el dibujo, el borrador escrito a mano, la página de diario, la carta, preservan la huella del presente en el que una mano los estaba trazando, la cualidad líquida de las líneas de tinta o de lápiz, nos atraen como imanes hacia ese instante, nos hacen parte de él, de su cualidad fluida y trémula. Van Gogh está concibiendo, mientras dibuja su cuarto, un cuadro que todavía no existe, Oscar Wilde escribe con un lápiz grueso en el papel obligatorio de los prisioneros y sobre su caligrafía gravita toda la pesadumbre del cautiverio y el tiempo que le falta para salir de la cárcel, Mozart inventa una música al mismo tiempo que la va escribiendo y esa música nadie la ha escuchado todavía, un soldado escribe tortuosamente su nombre, con manos torpes y grandes, en un trozo de papel que le ha prestado alguien, y la batalla de la guerra civil americana en la que va a morir no ha empezado todavía. En la Morgan Library me viene a la memoria esa frase de Cervantes: *Sola la vida humana corre a su fin ligera más que el viento.*

67

Escribo sentado en una silla de hierro en Bryant Park, en la mañana de noviembre que tiene una calidez de primavera regresada, de luz de abril que llega a la ciudad saltándose el invierno. Me siento y abro mi cuaderno por una hoja en blanco como si me dispusiera a dibujar, como un impresionista que sale del estudio donde los pintores estuvieron confinados cuatrocientos años para pintar del natural, al aire libre, en *plein air.* El mismo aire suave de noviembre o de abril que sacude muy ligeramente las hojas de los árboles mueve también las del cuaderno, que al fin y al cabo tienen el mismo nombre, y aunque parezcan tan distintas comparten, en el fondo, una misma naturaleza vegetal. Tengo que sujetar el cuaderno abierto con la mano izquierda mientras escribo con la derecha, sentado en la silla de hierro, entre la gente que conversa o toma el sol almorzando sándwiches ligeros y refrescos. Como Bryant Park está situado a espaldas de la biblioteca pública —su espacio lo ocupó en otros tiempos un gran palacio de cristal— entre su arboleda abundan las estatuas de literatos. Frente a mí, sobre un pedestal no muy alto, con una amplia gordura de vida sedentaria y de bronce, está sentada Gertrude Stein, cuya efigie es la última que se ha incorporado a la población literaria del parque. Los demás héroes o literatos de bronce se apoyan en columnas con ademanes solemnes, o están sentados en sillones como tronos, caballeros de largas levitas, patillas pobladas y nombres olvidados, pero Gertrude Stein tiene una actitud desahogada, prosaica, como de señora gorda que se sienta en un banco después de una caminata que la fatigó mucho: las caderas muy anchas, la nariz ganchuda, con algo de pico de pajarraco benévolo. La gente pasa, almuerza, habla por teléfono móvil, fuma con los ojos entornados, lee el periódico, juega al ajedrez en las pequeñas mesas de hierro, y Gertrude Stein apoya con aire meditabundo el mentón en una mano y el codo en el regazo de matrona de bronce, con el gesto que debió tener mientras posaba para Picasso. Cuando alzo los ojos hacia ella me parece que me mira con cierta ironía, con la distancia de los muertos hacia los afanes que en otros tiempos compartieron, preguntándome qué hago yo aquí, con mi cuaderno abierto sobre las rodillas juntas, queriendo fijar el momento en que vivo y las cosas que veo sobre una hoja de papel y con un hilo de tinta muy delgado, usando palabras, que son tan abstractas, en vez de las líneas del dibujo (arte que no por casualidad alcanzó su perfección mucho antes de que se inventara la escritura), queriendo lograr una instantánea precisión que se me escapará siempre, apresar lo que sucede ahora mismo, como la señora Dalloway quería percibir al mismo tiempo y con todo detalle todas las impresiones de la mañana de junio en una calle de Londres: la sombra sobre el suelo de una paloma que vuela entre las ramas ya casi desnudas de un plátano y las voces joviales de un grupo de niños uniformados, cogidos de las manos, que se ponen en fila para entrar en la biblioteca, y que por un momento me rodean en un tumulto de patio de colegio, una mujer de ojos enormes y perfil babilónico o cretense que se queda inmóvil y sonríe porque el hombre que va con ella está tomándole una foto, la cara de majestad derruida y primitiva de un sin techo enorme que se ha puesto en la cabeza un turbante fantástico, barroco, admirable, de califa o de sátrapa persa, hecho con una bolsa desgarrada de basura. Miro y escribo. Me gustaría que la mano avanzara sola y automática para que los ojos no se apartaran ni un segundo del espectáculo que alimenta la inteligencia y la escritura. Un negro joven, gordo, achaparrado, fornido, de rasgos muy africanos, con un pañuelo verde atado a la cabeza, detiene cerca de mí el carrito de niño cargado de bolsas que venía empujando y escarba entre sus posesiones —trapos viejos sobre todo, papeles— hasta encontrar un espejo algo más pequeño que su cara redonda. Se mira en él, sujetándolo por el mango, acercándoselo mucho, como si examinara alguna afección de la piel, lo retira un poco, sonríe, y manteniéndolo en alto empieza a hablarse a sí mismo, o a quien crea que está viendo en el espejo. Ha puesto una cara de satisfecha alegría, como quien iba solo y atareado por la calle y encuentra inesperadamente a un buen amigo, a un amigo del alma. No estoy tan cerca como para escuchar lo que dice, pero sí veo cómo gesticula, con qué afectuosa atención mira al espejo, como esperando el final de las palabras de su interlocutor para responder animadamente a ellas, ajustando de vez en cuando la distancia, cambiando ligeramente el ángulo. Dice algo que debe de llevar una segunda intención, porque guiña un ojo y suelta una carcajada, y luego se pasa una mano grande por los ojos, como si la risa le hubiera hecho brotar las lágrimas, la risa agradecida por la ocurrencia de un amigo. Se apacigua, deja de reír y ya está pensando en otra cosa, pero la sonrisa permanece en los labios, como ese rescoldo de felicidad que vemos a veces en la cara de alguien que se cruza con nosotros y está recordando algo muy grato. En seguida se le ocurre algo todavía mejor y se lo comunica a sí mismo en el espejo, los ojos brillantes, como pensando: no te lo vas a creer. Busca de nuevo en su carrito averiado de niño, entre sus bolsas de desperdicios, y extrae de una de ellas, sin que se sepa cómo ha podido encontrarlo, un cepillo de dientes. Es un cepillo pequeño, como los que dan en los aviones, pero en la manaza gorda de este hombre es un cepillo diminuto, una miniatura de cepillo, como sacado del neceser de una muñeca, sobre todo cuando se lo lleva a su boca tan grande, cuando empieza a frotar con él los dientes que resplandecen de tamaño y blancura, y que él examina ahora en el espejo como a la luz matinal de un cuarto de baño en el que completara animosamente su higiene personal antes de salir hacia el trabajo, con una sonrisa feliz de anuncio de dentífrico. Se frota rápido los dientes, da la impresión de que se le hubiera hecho tarde para algo, guarda el cepillo en una de las bolsas, no sin cierta deliberación, como un hombre muy organizado que reserva un sitio para cada cosa. Echa a andar, alejándose del parque, por la acera ancha de la calle 42, junto al muro de mármol de la biblioteca pública, en dirección al este, empujando con una mano su carrito ruinoso de niño, y con la otra sigue sosteniendo el espejo delante de su cara y habla muy animadamente, a veces muy serio, como quien cambia el tono de una conversación insustancial para hacer una confidencia, y otras veces escuchando, moviendo la cabeza con atención reflexiva. Gente que ha terminado su almuerzo en el parque y se apresura hacia las oficinas pasa junto a él y sólo una mujer vuelve un instante la cabeza, intrigada, de nuevo indiferente y absorta en lo suyo. El hombre feliz del carrito y el espejo, caminando y charlando sin prisa en la mañana tibia de noviembre, da la vuelta a la esquina de la biblioteca y un poco después ya no puedo verlo.

68

Javier no puede pasear tranquilamente por la calle en España, porque ha sido el protagonista de una serie de televisión de mucho éxito y de la última película de Pedro Almodóvar, pero en Manhattan disfruta del placer recobrado y paradójico del anonimato, la ausencia temporal del reconocimiento público que sin duda deseó mucho, y que le sobrevino en una escala inimaginable para él, tan rápidamente que no parece que se haya acostumbrado todavía. «Ahora vuelvo a hacer lo que en España no podía», me dice, «mirar a la gente por la calle», no tener que ir eludiendo siempre miradas que lo reconocen, con una cara afable y a la vez fingiendo que no las advierte, miradas que automáticamente lo identifican con el personaje que interpreta y que no es él. Javier está un poco por azar en Nueva York, porque vino con Almodóvar a presentar su película en el festival de cine, y de pronto le apeteció quedarse, dado que además en España no hay ahora mucho trabajo para los actores, conocidos o no. Está solo en la ciudad, a la que no había venido nunca, descubriéndola, en un estado entre de abrumada maravilla y apocamiento. Bajamos al principio de la noche por la Quinta Avenida, muy cerca de Washington Square, y a Javier le sorprende gustosamente la quietud y el silencio, la cualidad serena y habitable del barrio, la perspectiva de las calles laterales del West Village, arboladas, recónditas, con escalinatas de piedra y pequeños jardines, con anchas ventanas luminosas. Va seis horas al día a una academia de inglés, donde todos sus compañeros son orientales, japoneses y chinos de Taiwan, sobre todo, y el resto del tiempo lo dedica a asistir al teatro, a caminar por las calles, a mirar a la cara a la gente, las personas desconocidas que se cruzan con él y no lo miran ni saben su nombre. Cada mañana, en la academia, sus compañeros japoneses, con los que se entiende más que nada por señas, le sonríen mucho y le tocan por turno, con las dos manos, la barriga, que no es prominente, pero que por algún motivo a ellos les parece un atributo de felicidad y de buena suerte. Luego todos se ríen e intercambian inclinaciones y palabras sueltas en inglés. Javier es calvo, con perilla, con gafas, con un aire entre solitario y jovial. Ahora vive en un apartamento casi vacío, en Tribeca, que le ha prestado alguien, en un edificio al final de la calle Chambers. Desde las ventanas —muy grandes, en las habitaciones casi despojadas de muebles— Javier ve el mar abierto, la bruma más allá de Ellis Island y de la estatua de la Libertad, la costa de New Jersey. Mirando hacia abajo, lo que ve es el socavón ingente donde estuvieron las Torres Gemelas: una hondonada rectangular de cemento, cercada de altas vallas y reflectores que iluminan el vacío, inmenso como el de un estadio abandonado. En el apartamento hay un televisor, pero Javier dice que no ha aprendido a manejarlo, de modo que cuando llega por la noche escucha música, ópera sobre todo, Mozart. Yo me imagino cómo sonará la música en el apartamento casi vacío que pertenece a otra persona, con la resonancia de los lugares deshabitados, cómo influirán la soledad y el espacio en la manera en que Javier escucha, por ejemplo, las arias de la *Reina de la Noche,* mirando por un ventanal las luces lejanas de la costa, las de los barcos que llegan al puerto o se alejan de él, el gran yacimiento de oscuridad cuadriculada por hileras débiles de luces que se despliega muy abajo, en las calles que él todavía apenas conoce, las que durante mucho tiempo estuvieron clausuradas, después del 11 de septiembre, hace ya más de un año. Al principio, cuando la gente de la película volvió a España y él se quedó solo, Javier pasó varias semanas viviendo en un hotel, uno de esos hoteles de fachada noble y deteriorada e interiores inciertos que hay entre Broadway y la Quinta Avenida, inmediatamente más arriba de Madison Square. Al pasar se ve un letrero vertical con letras rojas que ilumina a medias la fachada con un aviso escueto en el que no suele haber un nombre propio: lo único que pone es HOTEL, como si fuera una categoría definitiva y abstracta que no requiere mayores dilucidaciones, del mismo modo que al final de los corredores hay otro letrero que dice EXIT. Las letras luminosas, en la calle casi a oscuras, son al mismo tiempo una llamada y una advertencia: las fachadas nobles, con guirnaldas y volutas de piedra, en seguida se ve que están sucias de hollín y de humo, y tras los dorados de las puertas se intuyen interiores lóbregos de moquetas rojas y gastadas, como de teatro en decadencia, esas moquetas bajo las cuales crujen maderas muy antiguas. Junto al letrero vertical del hotel donde Javier se hospedaba estaba el cartel amarillo y la luz de insomnio y de clínica de uno de esos aparcamientos que no cierran en toda la noche, y cuyos aparatos de ventilación tienen la salida en el patio estrecho y negro al que daba la ventana de la habitación de Javier. Cada noche, después de las seis horas en la academia de inglés y de las caminatas solitarias por la ciudad, Javier volvía al hotel con los pies doloridos, y nada más doblar la esquina en Broadway o en la Quinta y ver el letrero luminoso notaba una mezcla de complacencia literaria y cinéfila y de desolación que se le alojaba en el pecho como un principio de catarro. Entraba en ese tramo de la calle 31 como en un túnel, como en un subterráneo del metro, sorteando los montones de bolsas negras de basura, en las que brillaban, alternativamente, el rojo del neón del hotel y el amarillo y el blanco del aparcamiento. Le sorprendía no sólo el tamaño de las bolsas y la acumulación de las basuras, sino también la suciedad que lo cubría todo, como una capa brillosa y resbaladiza de grasa, el cemento de la acera y el asfalto desigual de la calzada, sobre el quc rcbotaban los grandes taxis amarillos con un ruido de desguace. La luz se adhería también a la grasa del suelo, resbalaba en ella como en el agua de los charcos durante las noches de lluvia, el rojo intermitente del semáforo de la esquina y el de los pilotos traseros de los coches. Le llamaba la atención que hubiera tantos desperdicios en el suelo, vasos de papel, recipientes y restos de comida rápida sobre todo, rebosando las papeleras, despidiendo olores dulzones. Alguna vez, entre las bolsas y los cartones, Javier advertía un movimiento, y temía que fuera una rata, pero solía ser un *homeless* que se revolvía en el mal sueño de la borrachera o de la enfermedad mental. Cada noche Javier regresaba al hotel como superando una prueba a través de etapas sucesivas, primero el letrero rojo, al fondo de la calle oscura, después las bolsas negras, el brillo insustancial de los dorados y las plantas tropicales de plástico en la recepción del hotel, más tarde el ascensor, con moqueta y sin espejo, el pasillo, las puertas alineadas y tras ellas rumores de voces de televisión, el letrero al final, EXIT, y un poco antes la puerta de su habitación, que parecía inspeccionarlo con el ojo único y fijo de su mirilla, expulsándolo de antemano, recordándole su condición de transeúnte y extranjero. Qué raro todo, de pronto, el silencio de tantas horas sin hablar, encontrarse solo en una habitación de hotel, rodeado de olores entre los que no hay ninguno que sea familiar, de roces que dejan en la piel, en las yemas de los dedos, la extrañeza de tejidos sintéticos lavados muchas veces, siempre con un punto de aspereza, transmitiendo a la piel y al olfato una sensación de polvo muy sedimentado. Le parecía que hacía mucho que se estrenó la película en el Lincoln Center y que sus compañeros se volvieron a España. Nueva York, cada noche, no era la ciudad de las películas, de los libros y de las postales, la resonancia tentadora de su propio nombre, sino estrictamente el espacio cerrado de esa habitación, el fluorescente demasiado intenso del cuarto de baño, el roce pegajoso de la cortina de la ducha contra la piel mojada. Nueva York era el televisor encendido a deshora, frente a la cama, y el fragor de las máquinas en el patio al que daba la ventana, frente a otras ventanas en las que se entreveían figuras cruzando la penumbra, perfiladas por la fosforescencia de los televisores. Sin calcular la hora que sería en España llamaba a los amigos para escuchar una voz y usar la suya propia y se gastaba fortunas hablando por teléfono.

69

A la distancia de unas pocas calles, en los mismos días, en dos clubes de Manhattan, dos mujeres cantan casi la misma música, acompañadas de instrumentos semejantes, y sin embargo no puede haber más distancia entre las dos. Paula West canta en el hotel Algonquin, en la Oak Room, forrada de paneles de madera oscura, iluminada por lámparas pequeñas, de pantallas rosadas, que dejan anchas zonas de penumbra entre las mesas, por las que circula un rumor civilizado de cuchillos y tenedores, de hielo en las copas de cócteles perfectos. El Algonquin está en la calle 44, entre la Quinta y la Sexta avenidas, en la misma acera en la que estuvo hasta no hace muchos años la redacción de *New Yorker*, cuyos escritores frecuentaban célebremente el bar y el comedor del hotel. El Algonquin respira el mismo aire distinguido, ligeramente anticuado, que la prosa de los largos artículos y los relatos de *New Yorker*, y muchos de los huéspedes tienen un aspecto como de escribir en la revista, o de ser personajes de la literatura que desde hace casi ochenta años se viene publicando en ella, civilizada y precisa, transparente y a la vez muy sólida, digna y con un punto de confortable monotonía cuando no deslumbradora de talento. Camino del hotel Algonquin paso junto a la placa conmemorativa en la fachada de la vieja *New Yorker* y me produce una punzada de emoción pensar que ese umbral lo han cruzado, trayendo manuscritos, algunos de los escritores que más me gustan, Vladimir Nabokov, Edmund Wilson, Joseph Mitchell, Truman Capote, John Cheever, J. D. Salinger. El Iridium, donde canta Dee Dee Bridgewater, se encuentra a no mucha distancia, y sin embargo en otro mundo, sobre todo de noche, muy cerca de Times Square, en Broadway y la 51, en medio del tumulto plebeyo de los teatros y de los turistas. Dee Dee Bridgewater provoca un tumulto cada noche en el club Iridium: sube al escenario con un vestido negro muy ajustado, se retuerce deslizando las dos manos abiertas a lo largo del cuerpo, las manos con largas uñas pintadas de rojo, se ríe a grandes carcajadas de las bromas sexuales que ella misma hace con los músicos, se pasa una mano por su hermosa cara africana, bruñida de sudor. Dee Dee provoca a los espectadores varones como una cantante de revista del Teatro Chino o del Paralelo de Barcelona, moviendo las caderas y el vientre con una espesa procacidad babilónica, como yo sólo he visto hacerlo, hace muchos años, a algunas bailaoras viejas del Sacromonte de Granada. Se levanta la falda y la piel oscura y mojada de sudor de los muslos brilla bajo los focos rojizos del escenario. Canta como uno imagina que cantarían en los años veinte las estrellas desvergonzadas del music hall negro, con una parte de picardía lúbrica que también estaba en las cantantes de blues, Bessie Smith o Mammie Smith o Ma Rainey, celebradoras de la ginebra, de las expresiones con doble sentido y de la promiscuidad sexual. Dee Dee Bridgewater canta canciones de Kurt Weill, con toda la poesía depravada de los cabarets golfos de Berlín, pero en su voz el sarcasmo frío de las letras de Bertolt Brecht alcanza una ebriedad carnal y desgarrada. El sótano del Iridium está lleno de gente, el escenario es demasiado pequeño para los músicos y sus instrumentos, para la presencia borrascosa de Dee Dee Bridgewater, que agita una gran melena negra con trencillas de rastafari y baila sobre unas sandalias negras de tacón muy alto, riéndose con la misma risa inmensa que tiene Bessie Smith en sus fotos de juventud. Hay un batería argentino con el pelo muy largo y espuelas de gaucho, a las que lleva atados unos cascabeles, hay un contrabajista guapo, ensimismado y muy serio que es hijo de madre sueca y padre afroamericano, hay un pianista que se vuelca sobre el teclado dando la espalda al público, y tres franceses jóvenes y flacos que componen una magnífica sección de viento, una trompeta, un saxo alto que vuela buscando las velocidades y los quiebros vertiginosos del virtuosismo temerario de Charlie Parker, un trombonista que sabe revelar, en medio de toda la espléndida confusión de la música, la dulzura honda de su instrumento; esa palabra, instrumento, añadida al modo en que se desliza la vara del trombón y también a su tamaño, le dan lugar a Dee Dee Bridgewater a aventurarse en algunas comparaciones admirativas que acompaña de gestos procaces y rítmicos y que el público recibe a carcajadas. Pero no sólo está haciendo bromas sexuales a costa del trombón, también canta secundando sus notas entrecortadas o alargadas, ajusta a ellas la letra de una canción, deshace las palabras en sonidos puramente fonéticos para que su voz suene igual que el tan celebrado instrumento, enredándose con él en un desafío de persecuciones, notas agudas seguidas de notas muy graves, gritos, maullidos, chasquidos convulsos de la lengua, jadeos acompañados por la oscilación de las caderas, por los golpes de los tacones sobre la tarima del escenario. Dee Dee Bridgewater encarna toda la liberadora grosería del jazz primitivo, que estaba contenida hasta en el equívoco sexual de la palabra misma, y que escandalizaba tanto a los predicadores puritanos: una invasión de lujuria negra, una música bárbara que iba a despertar los peores instintos, a contagiar el desenfreno animal de la raza negra a los jóvenes blancos que se sentían arrastrados por sus ritmos, a las muchachas rubias y puras, enajenadas como bacantes por aquellas cacofonías de tambores, que las intoxicarían hasta perder el juicio y entregarse a los gañanes negros. La desvergüenza del jazz se alía al erotismo mercenario y algo cadavérico del Berlín de Kurt Weill y Brecht: Dee Dee Bridgewater empieza a cantar *Alabama Song*, resaltando su ritmo extenuado y violento de peregrinación nocturna por los paraísos artificiales de la ciudad, de búsqueda angustiosa de hombres, de mujeres, de dinero, de alcohol, de otro bar que esté todavía abierto, en una niebla beoda en la que se confunden el deseo y el instinto de la muerte:

Oh show us the way
to the next whisky bar,
for if we don't find
the next whisky bar
I tell you we must die
I tell you we must die...

Entre las mesas la gente exaltada se levanta y comienza a bailar, en un espectáculo de posesión colectiva al principio gradual, como en las iglesias de Harlem los domingos por la mañana, una sola persona de pie entre las mesas, contorsionándose al ritmo de la música y dando palmas con los ojos cerrados, y luego otra que salta hacia arriba, y otra más, y todo el público ahora tan agitado y tan sudoroso como los músicos que tocan más fuerte, atronando los oídos en el sótano de techo tan bajo, permitiéndose disonancias que acentúan la cualidad áspera y provocadora del jazz. El baterista gaucho salta entre sus tambores, golpeando el suelo con los tacones de las botas, haciendo sonar los cascabeles de las espuelas, y ahora ya ha dejado las escobillas y toca con las dos manos abiertas. El pianista al que no vemos la cara se vuelca sobre el teclado como asomándose a un pozo, el contrabajista sueco y africano mueve los dedos poderosos por el mástil encontrando en las cuerdas resonancias profundas que agrandan los latidos en el interior del pecho y en las sienes, y Dee Dee Bridgewater, rodeada en círculo por el trompeta, el trombón y el saxo alto, canta a gritos y se ríe a carcajadas, *Oh show us the way to the next little dollar,* invocando luego la luna de Alabama, el estribillo machacón de la despedida y de la muerte: *Oh moon of Alabama / It's time to say goodbye...*

70

En el vestíbulo del hotel Algonquin, entre las conversaciones en voz baja y el leve tintineo de los cócteles, Paula West conversa con alguien, unos minutos antes de empezar su actuación, que tendrá lugar al otro lado de un cortinaje denso y oscuro, en la Oak Room. El viento y la lluvia del exterior hacen más hospitalario este ambiente abrigado, en el que a veces irrumpe, surgiendo de la puerta giratoria, un recién llegado que por su indumentaria y sus modales parece un viajero antiguo, que ha venido no del aeropuerto, sino de los muelles donde atracaban los transatlánticos, o de la estación Central o la de Pennsylvania, antes de que esta última cayera derribada en la edad de oro de las demoliciones, en esa época en la que, según Joseph Brodsky, los arquitectos hicieron más daño a las ciudades que los bombarderos de la Luftwaffe. Al vestíbulo del Algonquin llegan viajeros con gabardinas, con maletas de piel, señoras de mediana edad con trajes de chaqueta, hombres con americanas y gorras de tweed, chalecos y gafas, con una elegancia confortable, dignamente usada, como el mobiliario y los cortinajes del mismo hotel. Sobre una discreta placa dorada, un letrero advierte: *Proper attire required.* ¿Habré venido yo con la ropa adecuada? En la Oak Room la mayor parte de las mesas están ocupadas, y ya hay gente cenando, pero apenas se oye un ruido, tan sólo un murmullo de conversaciones, de risas discretas. Aún no ha comenzado la actuación, pero ya los camareros sirven las mesas con movimientos excepcionalmente sigilosos, como si hiciera tanta falta la quietud para aguardar la música como para escucharla. En las paredes los paneles de roble tienen una pátina de solidez nobiliaria. La moqueta del suelo absorbe los pasos y los pequeños ruidos más agudos. Las lámparas de las mesas se encenderán cuando al comienzo de la actuación se apaguen las luces del techo y de los apliques dorados de las paredes. En una noche así no estaría bien pedirle mucho más a la vida: un cóctel cristalino, con la dosis justa de frío y de vodka, una cena sabrosa, la promesa cierta de felicidad de la música, confirmada por la presencia de los instrumentos que ya están dispuestos en el centro de la sala, en el espacio vacío entre las mesas, junto a una tarima baja en la que hay un micrófono. La batería, tan cerca de mí que si extendiera la mano podría rozar los platillos, el gran contrabajo recostado en la pared, el piano de cola. A las nueve en punto se atenúan las luces y entran los músicos. No se parecen nada a los de Dee Dee Bridgewater. El pianista, Ed Reed, lleva el pelo muy corto, una breve perilla, unas gafas doradas, un traje oscuro: podría ser profesor en un departamento de estudios afroamericanos; el batería tiene una melena grande y rizada como de león, pero no es menos elegante o menos sobrio que el pianista, aunque no lleva americana, sino una chaqueta de lana azul oscuro, con una cremallera entreabierta en el cuello, mostrando la camisa impecable y la corbata roja. Sólo el contrabajista es blanco: muy flaco, con la nariz aguileña y el cuello largo y pálido y la nuez muy prominente, los ojos muy claros, las manos más delicadas de lo que parece necesario para pulsar las duras cuerdas de acero del contrabajo. Tiene un aire judío, y debe de serlo: más tarde, al presentarlo, Paula West dice que se llama Barak. Pero ella aún no aparece, y las luces no se atenúan del todo. Tras un breve aplauso los músicos empiezan a tocar con una rapidez sin vacilaciones ni calentamientos, como si hubieran saltado sin el menor esfuerzo a un tren en marcha. Escuchada tan cerca, sin amplificación, en esta sala forrada de paneles de madera, la música suena con una claridad, con una transparencia suprema: la mano derecha y la mano izquierda en el piano, sus cuerdas vibrando bajo los golpes de los martillos, la pulsación del contrabajo, el aire resonando en la concavidad de la caja, los golpes graves del pedal en el bombo de la batería, las escobillas deslizándose sobre la piel tensada de los tambores pequeños, provocando ondulaciones metálicas en los platillos, como si un puñado de arena fuese cayendo poco a poco sobre ellos y se pudiera distinguir el choque exacto de cada uno de los granos. En el club Iridium la música retumbaba tan violentamente en las cavidades interiores del cuerpo como en los techos bajos y en las esquinas de la sala. Aquí la música lo roza a uno como una brisa tibia, actúa sobre la conciencia tan gradualmente, tan insidiosamente como un sorbo de dry martini, como la voz y la caricia de alguien que nos está seduciendo. Cada uno de los tres músicos parece que persigue afanosamente su propia melodía, su particular línea rítmica, y al mismo tiempo se establece entre los tres una confabulación casi invisible, revelada en gestos mínimos, como los signos furtivos de una orden masónica, en una mirada rápida, en un movimiento de la cabeza o de una mano. Y entonces, tras un redoble del batería en los tambores, tras un aplauso que los músicos reciben con ligeras inclinaciones, más de buena crianza que de sometido agradecimiento, la sala queda casi a oscuras, alumbrada tan sólo por las lamparillas de las mesas, entre las cuales cruza hacia la tarima Paula West, sonriendo, más menuda que en el recuerdo de otras veces, con la piel muy oscura y una belleza de rotundos rasgos africanos, vistiendo un traje largo y satinado y un amplio echarpe sobre los hombros desnudos. A unas pocas calles, en el Iridium, Dee Dee Bridgewater invoca el espíritu de turbulenta bacanal de los barracones de madera en los que cantaban las heroínas primitivas y carnales de los blues: el traje, los ademanes, la entonación de la voz de Paula West pertenecen al mundo urbano de los clubes de noche y de los musicales de Broadway, de las letras irónicas y las melodías livianas de Cole Porter, de Harold Arlen, de Rodgers y Hart. Dee Dee agita el cuerpo entero, se ondula, abre las piernas, separa mucho las rodillas, adelanta el vientre, se acaricia la curva de las caderas, se levanta la falda en arrebatos eléctricos como de bailaora flamenca mostrando los muslos desnudos y mojados en sudor, ríe a carcajadas, interpela con descaro a algún hombre del público. Paula West, con su vestido hasta los pies y su echarpe sobre los hombros, pronuncia cada palabra de una canción con la claridad de Ella Fitzgerald o de Dinah Washington, y por la acentuación de una sílaba o la entonación de un solo verso sabe sugerir un doble sentido erótico, una punzada de dolor, pudorosa y velada de melancolía. Paula West dice las canciones, en la misma medida en que un cantaor flamenco dice los cantes, y como él maneja un repertorio limitado y casi ritual de gestos, cierra los ojos, aprieta los párpados, sonríe por dentro, mueve con delicadeza los dedos de una mano como dibujando en el aire la forma de una melodía: está tan cerca, entre las mesas del Algonquin, que oírla cantar es como conversar con ella. Cada palabra, con su entonación precisa, tiene un valor exacto en el juego de la música, que nace de las mismas palabras en vez de imponerse sobre ellas, como nace un paso de danza de Fred Astaire o Gene Kelly de los pasos comunes que cualquiera da por la calle: cada nota y acorde del piano, cada pulsación de la batería o del contrabajo se distinguen individualmente y se conjugan entre sí en un flujo tan flexible y tan lleno de significados como el de la voz humana que canta. Y las canciones resuenan no sólo en esta sala del hotel Algonquin, sino en la amplitud del tiempo que nosotros llevamos escuchándolas, en nuestros primeros encuentros lejanos, cuando decían por nosotros lo que nosotros mismos no nos atrevíamos a decir en voz alta, en la primera noche del primer viaje compartido a Manhattan. Quizás las canciones no sólo nos han acompañado, también han influido sobre nuestras vidas al sedimentarse en ellas, al habituarnos a sus melodías y a las letras que han ido filtrando nuestros propios sentimientos a lo largo de los años y que podemos repetir en voz baja de memoria mientras Paula West las canta, con su mezcla tan civilizada de sentimentalismo y de ironía, de predisposición hacia la ternura y desapego anticipado ante las inconstancias y las fragilidades del corazón. Del concierto de Dee Dee Bridgewater en el Iridium uno sale exaltado, intoxicado físicamente. Después de escuchar a Paula West queda una embriaguez sentimental, demorada, duradera, una emoción que lo acompaña fraternalmente a uno cuando sale a la calle y han cesado el viento y la lluvia y está tan grato caminar por la Quinta Avenida, desierta a medianoche, abrazado a quien uno ama, como si caminara en el interior de la burbuja de tiempo e imágenes que es una canción, cualquiera de las canciones sobre Nueva York que nos sabemos de memoria.

71

Regreso al Museo Whitney para buscar algunos cuadros, para encontrarme de nuevo con ellos, como me encontraría con una cara familiar y querida, con una habitación que ha permanecido idéntica a pesar de mi ausencia. En la pintura, como en la amistad, uno tiene sus prioridades. Yo busco siempre a Mark Rothko, a Edward Hopper, el autorretrato infinitamente triste de Arshile Gorky con su madre, una escena de boxeo de George Bellows, una mujer de rojo en gran formato pintada por Alex Katz. Decía ayer en el *New York Times* Philip de Montebello, el director del Metropolitan, que la tarea de los museos, en una época de reproducciones omnipresentes y baratas, de fantasmagorías virtuales, era la de seguir siendo custodios de las presencias reales, de las obras de arte que están en un solo lugar y no en ninguna otra parte del mundo, dotadas de una individualidad tan poderosa como la de un ser humano: la textura, el peso, el tamaño, la materialidad que la obra irradia, la sustancia física del lienzo, el gesto de una pincelada, las palabras escritas con tinta real sobre una hoja de papel, no deslizándose intangibles en la pantalla de un ordenador. Presencias reales: en una sala pequeña, en la quinta planta del Whitney, hay tres cuadros de Hopper que retratan la luz limpia y la serenidad de la primera hora de la mañana. El primero se llama, simplemente, *Siete de la mañana*. No se ve a nadie, no hay casi nada en él, pero a mí siempre me hipnotiza. La mitad derecha del cuadro es el escaparate de una tienda rural, en un edificio de madera, una tienda en la que se ve un reloj de pared que marca las siete, mientras una claridad azulada tiñe las paredes de madera pintada de blanco y los escalones, pero no permite distinguir mucho de lo que hay en el escaparate. La otra mitad es un fragmento de un bosque en el que todavía dura la noche: uno de esos bosques norteamericanos que se vuelven impenetrables a la distancia de unos pasos. Lo que sucede en el cuadro es una frontera, un doble límite, insinuado y a la vez tajante, el que separa la noche y el día, la negrura y la luz, la naturaleza de las obras humanas, la última casa de una ciudad, acogedora y doméstica, y el espacio sombrío que hay un poco más allá, que la rodea como los grandes bosques a las aldeas medievales de Europa. Quién vive en ésa, quién estará todavía dormido en una habitación interior: quién o qué habitará entre los árboles, en el bosque que empieza justo después de la esquina, al final de la calle. En los cuadros de Hopper siempre hay una frontera: entre lo que se ve y lo que queda oculto, entre el interior y el exterior, entre el gesto aislado y la secuencia a la que pertenece, entre el personaje al que nosotros miramos y lo que el personaje mira, que con mucha frecuencia está fuera del cuadro, al otro lado de una ventana que da al campo o a los tejados de una ciudad. Presencias reales, no las inexactitudes perezosas del recuerdo, ni el fraude de las reproducciones: en un lugar preciso, en ninguna otra parte, en una sala pequeña de la quinta planta del museo Whitney, en la esquina de Madison y la calle 75, está el cuadro de la mañana desierta en una avenida de Nueva York, quizás de la parte baja de la Séptima o la Octava: casas de dos plantas, fachadas de ladrillo rojo, el rojo maduro de una hoja de arce al final del otoño, tiendas con las persianas echadas, el poste listado de rojo, blanco y azul de una barbería. El cielo es azul, sin nubes, limpio y frío, y la luz del sol, oblicua sobre la acera, no es interrumpida por ninguna sombra, por ninguna presencia. Es la quietud y el silencio de la mañana recién comenzada del domingo, el paraíso laboral y litúrgico del último día de la semana: y parece que la estoy viendo no a través de la mirada de nadie, y ni siquiera del oficio y la técnica del pintor, sino por un privilegio de omnisciencia, como nos gustaría ver nuestra habitación sin regresar a ella, sorprendiéndola en el misterio inviolado de su soledad. Cuántas veces, en cuántos viajes me he detenido delante de este cuadro, cómo ha ido cambiando mi vida y la de las personas que quiero mientras él permanecía invariable aquí, como su luz congelada de domingo, en esta pared de la quinta planta, o en esos almacenes del museo donde se guardan, por falta de espacio para exhibirlos, tantos de los cuadros que la viuda de Hopper legó al Whitney. Así ha permanecido, visible o invisible, no desde la última vez que yo estuve en la ciudad sino desde mucho antes, antes de que yo naciera en otro extremo del mundo. Pero el tiempo queda encerrado y a la vez abolido en la obra de arte, como una flor o un insecto de una especie extinguida en el interior de una gota de ámbar. Lo que sucede en la pintura, en la fotografía, es el presente eterno: siempre es la primera hora del domingo en una avenida del sur de Manhattan, siempre son las siete de la mañana y está empezando a amanecer en el cuadro contiguo, y la mujer pelirroja y desnuda, en el cuadro que hay en la pared de enfrente, siempre está mirando hacia el paisaje por la ventana abierta que deja pasar el sol de una mañana igual de limpia. Edward Hopper siempre tenía la misma modelo: esa mujer pelirroja, la suya, con el cuerpo ajado pero todavía sensual, de pie junto a una cama deshecha, en la habitación abstracta de un motel, ofrecida a algo, a la primera luz y a las inminencias del día, expectante, con un cigarrillo quemándose olvidado en su mano derecha. La ceniza del cigarrillo es la arena que no cae por el orificio entre las dos ampollas del reloj de arena. Durante unos minutos yo también habito en esa recobrada inmutabilidad, yo soy parte del juego que el pintor estableció. Pero se acerca la hora del cierre y en las salas del museo ya queda muy poco público. Por las raras ventanas angulosas, como saeteras de película cubista, se ve la noche en el exterior, la noche de tinta oscura de la avenida Madison. Pero aún no quiero abandonarme a la prisa del tiempo. Bajo por las escaleras, que tienen un aire entre geológico y penitenciario, grandes bloques de granito sin desbastar y sin embargo muy bruñido, como barnizado, y escaleras de pozo que no permiten ninguna visión del exterior y en las que ni siquiera hay cuadros. Da la impresión de que el arquitecto, Marcel Breuer, exiliado del nazismo, hubiera retratado en la grisura hosca y masiva de este edificio una parte de la opresión que dejó atrás al huir de Alemania.

Pero la pintura alivia la pesadumbre: en la cuarta planta, inesperadamente, hay un cuadro de Rothko que antes no estaba aquí. De nuevo el tiempo queda en suspenso: miro el reloj y compruebo con alivio que todavía falta media hora para el cierre. Un cuadro de Rothko no se mira: se ingresa en el espacio delimitado por su presencia, se acepta un influjo que lo atrae y lo rodea a uno como un campo magnético. En los cuadros de Hopper hay casi siempre ventanas: pero lo que Rothko pinta es la ventana misma, la idea depurada, casi mística, de la ventana de Manhattan dividida horizontalmente en dos paneles, la incertidumbre y la emoción de estar a punto de ver algo, de ingresar en el umbral de otro espacio y de otro tiempo. En Rothko las fronteras de los campos de color son tan graduales, tan entreveradas, como el tránsito del negro nocturno al gris claro y luego al violeta del amanecer, suceden delante de los ojos de quien mira, en la sabiduría de las pinceladas, que se superponen sin mezclarse, con transparencias, con veladuras, del negro al morado, del morado al naranja, al amarillo, al rojo, en un deslizamiento del color que siempre es sereno y siempre está modificándose, como la música del amanecer sobre el mar en el preludio de *Tristán e Isolda*, o más cercana y quizás más exactamente, la música de György Ligeti en esa obra que se llama *Lontano*, y que he descubierto con fervor hace unos días, gracias al consejo de un amigo sabio, con el mismo fervor que no me abandona nunca, que parece estar en el aire que respiro en esta ciudad.

72

La mirilla en la puerta del apartamento es el ojo de buey y el periscopio por el que pueden vislumbrarse los desconocidos paisajes submarinos del rellano. Por la mirilla suele verse tan sólo la moqueta gris, la pared del color de mantequilla rancia, la puerta gris del apartamento de enfrente, que está a unos pasos pero también podría estar en el fondo del océano o en un edificio de Kuala Lumpur. Por la mirilla procuro observar a los vecinos, a los que no he visto casi nunca, o a los que suben o bajan camino de otros apartamentos, de otras profundidades abisales. En su lente convexa todo aparece diminuto y lejano, y las presencias humanas que se ven en ella sólo duran unos pocos segundos, como las de esos peces raros que algunas veces avistan los oceanógrafos encerrados a miles de metros de profundidad, tras los cristales blindados de un batiscafo. Oigo voces, pasos en la escalera, la puerta de enfrente que acaba de abrirse, y me apresuro a ocupar mi puesto de observación. Pero muchas veces, cuando llego a la mirilla, la puerta del otro lado ya ha vuelto a cerrarse, o los pasos se alejan, y ya me he quedado sin ver a mis vecinos desconocidos. La luz del rellano y de las escaleras no se apaga nunca, ni de día ni de noche. Sé que en las cinco plantas de este edificio hay diez apartamentos, y que todos están habitados, pero como no nos cruzamos con nadie acabamos actuando como si viviéramos en una casa poblada por fantasmas que en lugar de ruidos de cadenas o de gemidos ululantes fingen rumores de vidas domésticas. De noche, cuando me desvelo, escucho sobre mi cabeza un ruido de pasos, amortiguados por la moqueta y por los materiales aislantes, pero también muy nítidos, con algo de crujidos, como de pasos lentos de alguien que pesa mucho y se mueve con torpeza. Por la mañana, en cuanto abro los ojos, antes de que me lleguen a la conciencia los ruidos de la calle, ya empiezo a escuchar los pasos del desconocido que se durmió después que yo y sin embargo ha madrugado. Padecerá insomnio, pero no lee en la cama, no parece que se distraiga mirando la televisión, sólo camina, encerrado en su apartamento, en otro mundo y tan sólo a unos pasos por encima de mí. Un día, cuando he subido las escaleras hasta mi cuarto piso sin ver a nadie, percibiendo sólo voces apagadas detrás de las puertas, me detengo ante la mía tomando aliento, ante el cristal de la mirilla, que por fuera es un diminuto espejo, y escucho entonces unos pasos lentos que suben, y como la misantropía vecinal se me contagia en seguida quiero apresurarme a abrir la puerta para que no me vea el que se acerca. Pero la llave no gira, o la estoy queriendo girar en sentido contrario, a la manera europea, y los pasos ya están muy cerca de mí, tan lentos y pesados como cuando crujen en el techo, sólo que ahora acompañados por una respiración jadeante. Asiéndose a la barandilla pintada de gris aparece en el rellano un hombre grande, de aire vulgar, corpulento, con el pelo oscuro, con un aspecto del todo indefinido, la cara roja, respirando con la boca abierta, porque lleva subidos cincuenta y dos escalones y aún le quedan algunos más para llegar a su casa. Se para en el rellano, que es más bien angosto, me mira y lo saludo, pero él no responde, ni siquiera hace ademán de verme, aunque sí otro gesto que se descubre con frecuencia aquí, el de empeñarse en no ver a quien se tiene delante. Aparta de mí los ojos que sin embargo no han parecido verme, pasa a mi lado, toma impulso agarrado a la barandilla y sigue su ascenso, y aunque cada día y cada noche escucho sus pasos sobre mi cabeza ya no vuelvo a verlo más. A veces por la escalera y el rellano se difunden olores espesos de comidas fantasma, y suenan en ellos las risas y los aplausos de un programa de televisión, o se oye el llanto de un bebé, que se vuelve un poco más real cuando comienzo a ver cada mañana, en el vestíbulo de entrada, al pie de la escalera, un cochecito de niño. No sin avidez observo algunos detalles: un biberón, un muñeco de goma, un gorrito de lana que se ha caído al suelo y que yo dejo servicialmente en el asiento del coche. Pero pasan los días y al bebé que oímos tantas veces no llegamos a verlo nunca, y ya se va haciendo tan fantasma como sus padres y como los vecinos invisibles que recogen cada mañana un ejemplar del *New York Times* en la mesa del vestíbulo y cuyos nombres están escritos junto a los botones del portero automático. Desde la calle, desde la otra acera, miro a la hora anfibia del anochecer hacia las ventanas iluminadas del edificio donde vivo, y lo más que puedo discernir es una sombra sobre una pared de ladrillo, alguien de espaldas frente a la pantalla de un ordenador. Subo a casa muy tarde, después de medianoche: la moqueta gris, las puertas grises, la barandilla gris, las paredes de un amarillo sucio, la fluorescencia invariable, como de almacén o de hospital. De pronto, en el segundo o en el tercer rellano, el timbrazo muy cercano de un teléfono me sobresalta el corazón. Responde una voz, al otro lado de la puerta, pero intuyo que tiene una entonación rara, y en seguida oigo un pitido largo y otra voz, ahora masculina, que dice algo muy alto, muy aprisa. Alguien está dejando a medianoche un mensaje urgente en el contestador del apartamento vacío.

73

Mañana de domingo en el Rastro. No el de Madrid, con sus callejones de zoco y sus cuestas de suburbio pobre volcadas hacia el río, sino uno de tantos rastros de los domingos de Manhattan, el de la Sexta Avenida y la calle 26, a la sombra vertical de un muro de ladrillo ennegrecido, tras las vallas de alambre que cierran el solar donde en los días laborales hay un aparcamiento. La luz fresca, un poco húmeda, de la mañana, es idéntica a la de Madrid, y el azul suave y como recién lavado del cielo, y también la mugre y el desorden, la gente perezosa y errante y los merodeadores sinvergüenzas, la proliferación de objetos inverosímiles, en diversos grados de deterioro y proximidad a la basura. Como en las mañanas invernales de Madrid, la frontera entre el sol y la sombra tiene una consistencia de hoja afilada: el sol calienta la piel y apacigua el ánimo, y de pronto se da un paso y se ingresa en la sombra y hay una brisa que corta y una frialdad húmeda de callejón y de sótano. Como la Ribera de Curtidores, el rastro de la Sexta Avenida es un museo desastroso y un vertedero y laberinto de colores chillones, un río, una cloaca máxima a la que han sido arrojadas todas las cosas que alguna vez fueron parte de vidas cotidianas, de hogares, de trabajos, hasta de la pura intimidad sentimental. Todo tirado, zarandeado de tanto ir de un sitio a otro, atestiguando quién sabe qué naufragios o tragedias domésticas, qué decadencias y caídas, qué cataclismos personales o históricos. En un puesto se venden los abrigos raídos de señoras que murieron solas en apartamentos lúgubres o en hospitales de beneficencia y en el puesto contiguo un ruso charlatán vende uniformes y condecoraciones del ejército soviético, estatuillas de latón de obreros musculosos que enarbolan hoces y martillos, y hasta una hilera de bustos de bronce y de plástico con las cabezas de Lenin, de Stalin, de Fidel Castro, de Ho Chi Min, de Breznev. La quiebra de los países comunistas y la de una tienda de lámparas o una familia de clase media pobre dejan en el rastro despojos simultáneos. Un chino con una gorra de orejeras peludas vende relojes de pulsera en los que una efigie del presidente Mao sube y baja la mano derecha saludando a las masas. Nos rebaja cinco dólares después de un regateo, nos explica el modo primitivo en que se da cuerda al reloj, y tan sólo media hora más tarde el reloj se ha parado para siempre, y sin embargo la mano de Mao sigue moviéndose arriba y abajo, y la sonrisa en su cara pepona es la misma que la del chino que nos estafó cuarenta dólares. Hay una caja de postales enviadas desde transatlánticos en los años treinta, y un ejemplar del *New York Post* en el que se anuncia el fin de la guerra en Europa y el suicidio de Hitler, y junto a él un folleto a todo color pero ya muy desvaído con fotografías y textos explicativos sobre la participación de los Coros y Danzas de la Sección Femenina en la exposición universal de Nueva York de 1965. Se ve que no tiene límite la capacidad humana de atesorar cosas horrendas, que no hay cuadro de payasos, bota vaquera de cristal de color caramelo, cenicero de porcelana en forma de sombrero mexicano, perchero con patas disecadas de ciervo, santa cena de plástico iluminada por dentro lo bastante atroces como para que alguien no los compre. Y las fotos, en cualquier parte, amontonadas sin respeto, arrancadas de álbumes, las fotos huérfanas de niños pequeños, de recién casados de hace un siglo, las fotos dedicadas y fechadas de soldados que las enviaron a sus familias o a sus novias desde el Pacífico, desde el norte de África en 1942 o desde Francia en el verano de 1944, las fotos de matrimonios con hijos pequeños en brazos y de chicos italianos o puertorriqueños con trajes de comunión, todos con la sonrisa lejana y desfallecida de los muertos, con el desamparo de los que ya no tienen a nadie que los pueda identificar o los recuerde. Y también otras fotografías, más siniestras, con un aire descarnado y forense, sin duda llegadas al rastro desde los archivos de la policía. En un puesto se venden por pocos centavos viejas fotos de detenidos, tal vez de hace sesenta o setenta años, cada una con una impresión de huellas digitales, en series de frente y de perfil: narices rotas, ojos amoratados, caras tumefactas, despeinadas, con ojeras de mala noche o de resaca, con mentones ásperos de barba, con chaquetas viejas, de solapas muy rozadas, con camisas de cuellos arrugados, sucias de mugre en los filos. Cada uno de esos hombres mira hacia la cámara con una expresión de enconado desafío que no es menos fiera por saberse destinada al fracaso. Lo que hiciera cada uno de ellos sucedió hace mucho tiempo y no podemos saberlo. Sus nombres están escritos a mano o mecanografiados en el borde superior de las fotografías. De pronto comprendo por qué esas caras, esas miradas, el fondo blanco contra el que están recortadas, me es tan familiar: esas fotos policiales anónimas de hace tanto tiempo parecen tomadas por la cámara de Richard Avedon. Escarbo entre ellas, hechizado por la individualidad de cada cara, por el aire común de penuria, crueldad y ruina que hay en todas, y debajo de ellas encuentro otras fotos en blanco y negro que no son de personas, sino de lugares, y que tienen un formato más grande. En una se ve una habitación, un dormitorio, detrás de una puerta de cristales entornada. En otra una escalera con peldaños tortuosos, de madera gastada, una pared sucia, bajo un globo de luz. En otra, de nuevo una escalera, pero ésta en el exterior de una casa, una casa blanca, de madera, de suburbio modesto norteamericano, el blanco de la fachada relumbrando contra la negrura de la noche. En lo alto de la escalera se abre una puerta, y tras ella sólo hay oscuridad. Miro con más atención, porque no sé el motivo de que esas fotos de lugares desiertos me sobrecojan más que las de los detenidos: en la primera, detrás de la puerta de cristales, hay un bulto en el suelo, más o menos redondo, como un colchón viejo, que tiene un par de quemaduras como de cigarros. Pero es un hombre muerto, en camiseta y pantalón de pijama, con dos agujeros de bala en el vientre. *Fotos policiales*, leo en una etiqueta al reverso, donde está el sello de la policía de Nueva York, *escenas de asesinato*. Quién empujó la puerta de cristal esmerilado con una pistola en la mano, quién subió por esas escaleras en la oscuridad de la noche y entró en esa casa aislada en medio del campo, quién habría al otro lado de la puerta, quién subió los peldaños de madera bajo el globo de luz y avanzó por un pasillo con puertas cerradas hacia un letrero rojo donde dice EXIT.

74

Una mancha de color puro, un azul metálico, un amarillo brillante, un negro de terciopelo echa bruscamente a volar, cruza el aire sosteniéndose en nada, como un garabato móvil de pintura que no necesitara el lienzo para existir plenamente en el espacio: las mariposas aletean en la atmósfera húmeda y caliente del invernadero, en el Museo de Historia Natural. Hay que cruzar una puerta metálica, con un ojo de buey, cerrarla bien y abrir luego una segunda, de modo que las mariposas no puedan escaparse. El invernadero es pequeño, superpoblado de plantas de anchas hojas húmedas, que resplandecen más bajo los grandes focos del techo. Al principio, recién llegado del frío gris de la calle, sólo noto el calor, la humedad abrumadora, y veo alguna forma confusa que aletea delante de mis ojos. Pero poco a poco, según la mirada se acostumbra, voy distinguiendo las mariposas detenidas sobre las hojas, inmóviles cabeza abajo en el techo, confundidas miméticamente con los colores de la vegetación. El Museo de Historia Natural es la gran enciclopedia ilustrada de todas las formas de la vida, pero se trata, paradójicamente, de vidas simuladas y muertas en un paraíso de la taxidermia, en una gran factoría de la momificación. En este invernadero, sin embargo, que se instala todos los otoños, la vida sucede delante de los ojos, la vida tan frágil, tan extraña, tan sofisticada, tan fugaz de esas criaturas casi intangibles, las mariposas, que no pesan más que un suspiro y que no viven más que unos días, unas semanas escasas, salvo las matusalenas entre ellas, las mariposas monarcas que tardan cinco generaciones en completar un gran éxodo entre los bosques de Canadá y los de México. Por el invernadero, como exploradores en la selva amazónica, se mueven guías sabios, locuaces y amables, cuatro o cinco hombres y mujeres, vestidos con camisetas y gorras y armados con una especie de plumeros suavísimos, que contestan a todas las preguntas y explican la biología y las costumbres de las mariposas con un punto excéntrico de coleccionistas entusiastas. Uno de ellos me señala un ejemplar de monarca: tiene las alas de un amarillo fuerte, y cuando el guía le acerca el plumero echa a volar y se le posa en el hombro, como si fuera el loro del pirata John Silver, y en él se queda, perfectamente inmóvil. La mariposa con las alas pardas de una textura como de piel de gato se llama mariposa búho, porque tiene en el centro de cada ala una forma que parece, literal y exactamente, el ojo abierto y fijo de un búho: entre la vegetación, me explica el guía, ese ojo simulado espanta a los posibles depredadores, y salva así la vida de la mariposa. La camiseta del guía está decorada con dibujos de mariposas alineadas y clasificadas como en un expositor. Cuando le pregunto cómo se alimentan, me señala un gajo de naranja que lleva en la mano izquierda, y en el que está posada otra mariposa. Ahora mismo está comiendo, me dice, y me ofrece una gran lupa que ha sacado inopinadamente del bolsillo, indicándome que mire por ella y que me fije en la proboscis del insecto: es una trompa delgadísima, que se confundiría con una de las patas de la mariposa si yo no estuviera ya advertido, y que la mariposa enrosca cuando ha terminado de alimentarse, chupando la glucosa de la fruta. Cerca de mí deambulan por el invernadero dos señoras negras, menudas, con aire de jubiladas, una de las cuales lleva un gorrito de lana con un pequeño adorno de uvas y flores de plástico. Pero ahora, junto a ese adorno, se le ha posado en el sombrero una mariposa, muy grande, con manchas negras y azules en las alas, de un azul y un negro que se funden entre sí como en las armonías de los cuadros de Mark Rothko. Su amiga le avisa, y la señora, al principio, se queda inmóvil, temiendo espantar a la mariposa, pero el guía le indica que no se preocupe, y le ofrece un espejo para que vea el efecto de las dos grandes alas vibrando sobre su gorrito de lana. La mujer se ríe a carcajadas, complacida, con la coquetería de quien se prueba un broche muy caro que no podrá comprar, y le gusta tanto su nuevo aderezo que saca una cámara y me pide que les haga una foto a ella y a su amiga, las dos felices, con las caras juntas, tomadas del brazo, como posando en el bosque de un país tropical al que hubieran ido en vacaciones. Cuando van a marcharse, el guía acerca muy delicadamente a la mariposa su gajo de naranja, con azúcar espolvoreada, la empuja con una suavidad imposible, las yemas de sus dedos tan sutiles como alas, y la señora se quita el gorro de lana y lo examina con cierto desengaño, resignándose de nuevo a su adorno de flores y hojas de plástico.

75

A Manolo Valdés le gusta ir desde su casa hasta su estudio dando un largo paseo, o asomándose a la ventanilla de un autobús, observándolo todo, pero dice que algunas mañanas toma un taxi para llegar antes, por la impaciencia de ponerse a trabajar, o simplemente de encontrarse allí, en el espacio enorme iluminado por los ventanales de un décimo piso, que dan a terrazas altas y a patios interiores, a muros de ladrillo oscuro, cornisas de latón y de bronce y depósitos de agua levantados sobre grandes armazones metálicas. Manolo Valdés tiene el estudio en lo que hasta los años sesenta fue una fábrica de tejidos, en un edificio de fachada de piedra labrada y de ladrillo, pero con una ciclópea estructura interior de vigas de hierro, necesaria para soportar el peso de las máquinas que trepidaban en cada una de las catorce plantas, en una época en que esta zona de Nueva York, en las proximidades de Union Square, era todavía industrial y proletaria. Al estudio se sube por un montacargas con gran estrépito de cadenas y poleas que maniobra un viejo cubano con chaquetón de marinero y gorro de dignatario soviético, un jubilado que se acuerda de todos los negocios extinguidos del vecindario: el café que hubo en la esquina de la Quinta Avenida y la calle 16, «donde luego hicieron ese building tan alto», «y ese que hay en el corner de Union Square y que ahora tiene un restaurante de esos que llaman de high style tenía un parqueo de carros que ocupaba las cuatro plantas». En la mañana fría, transparente, afilada, parado en la acera, «hangueando», como él dice, el cubano del montacargas, que hace trabajos variados para Manolo Valdés, se sopla las puntas de los dedos que sobresalen de los guantes de lana y nos cuenta que justo donde está el escaparate de una tienda de modas hubo una fábrica y almacén de cajas de cartón para las industrias textiles del barrio, y al lado un gran taller de relojería, «y todavía hay gente que viene por aquí preguntando dónde es que arreglan los relojes, y yo le dije al último, pero chico, como tú no te enteraste de que el negocio cerró hace cuarenta años, y él me contesta, pues lo vi anunciado en el telephone book». Mirando hacia arriba, según sube el montacargas, entre las cuatro paredes de ladrillo desnudo, se ven los cables de acero y las poleas perdiéndose en la oscuridad de pozo que hay en lo más alto, donde están el motor y los engranajes de la maquinaria. Por aquí suben al estudio de Manolo Valdés las esculturas que manda a fundir a un taller de fundición de México, y también las máquinas que usa en su trabajo, que parecen máquinas más de tornero o de industrial que de artista en el sentido rancio de la palabra. En qué otro lugar podría trabajar con una escultura de mil kilos, o trajinar con los bloques de mármol o de alabastro que llegan al estudio aún con las estrías de las herramientas que los arrancaron de la cantera. En el estudio de Manolo Valdés hay árboles enteros cortados en planchas verticales, montañas de trapos y de telas desgarradas de sacos, máquinas de cortar y taladrar el metal, bombonas y pistolas de soldadura, máquinas de segunda mano, compradas en la calle Bowery, de las que usan los panaderos italianos para revolver la masa, y que a él le sirven para mezclar los colores. Pero los colores no vienen en tubos de óleo o de acrílico, sino en grandes frascos de pigmentos en polvo, incluso en cubos tan altos como contenedores de basura. Se levanta la tapa de un cubo de plástico o de zinc y lo que hay dentro es un color, un polvo fino y pegadizo de añil deslumbrante, de azul cobalto, de amarillo de cadmio, de mármol blanco pulverizado. De repente Manolo Valdés, con su mono sucio y sus botas viejas manchadas de pintura, no habla como un artista, sino como un químico, o como uno de esos drogueros a los que mi madre me mandaba cuando era niño para comprar sosa cáustica o polvos azules de los que se mezclaban con la cal para blanquear las fachadas de las casas. En el estudio de Manolo Valdés, como en los talleres de hilado y de confección que ocupaban este mismo espacio hace cuarenta años, hay lienzos de tejidos, herramientas, sierras de carpintería, cizallas que cortan el metal, taladros para agujerearlo, máquinas para mezclar la masa del pan o de la pasta que él usa para mezclar sus colores, y que son máquinas ya arcaicas, de una nobleza de artefactos antiguos y una complejidad de tecnologías obsoletas. El color, la forma, el estilo, no son cualidades intangibles, emanaciones espirituales de la inspiración: tienen la consistencia terrosa de los pigmentos que manchan la ropa y se pegan a las yemas de los dedos, el peso rotundo de los bloques sin desbastar de mármol y de alabastro, de las planchas de hierro y de plomo. Manolo Valdés me señala un gran contenedor lleno de jirones de sacos manchados de colores y me dice: «Mira, éstos son mis pinceles.» Aquí los instrumentos del oficio son las herramientas del soldador y del carpintero, y los materiales no proceden de las tiendas de productos para artistas, sino de los derribos y de los desperdicios de la calle, de la tierra misma de la que se han extraído los pigmentos antes de molerlos, de envasarlos en esas jarras que se alinean en un armario del estudio, como en los estantes de una droguería o en el laboratorio de un químico. Una parte de la inspiración de Manolo Valdés se nutre en los repertorios más sofisticados de la Historia del Arte, en ese gran museo imaginario que concibió Malraux y que está a medias en la memoria y en las ilustraciones de los libros, en la magnética vibración de una obra a la que uno se acerca con reverencia excitada en las ondulaciones virtuales que propagan las fotografías y las copias; pero la otra parte, tan decisiva como la primera, es el gozo no del arte, de sus objetos y de las destrezas necesarias para producirlos, sino el de la misma materia, el de la tierra y el tejido basto y la madera y el metal y los desechos, la epifanía de las cosas comunes y de los deslumbrantes regalos del azar. Si el artista primitivo trabajaba con los materiales que tenía más a mano, el ocre de la tierra y el negro de un tizón, el trozo de un hueso y las rugosidades de la pared de una cueva, Manolo Valdés, que es un hombre cultivado y sabio, se vuelve un buhonero y un primitivo urbano cuando encuentra el punto de partida de su inspiración justo en aquello en lo que nadie repararía, a lo que nadie concedería ningún valor: las cajas de cartón prensadas y empaquetadas en las aceras sucias de Manhattan, los tubos de plomo de una cañería que perteneció a un edificio recién derribado, los jirones de sacos que trajeron quién sabe qué mercancías de los extremos del mundo y que ahora se amontonan en el suelo de su estudio como los harapos en jirones de las traperías de mi infancia. A Manolo Valdés le seduce obsesivamente la línea entre japonesa y art déco de un retrato de Matisse, pero no encuentra menos belleza en un viejo alero de latón maltratado tal vez durante un siglo por la cruda intemperie de Nueva York, retorcido como en un garabato de expresionismo abstracto. Igual que cuentan que Picasso andaba por ahí recogiendo tornillos o marañas de alambre, Manolo Valdés ronda las calles próximas a su estudio, en esa parte de Manhattan que aún conserva rastros de un áspero y trepidante pasado industrial, y encuentra tesoros casi a cada paso, o más bien descubre la secreta cualidad de tesoro que puede haber casi en cualquier objeto o material que atestigüe la perduración y la ruina, el paso del tiempo, las calidades de la materia cruda y las del trabajo humano. Por las grandes ventanas del estudio, que parecen esas ventanas agigantadas de Hopper, se ve lo que no puede verse desde la calle, el reverso tecnológico y austero de la ciudad, la escala ciclópea de sus estructuras: los muros de ladrillo ennegrecido por humos e intemperies muestran una textura que casi puede sentirse en las palmas de las manos, y los depósitos de agua, que desde lejos, desde la altura de la calle, son siluetas impalpables recortadas contra el cielo, ahora se ve que tienen una fortaleza como de barriles enormes, de cuadernas curvadas y calafateadas de barcos, y que también se parecen a esos túmulos erigidos en las estepas de Asia a los tiranos de los imperios nómadas. Se apoyan sobre altas estructuras de hierro, hechas para resistir el peso tremendo del agua y la violencia de los temporales, y las formas y los ángulos de las vigas y el punteado de los clavos asombran por su fortaleza y sugieren toda la energía inmensa que ha sido precisa para construir la ciudad, todo el trabajo tenaz y la solvencia técnica que tienen que ser empleados de manera continua para mantenerla en funcionamiento, en su violenta ascensión vertical. Se abre la puerta trasera del estudio y uno se encuentra con un golpe de sorpresa y de vértigo en el rellano de la escalera de incendios, que baja en un zigzag metálico desde el piso doce hasta el aparcamiento que hay en un solar vacío. Hace unos meses, Manolo Valdés vio que estaban desmontando la escalera de incendios de un edificio próximo. Entonces se dio cuenta de su belleza de ruina arqueológica, y aunque es posible que aún no supiera para qué iba a servirle bajó a hablar con los encargados de la demolición y se quedó con un tramo de escalera que de otro modo habría acabado en un vertedero o en un almacén de chatarra. Ahora, la escalera de incendios, doblada, retorcida, sometida en el taller por un esfuerzo tan material y tan violento como el que le dio su primera forma, es el tocado que corona una gran cabeza de bronce, la más grande de las esculturas que expone Valdés en Nueva York y en Madrid.

La cabeza no tiene rasgos, como un ídolo inmemorial de las Cícladas o de la Isla de Pascua, y su altura y su forma maciza le dan una presencia abrumadora, de vestigio de una divinidad indescifrable, un Ozymandias de los derribos y las chatarrerías. Es como un puro peso, como una gravitación material sobre la tierra, tan firme que no podría moverla ninguna catástrofe. Y sin embargo la confusión de los hierros trae consigo un vendaval de catástrofe, del mismo modo que la superficie lisa y hermética del bronce se contrapone a los ángulos hirientes, a la descascarillada pintura industrial, a la convulsa sugestión de ascenso fracasado que tiene la escalera. Recuerdo el momento en que vi por primera vez esa obra, hace unos pocos días, en el centro de la gran sala blanca y diáfana de la galería Marlborough: actuaba sobre la mirada como la irrupción del ritmo bárbaro de las cuerdas y los timbales después del sinuoso preludio de *La Consagración de la Primavera*. Era moderna y era también inmemorialmente primitiva, una cruenta deidad en el Senegal con máquinas de Lorca. Se remontaba a los orígenes sagrados del arte, pero uno se daba cuenta de que tenía mucho que ver con la experiencia de quien vivió en la ciudad el 11 de septiembre, cuando las más sólidas tecnologías de la civilización urbana sucumbieron bajo un fuego súbito de apocalipsis y el corazón financiero y tecnológico de la ciudad se convirtió en una cantera de ruinas. Desde las ventanas orientadas al sur, por las que esta mañana entra una luz limpísima de noviembre, se vería la nube de humo negro que tenía algo de hongo nuclear y que tardó varias semanas en despejarse del todo. En sus tiempos del Equipo Crónica Manolo Valdés supo ejercer con solvencia y descaro la parte de agitación política que ha habido tantas veces en el arte moderno, pero ahora se ha vuelto más sinuoso en sus evocaciones: algunas de sus cabezas de bronce sugieren el retrato de la Amélie de Matisse, estilizado como un figurín de revista de modas de los años veinte, y otras parecen las diosas sin rasgos ni nombre de las Cícladas; hay otras, sin embargo, que tienen una poderosa majestad de cariátides, cariátides que sostienen no la cornisa de un edificio, sino una parte de su ruina, y que aluden a la tradición de las pesadas alegorías escultóricas del siglo XIX, y en particular a la más célebre, la más gigante de todas, la estatua de la Libertad. En estos casos la tensión entre la cabeza y lo que la cubre, entre la armonía y el desorden, el bronce y el material de desecho, se vuelve de una cruda violencia, adquiere una actualidad angustiosa: igual que el artista viaja en su oficio de la materia a la forma, de lo arrojado por el azar a lo establecido por la inteligencia, así quien vivió en Manhattan en aquellos días y en las semanas y meses que siguieron se volvía consciente de la frontera tan estrecha que discurre entre la normalidad y el desastre, entre el último minuto de la vida usual y el primero del horror recién sobrevenido. El crítico, el espectador, se interesan sobre todo por el significado de la obra ya hecha: al artista lo que le importa es el proceso material de su elaboración, la mezcla de juego y capricho y azar, por un lado, y de trabajo entregado y paciente por el otro. En el taller de Manolo Valdés hay un par de cuadros enormes, de unos tres metros de alto, una menina de bronce y otra de madera, varias cabezas de las que viajarán dentro de unos días a Madrid. Pero lo que a él le gusta esta mañana no es mostrar esas obras que ya están terminadas, sino el laberinto de materiales y herramientas que llenan el taller, y que son el magma de lo que todavía no ha hecho, de lo que está surgiendo ahora mismo, en la encrucijada entre las cosas y su manera de mirarlas, de tocarlas, de someterlas a una interrogación precisa. Hay sacos, trapos, bobinas de hilo industriales que han cobrado un bello color amarillo porque pertenecieron a algún telar hacia los años treinta, pedazos de cartón, trozos de tuberías de plomo, planchas de hierro, un árbol entero cortado en láminas verticales y apoyado contra una pared, bloques de madera que huelen a resina. En este taller cada cosa puede convertirse rápidamente en otra, cambiar no sólo su utilidad sino hasta su consistencia física: los trozos plegados de cartón se convertirán en cartones de bronce, los tubos de plomo se retorcerán sobre una cabeza como el amasijo de serpientes en la cabellera de la Medusa, lo que parece un pedestal de madera ennegrecida en realidad es de bronce, como si en este taller se hubieran reproducido a velocidad de vértigo los procesos de fosilización de la materia orgánica o las metamorfosis de la mitología. Ese tocado que cuelga de otra cabeza como los tocados de las mujeres africanas o los de los retratos de Piero della Francesca no es de terciopelo, sino de hierro, y el hierro ni siquiera está fundido para imitar esa forma: el hierro, mirado de cerca, es un trozo de viga o de raíl, y ha sido cortado y doblado en este taller, con ayuda de esas máquinas que Manolo Valdés va señalando para decirme sus utilidades y sus nombres y que parecen máquinas que se quedaron aquí cuando fueron quebrando las fábricas que ocupaban el edificio. Cualquier cosa procede de otra, se convierte en otra gracias al ingenio o a la fuerza: en una ciudad que está cambiando siempre este ejemplo se tiene de manera continua delante de los ojos, porque aquí no hay nada que permanezca, que no sea maltratado y modificado por la fuerza extrema de los elementos y el dinamismo de la actividad económica. Lo que fueron máquinas, escaleras, muros, árboles, vigas, raíles, cables de acero, marañas de alambre, se convierte en desperdicio y chatarra, igual que la materia orgánica muere y se pudre convirtiéndose en humus, pero de ese vertedero permanente van surgiendo otras formas que antes no existían, en una trepidación sin descanso de lo viejo y lo nuevo. Nada parece estar terminado de verdad y para siempre, y lo más bello surge junto a lo pútrido y lo descartado. Un gran bloque de alabastro tiene las formas prismáticas de los cristales que se encuentran a veces en yacimientos subterráneos, pero también es, mirándolo de cerca, una versión tridimensional y cubista del *Horta de Ebro* que pintó Picasso hace casi un siglo. De unos cartones recogidos en la calle Manolo Valdés ha extraído una forma en bronce que tiene la elegancia angulosa de un tricornio del siglo XVIII. La chapa desconchada de un coche que debió de ser modernísimo hacia los años cincuenta ahora se pliega sobre una cabeza de mármol como esas toallas que se ponen sobre la cabeza algunas mujeres africanas que venden por las calles y que tienen una majestad de reinas etíopes. Aquí no hay lugar para los muros blancos y el silencio, para los pinceles de tacto exquisito y los tubos bien ordenados de colores: Manolo Valdés trabaja, como los pintores primitivos, con pigmentos minerales o vegetales bien molidos que guarda en tarros de cristal, en estanterías que despiertan la alucinación sucesiva de un arco iris. Los ayudantes se atarean sobre una escultura que sufrió un percance mientras la transportaban, sueldan dos fragmentos de hierro con una pistola de soldadura autógena que deja un olor raro en el aire, y se tapan las caras con máscaras metálicas. Quizás esas mismas máscaras, con su aire brutal de caretas africanas y de morriones de guerreros feudales, servirán alguna vez para otra escultura. El tiempo también pinta, decía Goya: Manolo Valdés me muestra con entusiasmo lo que el tiempo ha hecho en una cornisa de bronce, en una tubería de plomo por la que el agua estuvo circulando durante más de un siglo. El artista, con su mono blanco manchado de pintura y de herrumbre, es un forjador que acelera o quiebra la labor del tiempo, que impone a los materiales formas nuevas y los sitúa en una nueva intemperie, en la que a partir de ahora seguirán modificándose. Qué belleza la de la pátina verdosa que adquiere el bronce por culpa de la lluvia, la de la madera de un mueble que se fue ennegreciendo durante doscientos años por culpa del humo del fuego y de las velas, la del ladrillo que se vuelve rojo oscuro, negro de hollín, y sin embargo no pierde su majestad mesopotámica, la del hierro del que se desprende la pintura y al que la oxidación da una calidad dramática, la del filo de chapa cortado irregularmente por una cizalla. Las esculturas, las máquinas, los trozos de chatarra, las herramientas, los tarros de colores, los dibujos, las cajas escolares de ceras, las bobinas de hilo, los objetos innumerables y menudos que hay en todos los cajones, todo forma parte del mismo reino, del mismo laberinto que es el estudio de Manolo Valdés. No me extraña que pase tantas horas encerrado entre esos muros, en el décimo piso con grandes ventanales abiertos al cielo de Manhattan, ni que algunas mañanas tome un taxi para llegar antes, no porque tiene alguna cita, sino porque está impaciente por ponerse a trabajar.

76

En Canal Street, el domingo por la mañana, los relojes de marca falsificados se amontonan en los tenderetes callejeros igual que los percebes o los cangrejos en los mostradores de las pescaderías. La misma agitación incesante y orgánica estremece a la multitud en la acera, a los coches, los taxis y los camiones enormes en el atasco de tráfico, a los cangrejos en sus cestos, a los peces y a las anguilas en cubos de plástico llenos de un agua que huele al mismo tiempo a algas, a mar y a sumidero. Un vendedor alza entre sus dos manos un puñado de relojes que casi le chorrean entre los dedos con un brillo de oro falso y de escamas de peces. En la niebla erizada de gotas frías de lluvia se propaga el humo de las frituras de carne con especias, mezclado con los gritos de los vendedores que animan a la gente a entrar en las tiendas y con las melodías de canciones chinas y ritmos de hip hop o de rumba flamenca que salen de los altavoces en los puestos de discos piratas. Las puntas metálicas de los paraguas abiertos chocan y se enredan entre sí como las pinzas de los cangrejos en los cestos de mimbre de las pescaderías. Los chinos tienen sus negocios en los portales de las casas, pero el comercio hace tiempo que empezó a atraer a otros vendedores forasteros y nómadas. Grandes negros con capuchas de anoraks protegiéndoles de la lluvia y del frío extienden a la salida del metro maletines abiertos en los que brillan relojes con un resplandor falso más intenso que el del oro o la plata verdaderos. En un momento cierran de golpe los maletines y echan a correr provocando oleadas sucesivas de alarma entre la gente, huyendo de un coche de policía que acaba de detenerse en la acera. Los vendedores de comidas muy picantes son pakistaníes o bengalíes, y los puestos con estatuas doradas de divinidades hindúes se mezclan con los que venden figuras de porcelana del Buda Feliz, con mejillas y barriga sonrosadas, y también de Confucio, algunas de las cuales, pintadas de colores muy fuertes, tienen la barba y los bigotes caídos del filósofo hechos de pelo natural. Diminutas mujeres tailandesas o vietnamitas venden cintas pirateadas de películas, discos de las Ketchup o de Luis Miguel, o de un astro de la canción china cuya foto está en todas partes y que se llama Leon Li. En un escaparate hay un cuadro de Cristo en la cruz, un diorama que cambia según pasa uno mirándolo: Cristo abre y cierra los ojos, vueltos hacia el cielo en el estertor de la agonía, pero también, mirado desde un cierto ángulo, parece que guiña un ojo, como avisándole al espectador de que la crucifixión está siendo hasta cierto punto una farsa, dado que él, como hijo de Dios, es inmortal. Racimos de corbatas ondean al viento entre racimos de collares, y algunas corbatas tienen pintada la efigie del dios elefante Ganesha, y otras el *Descendimiento de la Cruz,* o el incendio de las Torres Gemelas, las cuales se venden en todos los materiales y en tamaños variados: Torres Gemelas de plástico, de metal dorado, de piedra tallada, de cristal iluminado por dentro, en el interior de bolas de cristal en las que cae nieve cuando se las agita. El espacio, el aire, la multitud, el pavimento de la calle forman una textura única, cambiante, mezclada, sin un solo hueco vacío, sin líneas de frontera o de transición, en un mareo de multiplicaciones y de enumeraciones caóticas. En los quioscos sólo se venden periódicos con espesas columnas en caracteres chinos, y la escritura china llena igual las paredes medianeras de los edificios y los papeles tirados en el suelo y empapados por la lluvia. Hay supermercados de productos indescifrablemente etiquetados en chino y tiendas de hortalizas y de frutas en las que se venden tubérculos con masas de raíces como cabelleras y verduras con formas y colores que no se parecen a los de ninguna planta conocida, como si pertenecieran a la botánica de un planeta remoto. Al fondo de la escalera estrecha de un sótano se ve una puerta de cristal, con un letrero en caracteres rojos, y tras ella un chino viejísimo mira hacia arriba, hacia la altura de la calle, mientras come moviendo velozmente los palillos sobre un cuenco humeante. En un zaguán igual de diminuto un zapatero remendón golpea con un martillo la suela de un zapato mordiendo ensimismadamente los clavos que sostiene entre los labios, y una mujer espera a que termine su arreglo, con una rodilla flexionada y el pequeño pie descalzo en el aire, como una cigüeña en un alero. Doblando hacia el sur la esquina de la calle Mott de pronto la acera está mucho más despejada, y ya no se ven caras occidentales ni puestos de relojes falsos. Ahora todo es chino, y sólo para chinos, los letreros y las tiendas, los almacenes de imágenes sagradas y de productos medicinales. En la puerta de una tienda un médico chino, joven, muy serio, con bata blanca, con gafas, toma la tensión a una anciana y mira la pantalla de un ordenador, por la que se deslizan velozmente columnas de números y de caracteres chinos. Junto a él, en la acera, delante de la tienda, hay grandes sacos de arroz, de pistachos, de cereales desconocidos para mí. Y en el interior las paredes están ocupadas hasta el techo por estanterías con grandes tarros de vidrio, con letreros a mano en chino y en inglés, que contienen formas inverosímiles, algunas ominosamente familiares, como las de esos órganos o fetos humanos o animales que se conservan en formol en los laboratorios farmacéuticos. Hay un olor suave y penetrante, que no se parece a ningún otro, un olor como a polvo o a especias, a materia rancia y molida. En una hilera de tarros se ven formas que parecen bolsas translúcidas de larvas gigantes disecadas: son nidos de golondrina. Hay tarros con colas de ciervo disecadas, con trozos de cuernos de ciervo, con cuernos de ciervo en polvo. Hay gambas y caballitos de mar disecados, estómagos de peces, riñones y aletas disecadas de tiburón, colas de tiburón, raíces de ginseng que se parecen a los homúnculos que los antiguos creían ver en las raíces de las mandrágoras, tarros rebosantes de cosas que tienen un aspecto como de pequeñas panochas de maíz y son gusanos secos, y también hay tarros de algas secas cosechadas en los mares de China y de musgo seco, verde oscuro o rojizo, traído de no sé qué montañas de la China Central. Las vísceras disecadas de peces tienen una consistencia amarillenta de tejidos de momia. Salgo mareado a la calle, y el doctor chino de la bata blanca se ha quedado solo, mirando la lluvia que chorrea del todo y tecleando en su ordenador. En la pescadería contigua los vendedores pregonan cosas a gritos, hablan a gritos por teléfonos móviles. Los cangrejos se enredan y se pinchan los unos a los otros escalando hacia la parte superior del cesto, caen boca abajo y quedan atrapados de nuevo, con un ruido siniestro de pinzas y caparazones. Las anguilas se retuercen en sus cubos de plástico como serpientes en la cabeza de Medusa. Cruzo la calle Canal hacia el norte, subiendo por Mulberry, y al ver en el escaparate de una mantequería italiana un busto policromado de San Gennaro, patrón de Nápoles, y un gran Pinocho de madera, siento un aturdimiento de viajes y de mundos, como si en la distancia de unas calles y de unos pocos minutos hubiera saltado de un continente a otro, con el alivio con que Marco Polo reconocería la luz y los olores de Italia al regresar de China.

77

Soy el ciudadano invisible de un país inexistente, célebre si acaso por la Inquisición, las matanzas de indios, las corridas de toros y las películas de Pedro Almodóvar, y acerca del cual el periódico sólo trae muy de tarde en tarde alguna confusa noticia, generalmente relacionada con las actividades de una guerrilla separatista y vagamente romántica que podría actuar contra un gobierno opresivo en montañas tan agrestes como las del Kurdistán o Chechenia. No soy nadie aquí, o soy un Don Nadie, y sin embargo soy más yo mismo que nunca, más que en cualquier otra parte. Despojado de circunstancias y añadiduras exteriores, salvo de la presencia de *quien conmigo va*, como dice el romance, soy la médula y el hueso de mi identidad personal, lo que uno es más en el fondo de sí mismo, una cierta manera de estar en el mundo, de revivir lo más valioso y decisivo de lo ya vivido, los episodios del aprendizaje que lo ha llevado a uno a ser quien es, los descubrimientos y los entusiasmos que en la vida normal ocupan un lugar estable en el pasado y que aquí recobran su puro fervor de novedad. Aprendiendo nuevas palabras inglesas y giros que desconocía, casi siempre con el oído o la mirada despiertos y el diccionario al alcance de la mano, vuelvo a sentir la excitación del primer diccionario de inglés que tuve, a los trece años, regalado por mi padre, que lo había elegido, supongo que al azar, porque era un libro grueso y de aspecto serio, al regreso de un viaje que hizo a Madrid, quizás en un acceso de capitulación ante mi manía literaria y lectora, que alguna vez habría de llevarme a gorronear en un café como el hambriento García de aquella serie de la televisión. Leía casi palabra por palabra, ignorando la pronunciación de casi todas ellas, buscando laboriosamente en el diccionario pistas para entender las letras de las canciones en inglés que me gustaban tanto, y que mi padre encontraba tan extravagantes como las melenas y las pintas de los grupos extranjeros que las cantaban en la televisión. Descifrar una palabra era un logro igual de tangible que encontrar una moneda, indicio de un tesoro. Aprender inglés era una manera de empezar a irse de aquel mundo agobiante y estrecho, y además tenía casi una palpitación de libertad erótica, porque el inglés era la lengua en que uno imaginaba que podría entenderse con las muchachas deseables, rubias y extranjeras que según algunas revistas y reportajes de la televisión veraneaban en las playas. Cada paso del aprendizaje sirve sobre todo para cobrar conciencia de la amplitud casi infinita de una lengua, y cada palabra nueva acentúa el deseo y la inquietud de saber más en vez de apaciguarlo a uno en la complacencia de lo que ya sabe. La ciudad entera, las paredes, el aire, las hojas del periódico, la radio, las películas en blanco y negro que miro en la televisión, las ráfagas de conversación que atrapo por la calle, todo forma un laberinto y un universo de palabras, un gozoso desafío como el del niño que va por la calle de la mano de sus padres y repite dificultosamente los sonidos que está aprendiendo a asociar con los signos escritos. Tantas palabras que habría que saber, tantos nombres de plantas, de frutos, de hortalizas, de hierbas aromáticas, de variedades de calabazas, en el mercado matinal de Union Square, tantos libros en las librerías y discos en las tiendas, con una capacidad de incitación tan plural y casi dolorosa, como cuando tenía dieciocho o diecinueve años y me asomaba por primera vez a las librerías de Madrid, como cuando llegué a Granada y se me quedaban los ojos atrapados casi en cada escaparate donde había nombres resplandecientes y prometedores, libros que yo deseaba y que no me era posible comprar sino al cabo de mucho tiempo y con grandes quebrantos, con angustiosas deliberaciones interiores sobre precios, posibilidades de ahorro, necesidades más urgentes que no habría sido sensato aplazar. Vuelvo a ser quien abría con impaciencia un libro y empezaba a leerlo por la calle, quien se sentaba en un bar o se tendía en la cama del cuarto alquilado y recibía el impacto de un deslumbramiento que parecía cambiarle la vida y la manera de mirar el mundo: como descubría entonces a Onetti o a Borges o a Faulkner o a Proust, sintiendo que se me ensanchaba la respiración y se me agudizaba la inteligencia, que la literatura era una pasión a la que valía la pena dedicarle la vida, ahora leo en Manhattan al Philip Roth de *The Human Stain* o de *The Dying Animal* o encuentro por primera vez la prosa límpida de Alice Munro, o los ensayos de Joseph Brodsky o la crónica de sus viajes a Venecia, o *El secreto de Joe Gould*, de Joseph Mitchell, o las memorias de Dizzy Gillespie, que se titulan *To be or not to bop* y son un relato insuperable de la vida en la edad de oro del jazz. Como a los veinte años, leo esos libros y tengo la sensación de que no he escrito nada todavía, la certeza doble de que mi vida va a ser la literatura y también de que nada de lo que he hecho tiene la envergadura suficiente como para parecerse a las cosas que leo, a las incitaciones que esos libros despiertan en mí. Revivo en Manhattan el estado de trance que conocí en una plaza de Granada una tarde de verano, cuando tenía veinticinco años, cuando descubrí de pronto, ligero de biografía, con mi primer trabajo y mi primer apartamento alquilado, contagiado por la lectura de De Quincey y de Baudelaire, que el espectáculo de la ciudad a mi alrededor contenía todas las posibilidades de la literatura, y que todo lo que veían mis ojos merecía ser celebrado y contado, los pájaros en las copas de los tilos, la gente en las cafeterías, los anuncios en las vallas publicitarias, las mujeres que volvían a llevar minifaldas, trastornándome con el mismo deseo que en el principio de la adolescencia. En un Barnes & Noble asisto a una lectura de un novelista americano, compro su libro y luego no me atrevo a acercarme a él para pedirle una dedicatoria. Una mañana salgo del metro en la estación de la Séptima Avenida y la calle 28 y cruzo hacia Madison Square mirando el reloj casi cada pocos segundos, temiendo que se me haga tarde, y a la vez asustado por la inminencia de la cita por culpa de la cual me desvelé anoche, y a la que tengo que llegar dentro de unos minutos, en la planta decimoquinta de un edificio en el que no me atrevo a entrar. Veinte años justos después soy el mismo que una tarde de mayo, en Granada, sentía las piernas débiles y el corazón sobresaltado y daba vueltas en una acera bajo la llovizna, mirando el reloj, concediéndole un minuto más de tregua a mi cobardía, porque tenía una cita con el redactor jefe de un periódico recién fundado al que iba a proponerle que me aceptara algún artículo, aunque yo no había publicado nada hasta entonces ni tenía a mi favor más mérito que mi temeridad. Era la temeridad, la pura devoción por los periódicos y por el oficio de escribir en ellos, lo que me había animado a llamar por teléfono solicitando la cita y lo que me había llevado hasta la puerta del diario, pero justo allí me abandonaba, en las calles por las que daba una vuelta más para ganar tiempo o para perderlo, bajo la lluvia y en un barrio apartado que yo no conocía. No cuentan los años y no sirve de nada la experiencia cuando uno se ve reducido a la parte más vulnerable y más verdadera de sí mismo. En Madison Square yo doy vueltas entre los jardines, consultando el reloj, comprobando con pánico el paso de cada minuto, o mirando hacia arriba, entre las ramas desnudas, hacia lo más alto del edificio en cuya planta decimoquinta tengo que estar muy pronto, porque me esperan la editora que ha contratado por primera vez un libro mío en Estados Unidos y el agente que ha logrado convencerla, con quien yo había hablado hasta ahora una sola vez, y que al cabo de muy poco tiempo va a ser mi amigo. Trago saliva, echo a andar hacia el vestíbulo con fingida resolución y me concedo uno o dos minutos más de espera, atrapado por una timidez, por una inseguridad que no se han corregido con el paso de los años, tal como yo creí, sino que simplemente permanecieron en estado latente y ahora resurgen, igual que tantos otros sentimientos y actitudes de mi vida pasada, igual que resurge la mezcla de exaltación y desamparo con que caminé de muy joven por Madrid o que la singular felicidad que me depararon casi por sorpresa los primeros encuentros con la pintura moderna en una galería o con la música en un bar o en una sala de conciertos. Los años de formación no han acabado, y aún faltan por superar pruebas cruciales en el tránsito hacia la vida adulta y hacia esa forma precaria de solvencia profesional a la que uno aspira en el oficio raro de la literatura, en el que todo logro tiene una sustancia quebradiza de espejismo, de malentendido, hasta de golpe de suerte, y en el que nada es más constante que la incertidumbre. No eres nadie y todo lo que has escrito y publicado se disuelve en el aire frío de esta mañana en Madison Square: soy, si acaso, el que remoloneaba de modo parecido y sentía la misma debilidad en las piernas hace veinte años en una calle de Granada, y el que no mucho después hacía exactamente lo mismo junto a la puerta de un edificio moderno en el Ensanche de Barcelona, apurando nerviosamente los minutos que faltaban para una cita en otro despacho, el de los editores que habían publicado mi primera novela, Pere Gimferrer y Mario Lacruz, hacia los cuales sentía una mezcla de agradecimiento y culpabilidad, porque habían aceptado el libro de un desconocido, y porque ese libro, como era previsible, lo había leído muy poca gente, parecía haberse perdido sin rastro, al cabo de unos pocos meses, en la confusión de títulos y nombres de las librerías. Así se perderá, pienso ahora, con remordimiento anticipado, este libro de casi veinte años después cuando aparezca traducido en alguno de los expositores o de los anaqueles de estas librerías gigantes de Nueva York. Antes de acercarme al guardia de seguridad del vestíbulo y de decirle el nombre de la editorial en la que estoy citado ya me siento abrumado por la futura irrelevancia de mi libro y me dan ganas de pedir disculpas por el fracaso de sus expectativas a la editora que decidió su publicación y al agente que me representa ante ella, casi me parece que lo más adecuado sería intentar disuadirles cuando todavía están a tiempo.

78

Hay una luz violeta en el cielo nublado de la media tarde, una luz que viene del oeste y del sur, de las calles que dan al río Hudson, alejándose en línea recta hacia un paisaje de grandes almacenes portuarios y puentes y pilares de hierro que son las ruinas de los antiguos ferrocarriles elevados, que ensombrecían las avenidas al circular sobre ellas despidiendo chispas y atronando el aire con un fragor de desastres metálicos, listando la luz del día con las traviesas de los raíles y las vigas de hierro de las plataformas. Son las cuatro de la tarde, pero el anochecer ya se está acercando, y tras el color cárdeno de las nubes se insinúa el rojizo del sol que muy pronto empezará a ponerse tras el horizonte plano de los bosques y los acantilados de la orilla de New Jersey. El violeta lo tiñe todo, el aire, las caras abrigadas de la gente, las fachadas de ladrillo claro y las de ladrillo rojo, que cobran al mezclarse con él una tonalidad de rojo burdeos, un rojo casi idéntico al de las hojas de los arces, que ya han cambiado de color y todavía no han empezado a caerse. Me acuerdo de unas líneas de E. B. White, en su caminata por Nueva York, exactas como un verso de Juan Ramón Jiménez: *Los edificios de ladrillo cambian de color al final del día de la misma manera en que una rosa roja se vuelve azulada al marchitarse*. El color violeta vuelve misteriosa la anchura de las avenidas en esta zona baja del oeste de la ciudad, la frontera de lo que en otro tiempo fueron las calles portuarias, en las que se levantan edificios gigantes donde se almacenaban en otros tiempos las mercancías llegadas en los buques de carga. En esta zona es gustoso dejarse llevar por callejones estrechos de casas bajas y pavimento de adoquines que dan al río, con esquinas encaladas más allá de las cuales está la amplitud marítima, y en las que no es difícil imaginar el brillo amarillento de las lámparas de gas, y la aparición cercana y desproporcionada de la alta proa de un transatlántico. Las aceras tranquilas y residenciales de Chelsea, frecuentadas por parejas domésticas de homosexuales —hombres monótonamente musculosos, con cabezas afeitadas, que pasean a sus perros o llevan bolsas de compra— han quedado atrás, con sus casas victorianas, sus filas de acacias, sus escalinatas de piedra y sus pequeños jardines delanteros, cercados por verjas negras, sus ventanas sin cortinas en las que ya están encendidas las luces. Según se avanza hacia el oeste se va llegando a otra ciudad, más abierta y más sucia, con desgarrones portuarios, con una sugestión de límite y de territorio todavía no colonizado, en estado de flujo, aún no dotado de una fisonomía definitiva. Entre el agua y la tierra, entre la ciudad y el puerto, entre las ruinas arqueológicas de la prosperidad y la mugre del transporte marítimo y la nueva invasión de las tiendas de moda, las galerías de arte, los restaurantes modernos, se extiende un territorio despojado y bárbaro en el que uno puede encontrarse igual una hedionda fábrica de empaquetar hamburguesas y salchichas que un gran café francés como traído intacto de un barrio popular de París de los años treinta, con los menús escritos caligráficamente en los espejos escarchados y los letreros de *Toilette* y *Téléphone* impresos en tipografía art déco sobre globos de luz. Peones con mandiles blancos manchados de grasa y de sangre descargan enormes cuartos de vacas subiendo y bajando por una rampa de madera grasienta al remolque de un camión frigorífico. Limusinas negras y funerales como góndolas se deslizan a medianoche sobre los adoquines pegajosos y se detienen delante de estrechas puertas metálicas cubiertas de grafitis que dejan salir al exterior, cuando las abre un guardián hercúleo, ritmos industriales de discoteca y de fiebre de éxtasis. Las tiendas de ropa cara, de muebles de lujo extremo, de antigüedades orientales ocupan grandes cocherones con el piso de hormigón y las paredes de ladrillo en los que a veces cuelgan de los techos las cadenas y poleas que hasta hace nada servían para izar del suelo sangriento a las vacas recién degolladas. De las herrumbrosas marquesinas medio desprendidas cuelgan letreros de latón que anuncian mataderos y marcas extintas de carne de hamburguesas y de perritos calientes. En el atardecer violeta, por las calles que parecen mucho más anchas porque los edificios son alargados y bajos, viene una música de acordeón y un rumor de risas y conversaciones de bistró francés, pero ese sonido falso y europeo lo borra en seguida el rugir de un tráiler cargado de pollos y de cerdos descuartizados, y los olores a pan, a mantequilla, a colonia, desaparecen bajo el gran hedor de carne muerta, sucia, embalada y amontonada en viejas cámaras frigoríficas, empaquetada por máquinas obsoletas. Al fondo de un callejón estrecho, hacia el oeste, sobre una montaña de embalajes, la luz violeta cobra una textura de carne amoratada, de masa de tejido muscular manchada por la tinta de un sello sanitario, ya en el principio de la putrefacción. El violeta del cielo se vuelve morado y azul oscuro cuando ya se han encendido en las esquinas los globos rojos y amarillos de las bocas de metro, los neones rojos de las tiendas de licores.

79

Larry es un agente de bolsa retirado que hizo una pequeña fortuna en Wall Street en los años noventa, aunque perdió una parte de ella en la crisis del 97. Dejó de trabajar antes de cumplir los cincuenta, se retiró con su mujer a una casita en Riverdale, y al poco tiempo se quedó viudo. Sylvia tiene setenta y dos años, y fue profesora de música y canto en un instituto de Harlem hasta su jubilación. Su marido, un abogado con el que nunca llegó a entenderse —tenía una idea práctica y descarnada de la vida, se impacientaba con las aficiones literarias y musicales de Sylvia, con su amor por un oficio tan mal pagado como el de la enseñanza— murió hace diez años, y sus dos hijos viven fuera de Nueva York. Larry no habla nunca de su mujer. Sylvia, de un modo u otro, siempre acaba acordándose en la conversación de su marido muerto, y dice que a su manera reservada y seca, a pesar de todo, la quería mucho, y que tuvieron una buena vida juntos. Larry no acaba de entender que la gente pierda el tiempo escribiendo novelas y leyéndolas, ocupándose el cerebro con historias inventadas y gente que no existe: Sylvia ama la literatura, sobre todo la poesía, tanto como la música, y dice que sin ellas su vida solitaria se le haría insoportable. Larry y Sylvia se conocen de vista y sólo tienen en común sus conversaciones conmigo, que suceden por separado, en días alternos, durante una hora, en el Centro Internacional, donde los dos trabajan como voluntarios enseñando inglés gratis a emigrantes recién llegados o charlando con extranjeros que desean ejercitar las facultades prácticas de la conversación. El Centro Internacional, en un octavo piso de la calle 23, cerca del edificio Flatiron, es como unas Naciones Unidas proletarias, una academia populosa en la que se cruzan todas las variedades de rasgos faciales y casi todas las lenguas, y donde por sesenta dólares al mes un emigrante encuentra profesores que le enseñan el idioma, lo asesoran en la burocracia de los visados, permisos de trabajo y trámites de nacionalidad, le enseñan a manejarse en los laberintos del metro, a encontrar vivienda y conocer sus derechos laborales. Hay aulas llenas de gente que toma apuntes y repite en voz alta sus primeras frases en inglés, una cafetería, una sala con mesas separadas por paneles en las que los voluntarios mantienen sus conversaciones más o menos difíciles o tediosas con los extranjeros. Hay un tablón de anuncios en el que se ofrecen a precios bajos entradas para conciertos o para funciones de teatro o musicales de Broadway, en el que se anuncian habitaciones o pisos baratos para compartir y excursiones de fin de semana guiadas por los profesores: al puente de Brooklyn, al Museo Metropolitano, a la estatua de la Libertad y Ellis Island. En el Centro Internacional se respira esa mezcla de enérgico idealismo y de talento práctico que es tan admirable en mucha gente progresista norteamericana, y que no suele verse mucho en Europa, donde quizás somos más adictos a las palabras que a los hechos, y donde es muy frecuente que los ideales no se correspondan con los actos diarios, y sean en muchos casos coartadas perezosas o cínicas para la inoperancia. Sylvia es judía y liberal, y Larry protestante y republicano, pero los dos dedican una parte de su tiempo a ayudar a desconocidos sin ganar nada a cambio, y ninguno de los dos teoriza mucho sobre lo que está haciendo en el Centro: saben que un inmigrante que no conoce el idioma está perdido en el mundo y puede ser víctima de cualquier abuso, de modo que ellos van cada día al Centro con sus libros de texto y sus cuadernos bajo el brazo y enseñan a los recién llegados a hablar y a escribir en inglés, les explican las costumbres que parecen banales y pueden ser indescifrables y hasta aterradoras para el que no las conoce, y luego vuelven cada uno a su casa, Sylvia para encontrarse con sus dos gatos, Larry con una periquita a la que llama Jane, y de la que, cuando hemos tomado confianza, me enseña fotos en color, como mostraría un padre las de un hijo pequeño. Pero la verdad es que los periquitos no son inteligentes, ni tampoco realmente cariñosos, me confiesa Larry con cierto abatimiento. A lo más que puede llegarse con ellos es a provocarles determinadas respuestas reflejas, asociadas con la comida. Me enseña un par de cortes en el dorso de la mano, un manual para inversores en bolsa que está leyendo con escepticismo estos días, a ver si recupera parte de su capital perdido, y que tiene desgarradas las esquinas de las páginas: todo obra de Jane. Larry habla bajo y rehúye la mirada. Es un hombre fatigado e incrédulo que en casi todo encuentra motivos para la tristeza. Sylvia ama a Puccini, a Frank Sinatra, a Ella Fitzgerald: cuando habla de una de sus arias o de sus canciones preferidas respira hondo y se lleva una mano al pecho, con el mismo gesto que haría cuando se disponía a cantar algo en sus clases, conteniendo el aire que empezaría a emitir un instante después, con un brillo de emoción en los ojos, de esa vehemencia que al abogado difunto le parecería exagerada, quizás ridícula. En su juventud debió de ser muy atractiva: es delgada y ágil, tiene los ojos muy claros, el pelo recogido en una cola de caballo, un brillo en la mirada que recuerda el que había en la de Katherine Hepburn, la luz del entusiasmo que no apaga la edad. Viste deportivamente, con zapatillas y pantalones ajustados, y huele un poco a pis de gato. Cuando era muy joven, en los primeros años cincuenta, estuvo en las manifestaciones a favor de los Rosenberg, y en el sesenta y tres en la marcha sobre Washington, donde escuchó a Martin Luther King. Tantas voces que he oído, me dice, y ésa fue la más bella de todas. El día de nuestra última conversación me trae como regalo de despedida un pastel de espinacas, y yo a ella un álbum de Frank Sinatra. Me da la mano tibia, fibrosa, un poco violácea, y los ojos le brillan como cuando recuerda una de sus arias sentimentales preferidas. Larry mira de soslayo, siempre apesadumbrado, remordido por algo, por la pérdida de valor de sus acciones o por la mala suerte de haberse quedado viudo, por el precio que le cobran por revelar sus fotos en color, que le ha llevado a considerar la posibilidad de instalarse él mismo un laboratorio casero, aunque todavía no ha concluido el cálculo prolijo de la rentabilidad de esa inversión. Los domingos soleados de otoño hace excursiones por los bosques de la orilla del Hudson y toma fotos de los árboles amarillos y rojos, de las grandes copas de los arces reflejadas en el agua, a la luz dorada de la caída de la tarde. Me trae luego las fotos en sus álbumes, numeradas y fechadas, y aunque le digo que me gustan mucho recibe mis elogios con escepticismo o con desengaño, como si no creyera en la sinceridad de mis opiniones y al mismo tiempo tuviera dudas sobre mi competencia técnica. Un día en que lo encuentro particularmente abatido me trae un sobre con fotos de Jane, y me pregunta si noto algo especial en ellas. Jane inclinada sobre un cuenco de pienso, posada en diversas posturas sobre una caja de cartón, asomada a medias a la puerta de la jaula. «La caja», me dice Larry, tristemente, como si mi falta de perspicacia fuera un motivo más añadido a su desgana de vivir, «la caja del pienso. La marca». Ahora caigo: en todas las fotos está la misma caja de cartón, y en alguna de ellas se ve la marca del pienso, que según Larry es la preferida de Jane, hasta el punto de que se niega a probar el de ninguna otra. Un día tuvo una idea, me explica, pero no sabía lo difícil que iba a ser llevarla a la práctica, aunque no lo pareciera: hacerle fotos a Jane junto a la caja de su marca de pienso para periquitos preferida, y enviarlas a la empresa fabricante, que sin duda usaría alguna para la publicidad de sus productos, y le pagaría a Larry una buena cantidad de dinero. Pero no había modo de que Jane se estuviera quieta encima o al lado de la caja el tiempo suficiente para tomarle una buena foto, y si se estaba quieta cambiaba de postura y la marca ya no se veía, o se irritaba y se iba volando a lo alto de un armario, y Larry tenía que subirse a una mesa para atraparla, arriesgándose a recibir sus malhumorados picotazos. Días le costó conseguir esas pocas fotos útiles, semanas. Por fin, cuando consideró que había reunido una selección aceptable, la envió a la fábrica de piensos, por correo certificado, lo cual aumentó no desdeñablemente los gastos ya excesivos de la operación, reduciendo más aún el margen posible de su beneficio. Al cabo de varias semanas llegó la respuesta: una carta de agradecimiento educada, pero de no más de dos líneas, que Larry me enseña sacándola de su cartera y desdoblándola cuidadosamente, y adjunta a ella una caja gratuita del pienso preferido de Jane. Por las noches, cuando Larry se acuesta en su cama de viudo, Jane se instala a su lado en la almohada, y algunas noches, si él tarda mucho en apagar la luz, salta al libro que está leyendo y le picotea las hojas, o echa sobre ellas una cagadita. Un día, inopinadamente, Larry me confiesa con muchos circunloquios, mirando de soslayo, que de vez en cuando, en realidad muy de tarde en tarde, solicita los servicios de alguna de esas señoritas de compañía con nombres fantasiosos que se anuncian en la guía de teléfonos, y que si es ella la que va a prestarle a casa sus servicios entonces encierra a Jane en la jaula, y tapa la jaula con una toalla y la guarda en el vestidor, para que Jane, que no está acostumbrada a las visitas, no se soliviante por culpa de la voz extraña y de los sonidos poco habituales.

80

You must take the A train, dice la canción de Duke Ellington: hay que tomar un tren de la línea A del metro para subir a Harlem, y en la trepidación de su marcha ya parece que está contenido y anunciado el ritmo de esa canción, la llamada y la fuerza de la música, que tantas veces lo traspasó a uno de felicidad, de una plenitud terrenal y lujosa, como la que difunden las suites orquestales de Bach. En la noche del viernes el tren se va quedando vacío según sube hacia Harlem, cruzando sin detenerse entre filas de columnas metálicas que dejan ver durante unos segundos los andenes de estaciones iluminadas y vacías. Salimos a la noche oscura en la esquina de la calle 139, tal como nos ha dicho un amigo, pero no vemos las luces que estamos buscando, el letrero del club St. Nick's, donde grabó una vez un disco en directo Charlie Parker. Nos cuesta contener un sentimiento de alarma, el miedo a perdernos a esta hora de la noche en una región desconocida de la ciudad, donde se vislumbran sombrías laderas arboladas y grandes solares de escombros rodeados por edificios sin luces, con las ventanas tapiadas. En la medianoche Harlem es el reverso sombrío y la cara oscura de Manhattan, un Manhattan pobre, apaisado, sin rascacielos ni letreros luminosos, con calles y avenidas que parecen mucho más anchas, porque los edificios no tienen más de cuatro o cinco plantas, con aceras desiertas y muy pocos coches que pasen. Es raro no ver tiendas iluminadas en cada esquina: más hacia el norte hay luces dispersas en algunos edificios, y algunos grupos de negros jóvenes en los cruces de calles, o sentados en los escalones de entrada de las casas, vestidos con pantalones muy anchos y chaquetones de grandes capuchas, discutiendo en voz alta mientras suena un ritmo pesado de rap en un radiocasete. Dos negras jóvenes, muy grandes, con anchuras neumáticas, con zapatillas de deporte, con gabardinas desceñidas, fuman y conversan junto a una farola que da una luz muy débil, riéndose a carcajadas. Nos escuchan con benevolencia y un poco de guasa y sonríen aprobadoramente al escuchar el nombre del club que buscamos. *St. Nick's*, dice una de ellas, *Best joint in town*. Pero no está en la calle 139, como nuestro amigo, propenso a los despistes, había indicado, sino más hacia el norte, en la 149, y además hemos derivado mucho hacia el este, alejándonos de St. Nicholas Avenue, de modo que tal vez debiéramos tomar un taxi, dice una de las chicas, la que ha celebrado tan calurosamente la categoría del club, y las dos nos despiden estrechándonos las manos, y al alejarnos seguimos escuchando su risa resonando en la avenida vacía. Pero no hay taxis, desde luego, apenas algún coche que pasa difundiendo un ritmo de bajo muy violento por las ventanillas abiertas. En la avenida hay tramos a oscuras y otros iluminados por el escaparate de alguna tienda de las que no cierran en toda la noche o de un McDonald's junto al que se agrupan cuadrillas de negros muy jóvenes. Las tiendas dan una impresión de suciedad y deterioro tan desoladora como los edificios en los que se encuentran, que sin embargo tienen, en muchos casos, fachadas nobles, escalinatas y barandas de piedra, restos de una vida burguesa que se extinguió hace mucho tiempo. Al acercarnos a los grupos de muchachos en las esquinas cobramos una conciencia incómoda de nuestra singularidad, tal vez no muy distinta de la que siente un hombre de piel oscura al caminar por una calle en la que sólo hay blancos, donde es posible que sienta como punzadas en la piel las miradas de vigilancia y recelo. Pero ahora caminamos junto a un descampado en el que sólo hay ruinas, vertederos, coches desguazados y vallas de alambre, y nos damos cuenta de que la calle asciende en plena oscuridad hacia los arcos de un puente y un muro de ladrillo que nos cierra el paso. Un coche se nos acerca por detrás, uno de esos todoterrenos desaforados que parecen máquinas de guerra, con los cristales ahumados, compruebo al mirar de soslayo cuando va llegando a nuestra altura, con las ruedas tan grandes y los faros tan altos que brillan directamente en nuestros ojos. No nos lo decimos en voz alta, pero estamos perdidos y tenemos miedo. El coche se para, una puerta se abre, y cuando nos atrevemos a mirar vemos salir por ella a las dos mujeres que nos dieron indicaciones hace un rato, las dos grandes, casi de la misma escala que el todoterreno, semejantes en sus gabardinas y en sus colosales zapatillas de deporte con calcetines de lana sobre las medias, en la guasa y las carcajadas con que celebran el reencuentro y presencian nuestro estupor, nuestra incalificable torpeza de forasteros en Harlem, quitándose la palabra para darnos nuevas explicaciones, gesticulando con las manos de uñas largas y gruesos anillos: «Pero os habéis equivocado, con lo fácil que era, habéis ido en dirección contraria. ¿No os habíamos dicho que tomarais un taxi? Volved todo el camino hacia el oeste, hasta que veáis un restaurante que se llama Popeye, y luego la oficina de un banco con un letrero que dice Green Point. ¿De acuerdo? Pues justo enfrente está el St. Nick's, el mejor club de la ciudad, no como esos sitios finos y caros del Village.» Las dos chicas se alejan de nosotros haciendo oscilar sus culos enormes, dejándonos un rastro de colonia espesa, de carmín, de humo de tabaco rubio, el eco de sus voces y de sus risotadas en la avenida silenciosa, en la que unos segundos después retumban las puertas del todoterreno al cerrarse, el rugido del motor que se pone en marcha.

81

El letrero rojo, por fin, a la vuelta de una esquina, más allá de una de esas tiendas de alimentación que parecen negocios en quiebra, almacenes de ruina, con etiquetas viejas de productos obsoletos pegadas a los cristales del escaparate, que tienen grietas tapadas con cinta adhesiva, y con carteles escritos a mano en los que se avisa que se aceptan cupones para comida, *food stamps*, los vales de la beneficencia pública para los más pobres. Al St. Nick's se llega bajando unas escaleras y apartando una cortina vieja, y lo que uno ve al entrar no se parece tanto a un club de jazz como a un bar modesto español o a una casa de comidas aseada y barata. El techo es bajo, la barra larga, con taburetes ocupados por bebedores que charlan entre sí y se intercambian cigarrillos y fuego, no como esos bares en los que hay muy poca luz y nadie habla con nadie, cada cual concentrado solitariamente en su vaso de alcohol. Hay mesas pequeñas y muy juntas, y al fondo una tarima baja, sobre la que se ve un órgano eléctrico pequeño y como de desguace, que me recuerda al que le oí a veces tocar en Almería a Lou Bennett, que lo llevaba siempre consigo en sus viajes, cargado en una furgoneta igual de maltratada, y que según me contó lo remendaba y reparaba él mismo, con alambres y trozos diversos de chapa o de plástico, con hilos de cable que le sobresalían de los bolsillos, con esparadrapo, con cinta adhesiva transparente. En una máquina de discos está sonando un poderoso rhythm & blues. Detrás de la tarima que hace de escenario, y que parece la tarima vieja de una escuela, un pasillo oscuro, lleno de cajas y de botellas apiladas, de sillas y mesas rotas, conduce a los lavabos. Una foto en blanco y negro ocupa entera la pared del fondo: Miles Davis, con sus grandes ojos penetrantes y rasgados, muy joven, guapo y desafiante en sus días de gloria de los años cincuenta, con sus pómulos altos y sus labios como tallados en basalto. Las mesas tienen manteles de hule a cuadros, como los que había en los comedores de las pensiones españolas. En los clubes de más nombre, los que merecían el desdén de nuestra amiga de hace un rato, el gasto mínimo por persona puede llegar a setenta y cinco dólares: aquí es de tres. Hay negros, sobre todo, pero también algunos blancos, hombres y mujeres, y algún intrépido turista japonés con su mochila al hombro y un plano de la ciudad en las manos. Salen tres músicos, conversan perezosamente entre sí, saludan con un gesto a alguien entre el público, cruzan una broma o un comentario con el camarero, tal vez calibrando la asistencia de la noche. El batería, muy joven, se acomoda en su taburete, limpia los platillos con un paño. El organista es un blanco de mediana edad, con gafas de cerca escurridas hacia la punta de la nariz, con un jersey viejo y flojo que parece haberse puesto encima al levantarse medio dormido de la cama. Inspecciona con cara de preocupación botones, cables, enchufes, teclado, como si se dispusiera a emprender viaje en un coche que no le merece mucha confianza. El titular del trío de esta noche es un saxofonista alto, gallardo, fornido, con los labios muy anchos, fuertes como haces de músculos, con unos ojos profundos que le dan a su cara una expresión de ensimismamiento y majestad, una solemnidad impasible y asiática. Lleva un sombrero chato y redondo, un *pork pie hat* como el de Lester Young, un pantalón de pinza, un jersey sin cuello y muy ceñido que resalta su torso musculado y su barriga contundente. Sobre el hule de la mesa que hay delante de él deja una hoja de música más bien arrugada que ha sacado del bolsillo. El batería, inquieto, roza tambores y platillos, sin provocar ningún sonido, el organista tantea el teclado, el hombre del saxofón, que se llama Bill Saxton, empieza a soplar suavemente, entornando los ojos serios y vacunos. Pero la gente sigue hablando y continúa el ruido de las copas, salta una carcajada o una voz que llama a un camarero. Entonces, el saxofonista, sin variar de expresión, aprieta los labios en torno a la lengüeta, cierra los ojos, aspira una bocanada de aire que le hincha el pecho y las mejillas, y emite una nota larga y única de un volumen brutal que estremece los tímpanos y resuena en la caja torácica, una llamada de atención tan poderosa, tan rotunda, como el claxon de un camión de bomberos, como la sirena de un barco: hay unos segundos de silencio, de expectación respetuosa, casi atemorizada, de respiraciones contenidas; las copas se quedan quietas en el aire, y Bill Saxton empieza a tocar seguido velozmente por los otros músicos, pero nunca alcanzado por ellos, salvo cuando después de diez o quince minutos de soplar sin descanso ni fatiga visible les cede el paso haciéndose a un lado, recibiendo con un gesto impasible el aplauso del público. Bill Saxton toca como si guardara en sus pulmones y en el tubo ancho del saxo una reserva inagotable de aire, de un aire rico, denso, de una cualidad casi cremosa, como si no necesitara dar pausa a los músculos del pecho, a los órganos de la respiración. Emprende la melodía conocida de un standard, la resume a toda velocidad, como para acabar cuanto antes con las formalidades o poner de una vez por todas las cartas sobre la mesa, y luego la arrastra, la rompe, la descompone en notas alternativamente graves y agudas que desafían sin respeto cualquier norma armónica, se atreve a disonancias que hieren el oído, a pitidos largos y agudísimos, a graves tan hondos que retumban largamente en el aire, en el estómago y en el corazón de quien escucha. Alza líneas fulgurantes, arquitecturas sumarias e instantáneas, fuerza los límites de la música hasta la cacofonía y el puro ruido con una violenta energía sin sosiego en la que parece que estamos escuchando a los fantasmas de los músicos más temerarios, que casi los sentimos revivir en una prodigiosa sesión de espiritismo en este mismo club donde tocaron tantas veces: Charlie Parker, con los hombros encogidos y los párpados muy apretados, inventando vertiginosas variaciones, John Coltrane en un trance de delirio místico, Sonny Rollins con sus sensualidades de carnaval caribeño, el más desatado Ornette Coleman, soplando con furia y desvergüenza un saxo de plástico. Pero en ningún momento la música pierde su camino, su intensidad emocional, su lealtad a las melodías sentimentales y al río lento de los blues. La música vibra en el aire, en el interior del cuerpo, percute en los tímpanos y en el estómago, golpea como una lámina de metal contra el pecho. Bill Saxton, moviéndose apenas, aflojando casi imperceptiblemente la presión de los labios sobre la boquilla para tomar aire, pulsando con destreza de ciego las teclas de latón dorado con sus anchos dedos, desbarata a su alrededor el espacio y el tiempo, salta sin incertidumbre, sin muestras de cansancio, de una canción a otra, abre paréntesis fugaces en los que intercala citas rapidísimas, homenajes a solos históricos que se sabe de memoria, que parece que guarda en una memoria situada en las yemas de los dedos. Mientras toca mantiene los párpados cerrados, o los entreabre un instante para mirar la hoja de música en la que hay garabateados títulos de canciones y secuencias de notas, o para inspeccionar el fondo de la sala, buscando algo o a alguien, impasible y sereno en medio de la tempestad que él mismo ha levantado. Hay un momento en el que el tiempo exterior deja de contar, y en el que uno, envuelto, arrastrado, traspasado por la música, ya pierde la conciencia de lo que le rodea, habita en otro lugar y percibe no la corriente del tiempo de los relojes, sino el de la música misma, el tiempo creado, medido y trastornado por ella. La música es un río y un tren que avanza con cadencias de blues, un tornado feliz que lo arrebata a uno del suelo, y cada golpe de tambor, cada frase del órgano o del saxo actúan sobre el organismo como esas descargas hormonales que provocan la dicha o el deseo, como un trago bien medido de alcohol que enaltece la sensación del presente y las efusiones secretas de la memoria. Pero otro músico estaba aguardando, un negro joven, con camiseta grande, pantalones abolsados y gorra de béisbol sobre un pañuelo de pirata, apoyado en la esquina del pasillo oscuro que lleva a los lavabos, ajustando en silencio los labios a la boquilla de una trompeta. Bill Saxton se aparta a un lado, después de media hora tocando sin tregua, sin ningún signo de fatiga, de cualquier alteración emocional o física. Mira hacia el público sin detenerse en ninguna cara, y luego atiende aprobadoramente a los solos sucesivos de los otros músicos. El sonido de la batería, que permaneció en un segundo plano, ahora asciende como un coro africano de tambores, como un estrépito de vidrios metódicamente machacados. El batería parece que se aleja hacia una selva de tambores que se increpan y se responden, hacia las profundidades de un mundo nocturno en el que las danzas a la luz de las hogueras se prolongan hasta el amanecer, y poco a poco va regresando, apaciguando sus ritmos, ahora con breves redobles de las escobillas, y cada uno de los otros músicos lo mira en espera de algo, como de que vuelva del todo: ahora, al sonido lejano y murmurado de la batería se empieza a unir muy sutilmente la trompeta, tocada con sordina, y las notas cortas y casuales del órgano. El trompetista se suma a los otros como si hubiera sido aceptado en una sociedad secreta, y por eso en su manera de tocar hay al principio un aire de tentativa, una delicadeza de sigilo. Es el más joven, y no sólo por su edad, sino también por la ropa que viste, tan de las calles y tan de ahora mismo, tan ajena al estilo bebop de los otros músicos, a la elegancia suprema que hay en la ropa y en la apostura de Bill Saxton y en la gran foto de Miles Davis. Pero en seguida el trompetista empieza a enardecerse, y se empeña en una conversación y un desafío con Bill Saxton, el recién llegado joven y nervioso contra el viejo maestro, la complicidad, el desplante, los vuelos de virtuosismo de los antiguos *cuttings contests*, los legendarios duelos entre músicos de jazz. Se advierte, tan de cerca, la dificultad física de dominar la trompeta, la simpleza un poco ruda del instrumento, latón y duros pistones, el esfuerzo que hace falta para obtener de ella sonidos sofisticados y flexibles, la energía pulmonar y muscular que requiere, y que obliga al músico joven a contraer la cara y apretar muy fuerte los párpados. A diferencia de en los discos, aquí se ve que la música es un trabajo, hecho de obstinación y resistencia, no una conjunción de sonidos brotados como de ninguna parte, nacidos tan sin esfuerzo como surgen asépticamente de los altavoces donde suena un cedé. Presencias reales: la música la está haciendo alguien, ahora mismo, en un sitio mercenario y vulgar, hombres que se ganan así parte de la vida y que dentro de un rato, cuando terminen de actuar, pasarán entre las mesas con un cubo de plástico donde la gente echará o no echará billetes de un dólar. Bill Saxton circula al final entre el público con el cubo en la mano, con su cara severa, agradeciendo cada propina con un gesto de distancia digna y de íntimo agravio, él que se ha alzado durante más de una hora a la cima de su maestría, que ha invocado con breves citas y homenajes a los fantasmas sagrados, a los héroes del saxo que todavía deambulaban por Harlem hace medio siglo, Parker, Hawkins, Lester Young, Coltrane, los músicos asalariados que terminaban de tocar en las orquestas de baile y a las tantas de la noche, en vez de retirarse a descansar, subían a Harlem en el tren A con los estuches de sus instrumentos, con sus abrigos y sus sombreros de cine en blanco y negro, para seguir tocando en libertad y por puro gusto hasta el amanecer, para desafiarse agotadoramente en duelos de velocidad y talento. Pero ésta es la vida de un músico: pasar entre las mesas después de haber tocado milagrosamente para recoger billetes de un dólar o incluso monedas de un cuarto, como un artista callejero.

82

En el cuadernillo de Artes del *New York Times*, un pequeño recuadro de letra diminuta anuncia casi clandestinamente una exposición de fotografías victorianas de espectros, tomadas en Londres hacia 1880, en el gabinete de una célebre médium. Anoto en mi libreta la dirección de la galería y estudio en el mapa del metro el itinerario más adecuado para llegar a ella. Está en el Upper East Side, en una de esas calles laterales y herméticas con edificios residenciales de no muchos pisos, puertas pintadas de oscuro, remate y llamadores de bronce, placas doradas de despachos de abogados o consultorios de médicos, con los nombres en letra pequeña, a veces cursiva, con la discreción de quienes no necesitan anunciarse ni hacer muy visible su riqueza, su solidez profesional. No son los ricos de un poco más allá, de Park Avenue o de la Quinta Avenida, con sus vestíbulos de mármoles y maderas bruñidas, espejos, marquesinas, porteros uniformados con gorras de plato y guantes blancos. En estas calles laterales el dinero no se muestra ostensiblemente, y los edificios no son muy altos, y muchas veces son *town houses* que albergan a una sola familia. Es una mañana nublada, con niebla fría en el aire, muy adecuada para ver fotos de espectros. En una ventana de un primer piso, dos caras miran hacia mí, pegadas al cristal: una mujer negra, de tez muy oscura, con cofia y uniforme negro, una niña delgada, rubia, casi incolora, las dos muy juntas pero cada una ausente en su propia observación, la cara enmarcada, aislada de la otra, por un rectángulo de vidrio. Me miran pasar sin moverse ni fijar la atención en mí. Están en el mismo sitio cuando vuelvo sobre mis pasos, porque no acabo de encontrar la galería. Quizás me equivoqué al anotar el número de la casa o de la calle: pero no, es el que yo buscaba, sólo que el letrero de la galería es una placa del tamaño de una tarjeta de visita, situada junto al botón de un portero automático. Lo oprimo sin mucha decisión y al principio no hay respuesta. Por encima de los escalones de piedra caliza, la puerta cerrada con su llamador de bronce en forma de garra de león es como un hosco guardián que me cierra el paso. Vuelvo a tocar el timbre: alguien pregunta quién llama. Digo apocadamente que desearía visitar la exposición de fotos y la puerta se abre con un zumbido eléctrico. Hay un vestíbulo con espejos y con el suelo de mármol, una escalera de mármol, otra puerta entornada, a la izquierda, y en ella un hombre muy bien vestido, con aire más de financiero o de abogado rico que de galerista, me recibe con una vaga inclinación, examinándome de arriba abajo. Más que a ver una exposición me siento como si hubiera venido a solicitar un puesto subalterno en el servicio doméstico. Había imaginado una sala amplia, con fotos de cierto tamaño: me encuentro solo en una habitación recogida como un comedor del que hubieran retirado los muebles, y las fotos son como postales, como si las hubieran despegado de un viejo álbum familiar para enmarcarlas y disponerlas sobre las paredes. En cada una hay un espectro, un ectoplasma envuelto en gasas y en claridades desvaídas, retratado junto al pariente, madre, padre, hijo o esposa que lo ha invocado: la persona viva, sentada en un sillón, con frecuencia apoyando el codo en un velador, contra un fondo sepia, oscuro y vacío, tal vez el velador cuyas patas golpeaban secamente el suelo durante las sesiones de espiritismo, damas con pecheras opulentas y anchas faldas de brocados, caballeros barbudos, o con grandes patillas, con botines brillantes, chalecos ceñidos y cuellos duros. Debajo de cada foto, anotado con una caligrafía cuidadosa, está el nombre de cada uno, el vivo y el muerto, y la fecha de la sesión en la que fue tomada la fotografía, en la que esa mujer o ese hombre accedieron temerosamente a posar delante de una pesada cámara con trípode y cortinilla negra que tenía la extraña propiedad de retratar lo invisible, las presencias de los muertos añorados que aquella médium respetada y severa podía convocar. Los fantasmas son siluetas translúcidas, esfumadas contra la penumbra sepia del fondo, o figuras cubiertas por lienzos o hábitos blancos, con grandes capuchas que les tapan a medias o del todo las caras, y los vivos a los que rondan miran al vacío con expresiones de abatimiento, de fatigada tristeza, de ilusión temerosa: el muerto está aquí, muy cerca, les han dicho, ahora no puedes verlo pero su imagen quedará impresa en la placa fotográfica. En cada foto hay algo ridículo y también algo muy siniestro, y al cabo de un rato todas ellas participan de la misma melancolía, entre la candidez y el fraude, entre la añoranza de un regreso imposible y la trapacería de la médium y del fotógrafo compinchado con ella. Creía que estaba solo en la exposición, pero oigo una tos y descubro en una pequeña sala contigua a un hombre oriental, con traje negro y gafas, sentado en un sofá, como una visita, examinando una por una, con la ayuda de una lupa, las reproducciones del catálogo, anotando cosas en un cuaderno con un lápiz diminuto. Quién es más espectro, a una distancia de ciento veinte años, el que estaba vivo o el que figuraba estar muerto en las fotos: todos son igualmente fantasmas ahora, y la fotografía es el arte mortuorio, el espiritismo verídico que captó sus apariencias y las sigue invocando, las tocas de gasa, las faldas abullonadas y los tirabuzones y moños de las damas, los chalecos y levitas de los caballeros. Y en este silencio de mañana nublada, en la casa donde no hay rastro del hombre que me abrió la puerta y sólo parece que estamos, rodeados por las fotos, el oriental de la lupa y yo, voy teniendo la sensación desagradable y gradual de que yo también me vuelvo un espectro, el que acabaré siendo cuando de mi presencia en el mundo no queden más huellas que algunas fotografías, cuando alguien que no sepa quién fui mire mi cara de muerto antiguo y anónimo, como las caras que yo veo en las fotos familiares de muertos desconocidos que se venden los domingos por la mañana en los mercadillos de la Sexta Avenida.

83

Ha llegado el frío, de golpe, no como una avanzadilla entre los días tibios del otoño, sino con la seriedad de un invasor dispuesto a organizar una ocupación cruenta y duradera, un invierno de cielos grises, de árboles grises despojados de hojas y calles y edificios despojados de color. El viento invernal viene sin encontrar obstáculos desde las bocacalles abiertas a los ríos y baja encañonado por las avenidas. Al final de Park Avenue, hacia el norte, se ve como una gran llanura polar que se extiende entre las dos filas colosales de los bloques de apartamentos de los ricos. El viento invernal baja desde el Canadá y el círculo polar ártico por las avenidas en ruinas del Bronx, por los descampados y los puentes herrumbrosos de Harlem, y los vendedores de los puestos callejeros se cubren para resistirlo con guantes anchos y ropones acolchados y gorros peludos de esquimales. En la radio, cada mañana, la predicción meteorológica tiene un aire de vaticinio de una ofensiva militar: la caída de las temperaturas, la velocidad que alcanzará el viento cada hora del día, la dirección desde la que va a soplar, la posibilidad de que empiece a caer la nieve. El día gris y helado se apacigua a veces en una especie de quietud, e incluso sale unos instantes el sol, con un espejismo fugaz y mentiroso de buen tiempo. Pero en cuanto empieza a anochecer, hacia las cuatro y media de la tarde, ya no hay engaño ni tregua, el gris de las nubes se vuelve violeta oscuro, y el viento sopla de nuevo con saña redoblada, dispersando por las aceras los residuos del día, empujando a la gente contra las fachadas de los edificios, forzándolos a calarse más aún los gorros de lana, las capuchas de los anoraks, a hundir más las manos enguantadas en los bolsillos y bajar la cabeza, todos con ese aspecto que tienen los civiles inermes en las fotografías de ciudades en guerra. Cómo resistirán los vendedores callejeros, los sin techo que caminan contra el viento cargando sus líos de ropa, las grandes bolsas en las que guardan latas vacías de bebidas, empujando los carritos en los que amontonan sus tesoros de desperdicios. Si yo voy sintiendo que el frío me sube desde los pies, atraviesa mi insuficiente chaquetón europeo y mis jerseys de lana y me roza los pulmones con un filo de cuchilla, con una punzada de miedo a la pulmonía, cómo será el frío que tiene esa chica que pide limosna sentada en una esquina de Union Square, siempre en el mismo sitio, la puerta del McDonald's, siempre con la misma expresión de desamparo y melancolía en sus ojos tan claros. Cómo resistirán el frío del amanecer los albañiles que suben a las vigas de los rascacielos en construcción, los desmedrados centroamericanos que vienen de climas cálidos y salen del metro todavía de noche para empezar su turno de trabajo en las cocinas inmundas de los restaurantes baratos o en los almacenes subterráneos cuyas trampillas metálicas se abren en las aceras. El frío y el viento han borrado los colores cálidos en las copas de los árboles, y las ramas ahora parecen marañas de alambres. El viento se ha llevado las hojas ocres, rojas, amarillas, de color de cuero, que cubrían la hierba y la tierra de los parques, y ahora el suelo desnudo tiene una aspereza oscura y mineral, negra de roca de pedernal o gris de caliza. Salvo los rojos de los semáforos y de los pilotos traseros y las luces de freno de los coches, todos los colores de la ciudad han ido virando hacia el gris, y hasta el amarillo de los taxis se ha vuelto más apagado, y ahora no es un amarillo luminoso de calabaza, sino de mostaza rancia. En las ventanas que empiezan a iluminarse antes de que se haya ido la última claridad del día no se ven esas luces doradas, de miel densa y de ámbar, de los atardeceres otoñales, sino un blanco lívido de tubos fluorescentes. Qué raro acordarse ahora de la piel clara y desnuda de las mujeres a finales del verano, del rojo de los labios y las uñas de los pies en las sandalias, del rosa carnal de los talones. Ahora sólo se ven tonos grises y negros, azules oscuros, palideces ateridas bajo los gorros de lana, gestos de agria determinación contra la intemperie. Un viento con aristas de agua helada y duros copos de nieve barre el espacio desierto donde hasta hace nada estuvieron los puestos de hortalizas y frutos otoñales de Union Square, las pirámides de tomates y pimientos rojos, el rosa fuerte de los rábanos, el amarillo espléndido de las calabazas, el blanco de los tallos de apio y de acelgas, el olor caliente de los panes recién hechos. Ahora, esta tarde, no hay nada, sólo el gris que han adquirido los edificios alrededor de la plaza, y hasta el verde de bronce de los aleros, que brilla tan gozosamente en los días de sol, tiene ahora una tonalidad de metal penitenciario y de agua estancada. Ahora se ve más que nunca, en la tarde que se disuelve en oscuridad según arrecia el viento, que para salir adelante en esta ciudad hace falta una obstinación, una capacidad de pura resistencia física, que no todo el mundo posee, y que el invierno es el peor enemigo de los pobres. Bien abrigado en el café, con un cappuccino caliente y espumoso al lado del cuaderno abierto, mirando por el ventanal los grises y morados de un atardecer en el que los últimos restos del día se apagan como brasas débiles bajo la ceniza, noto una pesadumbre sin alivio que ya es uno de los síntomas de la proximidad de la partida.

84

En un documental se ve a Robert Crumb yendo por la calle con un cuaderno de hojas anchas y un rotulador negro de punta muy fina parecidos a los míos. Se sienta en cualquier sitio, en un café, junto a una ventana, en un banco de la acera, abre su cuaderno y se pone a dibujar a la gente que pasa, mucho más velozmente de lo que yo puedo escribir, con una precisión en los pormenores que las palabras nunca pueden alcanzar. Robert Crumb tiene un aire vagabundo y excéntrico, una manera de vestir refractaria a las modas, la misma ahora que en los años sesenta, cuando los hippies con los que se relacionaba (con la esperanza, confiesa, de echar algún polvo) solían preguntarle si no era un policía de narcóticos: un sombrero de fieltro, una americana vieja, un pantalón estrecho, unas gafas grandes de concha, con cristales de mucho aumento, como lupas con las que distinguir los menores detalles de las cosas. Una tarde, en una galería pequeña de Chelsea, encuentro por azar una exposición de dibujos suyos: casi todos originales de viñetas, y también retratos de gente, con una minuciosidad lineal de grabados de Brueghel o Durero y una instantaneidad de polaroids: una mujer en el pasillo de su casa, como sorprendida por la llegada de un visitante, quizás el propio Robert Crumb, y tres retratos de Charles Bukowsky, cada uno con un pie explicativo muy prolijo: Bukowsky en una gran bañera de jacuzzi, desnudo y con un cigarro en la boca; Bukowsky cruzándose en las escaleras mecánicas del hipódromo con un apostador que se acuclilla para no ser visto por él, porque le debe dinero; Bukowsky en su coche, aparcado junto a una acera, moviendo el dial de la radio, y lamentándose de que por mucho que busca no puede encontrar una emisora en la que suene música decente. Me acuerdo de algunos poemas amorosos de Bukowsky que me gustan mucho, y de otro poema que Raymond Carver le dedicó, y que también es un retrato verídico y cordial y un fragmento de historia, como estos dibujos de Crumb. Las líneas de tinta sobre el papel blanco son finas, asiduas, curvadas, como una escritura urgente. El dibujo precisa con una avaricia idéntica todos los detalles, llena el espacio del papel, aprovecha cada recoveco del encuadre para resaltar algún pormenor más, hasta los más ínfimos, cada una de las arrugas en el rostro viejo de Bukowsky, los cañones de su barba mal afeitada, los pelos en los dedos, las líneas de arrugas en el pantalón, con el que parece que ha dormido, el modo en que la camisa se ciñe a la barriga sobre el cinturón. Robert Crumb dibuja con un detallismo de grabado flamenco las líneas del dial en la radio del coche de Bukowsky, los trapos y los pañuelos de papel y el paquete de cigarrillos que asoman por el salpicadero abierto, las rugosidades del volante, que es grande y antiguo, los filos deshilachados de la chaqueta, desfondada en los bolsillos, como las chaquetas de los borrachos de la Bowery. En el documental se veía el rotulador de tinta muy negra y punta muy fina moviéndose sobre el papel a toda velocidad, trazando caras, gestos infinitesimales, líneas onduladas o quebradas, largas como volutas o tan cortas como cada uno de los pelos en la mejilla de Bukowsky: los trazos del dibujo son tan diminutos y huidizos como los de mi letra, y parece que Robert Crumb ha visto a Bukowsky y se ha puesto inmediatamente a dibujarlo, ha terminado su tarea en unos pocos minutos, igual que el calígrafo chino traza los caracteres de un poema, o como contaba Harold Arlen que surgían de su pluma a la velocidad de un dictado las notas de *Stormy Weather.* Así quisiera yo retratar sobre el papel de este cuaderno la cara de alguien con quien acabo de cruzarme o un tono de color en el cielo, pero escribir es una carrera contra el tiempo en la que uno siempre se queda rezagado y acaba vencido. En el café, en una de mis últimas tardes invernales de Manhattan, tengo abierto el cuaderno, como Robert Crumb, y la punta del rotulador se aproxima al blanco de la hoja, pero yo no podré llevarme conmigo nada de lo que estoy viendo, ni siquiera la cara admirable de esa mujer negra y muy alta que está ahora mismo de perfil contra la ventana, con un moño macizo y vertical, con grandes aros dorados en las orejas y un cuello largo y recto de princesa abisinia.

85

Ya se ha ido el tiempo, ya no hace falta mirar el calendario y ni siquiera contar con los dedos los días de la semana para saber cuántos quedan, para sentir la urgencia, la excitación neutra del viaje. Faltan horas, no días, y la apariencia de sedentarismo que tanto esfuerzo y hábito costó establecer va a ser desbaratada sin haber llegado del todo a hacerse firme, como se arranca una planta que no había arraigado. Hay que retirar la ropa del armario, los libros de la estantería, las revistas de la mesa del salón, los papeles del cuarto de trabajo. Hay que tirar periódicos viejos, de pronto remotos con sus fechas de hace unas semanas. Hay que vaciar el armario del cuarto de baño, sacar las maletas del altillo donde las dejamos al llegar, ponerse a guardar en ellas la ropa que fue de verano y que también pertenece a una época tan lejana como la de los periódicos recién tirados, como la de las entradas de cine o conciertos que tienen impresas fechas ya lejanas del pasado. Deambulamos atareadamente por la casa descartando los rastros, las sobras de una vida doméstica que se quedará truncada cuando nos marchemos: y los alimentos en la nevera, la mantequilla que ya no vamos a usar, un frasco de mermelada gastado sólo hasta la mitad, un par de filetes que olvidamos en el congelador. Hay una botella de vino empezada que ya no terminaremos, postales que no hemos enviado, sellos que mañana ya no servirán. El orden cotidiano que nos envolvió tan cálidamente ahora se deshace en la opresión del equipaje excesivo, y la ligereza en la que vivimos cada día, y en la que nos encontrábamos tan limpiamente como en los primeros encuentros en habitaciones de hotel, ha dado paso a una inexplicable acumulación. No hay espacio en las maletas para guardar todos los libros, todos los discos, la ropa de invierno que no traíamos al llegar, los regalos, los objetos que fueron un hallazgo mágico o en una tienda o en un mercadillo y ahora tienen algo de artefactos engorrosos. La desenvoltura de las caminatas nómadas sucumbe al agobio de la gravedad: las maletas demasiado llenas no se cierran, y pesan tanto que cuesta levantarlas. No queda tiempo para nada, para casi nada, ya no se podrá cumplir ninguno de los propósitos que se fueron aplazando desde la llegada, confiándolos a un porvenir que parecía sólidamente ilimitado, como una renta en el banco que de pronto se ha esfumado de una manera inexplicable, asombrosa, radical, como sólo se esfuman el tiempo y el dinero. Hay que rescatar los pasaportes del fondo de un cajón, y con ellos los billetes de regreso que han adquirido repentinamente la fecha de mañana mismo. Taxis de nuevo, apuros, atascos, la perspectiva última de las torres de Manhattan desde la autopista que costea el East River por el lado de Brooklyn, de nuevo el reino olvidado de los funcionarios de aduanas, las colas y los trámites, los malos modos policiales agravados después del 11 de septiembre, la sensación siempre inquietante de aproximarse a una noche abreviada que se pasará entera volando sobre la oscuridad del Atlántico. Ya no hay tiempo de nada, ni siquiera de cancelar compromisos que se adquirieron atolondradamente para el último día, como si las horas del último día fueran iguales que las de cualquier otro, y no horas vanas que transcurren demasiado aprisa, y en las que cualquier percepción se disuelve en la velocidad de minutos y segundos que disgregan el presente y las cosas que se habían vuelto habituales, ahora no más sólidos que figuras de arena. Hay que desclavar de la pared fotos y postales, hay que apresurarse a borrar de cada rincón que hemos habitado hasta ahora las huellas de nuestra presencia. Y también el cuaderno que me acompañó todos los días en mis caminatas, perro fiel de mi alma, va llegando al final, al último trecho de la última página, justo cuando llega la hora de marcharse. El roce de la pluma sobre el papel, *ligera más que el viento*, tiene una rapidez tan perentoria como el ruidoso minutero del reloj colgado en la pared, al que nos habíamos habituado tanto que ya no lo escuchábamos. La inquietud de los últimos minutos es idéntica a la de las últimas líneas: los días colmados quedan en la memoria como las hojas de papel que hace meses eran las de un cuaderno en blanco y ahora están llenas de una escritura ávida y veloz hasta el final de la última de todas, hasta que ya no queda tiempo para nada más ni papel donde escribir otra palabra.

86

Hace ya días que empezó diciembre, pero las acacias que veo desde mi ventana de Madrid todavía conservan casi todas las hojas. Me quedo mirando por la ventana la calle espaciosa, los coches pequeños, la gente que no va demasiado abrigada, y me acuerdo de lo que veía desde el ancho ventanal de mi apartamento de Manhattan, aunque se me confunden los diversos otoños de los que he regresado, se superponen en la memoria como transparencias de películas, esas películas en las que no se ve al fondo de las terrazas o los ventanales el Nueva York verdadero, sino una maqueta laboriosamente construida en un estudio de Hollywood. Me acuerdo de lo que he imaginado leyendo y lo que he visto en el cine, y de lo que ha estado de verdad delante de mis ojos, al otro lado del cristal junto al que me quedaba tanto tiempo sin hacer nada, hechizado, mirando. Las ventanas que hay al otro lado de mi calle en Madrid tienen visillos o cortinas echadas. Sé si hay alguien de noche, por las luces encendidas, pero muchos de los pisos están deshabitados, o pertenecen a oficinas en las que no queda nadie después de media tarde. Me acuerdo del ventanal de la Juilliard School, donde espiaba los ensayos de un silencioso quinteto de viento, y de las ventanas de otra casa y otro otoño, el apartamento bañado de noche por una luz rosada, por la que cruzaba una mujer de melena rubia y vestidos oscuros y ceñidos con un sigilo de pez en un acuario, la oficina en la que un hombre perezoso hablaba por teléfono reclinado contra el cristal, con los pies sobre una mesa llena de carpetas. Alguien, junto a la ventana de la planta baja, esperaba el ascensor, y yo lo veía subir luego piso tras piso, y anticipaba lo que iba a ocurrirle unos segundos después al hombre que hablaba por teléfono, cuando el que había venido a visitarlo salía del ascensor en el rellano y se dirigía hacia la puerta. Aún no había sonado el timbre, pero yo ya predecía el gesto del hombre al oírlo, y distinguía antes de que él la viera aparecer en la puerta la cara de su visitante. Al cabo de dos o tres semanas, después del regreso, Manhattan va cobrando una lejanía de lugar soñado, y a uno también le parece que soñó sus caminatas, la luz turbia de los anocheceres, el rojo y el oro de las copas de los árboles otoñales reflejado en el agua de los estanques de Central Park, diluyéndose en ella como manchas de óxido. Ahora, en las calles de Madrid, soy como el fantasma rezagado y sin sustancia de la parte de mí mismo que se quedó en la otra ciudad, tan lejana en los mapas, tan próxima en el tiempo, tan inmediata y asidua en el recuerdo, en la sensación de aturdimiento y extranjería que llevo conmigo y que no se alivia ni cuando han desaparecido los trastornos de sueño provocados por el viaje de vuelta. Qué hora es ahora mismo en Manhattan, cómo será la luz de la tarde, ya la noche cerrada, porque aquí son casi las once, las cinco allí, la noche siempre prematura, seguramente ya con viento helado de invierno, con abrigos y gorros en las aceras sombrías, a la luz frigorífica de los supermercados. En la esquina de Broadway y la 66 estará tocando baladas sentimentales de Judy Garland y fragmentos de himnos patrióticos el saxofonista negro que se apostaba allí todas las tardes, desganado y monótono, sacando de quicio con sus melodías siempre repetidas al quiosquero pakistaní, que siempre está demacrado de cansancio y de sueño, y que me dijo una vez que trabajaba dieciséis horas diarias. El mendigo cojo que agitaba su vaso de calderilla tan rítmicamente como unas maracas a la salida del metro en Columbus Circle estará mucho más abrigado, y la mujer flaca y de pelo blanco que se tambaleaba sobre unos tacones altos y viejos dando vueltas al pequeño jardín que rodea la estatua de Dante estará ahora más cerca del desfallecimiento irreparable, que parecía cernirse sobre ella cuando se quedaba apoyada contra una pared, con las rodillas flojas y los ojos entornados, con una expresión trágica de noches en vela y cansancio infinito. Por encima de las terrazas oscuras, recortadas como cartulina negra contra el cielo, se habrá encendido ya el letrero luminoso del hotel Empire, y los vendedores callejeros de libros que alinean sus tinglados en las aceras de Broadway y de Columbus Avenue habrán empezado a guardar en cajas de cartón sus maltratadas mercancías. En la calle Thomson, en el Village, grupos de jugadores silenciosos estudiarán la disposición de las piezas sobre los tableros en clubes y tiendas de ajedrez. Más abajo, alrededor de la gran oquedad rectangular donde estuvieron las Torres Gemelas, cercada por una valla metálica, iluminada como un inmenso estadio desierto, como un desmesurado estanque de hormigón, pequeñas mujeres orientales ofrecerán recordatorios del desastre en tenderetes alumbrados por lámparas de carburo: camisetas, pañuelos y bufandas con motivos patrióticos, banderas, alfileres de corbata y de solapa con las barras y estrellas, Torres Gemelas de plástico, de pasta sobredorada, de cristal, postales con las torres ardiendo, carteles con la cara de Bin Laden en el interior de una diana. En su casa del Bronx mi amigo Mark habrá vuelto del instituto y se habrá sentado en la mesa del comedor con los muebles y las fotos de sus padres a corregir ejercicios de los estudiantes, desanimado por la ignorancia que revelan casi todos ellos, por la torpeza en la escritura, descubriendo de vez en cuando un rasgo de talento casi innato en la redacción de un chico o de una chica que se han criado en la miseria, en el abandono y el desarraigo, y sin embargo tienen algo que merecerá la pena alentar, inteligencia y corazón, deseos de alcanzar una vida de la que fueron excluidos antes de nacer. Junto a las fotos familiares de Mark hay una de un chico cubano al que conoció en México, y del que está enamorado: cuenta los meses o las semanas que faltan para que venga a reunirse con él, tal como se han prometido, para que tenga en regla sus papeles de refugiado político y pueda viajar a Nueva York. En el Village Vanguard estará tocando el piano toda esta semana Hank Jones, y al otro extremo de la isla, en el St. Nick's, Bill Saxton parará de tocar después de media hora sin que parezca que le falta el aliento y anunciará una de las novedades posibles de la noche, la actuación de un sobrino suyo que llega al club con una pinta desastrada de vagabundo rastafari, vestido con un chándal viejo y mugriento, llevando bajo el brazo una plancha de aglomerado y un par de zapatos negros al hombro. «Señoras y señores», dice Bill Saxton, impasible, «mi sobrino», y en lugar de devolver el micrófono a su soporte lo deja en el suelo. El sobrino se ha quitado mientras tanto las zapatillas de deporte y se ha puesto los zapatos negros, ha dejado sobre la tarima la plancha de aglomerado, que es tan desastrada como su indumentaria. El espacio que ocupan los músicos es muy reducido, de modo que el sobrino se sitúa entre ellos encogiéndose, rozándolos, como si hubiera entrado en un vagón de metro lleno de gente, y cuando empieza de nuevo la música da un salto y se pone a bailar sin apenas moverse, los codos pegados al cuerpo, los tacones y las suelas de los zapatos golpeando la tabla pequeña de aglomerado con la doble precaución de no salirse de ella y de no romperla. Pero baila con la misma gracia aérea que si estuviera sobre un escenario ancho y lacado de Broadway, incorporando el taconeo de sus pies a la corriente de la música como si él también tocara un instrumento, respondiendo a los golpes del batería, retándolo, reduciendo su percusión sobre el tablero hasta casi un murmullo, redoblándola como si lo acuciara la urgencia de salir huyendo, con una ligereza abandonada y mundana como la de Gene

Kelly, con una rabia de pronto como la de los bailarines callejeros, y todo eso moviéndose apenas, casi estrujado por los músicos, dejándose llevar como por un solo intrincado de batería y por una caminata no en un escenario sino en las calles sucias y vibrantes de Harlem.

87

No estoy allí, pero tampoco acabo de estar del todo aquí. Las presencias cercanas se me vuelven borrosas. Subo por las escaleras del metro a la agitación recobrada y cimarrona de la Gran Vía y me quedo parado sin saber del todo adónde voy. A las imágenes que tengo delante de los ojos se superponen las que me dicta la memoria, sucediéndose en ella como fragmentos alejados de sueños. Al caminar por Madrid me acuerdo de las estatuas de madera de hombres caminantes detrás de una vitrina en el Metropolitan, de las figuras delgadas y verticales de Giacometti, su consistencia de escoria, sus grandes pies minerales, y de algo que me dijo pensativamente mientras nos paseábamos por Tribeca el escultor Leiro, que el pedestal o la base de una figura es un problema muy serio, uno de los más graves que presenta el oficio de la escultura: él conocía a un escultor que lo había resuelto poniendo sus estatuas sobre lavadoras o lavavajillas en desuso, lo cual le parecía una solución nada desdeñable. Veo las ventanas iluminadas de Manhattan reflejándose en la corriente del East River, bajo el puente de Brooklyn, y una luna llena de Georgia O'Keeffe suspendida en el cielo azul oscuro sobre la cornisa afilada del Flatiron Building, junto al que pasaba cada día camino de mis horas alternas de conversación con Sylvia y con Larry, Sylvia con su cara todavía ilusionada por las posibilidades de la vida, de la literatura y de la música y su olor triste a pis de gato, Larry renegando quejumbrosamente de la caída de la bolsa y de la insustancialidad atolondrada de la periquita Jane, que le habrá dejado en la mano la señal de algún nuevo picotazo y ni siquiera se molestará en volar hacia su hombro cuando entre en casa. Tan lejos ya, recluidos en sus vidas solitarias que no volverán a cruzarse con la mía, sus caras esfumándose en el recuerdo como las caras de bronce de las esculturas de Juan Muñoz. Pero me acuerdo de algo más, una música, una orquesta que tocaba no sabíamos dónde, una noche, ya muy tarde, viernes o sábado, cuando volvíamos de cenar subiendo por la Novena Avenida. Perezosamente, abrazados, con una camaradería de pasar juntos mucho tiempo, con un gustoso mareo de cócteles y de vino tinto, mirando sobre los tejados, hacia el este, con un punto de vértigo, el resplandor de los rascacielos. Me quedaba rezagado y al mirarla caminar delante de mí me volvía a la memoria el primer viaje, los regresos al hotel en noches de primavera, la figura tan deseada perfilada por la forma de un vestido corto, de lino rojo, con la cremallera a la espalda, tan fácil de bajar. Entonces el tiempo corría tan rápido que no había instante de deseo o de compartida placidez que no contuviera un fondo de angustia. Ahora, esta noche de diez años después, el tiempo era un regalo tan demorado, tan lleno de dulzura sin motivo preciso, como la misma caminata, o como la música que empezamos a oír cuando nos acercamos a una iglesia de negras agujas y cresterías neogóticas, ya no muy lejos de Lincoln Square. Una orquesta con ricas sonoridades de big band estaba tocando *Mood Indigo*, y la canción tenía una desenvuelta elegancia, una melancolía a la vez íntima y lujosa como de otra época, llegada hasta nosotros desde una distancia que parecía la del pasado, y resonaba con claridad y dulzura en la amplitud desierta de la Novena Avenida. Una alta escalinata conducía a la entrada de la iglesia, y debajo de ella la música salía de la puerta entornada que daría a la cripta. La empujamos, cruzamos una cortina y delante de nosotros había un salón muy grande, de techo abovedado y bajo, y al fondo, más allá de unas pocas mesas y de un ancho espacio en el que bailaban algunas parejas, había un escenario sobre el que estaba la orquesta. Cada músico tenía delante un pupitre para el atril, y todos vestían esmóquines de elegancia un poco fantasiosa, con solapas doradas, con pajaritas amarillas sobre las camisas oscuras. Junto a la entrada había una mesa, y detrás de ella dos mujeres muy arregladas, con esa distinción con que se visten las mujeres negras las mañanas de domingo para ir a la iglesia. Nos íbamos a dar la vuelta, más bien amedrentados, con un malestar muy definido de intrusos, pero las dos mujeres, guapas, corpulentas, con el pelo cardado, nos sonrieron y con un gesto afable nos invitaron a pasar. «Son diez dólares cada uno, y se incluyen las bebidas.» El baile era a beneficio de algo que no logré entender: pero había estado lloviendo mucho al principio de la noche, y la gente se había desanimado. Unas chicas igual de sonrientes y afables nos retiraron los abrigos, nos ofrecieron bebidas en vasos de plástico. Todo flotaba en un espacio demasiado grande, bajo una luz excesiva: la mesa de la entrada, las chicas del guardarropa, las pocas mesas ocupadas, la zona del baile, delante de la orquesta, el escenario donde los músicos tocaban. Terminó *Mood Indigo* y sin transición los músicos comenzaron a tocar algo mucho más rápido, *I got rhythm*, y las parejas que habían bailado abrazadas, con desenvoltura y formalidad, como en un salón de los años cuarenta, ahora se soltaron y rompieron a bailar con la destreza rapidísima de los tiempos vitales y dorados del swing, las mujeres moviendo rítmicamente las caderas bajo las faldas acampanadas, girando sobre los zapatos de punta fina y tacones altos, doblándose hacia atrás un instante sobre los brazos extendidos de los hombres y saltando de nuevo con una destreza de gimnastas o de patinadoras. Había en las mesas señoras mayores, gordas y solemnes, con florones en las pecheras y sombreros fantásticos, llevando el ritmo con los pies, haciendo oscilar apenas los hombros, con un compás perfecto. En la elegancia de los negros parece que gravita siempre la memoria de los agravios sufridos, de generaciones y siglos de un dolor redimido por la dignidad, fortalecido por una fe bíblica. De lejos, desde la entrada, nos había parecido que el público y los músicos eran jóvenes, por la viveza fresca del sonido, por las risas y las palmas rítmicas de fondo y la elasticidad de los pasos y los giros de baile. Ahora nos dábamos cuenta de que casi todo el mundo era mayor que nosotros y de que en la formalidad con que bailaban las parejas en las canciones lentas había algo de rigidez, un principio de envaramiento. La voz del cantante tenía una resonancia hueca de micrófono antiguo y de salón de baile con poco público. Incluso los aplausos parecía que sonaban muy lejos y mucho tiempo atrás. Si no tuviera quien comparte conmigo el recuerdo de esa noche, estaría seguro de haberla soñado.